A COVA DA MINHA IRMÃ

A COVA DA MINHA IRMÃ

ROBERT DUGONI

Série Tracy Crosswhite #1

Tradução: A C Reis

EDITORA PAUSA

Copyright © 2014 by Robert Dugoni

This edition is made possible under a license arrangement originating with Amazon Publishing, www.apub.com, in collaboration with Sandra Bruna Agencia Literaria.

Título original: My Sister's Grave

Todos os direitos reservados.

Nenhuma parte desta publicação pode ser reproduzida, distribuída ou transmitida por qualquer forma, seja por meios mecânicos, eletrônicos, seja via cópia xerográfica, sem a prévia autorização por escrito da Editora.

Esta é uma obra de ficção. Nomes, lugares, personagens e eventos são fictícios em todos os aspectos. Quaisquer semelhanças com eventos e pessoas reais, vivas ou mortas, são mera coincidência. Quaisquer marcas registradas, nomes de produtos ou recursos nomeados são usados apenas como referência e são considerados propriedade de seus respectivos proprietários.

Editora
Silvia Tocci Masini

Revisão
Lígia Alves

Diagramação
Charlie Simonetti

Capa
Charlie Simonetti (sobre imagens de Mongkolchon Akesin e andreiuc88 · Shutterstock)

Dados Internacionais de Catalogação na Publicação (CIP)
(Câmara Brasileira do Livro, SP, Brasil)

```
Dugoni, Robert
    A cova da minha irmã / Robert Dugoni ; tradução A
C Reis. -- São Paulo : Editora Pausa, 2020.

    Título original: My sister's grave
    ISBN 978-65-5070-019-5

    1. Ficção norte-americana 2. Ficção policial e de
mistério (Literatura norte-americana) 3. Suspense -
Ficção I. Título.

20-33297                                       CDD-813
```

Índices para catálogo sistemático:

1. Ficção : Literatura norte-americana   813

Cibele Maria Dias - Bibliotecária - CRB-8/9427

Ao meu cunhado, Robert A. Kapela:
Que você encontre no abraço de Deus a
paz, o amor e o conforto que pareceram lhe
escapar nos últimos anos de sua vida.

PARTE I

"*É melhor que dez culpados escapem do que um inocente sofra.*"
— SIR WILLIAM BLACKSTONE, *Comentários às Leis da Inglaterra*

CAPÍTULO 1

O instrutor tático na academia de polícia gostava de provocá-la durante os treinamentos matinais.

— Dormir é superestimado — ele dizia. — Você vai aprender a se virar sem isso.

Era mentira.

Dormir é como sexo. Quanto menos você tem, mais deseja, e ultimamente Tracy Crosswhite não estava conseguindo ter nenhuma das duas coisas.

Ela alongou os ombros e o pescoço. Sem tempo para uma corrida matinal, seu corpo estava duro e dormente, embora ela não se lembrasse de ter dormido demais, se é que tinha dormido. *Fast food* demais, cafeína demais, disse o seu médico. Bom conselho, mas comer bem e se exercitar exigiam um tempo que Tracy não tinha enquanto investigava um homicídio, e parar com a cafeína seria como tirar a gasolina de um carro. Ela morreria.

— Ei, a Professora chegou cedo. Quem morreu?

Vic Fazzio apoiou o corpo considerável na parede da baia de Tracy. Era uma velha piada da Homicídios, mas nunca ficava velha quando entoada na voz rouca de Fazzio, com seu sotaque de Nova Jersey. Com o cabelo grisalho e o rosto carnudo, o autoproclamado "carcamano" da Divisão de Homicídios poderia ter atuado como um daqueles guarda-costas calados dos filmes sobre a máfia. Fazzio segurava as palavras cruzadas do *New York Times* e um livro de biblioteca, o que significava que o café já tinha funcionado. Que Deus ajudasse quem precisava usar o banheiro dos homens enquanto Fazzio estava lá. Todos sabiam que ele ficava sentado meia hora pensando nas respostas ou enquanto lia um capítulo envolvente.

Tracy entregou a ele uma das fotos da cena do crime que tinha imprimido de manhã cedo.

— Dançarina na Avenida Aurora.

— Ouvi falar. Coisa de pervertido, hein?

— Vi coisa pior quando trabalhava com crimes sexuais — ela respondeu.

— Esqueci. Você trocou sexo por morte — ele brincou.

— A morte é mais fácil — ela disse, roubando uma das piadas de Fazzio.

A dançarina, Nicole Hansen, tinha sido encontrada com mãos e pés amarrados num quarto barato de motel na Avenida Aurora, no norte de Seattle. Um laço envolvia seu pescoço, e a corda descia por sua coluna, prendendo punhos e tornozelos — um arranjo complexo. Tracy entregou o relatório do legista para Fazzio.

— Ela teve cãibras nos músculos, que acabaram com espasmos. Nesse momento, ela esticou as pernas para aliviar a dor, o que a fez se estrangular. Legal, né?

— Não era de esperar — Fazzio começou, avaliando a fotografia — que tivessem usado um nó corredio, ou algo assim, para que ela conseguisse escapar?

— Faria sentido, não é?

— Então, qual a sua teoria? — ele perguntou. — Alguém ficou sentado lá, se divertindo enquanto via ela morrer?

— Ou o sujeito percebeu que fez besteira, entrou em pânico e fugiu. De qualquer modo, ela não se amarrou sozinha.

— Mas pode ser. Vai ver ela é um tipo de Houdini.

— O Houdini se desamarrava sozinho, Fazzio. Esse era o truque. — Tracy pegou de volta o relatório e a fotografia e os colocou em sua mesa. — E isso me deixa aqui, nesta hora impiedosa, sozinha com você e os grilos.

— Eu e os grilos estamos aqui desde as cinco, Professora. Você sabe o que dizem. Deus ajuda quem cedo madruga.

— É, bem, este passarinho madrugador bastante cansado bem que aceitaria um pouco mais de ajuda lá de cima.

— Mas onde está o Kins? Por que você está se divertindo sozinha?

— Espero que esteja comprando um café para mim. — Ela consultou o relógio. — Se bem que, nesse ritmo, era melhor eu mesma ter feito o café. — Ela olhou para o livro na mão de Fazzio. — *O sol é para todos*. Estou impressionada.

— Estou tentando melhorar.

— Sua mulher escolheu para você, não foi?

— Pode apostar nisso. — Fazzio se afastou da parede. — Tudo bem, está na hora de eu bancar o malandro. O *sol* está brilhando e eu estou me dando bem.

— Informação demais, Fazzio.

Ele começou a se afastar da baia, então voltou, lápis na mão.

— Ei, Professora, me dá uma ajudinha. Preciso de uma palavra com dez letras para "torna seguro o gás natural".

Tracy tinha sido professora de química do Ensino Médio antes de mudar de carreira e entrar na academia de polícia, onde recebeu o apelido.

— Mercaptano — ela disse.

— Hã?

— Mercaptano. É acrescentado ao gás natural para que a gente possa sentir o cheiro se houver um vazamento em casa.

— Fala sério. Tem cheiro do quê?

— Enxofre. Sabe, ovo podre — ela explicou.

Fazzio lambeu a ponta do lápis e preencheu os quadradinhos.

— Obrigado.

Depois que Fazzio se afastou, Kinsington Rowe apareceu e entrou na baia da Equipe A, entregando para Tracy um dos dois copos altos que trazia.

— Desculpe — ele disse.

— Eu estava para chamar a equipe de resgate.

A Equipe A era uma das quatro da Divisão de Homicídios da Seção de Crimes Violentos. Cada equipe possuía quatro detetives, sendo a A composta por Tracy, Kins, Fazzio e Delmo Castigliano, a outra metade da Dupla Dinâmica Italiana. As mesas deles ficavam nos quatro cantos de uma baia grande, e eles se sentavam de costas um para o outro, que era como Tracy preferia. A Divisão de Homicídios era um aquário e a privacidade, difícil. No centro da baia eles guardavam fichários de crimes debaixo de uma bancada de trabalho. Cada um mantinha os arquivos dos homicídios em que estavam trabalhando em sua própria mesa.

Tracy segurou o copo com as duas mãos.

— Venha para mim, meu agridoce néctar dos deuses. — Ela tomou um gole e lambeu a espuma do lábio superior. — Por que você demorou?

Kins fez uma careta ao sentar-se. Após jogar futebol americano por quatro anos na universidade e um ano na NFL, Kins se aposentou quando os médicos erraram o diagnóstico de uma contusão, o que o deixou com degeneração na pelve. Um dia ele teria que colocar uma prótese, mas estava esperando para ter que fazer o procedimento apenas uma vez. Nesse meio-tempo, ele lidava com a dor chupando Advil como se fosse bala.

— O quadril está mal, é? — Tracy perguntou.

— Costumava ficar assim só quando esfriava — Kins respondeu.

— Então arrume isso logo. O que você está esperando? Ouvi dizer que agora é procedimento de rotina.

— Não é rotina quando o médico põe aquela máscara no seu rosto e manda você dormir com os anjos.

Ele desviou o olhar, ainda com a careta de dor, sugerindo que algo além do quadril o incomodava. Após seis anos trabalhando lado a lado, Tracy reconhecia os sinais de Kins. Ela sabia quais eram seus estados de espírito e suas expressões faciais. Ela sabia dizer, de manhã, se ele tinha dormido mal ou transado. Kins era seu terceiro parceiro na Homicídios. O primeiro designado para trabalhar com ela, Floyd Hattie, tinha anunciado que preferia se aposentar a trabalhar com uma mulher. E foi o que fez. O segundo parceiro durou seis meses, até a esposa *dele* encontrar Tracy num churrasco e decidir que não sabia lidar com o fato de o marido passar o dia com uma loira de 1,78, solteira, na época com 36 anos.

Quando Kins se ofereceu para trabalhar com Tracy, ela estava um pouco sensível.

Tudo bem, mas e quanto à sua mulher?, ela perguntou. *Vai ser um problema para mim?*

Espero que não, Kins respondeu. *Com três filhos menores de oito anos, essa é a última coisa divertida que fazemos juntos.*

Ela soube no mesmo instante que conseguiria trabalhar com ele. Os dois fizeram um acordo — honestidade total. Nada de guardar mágoas. Vinha funcionando havia seis anos.

— Mais alguma coisa está incomodando você, Kins?

Ele suspirou e a encarou.

— Billy me parou na entrada — ele disse, referindo-se ao sargento da Equipe A.

— Espero que ele tenha um bom motivo para ter atrasado meu café. Já matei por menos.

Kins não sorriu. O som do noticiário matutino vindo da televisão pendurada na baia da Equipe B se espalhava pelo ambiente. Na mesa de alguém, um telefone tocava sem que ninguém atendesse.

— Algo a ver com Hansen? O comando está pressionando o sargento por causa disso?

Ele meneou a cabeça.

— Billy recebeu uma ligação do Instituto Médico-Legal, Tracy. — Ele a encarou. — Dois caçadores encontraram restos mortais nas colinas de Cedar Grove.

CAPÍTULO 2

Tracy torceu os dedos com a expectativa. A brisa leve que tinha soprado ao longo de todo o dia ficou mais forte, fazendo esvoaçar a aba traseira de seu casaco velho. Ela esperou que o vento acalmasse. Após dois dias de competição, faltava uma prova para determinar o Campeão de Tiro Não Automático do Estado de Washington de 1993. Com 22 anos, Tracy era tricampeã, embora tivesse perdido o título do ano anterior para Sarah, quatro anos mais nova.

O árbitro aproximou o cronômetro da orelha de Tracy.

— Quando quiser, Crossdraw — ele sussurrou. O nome de caubói dela era um trocadilho com seu sobrenome, Crosswhite, e o tipo de coldre que ela e Sarah gostavam de usar.

Tracy baixou a aba de seu chapéu Stetson, inspirou fundo e fez uma homenagem ao melhor faroeste já feito:

— Ocupe suas mãos, seu filho da puta!

O alarme soou.

Sua mão direita sacou o Colt do coldre esquerdo, armou o cão e disparou. Com o revólver já sacado e armado na mão esquerda, ela derrubou o segundo alvo. Encontrando seu ritmo e ganhando velocidade, ela atirava com tanta rapidez que mal dava para ouvir o tilintar do chumbo sobre o disparo das armas.

Mão direita. Armar. Fogo.

Mão esquerda. Armar. Fogo.

Mão direita. Armar. Fogo.

Ela mirou na fileira inferior de alvos.

Direita, fogo.

Esquerda, fogo.

Os três tiros finais saíram em rápida sucessão. Bam. Bam. Bam. Tracy girou as armas e as deitou na mesa de madeira.

— Tempo!

Alguns espectadores aplaudiram, mas as palmas cessaram quando começaram a perceber o que Tracy já sabia.

Dez tiros, mas só nove estalidos.

O quinto alvo na fileira de baixo permanecia em pé.

Tracy tinha errado.

Os três árbitros próximos levantaram um dedo cada um para confirmar. O erro custaria caro; uma penalidade de cinco segundos adicionada ao tempo dela. Tracy ficou olhando para o alvo, incrédula, mas encará-lo não o faria cair. Relutante, ela recolheu seus revólveres, guardou-os nos coldres e saiu de lado.

Todos os olhos se voltaram para Sarah, "A Criança".

Seus carrinhos de mão, feitos artesanalmente pelo pai delas para carregar as armas e munições, rangeram e chacoalharam enquanto Tracy e Sarah os arrastavam pelo estacionamento de terra e cascalho. Acima delas, o céu tinha escurecido rapidamente. A tempestade chegaria antes do que o meteorologista tinha previsto.

Tracy destrancou a traseira coberta da sua caminhonete Ford azul, baixou a porta e se aproximou de Sarah.

— Que diabo foi aquilo? — Ela não se preocupou em manter a voz baixa.

Sarah jogou o chapéu na traseira da caminhonete, deixando o cabelo loiro cair pelos ombros.

— O quê?

Tracy mostrou a fivela de prata do campeonato.

— Faz anos que você não erra dois alvos. Acha que sou burra?

— O vento mudou.

— Você é uma péssima mentirosa, sabia?

— E você é uma péssima vencedora.

— Porque eu não venci; você me deixou ganhar. — Tracy esperou que dois espectadores passassem por elas. As primeiras gotas de chuva começaram a cair. — Você tem sorte de o papai não estar aqui — ela disse. Vinte e um de agosto era o aniversário de casamento dos pais delas, e James "Doc" Crosswhite não tivera coragem de dizer para a esposa esquecer o Havaí e comemorar num clube de tiro poeirento na capital do estado. Tracy suavizou sua atitude, mas continuou agitada. — A gente já conversou sobre isso. Eu te disse, nós duas temos que dar nosso melhor, ou as pessoas vão começar a pensar que a coisa toda é armada.

Antes que Sarah pudesse responder, pneus espalharam cascalho. Tracy teve a atenção desviada quando Ben parou sua picape branca ao lado do Ford dela, sorrindo para as duas de dentro do carro. Embora ele e Tracy estivessem namorando por mais de um ano, Ben ainda sorria toda vez que a via.

— Vamos conversar mais sobre isso quando eu voltar para casa amanhã — Tracy disse a Sarah e se afastou para cumprimentar Ben, que saiu da picape e começou a vestir a jaqueta de couro que ela tinha dado a ele no último Natal. Os dois se beijaram.

— Desculpe o atraso. Quem tornou ilegal beber e dirigir nunca teve que enfrentar o trânsito em Tacoma. Bem que eu queria uma cerveja. — Quando Tracy endireitou o colarinho da jaqueta, Ben viu a fivela de prata na mão dela. — Ei, você ganhou.

— É, eu ganhei. — O olhar dela foi parar em Sarah.

— Oi, Sarah — Ben disse, parecendo confuso.

— Oi, Ben.

— Está pronta? — ele perguntou para Tracy.

— Só me dê um minuto.

Tracy tirou o casaco de couro e a bandana vermelha, jogando-os na parte de trás da caminhonete. Então ela se sentou na picape e estendeu a perna para Sarah puxar sua bota. O céu tinha ficado completamente preto.

— Eu não gosto da ideia de você dirigir sozinha num tempo destes.

Sarah jogou a bota dentro do veículo e Tracy levantou a outra perna. Sarah agarrou o taco.

— Eu tenho 18 anos. Acho que consigo dirigir até em casa; não é como se nunca chovesse por aqui.

Tracy olhou para Ben.

— Acho que ela deveria vir conosco.

— Ela não quer fazer isso. Sarah, você não quer fazer isso.

— Não, com certeza não quero — Sarah disse.

Tracy calçou as sandálias.

— A previsão é de tempestade com raios.

— Tracy, deixe disso. Você está agindo como se eu tivesse 10 anos.

— Porque você age como se tivesse 10 anos.

— Porque você me trata como se eu ainda tivesse 10 anos.

Ben consultou o relógio.

— É uma pena interromper essa conversa tão inteligente, garotas, mas, Tracy, a gente tem que ir se não quiser perder a reserva.

Tracy entregou sua sacola para Ben, que a levou até a picape enquanto Tracy falava com Sarah.

— Fique na autoestrada — ela disse. — Não pegue a estradinha local. Está escurecendo, e com a chuva vai ser mais difícil enxergar.

— Pela estradinha é mais rápido.

— Não discuta comigo. Fique na autoestrada e tome cuidado na saída.

Sarah estendeu a mão para pegar a chave da caminhonete.

— Prometa — Tracy pediu, não a entregando sem que Sarah prometesse.

— Tudo bem, eu prometo. — Sarah fez uma cruz sobre o coração.

Tracy pôs a chave na palma da mão de Sarah, fechando a sua sobre ela.

— Da próxima vez, apenas derrube a droga dos alvos. — Ela se virou para ir embora.

— O chapéu — Sarah disse.

Tracy tirou o Stetson preto e o colocou na cabeça de Sarah. Foi então que a irmã lhe mostrou a língua. Tracy queria ficar brava, mas Sarah tornava isso impossível. Tracy sentiu um sorriso se abrir em seu rosto.

— Você é uma peste.

Sarah deu um sorriso exagerado.

— Sou, mas é por isso que você me ama.

— É, é por isso mesmo que eu te amo.

— E eu também te amo — Ben disse. Ele tinha aberto a porta do passageiro e estava inclinado sobre o banco. — Mas vou te amar mais ainda se não perdermos a reserva.

— Estou indo — Tracy disse.

Ela entrou na picape e fechou a porta. Ben acenou para Sarah e fez um retorno rápido, encaminhando-se para a fila de carros que tinha se formado junto à saída. A chuva agora parecia gotas de ouro derretido ao cair diante dos faróis da picape. Tracy se virou para olhar pela janela. Sarah estava parada na chuva, observando-os partir, e Tracy sentiu uma necessidade repentina de voltar, como se tivesse esquecido algo.

— Está tudo bem? — Ben perguntou.

— Sim — ela disse, embora a necessidade continuasse. Ela viu Sarah abrir a mão, perceber o que Tracy tinha feito, e olhar rapidamente para a picape de Ben.

Tracy tinha colocado a fivela de prata junto com a chave da caminhonete na mão da irmã.

E ela não veria de novo nem fivela nem Sarah por 20 anos.

CAPÍTULO 3

O xerife de Cedar Grove, Roy Calloway, ainda estava com o colete de pesca e seu boné da sorte, mas já se sentia bem longe do balanço suave do barco de fundo chato. Calloway foi direto do aeroporto para a estação do xerife, sua mulher em silêncio no banco do passageiro, nem um pouco feliz pela interrupção da viagem de pesca do casal, as primeiras férias de verdade que tiravam em quatro anos. Ela não tinha se esforçado para beijá-lo quando o deixou, e ele decidiu não insistir no assunto. Calloway não tinha dúvida de que ainda ouviria muito a respeito na hora do jantar. "Eu não tinha como evitar", ele diria, e ela retrucaria "Faz 34 anos que ouço isso".

O xerife entrou na sala de reuniões e fechou a porta. Seu delegado, Finlay Armstrong, estava na cabeceira da mesa rústica de madeira envergando o uniforme cáqui. Finlay parecia pálido sob as luzes fluorescentes, mas sua figura era vigorosa se comparada à coloração lívida de Vance Clark. O promotor de justiça do Condado de Cascade estava sentado na outra ponta da sala e parecia doente; seu blazer quadriculado estava jogado sobre as costas de uma cadeira, sua gravata, com o nó afrouxado, e a camisa, com o primeiro botão aberto. Clark não se preocupou em se levantar. Ele deu um aceno sutil para Calloway.

— Sinto muito por você ter que voltar por causa disso, chefe. — Armstrong estava diante de uma parede com uma galeria de fotos dos xerifes de Cedar Grove. A fotografia de Calloway era a última da série havia 34 anos. Aos 65 anos de idade, ele ainda mantinha o físico do homem na fotografia, embora não pudesse deixar de notar, quando se olhava no espelho a cada manhã, que as linhas de seu rosto, que um dia foram riscos definidos complementando suas feições marcantes, tinham se tornando rugas suaves, e que seu cabelo tinha ficado mais ralo e grisalho.

— Não se preocupe, Finlay. — Calloway jogou o boné na mesa, puxou uma cadeira e se sentou. — Me conte o que você sabe.

Com 30 e poucos anos, alto e magro, Armstrong estava com Calloway por mais de uma década, e era o próximo da fila a ter seu retrato pendurado na parede da sala de reuniões.

— Recebemos um chamado de Todd Yarrow esta manhã. Ele e Billy Richmond estavam passando pela velha propriedade em Cascadia, indo para a cabana de caça deles, quando Hércules farejou algo. Yarrow disse que foi o diabo para eles fazerem o cachorro voltar. E, quando voltou, trazia algo na boca. Yarrow pegou, pensando que era um graveto, mas era uma coisa branca, pegajosa. "Isto é um osso", Billy disse. Eles não pensaram muito naquilo, achando que o Hércules tinha desenterrado uma carcaça de cervo. Mas então o Hércules correu de novo, latindo e fazendo um furdunço dos diabos. Dessa vez foram atrás dele e o encontraram cavando o chão. Yarrow não conseguiu fazer o cachorro voltar. Enfim, ele teve que agarrar o Hércules pela coleira para tirar o bicho dali. Foi então que ele viu.

— Viu...? — Calloway perguntou.

Armstrong mexeu na tela do iPhone enquanto dava a volta na mesa. Calloway pegou seus óculos de leitura no bolso do colete de pescador – ele já não conseguia inserir a isca no anzol sem eles –, colocou-os e pegou o celular, estendendo o braço para focar. Armstrong se debruçou sobre o ombro do xerife e usou os dedos para aumentar a imagem.

— Essas linhas brancas aí são ossos. É um pé.

Os ossos estavam atolados na terra, como um fóssil sendo escavado. Armstrong exibiu uma série de fotografias que mostravam o pé e o local de diversos ângulos e distâncias.

— Eu falei para eles marcarem o local e me encontrarem no carro deles. Os dois trouxeram o osso na parte de trás do Jeep do Todd. — Armstrong passou o dedo pela tela até chegar à imagem de um único osso ao lado de uma lanterna. — A antropóloga de Seattle queria algo que mostrasse a escala. Ela disse que parece um fêmur.

Calloway olhou para a outra ponta da sala, mas o olhar de Vance Clark permanecia focado no tampo da mesa.

— Vocês chamaram o legista? — Calloway perguntou para Armstrong.

Este pegou o celular de volta e se endireitou.

— Eles me fizeram falar com uma antropóloga forense. — Ele consultou suas anotações. — Kelly Rosa. Ela disse que enviariam uma equipe, mas só chegaria aqui amanhã de manhã. Deixei Tony de guarda no local para que outros animais não se aproximassem. Vamos precisar mandar alguém para render o Tony.

— A antropóloga acha que o osso é humano?

— Ela ainda não tem certeza, mas disse que é do tamanho certo de um fêmur de mulher. Está vendo a coisa branca, essa coisa viscosa na mão do Yarrow? — Armstrong consultou suas anotações. — Ela chamou de adipocera, gordura corporal decomposta. O corpo já está lá há algum tempo.

Calloway fechou os óculos e tornou a guardá-los no colete.

— Está disposto a acompanhar esse pessoal quando eles chegarem? — perguntou.

— Claro, sem problemas — Armstrong disse. — Você vai estar aqui, Chefe?

— Vou, sim. — Calloway se levantou. Ele abriu a porta para ir procurar café. A pergunta seguinte de Armstrong o deteve.

— Você acha que pode ser ela, Chefe? Acha que pode ser aquela garota que sumiu nos anos noventa?

Calloway olhou além de Armstrong, para onde Clark permanecia sentado.

— Acho que nós vamos descobrir.

CAPÍTULO 4

Raios de sol matinal passavam pela espessa folhagem das árvores, projetando sombras na parede rochosa que se erguia à beira da estrada vicinal. Um século antes, toneladas de montanha haviam sido retiradas com dinamite, picaretas e pás, abrindo caminho para os vagões de mineração, revelando nascentes ocultas que se derramavam como lágrimas pela face pétrea, manchando-a com seus depósitos de minério de prata e ferrugem. Tracy dirigia no piloto automático, com o rádio desligado, a mente entorpecida. O instituto médico-legal não tinha informações adicionais. Kelly Rosa não estava em seu escritório e o robô com que Tracy tinha falado só conseguira confirmar o que Kins tinha dito – um delegado de Cedar Grove tinha telefonado e enviado uma foto do que parecia ser um fêmur humano, escavado por um cachorro que pertencia a dois caçadores a caminho de sua cabana de caça nas colinas que se debruçavam sobre a cidade de Cedar Grove.

Tracy pegou a saída que conhecia bem, virou à esquerda no sinal de "Pare" e, um minuto depois, entrou na Rua do Mercado. Ela parou no único semáforo de Cedar Grove, no centro da cidade, e contemplou o que um dia tinha sido sua cidade, mas que agora parecia tão envelhecida e desgastada que lhe era desconhecida.

Tracy enfiou o troco no bolso da frente do jeans, pegou a pipoca e a Coca no balcão e passou os olhos pelo saguão do teatro, mas não viu Sarah.

Nas manhãs de sábado em que o Cinema Hutchins exibia um filme novo, a mãe delas dava seis dólares para Tracy; três para ela, três para Sarah.

O cinema custava $ 1,50, e assim sobrava um trocado para a pipoca e um refrigerante, ou para comprar um sorvete no armazém depois do filme.

— Onde está Sarah? — Tracy perguntou.

Com 11 anos, ela era responsável por Sarah, embora recentemente tivesse cedido à vontade da irmã de carregar seu próprio dinheiro do cinema. Tracy notou que Sarah não tinha comprado pipoca nem refrigerante, embolsando o troco. E agora ela tinha sumido, o que não era atípico.

Dan O'Leary empurrou os óculos grossos, de armação preta, na ponte do nariz, um hábito persistente.

— Não sei — ele respondeu, olhando ao redor. — Ela estava bem aqui.

— Quem liga? — Sunnie Witherspoon segurava sua pipoca e aguardava junto à porta vaivém para entrar na sala de exibição escura. — Ela sempre faz isso. Vamos entrar. Nós vamos perder os trailers.

Tracy costumava dizer que Sunnie e Sarah tinham uma relação de amor e ódio. Sarah adorava provocar Sunnie, o que esta odiava.

— Não posso deixar minha irmã para trás, Sunnie. Ela foi ao banheiro? — Tracy perguntou para Dan.

— Eu posso ir lá ver. — Dan deu dois passos antes de cair em si. — Espere. Não, não posso.

O Sr. Hutchins apoiou os antebraços no balcão.

— Eu digo a ela que vocês já entraram e faço ela entrar, Tracy. É melhor vocês entrarem para não perderem os trailers. Estamos passando o do Os caça fantasmas.

— Vamos logo, Tracy — Susie resmungou.

Tracy deu uma última olhada no saguão. Era a cara de Sarah perder os trailers. Quem sabe assim ela aprendia a lição.

— Tudo bem. Obrigada, Sr. Hutchins.

— Eu posso levar sua Coca — Dan disse. As mãos dele estavam vazias, pois seus pais só lhe davam dinheiro para o filme.

Tracy entregou a bebida para ele e usou a mão livre para cobrir a pipoca, evitando assim derrubá-la enquanto andava. O Sr. Hutchins sempre enchia as caixas dela e de Sarah até transbordarem. Tracy sabia que isso tinha a ver com o fato de seu pai cuidar da Sra. Hutchins, que tinha muitos problemas de saúde por causa da diabetes.

— Até que enfim — Sunnie disse. — Aposto que os melhores lugares já estão ocupados.

Sunnie usou as costas para abrir a porta vaivém, sendo seguida por Tracy e Dan. As luzes estavam apagadas, e, depois que a porta se fechou, Tracy teve que esperar um instante para seus olhos se acostumarem com a escuridão. Ela ouviu crianças que já estavam sentadas rindo e gritando palavrões, ansiosas para que o Sr. Hutchins entrasse na cabine de projeção e começasse o filme. Uns poucos pais tentavam controlá-las. Tracy adorava tudo no Cine Hutchins aos sábados, do cheiro da pipoca com manteiga ao carpete marrom e às poltronas de veludo com apoios de braços puídos.

Sunnie estava na metade do corredor quando Tracy reconheceu a sombra à espreita atrás de uma fileira de assentos. Tarde demais para alertar a amiga antes que Sarah pulasse para assustá-la.

— Buu!

Sunnie soltou um grito apavorado que silenciou o cinema. O que se seguiu foi uma gargalhada também conhecida.

— Sarah! — Tracy gritou.

— Qual é o seu problema? — Sunnie berrou.

As luzes da sala foram acesas, causando um coro de vaias. O Sr. Hutchins desceu pelo corredor, parecendo preocupado. As pipocas estavam espalhadas pelo carpete gasto junto com a caixa de listras brancas e vermelhas de Sunnie.

— Foi a Sarah — Sunnie disse. — Ela me assustou de propósito.

— Nada disso — Sarah exclamou. — Foi você que não me viu.

— Ela estava escondida, Sr. Hutchins. E fez de propósito. Ela sempre faz isso.

— Não faço, não — Sarah afirmou.

O Sr. Hutchins olhou para Sarah, mas, em vez de ficar bravo, Tracy achou que ele estava fazendo força para não rir.

— Sunnie, por que você não volta para o saguão e pede outra caixa de pipoca para a Sra. Hutchins? — Ele levantou as mãos e se dirigiu à plateia: — Desculpe, pessoal. Só vai atrasar um pouco enquanto pego a vassoura. Só vai demorar um minuto.

— Não, Sr. Hutchins. — Tracy olhou para a irmã. — Sarah, você pega a vassoura e limpa isso.

— Por que eu tenho que limpar?

— Porque você fez a sujeira.

— Dã, foi a Sunnie que fez.

— Limpe isso.

— Você não manda em mim.

— A mamãe me colocou no comando. Então, ou você limpa, ou eu conto para ela e para o papai que você está guardando o dinheiro que ela te dá para comprar pipoca e sorvete.

Sarah coçou o nariz e sacudiu a cabeça.

— Tá bom. — Ela se virou para ir buscar a vassoura, parou e disse: — Desculpe, Sr. Hutchins. Vou varrer rapidinho. — Ela disparou pelo corredor e abriu a porta. — Ei, Sra. Hutchins, preciso da vassoura!

— Desculpe, Sr. Hutchins — Tracy disse. — Vou contar para minha mãe e meu pai o que ela fez.

— Não precisa, Tracy — ele respondeu. — Eu acho que você já cuidou da situação com muita maturidade, e acredito que Sarah aprendeu a lição. Essa é a nossa Sarah, certo? Ela faz as coisas ficarem divertidas por aqui.

— Divertidas demais, às vezes — Tracy disse. — Estamos tentando fazer ela parar.

— Ah, eu não faria isso — ele exclamou. — É o que torna Sarah... Sarah.

Uma buzina soou. Tracy olhou pelo retrovisor e viu um homem na boleia de um caminhão velho apontando para o semáforo à frente, que tinha ficado verde.

Ela passou pelo cinema, mas o letreiro estava cheio de buracos feitos por pedras, e as vitrines que um dia anunciaram o filme em cartaz e as próximas atrações estavam cobertas por tapumes. Uma brisa soprava jornais e lixo na área atrás da bilheteria. O restante dos prédios de um e dois andares em pedra e tijolo no centro de Cedar Grove estava em condições semelhantes.

Placas de "Aluga-se" ocupavam metade das janelas. Um restaurante chinês que ficava no lugar que já tinha sido uma loja de quinquilharias anunciava, numa cartolina, o almoço executivo a seis dólares. Um brechó substituía a barbearia de Fred Digasparro, mas a haste em espiral vermelha e branca continuava afixada na parede. Um café anunciava expressos debaixo de letras desbotadas na fachada de tijolinhos à vista que tinha pertencido ao Armazém do Kaufman.

Tracy virou à direita na Segunda Avenida. Na metade do quarteirão, entrou no estacionamento. As letras pretas pintadas na porta de vidro da Delegacia de Polícia de Cedar Grove não haviam mudado nem desbotado, mas Tracy não tinha ilusões quanto à sua volta para casa.

CAPÍTULO 5

Tracy mostrou seu distintivo ao policial sentado à escrivaninha depois das portas de vidro e lhe disse que estava com o grupo de Seattle. Imediatamente, ele começou a explicar a ela como chegar à sala de reuniões no fim do corredor.

— Eu sei o caminho — ela disse.

Quando abriu a porta da sala sem janelas, a conversa parou de repente. Um policial uniformizado estava em pé junto à cabeceira da mesa, de caneta na mão, com um mapa topográfico preso a um quadro de cortiça atrás de si. Roy Calloway estava sentado perto da entrada, as sobrancelhas juntas e parecendo preocupado. Do lado oposto da mesa, Kelly Rosa, a antropóloga forense de Seattle, estava sentada com Bert Stanley e Anna Coles, voluntários da equipe de perícia da Patrulha Estadual de Washington. Tracy tinha trabalhado em diversos homicídios com eles, e não esperou ser convidada a entrar, sabendo que isso não aconteceria.

— Chefe — ela disse, pois era assim que todo mundo em Cedar Grove chamava Calloway, embora, tecnicamente, ele fosse o xerife.

Calloway levantou-se quando Tracy passou por sua cadeira e tirou a jaqueta de veludo cotelê, revelando seu coldre de ombro e o distintivo preso no cinto.

— O que você pensa que está fazendo? — o xerife perguntou.

Ela pendurou a jaqueta nas costas de uma cadeira.

— Não comece com isso, Roy.

Ele se aproximou, endireitando o corpo para mostrar sua altura. Intimidação sempre foi sua marca. Para uma garotinha, Roy Calloway podia ser assustador, mas Tracy já não era jovem nem se deixava intimidar com facilidade.

— Concordo, não vamos começar. Então, se você está aqui como policial, está fora da sua jurisdição. Se...

— Eu não estou aqui como policial — ela disse. — Mas eu gostaria de cortesia profissional.

— Não vai dar.

— Roy, você sabe que eu não faria nada que pudesse prejudicar a integridade de uma cena de crime.

Calloway meneou a cabeça.

— Você não vai ter essa oportunidade.

Os outros olharam na direção deles, os rostos marcados pela dúvida.

— Então vou lhe pedir um favor... como amigo do meu pai.

Calloway estreitou os olhos azuis e franziu a testa. Tracy sabia que tinha tocado numa ferida antiga, que nunca tinha cicatrizado. Calloway costumava caçar e pescar com seu pai, que tinha cuidado dos pais idosos do xerife antes de eles morrerem. Os dois homens também carregaram a culpa e o fardo de nunca terem encontrado Sarah.

Calloway apontou o dedo para Tracy como fazia quando ela era criança e andava de bicicleta na calçada.

— Você não vai me atrapalhar. Se eu disser para você ir embora, é o que vai fazer. Estamos entendidos?

Tracy não podia dizer para o xerife que investigava mais homicídios num ano do que ele tinha investigado durante toda a carreira.

— Estamos — ela afirmou.

Calloway manteve o olhar nela durante um momento antes de voltar sua atenção para o policial.

— Continue, Finlay — ele disse, e voltou ao seu lugar.

O policial, cujo distintivo dizia "Armstrong", precisou de um instante para recuperar o fio da meada antes de voltar sua atenção para o mapa topográfico.

— Foi aqui que eles encontraram o corpo. — Ele desenhou um X onde os dois caçadores tinham topado com os restos mortais.

— Não pode ser — Tracy disse.

Armstrong voltou-se para ela, parecendo inseguro. Ele olhou para Calloway.

— Eu disse para continuar, Finlay.

— Tem uma estrada de acesso aqui — Armstrong indicou no mapa. — Foi aberta para um empreendimento.

— Essa é a velha propriedade Cascadia — Tracy disse.

Os músculos do maxilar de Calloway ficaram tensos.

— Continue, Finlay.

— O local fica a menos de um quilômetro da estrada de acesso — Finlay disse, parecendo menos seguro de si. — Nós estabelecemos um perímetro aqui. — Ele desenhou outro pequeno X. — A cova em si é rasa, cerca de meio metro. Agora...

— Espere — Rosa disse, levantando a cabeça e tirando os olhos de suas anotações. — Espere um pouco. Você disse que a cova era *rasa*?

— Bem, o pé não estava muito fundo.

— E a cova não parecia mexida, para você? — Rosa perguntou. — Quero dizer, além do que o cachorro cavou?

— Foi o que pareceu; acho que podia ser apenas uma perna e um pé.

— Por que você pergunta? — Calloway se dirigiu a Rosa.

— O tilito glacial no noroeste perto do Pacífico é duro como pedra — Rosa disse. — Isso torna muito difícil cavar uma cova, especialmente nesse tipo de terreno, que, imagino, tem ainda um grande sistema de raízes. Não me surpreende que a cova seja rasa. O que me surpreende é que animais não tenham mexido nela antes.

— Aquela área estava começando a ser transformada em um *resort* de tênis e golfe que se chamaria Cascadia — Tracy disse a Rosa. — Eles tiraram algumas árvores e trouxeram alguns trailers para servir de escritórios de vendas dos lotes. Lembra daquele corpo que nós encontramos em Maple Valley alguns anos atrás?

Rosa anuiu e se voltou para Armstrong:

— O corpo podia estar enterrado em um buraco feito pela remoção de uma árvore durante esse estágio do empreendimento?

— Não sei — Armstrong respondeu, meneando a cabeça e parecendo confuso.

— Que diferença isso faz? — Calloway perguntou.

— Para começar, pode indicar um ato premeditado — Tracy disse. — Se alguém sabia que haveria uma construção nessa área, pode ter planejado usar o buraco.

— Por que um assassino usaria um buraco num local em que sabia que haveria uma construção? — Rosa perguntou.

— Porque ele também sabia que a construção não iria adiante — Tracy respondeu. — Foi uma história e tanto por aqui. O *resort* iria ter grande impacto na economia local, transformando Cedar Grove em destino turístico. A construtora pediu permissão para transformar a terra em campo de golfe e *resort* de tênis, mas pouco tempo depois a Comissão Federal de Energia aprovou a construção de três usinas hidroelétricas no Rio Cascade. — Tracy levantou, foi até a frente da sala e estendeu a mão para Finlay. O policial hesitou antes de entregar a caneta para ela. Tracy desenhou uma linha. — A represa das Cataratas de Cascade foi a última a ficar pronta. Isso aconteceu em meados de outubro de 1993. O lago da usina se encheu e seu perímetro expandiu. — Ela desenhou o novo perímetro do lago. — Essa área foi inundada.

— O que colocou o local da cova debaixo d'água e fora do alcance de animais — Rosa disse.

— E fora do nosso alcance. — Tracy se virou para Calloway. — Nós vasculhamos essa área, Roy.

Tracy sabia bem disso. Ela não só fez parte da equipe de buscas como guardou o mapa topográfico original depois que seu pai morreu. Nos anos seguintes, ela voltou ali tantas vezes que conhecia o lugar melhor que as linhas da palma de sua mão. Seu pai tinha dividido o mapa em setores, para garantir uma busca sistemática e completa. Eles tinham passado duas vezes em cada setor.

Como Calloway continuava a ignorá-la, Tracy se dirigiu a Rosa.

— A barragem das Cataratas de Cascade foi derrubada no começo deste verão.

— E o lago recuou para suas dimensões originais — Rosa concluiu.

— Eles acabaram de reabrir a área para caçadores e trilheiros — Armstrong disse, também entendendo. — Ontem foi o primeiro dia da temporada de patos.

Tracy olhou para Calloway.

— Nós vasculhamos a área antes de ser inundada, Roy. Não havia corpo ali.

— A área é grande. Não dá para excluir a possibilidade de não termos visto — ele disse. — Ou de não ser ela.

— Quantas mulheres jovens desapareceram por aqui nessa época, Roy?

Calloway não respondeu.

— Nós vasculhamos aquela área *duas vezes* e não encontramos nenhum corpo. Quem pôs o corpo ali só pode ter feito isso depois das nossas buscas e pouco antes da inundação.

CAPÍTULO 6

Tracy se sentou de repente, o lençol escorregando até sua cintura. Desorientada, ela pensou que o som que a assustou fosse o sinal tocando nos corredores do Colégio Cedar Grove, indicando que estava atrasada para a próxima aula de química que ela precisava ministrar.

— Telefone — Ben gemeu. Ele estava no colchão ao lado dela, segurando um cobertor sobre a cabeça para bloquear os feixes de luz matinal que passavam pela veneziana. O telefone enfim parou de tocar.

Tracy caiu de volta no travesseiro, mas agora sua cabeça queria continuar se orientando. Ben a tinha buscado na competição de tiro para irem jantar. Ela se lembrou de quando ele afastou a cadeira e se ajoelhou. O anel! Sua boca se curvou num sorriso sonolento e ela levantou a mão esquerda, inclinando o diamante para refletir um raio de luz. Ben estava tão nervoso que mal conseguiu dizer o que queria.

Seu pensamento voou de novo, desta vez até Sarah. Tracy pretendia ligar para ela contando a novidade quando voltasse para o apartamento, mas uma coisa levou a outra com Ben, embora, aparentemente, Sarah já soubesse do pedido. Ben contou para Tracy que Sarah tinha ajudado a planejar a noite. Foi por isso que a irmã errou dois alvos. Ela queria que Tracy vencesse para não ficar noiva de mau humor.

Sentindo-se culpada por ter reclamado com Sarah, Tracy rolou de lado e olhou a hora no despertador digital no tapete ao lado do colchão. Os números vermelhos brilhavam: 6:13 da manhã. Sarah nunca sairia da cama tão cedo para atender a extensão no corredor da casa dos pais. Tracy teria que esperar para ligar para ela.

Perdendo o interesse em dormir, Tracy rolou para perto de Ben, aconchegando-se ao corpo dele, sentindo seu calor irradiar. Como Ben não *reagiu, ela se apertou mais nele e passou os dedos pelos músculos de seu abdômen, terminando por tomá-lo na mão, sentindo-o endurecer.*

O telefone tocou.

Ben grunhiu, e de um modo não muito bom.

Tracy afastou o lençol, rolou para fora da cama e cambaleou por cima das roupas que eles tinham tirado, apressados, na noite anterior. Na cozinha, ela pegou o fone no suporte de parede.

— *Alô?*

— *Tracy?*

— *Pai?*

— *Eu liguei antes.*

— *Desculpe, acho que não escutei...*

— *Sarah está com você?*

— *Sarah? Não. Ela está em casa.*

— *Ela não está em casa.*

— *O quê? Espere, vocês não estão no Havaí? Que horas são aí?*

— *É cedo. Roy Calloway disse que não conseguiu falar com ninguém em casa.*

— *Por que Roy foi até em casa?*

— *Encontraram a sua picape. Você teve algum problema mecânico ontem à noite?*

Tracy estava com dificuldade para acompanhar a conversa. Sua cabeça latejava devido a vinho demais e sono de menos.

— *Como assim encontraram? Encontraram onde?*

— *Na estradinha local. O que aconteceu?*

Tracy sentiu uma onda de terror envolvê-la. Ela tinha dito a Sarah para usar a autoestrada.

— *Tem certeza?*

— *Claro que tenho! Roy reconheceu o adesivo na janela de trás. Sarah não está com você?*

Ela sentiu a cabeça ficar leve e o estômago revirar.

— *Não, ela foi para casa.*

— *O que você quer dizer com "foi para casa"? Você não estava com ela?*

— Não, eu estava com Ben.

— Você a deixou voltar sozinha de Olympia? — Ele estava começando a gritar.

— Eu não a deixei... Pai, eu...

— Ah, meu Deus.

— Ela deve estar em casa, pai.

— Acabei de ligar lá. Duas vezes. Ninguém atendeu.

— Ela nunca atende. Deve estar dormindo.

— Roy foi até lá. Ele bateu na porta da frente...

— Eu vou até lá agora, pai. Pai, eu disse que vou até lá agora. Claro que eu ligo para você quando chegar. Eu disse que vou ligar quando chegar lá.

Ela desligou o telefone, tentando entender a situação.

Roy Calloway disse que não tinha encontrado ninguém na casa.

Encontraram a sua picape.

Ela inspirou fundo, lutando com a ansiedade crescente, dizendo a si mesma para não entrar em pânico, dizendo a si mesma que tudo estava bem.

Acabei de ligar lá duas vezes.

Sarah devia estar dormindo e ou não ouviu o telefone tocar ou o ignorou. Era típico dela ignorar o telefone.

Roy bateu. Ele bateu na porta da frente...

Ninguém respondeu.

— Ben!

CAPÍTULO 7

Tracy estacionou no fim da fila de carros que margeavam a estrada de cascalho que levava à entrada nunca construída do Resort Cascadia. Ela prendeu o cabelo num rabo de cavalo, sentou no para-choque traseiro e trocou as rasteirinhas por botas de trilha. Embora o céu estivesse claro e a temperatura fria, típica de outubro, ela amarrou uma jaqueta de Gore-Tex na cintura, sabendo que a chuva podia vir rapidamente, e que a temperatura cairia depois que o sol se escondesse atrás das árvores.

Depois que todos se reuniram, Finlay Armstrong levou-os por uma trilha de terra, com Calloway logo atrás, seguidos por Rosa e sua equipe. Rosa carregava uma sacola de escavação, que era do tamanho de uma mala de academia, mas tinha vários compartimentos do lado de fora, para coisas como pás, escovas e outras ferramentas pequenas. Stanley e Coles carregavam cavaletes, uma tela e baldes brancos. As folhas dos pinheiros ponderosa começavam a adquirir uma coloração dourada, e as que tinham caído formavam uma cobertura natural no solo, produzindo um aroma familiar. As folhas dos bordos e amieiros também pareciam prestes a cair. Mais adiante no caminho, o grupo passou pelas placas de "Não Entre" nas quais Tracy, Sarah e seus amigos jogavam pedras quando passavam em suas bicicletas pelas trilhas da montanha em direção ao Lago Cascade.

Com meia hora de caminhada eles saíram da trilha para uma área que tinha sido parcialmente aberta. Da última vez que Tracy esteve nesse local, trailers da construtora serviam de escritórios de vendas temporários de Cascadia.

— Você espera aqui — Calloway disse.

Tracy ficou para trás enquanto o restante do grupo se aproximou de onde um policial fazia guarda ao lado de estacas de madeira enfiadas no chão. Fitas amarelas e pretas de cena de crime estavam presas às estacas, criando um retângulo irregular com cerca de 2,5 metros de largura por 3 de comprimento. No quadrante inferior direito, Tracy viu o que parecia ser um graveto se projetando do solo revirado. Ela sentiu um aperto no peito.

— Vamos estabelecer o segundo perímetro aqui — Calloway disse a Armstrong, mantendo a voz baixa e respeitosa. — Usem os troncos das árvores.

Armstrong pegou o rolo de fita de cena do crime e começou a traçar o segundo perímetro, o que Tracy considerou exagero. Ninguém mais apareceria. Ninguém em Cedar Grove ligava mais para aquilo, e a imprensa não encontraria aquela área remota do norte das Cascades.

Armstrong se aproximou do lugar onde Tracy estava, parecendo quase querer se desculpar.

— Preciso que você recue, detetive — ele disse.

Ela recuou um passo para Armstrong terminar de passar a fita amarela e preta entre as árvores.

Rosa não perdeu tempo para começar a trabalhar. Após remarcar a cova para aumentar suas dimensões, ela usou barbante para dividir o local em seções menores, depois se ajoelhou diante da seção com o pé levantado e começou a tirar a terra com uma escova. Ela usava uma pá pequena para colocar a terra nos baldes de vinte litros. Cada balde estava marcado com uma letra maiúscula que correspondia a uma seção do local da escavação, de A a D. Periodicamente, Stanley despejava terra na tela armada entre os dois cavaletes, peneirando-a. Anna Coles tirava fotografias. Quaisquer ossos ou fragmentos recebiam uma letra minúscula. Todo o resto – pedaços de tecido, metal, botões – era numerado. Rosa trabalhava metodicamente, sem descanso. Ela queria terminar o trabalho antes de a luz do outono se pôr atrás das árvores.

Pouco depois das 13h30, Tracy percebeu a primeira alteração na rotina de Rosa. A antropóloga parou de cavar e sentou nos calcanhares. Ela falou com Stanley, que começou a lhe dar escovas cada vez menores que pegava na mala de escavação. Rosa voltou a escovar terra, mas numa área cada vez mais concentrada. Após meia hora, Rosa levantou-se. Ela tinha desenterrado alguma coisa, que agora segurava na mão enluvada. Ela conversou sobre o objeto com Roy Calloway e depois o entregou a Stanley, que o guardou dentro de um saco plástico de provas, identificando-o com uma caneta marcadora preta.

Após catalogar o objeto, Stanley entregou o saco — não para Rosa, mas para Calloway, que pareceu refletir sobre o que Rosa tinha encontrado.

Então ele se virou e dirigiu o olhar para Tracy.

Ela sentiu um surto de adrenalina. Suor brotou em suas axilas e escorreu por seus flancos por baixo da camisa.

Conforme Calloway se aproximava, o coração dela batia com mais intensidade. Quando ele lhe entregou o saco com a prova, ela não conseguiu se obrigar a olhar para o objeto. Tracy continuou a observar o rosto de Calloway até o xerife não conseguir mais sustentar o olhar e se virar.

Tracy olhou para baixo, para o que Kelly Rosa tinha desenterrado, e sua respiração ficou presa no peito.

CAPÍTULO 8

Tracy sentiu o estômago ficar embrulhado.

— Tudo bem com você? — Ben estendeu a mão dentro do carro e tocou o ombro de Tracy, mas ela não respondeu. Continuou olhando pela janela, para a montanha e os fragmentos de xisto que entulhavam a lateral da estrada. Ela não tinha encontrado as botas de Sarah na varanda da frente nem na entrada da casa. Sarah não tinha respondido quando Tracy subiu correndo a escadaria gritando seu nome. Sarah não estava dormindo em sua cama nem tomando banho. Ela não estava na cozinha comendo nem na sala íntima assistindo à televisão. Sarah não estava em casa. E não havia indício de que tinha estado.

— Ali — Ben disse ao dobrarem mais uma curva na estrada.

A picape azul de Tracy parecia abandonada, estacionada no acostamento que se inclinava na direção das Cascades do norte.

Ben fez meia-volta, estacionou atrás da Suburban do xerife e desligou o motor.

— Tracy?

Ela se sentia paralisada.

— Eu falei para ela não pegar a estradinha local. Eu disse para ela ficar na autoestrada e tomar cuidado. Você me ouviu falar para ela.

Ben pegou a mão de Tracy sobre o assento e a apertou.

— Nós vamos encontrar Sarah.

— Por que ela é tão teimosa, o tempo todo?

— Vai ficar tudo bem, Tracy.

Mas a sensação de pavor que a envolveu enquanto ela corria de quarto em quarto na casa de seus pais ficava mais forte. Ela abriu a porta do carro e saiu para o acostamento de terra.

A temperatura da manhã continuava subindo. O asfalto já estava seco e não mostrava sinais da chuva intensa da noite anterior. Insetos zuniam dançando ao redor de Tracy enquanto ela se aproximava da picape. Fraca e zonza, ela tropeçou. Ben a segurou. O acostamento parecia mais estreito, o degrau mais pronunciado do que ela se lembrava.

— Será que ela derrapou? — Tracy perguntou a Roy Calloway, que aguardava junto ao para-choque da picape.

Calloway estendeu a mão e pegou a chave reserva.

— Vamos um passo de cada vez, Tracy.

— O que aconteceu com a picape?

Tracy esperava que um dos pneus estivesse murcho, ou que houvesse alguma batida na lataria, ou que o capô estivesse levantado, indicando algum problema no motor, o que não era provável. O pai delas era religioso com relação à manutenção dos carros, feita por Harley Holt.

— Nós vamos descobrir o que houve — disse Calloway. Ele colocou um par de luvas azuis de látex e abriu a porta do motorista. Um saco vazio de Cheetos e uma lata de Coca Diet jaziam no chão do lado do passageiro — o café da manhã de Sarah quando elas foram para a competição. Tracy tinha dado uma bronca na irmã por comer aquela porcaria. O agasalho azul-claro de Sarah continuava enrolado no assento estreito onde ela o tinha colocado. Tracy olhou para Calloway e meneou a cabeça. Tudo parecia estar como Tracy se lembrava. O xerife se inclinou sobre o volante, colocou a chave na ignição e a virou. O motor gemeu. Então morreu. Calloway se debruçou mais e observou o painel.

— Está vazio.

— Quê? — ela perguntou.

Calloway recuou para que Tracy pudesse ver.

— Ela ficou sem gasolina.

— Não pode ser — Tracy disse. — Eu enchi o tanque na sexta-feira para não precisarmos abastecer de manhã.

— Quem sabe não está mostrando quanta gasolina tem porque o motor está desligado? — Ben sugeriu.

— Não sei — Calloway respondeu, mas parecia cético.

Calloway tirou a chave e foi até a traseira da picape. Tracy e Ben o acompanharam. O vidro com a película escura impedia que vissem o que havia dentro da carroceria coberta.

— Por que você não olha para o outro lado? — Calloway sugeriu, parado junto à traseira.

— Não. — Tracy negou com a cabeça.

Ben passou o braço ao redor dos ombros dela. O xerife destrancou a porta traseira e se curvou para espiar dentro, antes de deixar que a porta se levantasse por completo. Então, baixou a tampa da carroceria. De novo, tudo parecia estar como Tracy se lembrava. Os carrinhos de armas estavam presos às laterais. O casaco de Tracy amontoado com suas botas e a bandana vermelha.

— Esse é o chapéu dela? — Calloway apontou para o Stetson marrom.

Era. Então Tracy lembrou de ter colocado seu Stetson preto na cabeça de Sarah.

— Ela estava usando o meu.

Calloway começou a levantar a tampa.

— Posso entrar? — Tracy perguntou. Calloway recuou. Ela subiu, sem saber ao certo o que estava procurando, mas sentindo a mesma urgência que havia sentido na noite anterior, quando ela e Ben foram embora, como se tivesse esquecido algo. Ela destravou os carrinhos de armas. As espingardas e os rifles continuavam em seus lugares, os canos para cima, como tacos de bilhar na estante. As pistolas de Sarah estavam guardadas numa gaveta interna, e a munição, na caixa com fechadura. Numa segunda gaveta, onde Sarah guardava distintivos de outras competições, Tracy encontrou a fotografia de Wild Bill entregando a ela a fivela de prata: Sarah e a terceira colocada ao seu lado. Ela guardou a fotografia no bolso traseiro da calça, pegou o casaco e verificou os bolsos.

— Não está aqui — ela disse, saindo da carroceria.

— O que não está aí? — Calloway perguntou.

— A fivela de campeã — Tracy disse. — Eu dei para Sarah ontem à noite, antes de nós dois irmos embora.

— Não estou entendendo — Calloway disse.

— Por que ela levaria a fivela, mas não as armas? — Ben perguntou.

— Não sei. É que...

— O quê? — Calloway perguntou.

— Eu quero dizer que ela não teria nenhum motivo para pegar a fivela de prata a menos que pretendesse me devolver hoje manhã, certo?

— Ela saiu andando — Calloway concluiu. — É isso que está dizendo? Ela teve tempo para decidir o que pegar e saiu andando.

Tracy olhou para a estrada deserta. A faixa branca no centro serpenteava seguindo os contornos da montanha, virando e desaparecendo numa curva.

— Então onde ela está?

CAPÍTULO 9

O revestimento de prata tinha perdido o brilho, mas a gravação com a imagem da vaqueira disparando dois revólveres e as letras ao redor continuavam claras: *Campeã do Estado de Washington — 1993.*

Eles tinham encontrado a fivela de prata.

Eles tinham encontrado Sarah.

A emoção que cresceu dentro de Tracy a surpreendeu. Não era amargor ou culpa. Nem mesmo tristeza. Era raiva, que correu por dentro dela como veneno. Ela sabia. Sempre soubera que o desaparecimento de Sarah não era o que todos queriam que ela acreditasse. Tracy sabia que havia algo naquilo. E agora sentia que finalmente poderia provar.

— Finlay. — A voz de Calloway soou como se viesse da extremidade de um túnel comprido. — Leve-a daqui.

Alguém tocou no braço dela. Tracy se afastou.

— Não.

— Você não precisa fazer parte disto — Calloway disse.

— Eu deixei minha irmã uma vez — ela disse. — Não vou deixá-la de novo. Vou ficar. Até o fim.

Calloway fez um sinal para Armstrong, que recuou para onde Rosa tinha retomado a escavação.

— Vou precisar disso — Calloway disse, estendendo a mão para a fivela, mas Tracy continuou passando o polegar pela superfície, sentindo o contorno de cada letra. — Tracy — Calloway insistiu.

Ela estendeu a fivela, mas, quando Calloway a pegou, Tracy não soltou, forçando-o a encará-la.

— Eu disse, Roy. Nós vasculhamos esta área. Duas vezes.

Ela manteve distância o restante da tarde, mas conseguiu ver o bastante para perceber que Sarah tinha sido enterrada em posição fetal, as pernas acima da cabeça. A pessoa que usou aquele buraco, feito quando a raiz da árvore foi arrancada do solo, tinha avaliado mal o tamanho, o que não era incomum. A percepção espacial pode ficar distorcida quando se está sob estresse.

Só depois que Kelly Rosa fechou o saco preto de corpos e passou um cadeado no zíper, Tracy saiu da floresta, voltando para o carro.

Ela navegou as curvas montanha abaixo sem pensar, a mente entorpecida. O sol tinha baixado atrás das árvores, projetando sombras na estrada. Ela já sabia, claro. Era por isso que os detetives eram treinados para se esforçar para encontrar pessoas sequestradas nas primeiras 48 horas. Depois disso, as estatísticas mostravam que a probabilidade de encontrar a pessoa viva despencava. Depois de 20 anos, a probabilidade de encontrar Sarah viva era ínfima. Mesmo assim, a esperança tinha permanecido numa pequena parte dela, a parte que Tracy compartilhava com outras famílias cujos entes queridos tinham sido sequestrados e nunca localizados. Era parte de todo ser humano que se agarrava à esperança, não importava quão improvável, de contrariar as probabilidades. Tinha acontecido antes. Na Califórnia, uma jovem desaparecida havia 18 anos entrou numa delegacia de polícia e disse seu nome. Naquele dia, a esperança foi reavivada por toda família que tinha perdido um ente amado. Tinha sido reavivada para Tracy. Algum dia seria Sarah. Algum dia seria a irmã dela. A esperança podia ser tão cruel. Mas durante 20 anos isso foi tudo que ela tivera, a única coisa que afastava a escuridão que pairava à sua volta, à espera de qualquer oportunidade para sufocá-la.

Esperança.

Tracy tinha se agarrado a esse sentimento até o último instante, quando Roy Calloway lhe entregou a fivela de prata, extinguindo a última e cruel chama.

Ela passou pelo lugar na estradinha local onde, 20 anos antes, foi encontrada sua picape azul, e sentiu como se poucos dias tivessem passado. Quilômetros adiante, pegou a saída que lhe era familiar e entrou na cidade que já não reconhecia, à qual não mais se sentia conectada. No entanto, em vez de virar à esquerda para pegar a autoestrada, virou à direita, passando pelas casas térreas de que recordava como lares vibrantes, cheias de famílias e amigos, mas que agora pareciam desgastadas e velhas. Na área mais afastada do centro, o tamanho das casas e dos lotes aumentava. Tracy dirigia no piloto automático, diminuindo a velocidade para fazer uma curva, quando viu o portão com pilares de pedra. Ela parou no começo da entrada de carro inclinada.

Plantas perenes, cuidadas metodicamente por sua mãe, um dia ocuparam aqueles canteiros, onde agora restavam caules nus de roseiras dormentes. No alto de um gramado bem cuidado, delimitado por uma cerca-viva de buxinho, havia um toco cortado onde o salgueiro-chorão reinava como um guarda-chuva aberto. Christian Mattioli tinha contratado um arquiteto inglês para projetar uma casa de dois andares em estilo Rainha Anne quando fundou a Companhia Mineradora Cedar Grove, fazendo florescer a cidade de mesmo nome. A história contava que, depois, Mattioli pediu que o arquiteto acrescentasse um terceiro andar, para garantir que a casa seria a mais alta e mais grandiosa do lugar. Um século mais tarde, muito depois que as minas de Cedar Grove tinham fechado e que a maioria dos moradores tinham ido embora, a casa e o jardim ficaram abandonados. Mas a mãe de Tracy se apaixonou à primeira vista pelas paredes em escama de peixe e as torres no telhado de duas águas. O pai de Tracy, desejando abrir uma clínica médica no interior, comprou a propriedade. Juntos, eles restauraram tudo, do piso em peroba brasileira ao telhado. Também removeram o papel de parede, restaurando o revestimento e os armários originais em mogno. O saguão em mármore, com lustres de cristal, foi renovado, tornando a residência, de novo, a mais grandiosa de Cedar Grove. Mas eles tinham feito mais do que reformar uma casa. Tinham criado um lugar para duas irmãs chamarem de lar.

Tracy apagou a luz do banheiro e entrou no quarto usando seu pijama vermelho de lã. Ela tinha enrolado o cabelo numa toalha e cantava "We've

Got Tonight", acompanhando a versão de Kenny Rogers e Sheena Easton que tocava no aparelho de som. Ela se debruçou sobre o parapeito da janela e admirou o céu noturno. A magnífica lua cheia projetava uma luz azul pálida no salgueiro-chorão. As tranças compridas da árvore pendiam imóveis, como se ela estivesse em sono profundo. O outono transformava-as silenciosamente em inverno, e a meteorologia tinha previsto que, à noite, a temperatura cairia abaixo do ponto de congelamento. Para decepção de Tracy, contudo, o céu brilhava com suas estrelas. A escola de Cedar Grove fecharia na primeira neve do inverno, e Tracy tinha uma prova sobre frações pela manhã, mas não estava muito preparada.

Ela apertou o botão de "Parar" no som, interrompendo Sheena, mas continuou a cantar. Então desligou a luz da escrivaninha. O luar se espalhou pelo edredom e pela manta, desaparecendo outra vez quando ela acendeu a lâmpada presa à cabeceira. Tracy pegou Um conto de duas cidades; sua turma estava se arrastando por essa história ao longo do semestre. Ela não sentia vontade de ler, mas se suas notas piorassem, seu pai não a levaria para o concurso regional de tiro no fim de novembro.

Ela continuou cantando a letra de "We've Got Tonight" ao puxar o edredom.

— Buuuu!

Tracy gritou e cambaleou para trás, quase caindo.

— Oh, meu Deus! Oh, meu Deus! — Sarah tinha pulado de debaixo das cobertas como se tivesse uma mola, e agora estava deitada de costas, rindo tanto que mal conseguia encontrar fôlego para falar.

— Você é uma peste! — Tracy gritou. — Qual o seu problema?

Sarah sentou, tentando falar em meio às risadas estridentes e tentativas de respirar.

— Você precisava ter visto a sua cara! — Ela imitou a expressão de susto de Tracy, então caiu de volta no colchão, segurando a barriga, sem parar de rir.

— Quanto tempo você ficou escondida aí?

Sarah se ajoelhou e fechou a mão, como se fosse um microfone, e imitou Tracy cantando a música.

— Cale a boca. — Tracy soltou a toalha da cabeça, jogou o cabelo para a frente e o esfregou com vontade.

— Você está apaixonada pelo Jack Frates? — Sarah perguntou.

— Não é da sua conta. Nossa, você é tão criança.

— Não, dã. Eu tenho oito anos. Você beijou ele, mesmo?

Tracy parou de secar o cabelo e levantou a cabeça.

— Quem contou isso para você? Foi a Sunnie que falou? Espere. — Ela olhou para a estante de livros. — Você leu o meu diário!

Sarah pegou o travesseiro e começou a fazer sons de beijos.

— Oh, Jack. Vamos fazer isto durar. Vamos encontrar um jeito!

— O diário é uma coisa pessoal, Sarah! Onde ele está? — Tracy pulou na cama, montando em Sarah e prendendo braços e pernas dela. — Isso não foi legal. De jeito nenhum. Onde está? — Sarah recomeçou a rir. — Estou falando sério, Sarah! Devolva!

A porta foi aberta.

— O que está acontecendo? — A mãe delas entrou no quarto, usando seu robe rosa e chinelos, segurando uma escova. Seu cabelo loiro, solto do coque costumeiro, caía no meio de suas costas. — Tracy, saia de cima da sua irmã.

Tracy saiu.

— Ela se escondeu debaixo das cobertas e me assustou. E ela pegou o meu... ela se escondeu debaixo das cobertas.

Abby Crosswhite se aproximou da cama.

— Sarah, o que eu disse sobre assustar os outros?

Sarah sentou na cama.

— Mãe, foi tão engraçado. Você precisava ter visto a cara dela. — Sarah fez uma expressão que parecia de um chimpanzé alucinado. A mãe cobriu a boca, esforçando-se para não rir.

— Mãe! — Tracy exclamou. — Não tem graça.

— E eu nem olhei para você.

— Mãe!

— Chega — a mãe disse. — Sarah, vá para o seu quarto. — Sarah saiu da cama de Tracy e foi até a porta do banheiro anexo. — E devolva o diário da sua irmã.

Tracy e Sarah ficaram paralisadas. A mãe delas era assim, médium ou coisa parecida.

— Foi falta de educação ler sobre o beijo dela em Jack Frates.

— Mãe! — Tracy exclamou.

— Se você tem vergonha que leiam a respeito, talvez fosse melhor não fazer isso que escreveu. Você é muito nova para ficar beijando garotos. — Ela se virou para Sarah, que estava no banheiro compartilhado entre os quartos das duas, fazendo sons de beijo. — Chega, Sarah. Devolva logo.

Sarah voltou até a cama, saboreando cada passo enquanto Tracy a fuzilava com o olhar. Sarah puxou o caderno de capa florida de debaixo das cobertas e Tracy o arrancou de sua mão, dando-lhe um tapa. Sarah se abaixou e fugiu do quarto.

— Você não deveria ler o meu diário, mãe. Isso foi uma completa invasão da minha privacidade.

— Vire-se. Vai ficar com o cabelo embaraçado. — Abby Crosswhite começou a escovar o cabelo de Tracy, e ela relaxou ao sentir as cerdas acariciando seu couro cabeludo. — Eu não li o seu diário. Foi intuição de mãe. Mas agora você admitiu a culpa. Da próxima vez que Jack Frates vier, diga que o seu pai quer dar uma palavrinha com ele.

— Ele não vai vir. Não com aquela peste aqui.

— Não chame sua irmã de peste. — Ela passou a escova uma última vez. — Tudo bem, cama. — Tracy entrou debaixo das cobertas, sentindo o calor do corpo de Sarah. Ela ajustou o travesseiro às costas e a mãe se inclinou para beijar sua testa. — Boa noite. — Abby pegou a toalha molhada no chão e encostou a porta, depois pôs a cabeça para dentro. — E... Tracy?

— Sim?

A mãe entoou a letra da música.

Tracy gemeu. Depois que a mãe fechou a porta, ela saiu da cama, fechou a porta do banheiro e procurou um esconderijo melhor para seu diário. No fim, ela o guardou entre os suéteres na prateleira mais alta do armário, onde Sarah não alcançaria com facilidade. De volta à cama, abriu o livro de Dickens.

Estava lendo havia quase meia hora, tendo acabado de virar a página para encontrar o fim do capítulo, quando ouviu a porta do banheiro ser aberta.

— Vá para sua cama — ela disse.

Segurando a maçaneta da porta, Sarah entrou na visão perifé-rica da irmã.

— Tracy?

— *Já disse, vá para sua cama.*

— *Estou com medo.*

— *Que pena.*

Sarah aproximou-se da cama. Ela vestia uma das camisolas de flanela de Tracy. A bainha arrastava no chão.

— *Posso dormir com você?*

— *Não.*

— *Mas estou com medo do meu quarto.*

Tracy fingiu que continuava a ler.

— *Como você pode ter medo do seu quarto se não tem medo de se esconder embaixo das cobertas?*

— *Não sei. Só sei que estou com medo.*

Tracy meneou a cabeça.

— *Por favor* — *Sarah implorou.*

Tracy suspirou.

— *Tudo bem.*

Sarah pulou na cama, passando por cima da irmã e se enfiando debaixo das cobertas.

— *Como foi?* — *ela perguntou depois de se ajeitar.*

Tracy desviou o olhar do livro. Sarah estava olhando para o teto.

— *Como foi o quê?*

— *Beijar o Jack Frates.*

— *Durma.*

— *Acho que nunca vou beijar um garoto.*

— *Como você pretende se casar se nunca beijar um garoto?*

— *Eu não vou me casar. Vou morar com você.*

— *E se eu me casar?*

Sarah franziu o cenho, pensativa.

— *Posso morar com você?*

— *Eu vou ter um marido.*

Sarah roeu a unha.

— A gente ainda vai poder se ver todo dia?

Tracy levantou o braço. Sarah se aproximou.

— É claro que sim. Você é minha irmã favorita, ainda que seja uma peste.

— Sou sua única irmã.

— Durma.

— Não consigo.

Tracy pôs Dickens na mesa de cabeceira e deslizou por baixo das cobertas. Ela estendeu a mão para desligar a luz da cabeceira.

— Tudo bem, feche os olhos.

Sarah obedeceu.

— Agora inspire fundo e solte o ar. — Quando Sarah exalou, Tracy perguntou: — Pronta?

— Pronta.

— Eu não tenho...

— Eu não tenho... — Sarah repetiu.

— Eu não tenho medo...

— Eu não tenho medo...

— Eu não tenho medo do escuro — elas disseram em uníssono, e Tracy desligou a luz.

CAPÍTULO 10

Quando jovem, Roy Calloway gostava de dizer para os outros que era "mais firme que um bife de dois dólares". Ele aguentava dias com poucas horas de sono e não tirou nenhum afastamento por doença em mais de 30 anos. Aos 62 anos, ficava cada vez mais difícil acompanhar o ritmo ou mesmo se convencer de que queria tentar. Tinha sido derrubado duas vezes pela gripe no ano anterior. Na primeira vez ficou de molho por uma semana, e na segunda, três dias. Finlay atuou como xerife interino, e a mulher de Calloway foi rápida em observar que a cidade não ardeu em chamas nem sofreu uma onda de crime sem ele.

Calloway pendurou o casaco no gancho atrás da porta e parou para admirar a truta arco-íris que tinha pescado no Rio Yakima em outubro. O peixe era uma beleza em seus 58 centímetros e quase dois quilos, com a barriga colorida. Nora tinha mandado empalhá-lo e pendurá-lo na parede do escritório quando Calloway estava fora. Ultimamente, ela o estava pressionando para que se aposentasse; o peixe devia servir como um lembrete diário de que havia mais para serem pescados. Sutileza não era o forte de sua mulher. Calloway disse para ela que a cidade ainda precisava dele, que Finlay não estava pronto. O que Calloway não tinha dito era que *ele* ainda precisava da cidade e do emprego. Havia um limite para o quanto um homem podia pescar e jogar golfe, e ele nunca fora muito de viajar. Ele não suportava pensar em se tornar um "daqueles caras" que usam tênis ortopédico branco, de sola macia, em pé no convés de um navio de cruzeiro fingindo que têm algo em comum com os outros além do fato de estar a um passo da cova.

— Chefe? — a voz veio pelo viva-voz.

— Estou aqui — ele disse.

— Pensei mesmo ter visto você entrar. Vance Clark está aqui para vê-lo.

Calloway olhou para o relógio: 18:37. Ele não era o único trabalhando até tarde.

Estava esperando a visita do Promotor de Justiça de Cedar Grove, mas pensava que não seria antes da manhã seguinte.

— Chefe?

— Pode mandá-lo entrar.

Calloway se sentou na cadeira da escrivaninha, debaixo do cartaz que sua equipe tinha lhe dado no ano em que se tornou xerife.

Regra nº 1: O Chefe sempre tem razão.
Regra nº2: Veja Regra nº 1.

Ele imaginou se era verdade.

A sombra de Clark passou atrás dos painéis de vidro jateado na direção da porta do escritório do xerife. Ele bateu na porta e entrou mancando. Anos de corrida cobraram seu preço do joelho de Clark.

Calloway inclinou sua cadeira para trás e pôs os pés no canto da mesa.

— O joelho está incomodando?

— Dói quando o tempo começa a esfriar. — Clark fechou a porta. Ele estava com cara de culpado, o que não era comum. O cabelo de monge emoldurava uma testa que parecia sempre franzida.

— Talvez esteja na hora de parar de correr — Calloway disse, sabendo que Clark não pararia de correr pela mesma razão que ele não deixaria de ser xerife. O que mais ele faria?

— Talvez. — Clark se sentou. As lâmpadas fluorescentes zuniam no teto. Uma delas estava com um defeito irritante, tremeluzindo de vez em quando, como se prestes a apagar. — Eu soube da notícia.

— Sim. É Sarah.

— O que nós sabemos?

— Não sabemos de nada.

Clark franziu as sobrancelhas.

— E se encontrarem alguma coisa na cova que contradiga a evidência?

Calloway baixou os pés para o chão.

— Faz 20 anos, Vance. Vou convencê-la de que, agora que encontramos Sarah, está na hora de deixar os mortos enterrarem os mortos.

— E se você não conseguir?

— Eu vou conseguir.

— Antes você não conseguiu.

Calloway deu um peteleco no boneco cabeçudo de Félix Hernández, que seu neto tinha lhe dado de Natal, e ficou olhando a cabeça chacoalhar.

— Bem, desta vez vou ter que fazer um trabalho melhor.

Após um momento de reflexão aparentemente profunda, Clark disse:

— Você vai até lá acompanhar a autópsia?

— Eu mandei o Finlay. Ele encontrou o corpo.

Clark exalou e praguejou baixo.

— Estamos todos de acordo, Vance. O que está feito está feito. Ficar aqui sentado se preocupando com uma coisa que talvez nunca aconteça não vai mudar nada.

— As coisas já mudaram, Roy.

CAPÍTULO 11

Tracy manteve a cabeça abaixada enquanto ia do elevador para sua baia. Ela pretendia ter chegado cedo, mas o tráfego tinha transformado o percurso de duas horas de Cedar Grove a Seattle em uma viagem de três horas e meia, ela jantara uísque escocês e esquecera de ajustar o alarme. Ou tinha dormido com alarme e tudo. Tracy não sabia.

Ela pendurou a jaqueta de Gore-Tex nas costas da cadeira, deixou a bolsa no armário da baia e esperou que a tela do computador ganhasse vida. A sensação era de que alguém tocava bateria dentro do seu crânio, e um punhado de antiácidos não tinha apagado o pequeno incêndio em seu estômago. A cadeira de Kins rangeu e girou, mas, como Tracy não se virou para cumprimentá-lo, ela o ouviu voltar-se para o próprio computador. Fazzio e Delmo ainda não estavam em suas mesas.

Tracy começou vendo seus e-mails. Rick Cerrabone tinha enviado vários nessa manhã. O promotor do condado de King queria cópias dos depoimentos das testemunhas e o relatório de Tracy para completar o mandado de busca que ela queria para o apartamento de Nicole Hansen. Ele tinha enviado um segundo e-mail meia hora após o primeiro.

Onde estão os depoimentos das testemunhas e o relatório? Não posso falar com o juiz sem eles.

Tracy pegou o telefone e estava para ligar para Cerrabone quando viu um e-mail acima da segunda mensagem. Kins a tinha copiado em sua resposta. Ela o abriu. Kins tinha enviado os depoimentos e um relatório. Tracy girou a cadeira na direção dele, irritada por ter respondido em seu lugar, e ainda mais aborrecida por ele ter feito o relatório quando ela era a detetive principal do caso. Kins olhou por cima do ombro, percebeu o olhar furioso e girou para encará-la.

— Ele me ligou, Tracy. Achei que você estivesse sobrecarregada e cuidei do caso.

Ela girou de frente para seu teclado, clicou em "Responder a todos" e começou a digitar uma resposta malcriada. Depois de um minuto se recostou na cadeira, leu o que tinha escrito e apagou. Ela inspirou fundo e afastou-se do teclado.

— Kins?

Ele se virou para ela.

— Obrigada — Tracy disse. — O que o Cerrabone falou do mandado de busca?

Kins foi até ela, as mãos enfiadas nos bolsos da calça.

— Deve sair até o fim da manhã. Você está bem?

— Não sei. Eu não sei o que estou sentindo. Minha cabeça dói.

— Andy passou por aqui — ele disse, referindo-se ao tenente, Andrew Laub. — Quer falar com você.

Ela riu, esfregou os olhos e apertou a ponte do nariz.

— Ótimo.

— Por que não tomamos um café da manhã? Nós podemos pegar o carro e ir falar com aquela testemunha em Kent, sobre o caso do assalto.

Tracy empurrou a cadeira para trás.

— Obrigada, Kins, mas o quanto antes eu tirar isso da frente... — Ela deu de ombros, resignada. — Não sei. — Ela deu a volta nas baias e seguiu pelo corredor.

Andrew Laub tinha sido o sargento da Equipe A por dois anos antes de ser promovido a tenente, o que lhe fez ganhar um escritório interno, sem janela, e uma placa removível com seu nome ao lado da porta. Laub estava sentado de lado na escrivaninha, olhos focados na tela do computador, dedilhando no teclado. Tracy bateu no batente da porta.

— Sim? — ele disse.

— É um mau momento?

Ele parou de teclar e se virou para ela.

— Tracy. — Ele fez um gesto para ela entrar. — Feche a porta.

Ela entrou e a fechou. As fotografias nas prateleiras atrás de Laub funcionavam como uma biografia. Ele era casado com uma ruiva atraente. Os dois tinham filhas gêmeas, embora não idênticas, e um filho que se parecia muito com o pai – as mesmas sardas e o mesmo cabelo. Parecia que o garoto jogava futebol americano.

— Sente-se. — A lâmpada da escrivaninha refletia nos óculos dele.

— Estou bem.

— Sente-se assim mesmo.

Ela sentou.

Laub tirou os óculos, que depositou sobre o bloco de papel da escrivaninha. Marcas vermelhas indicavam onde o óculos tinha se apoiado em seu nariz.

— Como você está?

— Estou bem.

Ele a observou.

— As pessoas se importam, Tracy. Nós todos só queremos ter certeza de que você está bem.

— Agradeço a preocupação de todos.

— O legista está com os restos mortais?

Tracy anuiu.

— Está. Eu a trouxe de volta ontem à noite.

— Quando você vai receber o relatório?

— Dentro de um dia, talvez.

— Eu sinto muito.

Ela deu de ombros.

— Pelo menos agora eu sei. Isso vale alguma coisa.

— É, vale alguma coisa. — Ele pegou um lápis, batendo com a borracha no bloco de papel.

— Quando foi a última vez que você dormiu?

— A noite passada. Dormi como um bebê.

Laub se inclinou para a frente.

— Você quer dizer para todo mundo que está bem, é prerrogativa sua, mas você é minha responsabilidade. Preciso saber que você está bem; não preciso que seja uma heroína.

— Não estou tentando ser heroína de ninguém, Tenente. Só estou tentando fazer meu trabalho.

— Por que você não tira algum tempo? O Sparrow pode ficar com o caso Hansen — ele disse, referindo-se a Kins pelo apelido que ganhou trabalhando infiltrado com narcóticos. Ele tinha deixado o cabelo crescer e usava um cavanhaque, o que o fizera ficar parecido com o Capitão Jack Sparrow, interpretado por Johnny Depp.

— Eu dou conta.

— Sei que dá conta. Estou dizendo para não dar. Estou dizendo para você ir para casa e dormir. Cuide do que precisa ser cuidado. Seu trabalho vai continuar aqui.

— Isso é uma ordem?

— Não, mas é uma sugestão muito forte.

Ela levantou e foi até a porta.

— Tracy...

Ela se virou para ele.

— Eu vou para casa e não tenho nada para olhar além das paredes, Tenente. Nada para pensar além das coisas em que não quero pensar. — Tracy fez uma pausa para controlar suas emoções. — Eu não tenho fotos na minha baia.

Laub largou o lápis.

— Talvez você devesse falar com alguém?

— Faz 20 anos, Tenente. Eu aguentei cada dia durante 20 anos. Vou aguentar estes dias do mesmo jeito que aguentei os outros; um dia ruim de cada vez.

CAPÍTULO 12

Na segunda manhã após o desaparecimento de Sarah, o pai de Tracy entrou no escritório dele parecendo absolutamente exausto, apesar de ter tomado um banho. Os pais tinham pegado o voo da madrugada no Havaí. Sua mãe nem havia ido para casa. Após o avião pousar, ela fora direto para o edifício da Legião Americana, na Rua do Mercado, para mobilizar os voluntários que já se reuniam ali. Seu pai tinha ido para casa encontrar Roy Calloway e pedira que Tracy ficasse, para o caso de o xerife ter mais perguntas, embora ela já tivesse respondido tantas que não conseguia pensar no que mais ele poderia querer saber.

Você notou alguém na competição agindo de forma estranha, ficando por perto, parecendo ter algum interesse incomum em Sarah?

Alguém se aproximou de ums de vocês, por qualquer motivo?

Alguma vez Sarah pareceu indicar que se sentia ameaçada por alguém?

Calloway pediu uma lista dos garotos que Sarah tinha namorado. Tracy não conseguia pensar numa só pessoa dessa lista que pudesse ter qualquer motivo para machucar a irmã. A maioria era formada por amigos desde a escola primária.

O cabelo de seu pai, um grisalho prematuro, caía em anéis sobre o colarinho de sua camisa de manga longa. Normalmente, o grisalho contrastava com sua atitude jovem e seus curiosos olhos azuis. Nessa manhã, ele parecia ter seus 58 anos. Os olhos estavam vermelhos e inchados por trás dos óculos de aro redondo. Em geral meticuloso com sua própria aparência, a barba de vários dias competia com o bigode espesso, cujas extremidades ele mantinha longas o suficiente para formar pontas afiadas com cera quando competia em torneios de tiro como "Doc" Crosswhite.

— Me fale da picape — o pai pediu a Calloway, e Tracy reparou que era seu pai, não o xerife, quem fazia as perguntas. Nas festas em casa, seu pai nunca era espalhafatoso nem exibido, mas a multidão sempre parecia encontrá-lo. Era a corte, como dizia a mãe de Tracy. Quando James Crosswhite falava, as pessoas escutavam; quando ele fazia perguntas, davam-lhe respostas. Ao mesmo tempo, seu pai tinha um jeito reservado e respeitoso que fazia cada pessoa se sentir como se fosse a única na sala.

— Nós guinchamos a picape até o pátio da polícia — Calloway respondeu. — Seattle está enviando uma equipe de peritos para procurar digitais. — Ele olhou para Tracy. — Parece que ela ficou sem gasolina.

— Não. — Tracy estava em pé, ao lado de um divã vermelho que combinava com duas poltronas de couro. — Eu lhe disse que enchi o tanque antes de sair de Cedar Grove. Ainda devia ter três quartos de tanque.

— Vamos examinar isso melhor — Calloway disse. — Mandei um boletim para todos os departamentos de polícia do estado, bem como do Oregon e da Califórnia. A Polícia de Fronteira Canadense também foi notificada. Nós passamos a foto de formatura de Sarah por fax.

James Crosswhite passou a mão pela barba no queixo.

— Alguém que estava de passagem? — perguntou. — É nisso que você está pensando?

— Por que alguém de passagem iria pegar a estradinha local? — Tracy perguntou. — Teria ficado na autoestrada.

O pai apertou os olhos, mas ela percebeu tarde demais. Ele se aproximou dela e pegou sua mão esquerda.

— O que é isso? Um diamante?

— É.

O pai olhou para o lado, o maxilar crispado.

Calloway interveio.

— Você falou com as amigas dela?

Tracy escondeu a mão atrás da coxa. Ela tinha passados horas telefonando para todo mundo em quem conseguia pensar.

— Ninguém a viu — ela disse.

— Por que ela não levou as armas? — o pai perguntou, aparentemente para si mesmo. — Por que não levou uma das pistolas com ela?

— Sarah não tinha motivo para se sentir ameaçada, James. Estou pensando que ela ficou sem gasolina e começou a andar de volta para a cidade.

— Você procurou no bosque?

— Nada indica que ela tenha escorregado ou caído.

Tracy nunca pensou que isso seria possível. Sarah era atlética demais para ter tropeçado e caído à margem da estrada, mesmo no escuro e na chuva.

— Vamos aguardar — Calloway disse.

— Não vou ficar aguardando, Roy. Você sabe que não sou assim.

— Ele se virou para Tracy. — Faça aquele folheto de que nós falamos e leve-o para sua mãe. Encontre uma fotografia em que Sarah se pareça com ela mesma, não a foto da formatura. Bradley pode fazer cópias para você na farmácia. Diga para ele rodar mil para começar, e ponha na minha conta. Quero as fotos em todos os lugares, daqui até a fronteira com o Canadá. — Ele se virou para Calloway. — Nós vamos precisar de um mapa topográfico.

— Eu chamei o Vern. Ele conhece essas montanhas melhor do que ninguém.

— E cachorros?

— Vou providenciar — Calloway disse.

— Alguém voltando para casa de algum lugar? Alguém que mora aqui?

— Ninguém daqui faria algo assim, James. Não com a Sarah.

Seu pai pareceu querer falar algo, mas parou, parecendo perder o fio da meada. Pela primeira vez em sua vida, Tracy viu medo passar pelo rosto dele, algo cinzento, escuro e etéreo.

— Aquele garoto — ele disse. — O que acabou de sair na condicional.

— Edmund House — Calloway sussurrou. Ele congelou, como se paralisado pelo nome. Então disse: — Vou verificar isso. — Calloway abriu rapidamente as portas de correr, seguindo apressado pelo saguão de mármore até chegar à porta da frente.

— Jesus — o pai de Tracy disse.

CAPÍTULO 13

O interior espartano do café no térreo do edifício que abrigava o novo escritório do Instituto Médico-Legal do Condado de King, na Rua Jefferson, lembrava Tracy dos cafés de hospital – o fato de um parente estar internado não significava que a família também precisasse sofrer. Com a aparente intenção de ser algum tipo de decoração moderna, o piso era de linóleo, as mesas de aço inoxidável e as cadeiras, desconfortáveis, de plástico. Kelly Rosa não tinha sugerido esse café pelo conforto. Ela o tinha escolhido pela localização: era perto, mas não era de fato seu escritório.

Tracy passou os olhos pelas mesas, mas não viu Rosa. Ela pediu chá-preto e se sentou a uma mesa perto das janelas, com vista para a calçada em descida, onde ficou respondendo e-mails e mensagens de texto em seu iPhone. Cerca de um minuto depois de se sentar, ela reconheceu Rosa vindo pela calçada, apesar do capuz de uma capa de chuva verde que a protegia da garoa leve. Rosa baixou o capuz quando entrou no café e viu Tracy. Ela não parecia ser o tipo de pessoa que subia montanhas e entrava em pântanos para encontrar e examinar os restos de pessoas mortas havia muito tempo. Parecia uma dona de casa que dirigia uma perua, o que ela de fato fazia quando não estava procurando restos mortais.

Rosa abraçou Tracy antes de tirar o casaco.

— Posso pegar algo para você? — Tracy perguntou.

— Não, estou bem — Rosa disse, sentando-se diante dela.

— Como estão as crianças?

— Minha garota de 14 anos está mais alta que eu. Não é grande coisa, eu sei, mas ela sente uma satisfação enorme em me olhar de cima para baixo. — Se Rosa chegasse a um metro e meio, era devido à espessura de seu cabelo loiro. — E minha filha de 11 vai estrelar a peça da escola, O *Mágico de Oz*.

— Ela vai ser Dorothy?

— Toto. E acha que é a estrela. — Tracy sorriu. Rosa se inclinou para a frente e segurou a mão de Tracy. — Eu sinto muito, Tracy.

— Obrigada. Agradeço por arrumar tempo para mim.

— Mas é claro.

— Você confirmou que é ela? — Era uma formalidade, mas Tracy sabia, por experiência, que Rosa tinha sido obrigada a submeter um raio x da mandíbula de Sarah e seus dentes à Unidade de Pessoas Desaparecidas e Não Identificadas e ao Centro Nacional de Informações Criminais.

— Tivemos dois positivos.

— O que mais você pode me contar?

Rosa suspirou fundo.

— Eu posso te contar que o *xerifão* não quer que eu te conte nada.

— Ele disse isso?

— A intenção foi clara.

— Roy Calloway nunca foi sutil.

— O bom é que eu não trabalho para ele. — Rosa sorriu, mas o sorriso logo desapareceu. — Você tem certeza de que quer ouvir tudo? Já é difícil o bastante quando a vítima é desconhecida.

— Não, não tenho certeza, mas preciso saber o que você descobriu.

— Quanto você quer que eu te conte?

— O máximo que eu suportar; eu aviso quando não aguentar mais.

Rosa esfregou as mãos e as juntou debaixo do queixo, como uma criança se preparando para rezar.

— Como você desconfiava, o assassino usou um buraco criado pelo desenraizamento da árvore. Marcas de pá indicam que ele tentou aumentar o buraco, mas ou calculou mal o tamanho, ou ficou com preguiça, ou não tinha tempo. O corpo foi posicionado com as pernas mais altas que a cabeça, com os joelhos dobrados. Foi por isso que o cachorro descobriu primeiro o pé e a perna.

— Foi o que eu imaginei.

— A posição do corpo no buraco, com os joelhos dobrados e as costas arqueadas, indicam *rigor mortis* anterior ao enterro.

Tracy sentiu o pulso acelerar.

— Anterior? Tem certeza?

— Tenho certeza.

— Quanto tempo anterior ao enterro?

— Isso eu não posso precisar. Posso no máximo dar um palpite baseado nas evidências.

— Mas com certeza *antes* do enterro.

— Essa é a minha opinião.

— Você conseguiu determinar a causa da morte?

— O crânio estava fraturado atrás, pouco acima da coluna vertebral. Se essa foi a causa da morte, não posso ter certeza. Faz tempo demais. Não havia outras fraturas, Tracy. Nada indicando que ela tenha sido espancada.

Rosa estava sendo delicada. A falta de fraturas não era conclusiva quanto à vítima ter sido ou não espancada ou torturada, ainda mais quando os restos estavam tão decompostos.

— Que outros objetos pessoais você encontrou, além da fivela de prata? — Tracy sabia, por experiência, que materiais orgânicos, como algodão e lã, teriam havia muito se deteriorado, mas os inorgânicos, como metais e fibras sintéticas, se manteriam.

Rosa tirou um bloco de notas da jaqueta e o folheou.

— Rebites de metal com a marca "LS&CO S.F.".

Tracy sorriu.

— Levi Strauss & Company — ela disse. — Sarah era uma rebelde.

— Não entendi.

— Levi Strauss apoia os lobistas antiarmas. Nós usávamos Wrangler ou Lee, mas Sarah achava que esses jeans deixavam a bunda dela grande, então ela usava Levi's. Era preciso conhecê-la para admirá-la.

— Vamos ver. Sete botões de metal. — Rosa levantou os olhos do caderno. — Estou pensando numa camisa de manga comprida. Dois eram de diâmetro menor; imagino que fossem dos punhos.

Tracy voltou-se para sua mala, ao lado da cadeira, e pegou uma fotografia emoldurada; a foto do campeonato com Tracy, Sarah e a terceira colocada.

— Igual a esta?

Rosa observou a fotografia.

— Isso. Embora os botões já não sejam pretos.

Sarah usava camisas de manga longa feitas por Scully. Ela tinha usado uma branca e preta, bordada, na competição aquele dia. Tracy puxou a foto para si. Rosa voltou às suas anotações.

— Pedaços de plástico.

Tracy sentiu o estômago revirar, mas se esforçou para permanecer concentrada. O assassino de Sarah teve que dobrar seu corpo para caber no buraco. Aparentemente, ele a tinha enfiado num saco de lixo comum.

— Você está bem? — Rosa hesitou.

Tracy inspirou fundo e se obrigou a dizer as palavras:

— Um saco de lixo? — ela perguntou. O saco podia ser importante. Calloway disse que Edmund House tinha confessado ter matado Sarah imediatamente e enterrado seu corpo. A teoria era de que House tinha encontrado por acaso Sarah andando na estrada e a atacado. Assim, teria sido mais do que acidental, se ele tivesse um saco de lixo pronto para usar em sua caminhonete.

— Acho que sim — Rosa respondeu.

— O que mais?

— Traços de fibras sintéticas.

— De que tamanho?

— As fibras? Cinquenta mícrones.

— Fibras de carpete?

— Provavelmente.

— Você acha que o corpo dela pode ter sido enrolado num carpete?

— Não. Se fosse o caso, imagino que teria encontrado restos do carpete, ou pelo menos mais fibras. Essas eram fibras com que ela entrou em contato. Talvez dentro de um carro?

Edmund House estava morando com o tio, Parker House, e dirigindo um dos muitos veículos que Parker restaurava e revendia em sua propriedade, uma caminhonete Chevrolet vermelha. Ele tinha tirado o revestimento da cabine, deixando-a só no metal. Fibras de carpete na cova não corroboravam com o relatório de Calloway, segundo o qual Edmund House havia confessado ter estuprado, estrangulado e enterrado imediatamente o corpo de Sarah.

— Algo mais?

— Algumas joias.

Tracy se inclinou para a frente.

— O que, especificamente?

— Brincos. E um colar.

O pulso dela acelerou.

— Você pode descrever os brincos?

— De jade. Ovais.

— Como lágrimas?

— Sim.

— E o colar, prata Sterling?

— Isso.

Tracy voltou a mostrar a fotografia.

— Assim?

— Exatamente assim.

— Onde estão as joias agora?

— O assistente do xerife ficou com tudo.

— Mas você fotografou e catalogou?

— Claro. É o procedimento padrão. — Rosa deu um olhar de curiosidade para ela. — Tracy?

Tracy afastou a cadeira e guardou a fotografia dentro da mala.

— Obrigada, Kelly. Fico muito agradecida. — Ela começou a se levantar.

— Tracy?

Ela se virou de costas. Rosa continuou:

— E quanto aos restos dela?

Tracy parou e fechou os olhos, apertando a palma da mão na testa, sentindo o início de uma dor de cabeça avassaladora. Ela voltou a se sentar.

— O que está acontecendo? — Rosa perguntou, após um instante.

Tracy refletiu sobre o que dizer, o quanto devia revelar.

— É melhor você não saber demais, Kelly. Você pode terminar sendo uma testemunha, e é melhor que suas opiniões não sejam contaminadas por nada do que eu possa te dizer.

— Testemunha?

Tracy anuiu.

Os olhos de Rosa se apertaram, preparando uma pergunta, mas ela pareceu deixar para lá.

— Tudo bem. Mas, se eu puder dar uma sugestão...

— Por favor.

— Deixe que eu envio os restos mortais para uma casa funerária. Vai ser mais fácil. Você não vai querer levá-los.

Vinte anos atrás, algumas pessoas de Cedar Grove tinham sugerido um velório. Elas queriam um desfecho, mas James Crosswhite não quis ouvir falar de velório nem de casa funerária. Ele não queria ouvir que sua filha mais nova estivesse morta. Tracy já não tinha esperança, mas agora havia algo pelo que ela tinha esperado 20 anos. Evidências conclusivas.

— Eu acho que seria melhor — Tracy concordou.

CAPÍTULO 14

De manhã cedo, no terceiro dia após o desaparecimento de Sarah, Tracy abriu a porta da frente para encontrar Roy Calloway parado na varanda, apertando a aba do chapéu. Pela expressão do xerife, Tracy sabia que ele não trazia boas notícias.

— Bom dia, Tracy. Preciso falar com seu pai.

Tracy tivera que arrastar seus pais para casa quando a escuridão tornara pouco produtivo continuar as buscas nas colinas em torno de Cedar Grove. Ela havia trabalhado ao lado do pai, que tinha transformado seu escritório em centro de comando. Ele telefonara para delegacias de polícia, congressistas, todo mundo que conhecia em posição de poder. Tracy ligara para estações de rádio e jornais. Em algum momento após as 11 da noite, enquanto seu pai estudava um mapa topográfico, Tracy se aninhara numa das poltronas vermelhas de couro para tirar um cochilo de 15 minutos. Tinha acordado debaixo de um cobertor com o sol matinal entrando pela janela. Seu pai continuava sentado à escrivaninha, o sanduíche que ela tinha feito para ele na noite anterior intocado. Ele usava uma régua e um compasso para dividir o mapa topográfico em quadrantes. Ela tinnha se levantado para fazer café, mas encontrou um bule cheio na cozinha. Era evidente que sua mãe já tinha saído nessa manhã sem acordá-la. Quando estava para servir uma xícara para seu pai, ouviu uma batida na porta da frente.

— Ele está no escritório — Tracy disse ao xerife.

As portas de correr atrás dela já estavam sendo abertas, e seu pai saiu, ajustando os óculos atrás das orelhas.

— Estou aqui — ele disse. — Tracy, vá fazer café.

— Mamãe já fez um bule. — Ela os seguiu até o escritório.

— Você falou com ele? — o pai perguntou.

— Ele disse que estava em casa — Calloway respondeu.

Tracy sabia que estavam falando de Edmund House.

— Alguém pode confirmar isso?

Calloway meneou a cabeça.

— Parker trabalhou no turno da noite, no moinho, e chegou tarde em casa. Ele diz que encontrou Edmund dormindo no quarto.

— Mas? — o pai de Tracy disse, quando o xerife hesitou.

Calloway entregou umas polaroides para o pai dela.

— Ele tem arranhões no rosto e no dorso das mãos.

James Crosswhite colocou uma das fotos debaixo da luz.

— Como ele explica essas marcas?

— House disse que um pedaço de madeira explodiu sobre ele enquanto trabalhava na oficina onde Parker faz os móveis. Disse que os estilhaços o cortaram.

O pai baixou a foto.

— Nunca ouvi falar em algo assim.

— Nem eu — concordou o xerife.

— Parece que alguém passou as unhas no rosto e nos braços dele.

— É o que eu acho.

— Você consegue um mandado de busca?

— Vance já tentou — Calloway disse, a frustração transparecendo em sua voz. — Ele ligou para a casa do Juiz Sullivan, o pedido foi negado. O Juiz disse que não há evidência suficiente para invadir a santidade do lar de Parker.

O pai massageou um nó na nuca.

— E se eu ligar para o Sullivan?

— Eu não ligaria. O Sullivan segue a cartilha.

— Ele já esteve na droga da minha casa, Roy. Ele vem para a minha festa de Natal.

— Eu sei.

— E se Sarah estiver lá? E se ela estiver em algum lugar naquela propriedade?

— Não está.

— Como você sabe?

— A propriedade é do Parker. Eu perguntei se podia dar uma olhada e ele consentiu. Vasculhei cada sala em todos os edifícios. Ela não está lá e não vi nenhum indício de que tenha estado.

— Pode haver outras evidências... sangue no carro dele, ou na casa.

— Pode haver, mas levar uma equipe forense...

— Ele é uma droga dum criminoso, Roy. Um estuprador condenado que tem arranhões no rosto e nos braços, sem ninguém que possa confirmar onde esteve. Como diabos isso não é suficiente?

— Eu disse a mesma coisa para o Vance, e ele apresentou esses argumentos para o Juiz Sullivan. House cumpriu sua pena por aquele crime.

— Liguei para o tribunal do condado, Roy. House saiu por causa de um maldito acordo porque a polícia fez besteira. Dizem que ele estuprou e espancou aquela pobre garota por mais de um dia.

— E ele cumpriu a pena, James.

— Então me diga, Roy, onde está a minha filha? Onde está a minha Sarah?

Calloway parecia chateado.

— Eu não sei. Mas gostaria de saber.

— Então isso é o quê, uma grande coincidência? Eles o deixam sair, ele vem morar aqui e Sarah desaparece?

— Não é o bastante.

— Ele não tem álibi.

— Não é o bastante, James.

— Então quem? Um andarilho? Alguém de passagem pela cidade? Quais as chances de isso ter acontecido?

— O boletim foi divulgado a todos os departamentos de polícia no estado.

James Crosswhite enrolou o mapa topográfico e o entregou para Tracy.

— Leve isto para a sua mãe no prédio da Legião Americana. Diga a ela para dar o mapa para Vern e reunir as equipes. Nós vamos voltar lá. Dessa vez quero a busca feita metodicamente, sem margem para erro. — Ele olhou para Calloway. — E quanto aos cachorros?

— A matilha mais próxima está na Califórnia. Trazê-la de avião é um problema.

— Não me importa se estão na Sibéria. Eu pago o que for necessário para trazer esses cachorros.

— O problema não é o custo, James.

O pai se virou para Tracy, como se surpreso por ela ainda não ter saído.

— Você não me ouviu? Eu disse para ir.

— Você não vem junto?

— Faça o que estou dizendo, droga!

Tracy estremeceu e recuou. Seu pai nunca tinha levantado a voz para ela ou Sarah.

— Estou indo, pai — ela disse, passando por ele.

— Tracy. — Ele tocou o braço dela com delicadeza, demorando um instante para recuperar a calma. — Vá na frente, agora. Diga para a sua mãe que eu vou depois. Preciso discutir mais algumas coisas com o xerife.

CAPÍTULO 15

Uma semana após terem localizado os restos de Sarah, Tracy voltou a Cedar Grove. Embora a viagem de Seattle até lá tenha transcorrido debaixo do sol, conforme ela se aproximava uma nuvem preta se formou sobre a cidade, como se para marcar o motivo sombrio do seu retorno. Tracy estava voltando para enterrar a irmã.

O tráfego estava mais leve do que ela esperava, e Tracy chegou meia hora mais cedo para a reunião na casa funerária. Ela passou os olhos pelas fachadas dilapidadas das lojas até encontrar o neon em forma de xícara de café na frente do que tinha sido o Armazém do Kaufman. O ar estava pesado com o aroma terroso da chuva iminente. Tracy pôs uma moeda no parquímetro, embora duvidasse que houvesse um fiscal de estacionamento num raio de 200 quilômetros, e entrou no Daily Perk. Comprido e estreito, o espaço tinha sido o lugar onde ficava o balcão de sorvete e refrigerantes do Armazém. Alguém tinha construído uma parede falsa para dividir o espaço entre o café e um restaurante chinês. A mobília era uma mistura que parecia ter saído de um dormitório de faculdade. O sofá estava puído e coberto de jornais. As paredes de gesso tinham rachaduras longas, mal disfarçadas pela pintura de uma janela com vista para a calçada de uma cidade, com gente passando por casinhas geminadas. Era uma escolha estranha para um café de uma cidade rural. A jovem atrás do balcão tinha um piercing no nariz, outro no lábio inferior, e atendia como uma funcionária pública a uma semana da aposentadoria.

— Café. Preto — disse Tracy, já que a garota não se deu ao trabalho de perguntar o que ela queria.

Ela levou a xícara até uma mesa diante da janela verdadeira e ficou olhando para a Rua do Mercado, deserta, lembrando-se de como ela, Sarah e seus amigos costumavam arrumar confusão ao pedalar suas bicicletas nas calçadas lotadas. Elas as deixavam encostadas na parede, sem se preocupar em prendê-las, e entravam nas lojas para comprar o que precisavam para as aventuras planejadas para o sábado.

Dan O'Leary estava parado, desamparado, diante de sua bicicleta.

— Droga.

— O que foi? — Tracy tinha acabado de sair do Kaufman após guardar em sua mochila uma corda grossa, uma forma de pão e potes de manteiga de amendoim e geleia. Com o dinheiro que sobrara, ela tinha comprado dez pedaços de alcaçuz preto e cinco vermelhos. Seu pai tinha dado o dinheiro naquela manhã, quando pedira permissão para ela e Sarah irem de bicicleta até o Lago Cascade. Sarah tinha encontrado a árvore perfeita para fazer um balanço de corda. Tracy ficara surpresa diante do fato de seu pai ter dado o dinheiro tão prontamente. Esse era o tipo de despesa que ela e Sarah deveriam pagar com o que ganhavam de mesada. Agora no segundo ano do ensino médio, Tracy também ganhava seu dinheiro trabalhando na bilheteria do Cinema Hutchins. E seu pai não apenas tinha lhe dado o dinheiro, mas dito para gastar tudo, e dissera que o Sr. Kaufman "estava com dificuldade para fechar as contas". Tracy desconfiava que era porque Peter, o filho do Sr. Kaufman, que estava na mesma classe de Sarah, no sexto ano da Escola Primária de Cedar Grove, tinha estado doente, entrando e saindo do hospital ao longo do ano.

— Pneu furado — disse Dan, parecendo tão murcho quanto o pneu dianteiro da bicicleta.

— Talvez só precise de ar — Tracy disse.

— Não. Estava murcho de manhã, e eu o enchi antes de sairmos. Deve ter um furo. Que ótimo. Agora eu não posso ir. — Dan tirou a mochila das costas e sentou na calçada.

— Qual o problema? — Sarah perguntou ao sair da loja com Sunnie.

— Dan está com um pneu murcho.

— Não posso ir — ele disse.

— Vamos pedir ao Sr. Kaufman para usar o telefone e ligar para a sua mãe — Tracy disse. — Quem sabe ela pode vir comprar um pneu novo para você.

— Não dá — Dan disse. — Meu pai tem me repreendido por eu ser irresponsável. Ele diz que dinheiro não cresce em árvores.

— Então você não vai? — Sunnie falou. — Nós tínhamos planejado tudo.

Dan baixou a cabeça, apoiando-a nos braços cruzados sobre os joelhos. Ele não se preocupou em ajeitar os óculos que tinham escorregado pela ponte de seu nariz.

— Vocês vão sem mim.

— Tudo bem — Sunnie disse, pegando sua bicicleta.

Tracy a fuzilou com o olhar.

— Nós não vamos sem ele, Sunnie.

— Não vamos? Não é nossa culpa se a bicicleta dele é uma porcaria.

— Pare com isso, Sunnie — Sarah disse.

— Pare você. Quem convidou você, afinal?

— Quem convidou você? — Sarah devolveu. — Eu encontrei a árvore, não você.

— Parem com isso, vocês duas — Tracy disse. — Se Dan não pode ir, nenhuma de nós vai. — Tracy segurou o braço de Dan. — Vamos, Dan, levante. Vamos empurrar a sua bicicleta até a minha casa. Nós podemos amarrar a corda num dos galhos do salgueiro-chorão e fazer o balanço lá.

— Está brincando? Nós temos o quê, 6 anos? — Sunnie exclamou. — Nós íamos pular no lago. O que vamos fazer agora, pular na grama?

— Vamos. — Tracy olhou ao redor, mas não viu a irmã. Ela suspirou. — Cadê a Sarah?

— Ótimo — Sunnie bufou. — Agora ela desapareceu de novo. Este dia está ficando pior a cada minuto.

A bicicleta de Sarah continuava encostada no prédio, mas ela não estava à vista.

— Esperem aqui. — Tracy voltou para dentro da loja e encontrou Sarah no balcão, conversando com o Sr. Kaufman. — Sarah, o que está fazendo?

Sarah enfiou a mão no bolso e tirou um maço de dólares e algumas moedas, colocando tudo sobre o balcão.

— Estou comprando um pneu novo para o Dan — Sarah disse. Ela sacudiu a cabeça para tirar o cabelo da frente do rosto. Isso deixava a mãe delas doida, mas Sarah se recusava a usar presilhas ou prender o cabelo com um elástico.

— É o dinheiro do cinema que você estava guardando?

— Dan precisa mais do que eu. — Sarah deu de ombros.

— Aqui está, Sarah. — O Sr. Kaufman entregou a Sarah a caixa com a nova câmara de pneu. — Este deve ser o tamanho correto.

— O dinheiro dá, Sr. Kaufman?

O Sr. Kaufman recolheu o dinheiro do balcão sem contar.

— Acho que é o bastante. Tem certeza de que consegue trocar? É um trabalhão. — Ele olhou para Tracy e piscou.

— Já vi o meu pai trocar. E é no pneu da frente, então não preciso tirar a corrente.

— Quem sabe a sua irmã mais velha pode ajudar — ele sugeriu.

— Não precisa, eu consigo.

Ele pegou ferramentas embaixo do balcão e entregou para Sarah uma chave de fenda e uma inglesa.

— Bem, você vai precisar disto. Avise se precisar de ajuda.

— Pode deixar. Obrigada, Sr. Kaufman. — Sarah pegou a caixa e as ferramentas e saiu da loja gritando. — Dan, comprei uma câmara nova. Agora você pode ir com a gente.

Tracy olhou pela janela. Dan pareceu confuso, depois surpreso, e então pulou de pé, sorrindo.

— Avise se precisar de ajuda, está certo, Tracy? — disse o Sr. Kaufman.

— Eu aviso — Tracy respondeu.

Ele lhe entregou uma bomba de pneu.

— Só me traga junto com as ferramentas quando terminarem. — Ele olhou pela janela. Sarah e Dan tinham se ajoelhado, e ela encaixava a chave-inglesa na porca dianteira. — Ela é uma figura, a sua irmã.

— É. Ela é uma coisa. Obrigada, Sr. Kaufman. — Tracy começou a sair da loja, mas virou-se quando o Sr. Kaufman chamou seu nome. Ele lhe

estendeu uma barra de Hershey extragrande, do tipo que a mãe dela comprava para assar com marshmallow quando a família ia acampar. — Ah, não, Sr. Kaufman. Eu não tenho mais dinheiro.

— É um presente.

— Não posso aceitar — ela disse, lembrando-se de seu pai dizer que o Sr. Kaufman estava com dificuldade para fechar as contas. Ela já desconfiava que a câmara do pneu custasse mais do que Sarah tinha colocado no balcão.

O Sr. Kaufman pareceu estar prestes a chorar.

— Você sabia que ela vai de bicicleta até o hospital para visitar Peter?

— Vai mesmo? — O hospital ficava em outra cidade, em Silver Spurs. Sarah estaria encrencada se os pais descobrissem.

— Ela leva livros de colorir para ele — o Sr. Kaufman disse, os olhos úmidos. — Ela contou que guarda o dinheiro da pipoca.

CAPÍTULO 16

Tracy sacudiu a chuva de sua jaqueta ao entrar na Casa Funerária Thorenson. O Velho Thorenson, que era como as crianças chamavam Arthur Thorenson, embalsamava todos os mortos de Cedar Grove, incluindo os pais de Tracy. Mas quando ela telefonou, no começo da semana, falou com Darren, o filho. Darren estava alguns anos na frente dela no colégio, e aparentemente tinha assumido o negócio da família.

Ela se apresentou à mulher sentada à escrivaninha, no saguão, e se recusou a sentar e aceitar um café. A iluminação dentro da casa parecia mais clara do que ela se lembrava. As paredes e o carpete também pareciam mais claros. O cheiro, contudo, não tinha mudado. O local cheirava a incenso, um odor que Tracy associava a morte.

— Tracy? — Darren Thorenson aproximou-se num terno escuro, com gravata, o braço estendido. Ele pegou a mão dela. — É muito bom ver você, mas sinto pelas circunstâncias.

— Obrigada por cuidar de todas as providências, Darren. — Além de cremar os restos de Sarah, Thorenson tinha notificado os voluntários do cemitério e conseguido um pastor para o funeral. Tracy a princípio não queria uma cerimônia, mas também não ia cavar um buraco no meio da noite e jogar a irmã lá dentro como se não fosse nada.

— Não por isso. — Ele a conduziu até o que era o escritório do pai quando Tracy e a mãe estiveram ali para providenciar o funeral do pai dela, e depois, quando Tracy voltou, no dia em que sua mãe morreu de câncer. Darren sentou-se atrás da escrivaninha. Um retrato do pai dele, parecendo mais jovem do que ela se lembrava, pendia da parede ao lado de uma fotografia da família. Darren tinha casado com Abby Becker, sua namorada do colégio. Aparentemente eles tinham três filhos. Ele se parecia com o pai. Corpulento, Darren penteava o cabelo para trás, o que destacava seu nariz de batata e os óculos de armação preta e grossa, do tipo que Dan O'Leary usava quando criança.

— Você redecorou o lugar — Tracy disse.

— Aos poucos — ele confirmou. — Precisei de algum tempo para convencer meu pai de que *respeitoso* não precisa significar *sinistro*.

— Como está ele?

— De vez em quando ele ameaça voltar da aposentadoria. Quando isso acontece, nós colocamos um taco de golfe na mão dele. Abby me pediu para te dizer que sente muito.

— Você teve algum problema com a sepultura?

O cemitério de Cedar Grove existia havia mais tempo que a cidade, embora ninguém soubesse a data do primeiro enterro, já que as covas mais antigas não tinham identificação. Voluntários cuidavam da manutenção, tirando as ervas daninhas e aparando a grama. Quando alguém morria, eles abriam a sepultura. Trabalhavam de graça, sob o acordo tácito de que alguém, algum dia, retribuiria o favor. Por causa do espaço limitado, a Câmara dos Vereadores tinha que aprovar cada enterro. Residir em Cedar Grove era obrigatório, e, como Sarah tinha morrido sendo moradora da cidade, isso não seria problema. Tracy tinha pedido que a irmã fosse enterrada com os pais, embora, tecnicamente, os pais estivessem num jazigo de duas pessoas.

— Nenhum — Darren respondeu. — Foi tudo providenciado.

— Acho que é melhor cuidarmos logo da papelada.

— Está tudo feito.

— Então vou só fazer o cheque das despesas.

— Está tudo certo, Tracy.

— Darren, por favor. Não posso te pedir isso.

— Você não me pediu nada. — Ele sorriu, mas com tristeza. — Não vou aceitar seu dinheiro, Tracy. Você e sua família passaram por muita coisa.

— Eu não sei o que dizer. Fico muito agradecida. De verdade.

— Eu sei. Todos nós perdemos Sarah naquele dia. As coisas nunca mais foram as mesmas por aqui. Era como se ela pertencesse à cidade toda. Acho que todos nós pertencíamos, naquela época.

Tracy tinha ouvido outras pessoas dizerem coisas parecidas – que Cedar Grove não morreu quando Christian Mattioli fechou a mina e a maior parte da população se mudou. Cedar Grove morreu no dia em que Sarah desapareceu. Depois de Sarah, as pessoas pararam de deixar a porta de casa destrancada e os filhos andarem livremente, a pé ou de bicicleta. Depois de Sarah, pararam de deixar os filhos andarem até a escola ou esperarem o ônibus sem a companhia de um adulto. Depois de Sarah, as pessoas deixaram de ser tão amistosas ou receptivas com estranhos.

— Ele continua na cadeia? — Thorenson perguntou.

— Sim, continua preso.

— Espero que apodreça lá.

Tracy consultou o relógio. Darren se levantou.

— Você está pronta?

Ela não estava, mesmo assim confirmou com a cabeça. Ele a levou até a capela anexa, cujas cadeiras estavam vazias. O local não tinha comportado a multidão que comparecera ao velório de seu pai. Um crucifixo pendia na parede da frente. Abaixo dele, num pedestal de mármore, havia um receptáculo folheado a ouro do tamanho de uma caixa de joias. Tracy se aproximou e leu a gravação na placa.

Sarah Lynne Crosswhite
A garota

— Espero que assim esteja bom — Darren disse. — É como todos nós nos lembramos dela, a garota seguindo você por toda a cidade. — Tracy enxugou uma lágrima com um lenço de papel. — Fico contente que você possa entregar Sarah ao descanso eterno e superar isso — Darren continuou. — Fico contente por todos nós.

Os carros estacionados um atrás do outro na rua de mão única que levava ao cemitério eram mais do que Tracy esperava, e ela desconfiava que sabia quem era o responsável por espalhar a notícia. Finlay Armstrong estava no meio da rua orientando o tráfego, a chuva escorrendo pela capa transparente que protegia seu uniforme e pela aba do chapéu. Tracy baixou o vidro do carro ao parar perto dele.

— Não se preocupe em estacionar — Finlay disse. — Pode deixar o carro na rua.

Darren Thorenson, que tinha seguido Tracy com seu carro, abriu um grande guarda-chuva de golfe para protegê-la quando ela saiu do carro, e os dois subiram juntos a colina em direção à tenda branca que cobria o túmulo dos pais dela no alto de um monte com vista para Cedar Grove. De trinta a quarenta pessoas aguardavam sentadas em cadeiras dobráveis brancas debaixo da cobertura. Outras vinte estavam fora da tenda, debaixo de guarda-chuvas. As pessoas sentadas se levantaram quando Tracy entrou na tenda. Ela reservou um momento para cumprimentar os rostos conhecidos. Todos tinham envelhecido, mas ela reconheceu amigos de seus pais, alguns professores que tinham se tornado seus colegas quando ela voltou por um breve período para ensinar química no Colégio Cedar Grove e adultos que tinham sido crianças com quem ela e Sarah foram à escola. Sunnie Witherspoon estava presente, assim como Marybeth Ferguson, uma das melhores amigas de Sarah. Vance Clark e Roy Calloway estavam do lado de fora da tenda. Assim como Kins, Andrew Laub e Vic Fazzio, que tinham vindo de Seattle, trazendo para Tracy uma sensação de realidade. Estar de volta a Cedar Grove continuava sendo surreal. Ela se sentia como se estivesse presa numa dobra do tempo de 20 anos, com coisas familiares e estranhas ao mesmo tempo. Não conseguia relacionar o que via com o que lembrava. Aquilo não era 1993. Longe disso.

As pessoas presentes tinham deixado vazia a primeira fileira de cadeiras, mas os lugares vazios ao lado de Tracy só serviam para amplificar seu isolamento. Depois de um instante, ela sentiu alguém entrar na tenda e se sentar ao seu lado.

— Este lugar está vago? — Ela precisou de um momento para descascar os anos. Ele tinha trocado a armação preta por lentes de contato, revelando os olhos azuis que sempre tiveram um brilho maroto. O corte escovinha tinha sido trocado por ondas suaves que caíam até o colarinho do paletó. Dan O'Leary se curvou e beijou delicadamente o rosto de Tracy. — Eu sinto tanto, Tracy.

— Dan. Eu quase não te reconheci — ela disse.

Ele sorriu e manteve a voz baixa.

— Estou um pouco mais grisalho, não muito mais sábio.

— E um pouco mais alto — ela disse, inclinando a cabeça para trás para observá-lo.

— Eu demorei para crescer. Ganhei 30 centímetros no verão do terceiro ano. — Os O'Leary se mudaram de Cedar Grove após o segundo ano de Dan no colégio. O pai dele tinha conseguido um emprego numa indústria de enlatados na Califórnia. Foi um dia triste para Tracy e os outros da turma. Dan e Tracy mantiveram contato por algum tempo, mas era uma época antes do e-mail e das mensagens de texto, e eles logo pararam de se comunicar. Tracy lembrava que Dan tinha terminado o colégio e ido para a faculdade na Costa Leste, onde ficou, depois de se formar. Ela também ouviu que a mãe e o pai dele tinham voltado para Cedar Grove depois que o pai se aposentou.

Thorenson se aproximou e apresentou o pastor, Peter Lyon, alto, com uma vasta cabeleira ruiva e pele clara, vestindo uma veste branca até os tornozelos, com uma corda verde amarrada na cintura. Uma estola no mesmo tom de verde caía-lhe dos ombros. Tracy e Sarah foram criadas presbiterianas. Após o desaparecimento da irmã, a fé de Tracy oscilou entre o agnosticismo e o ateísmo. Ela não colocava os pés numa igreja desde o funeral da mãe.

Lyon ofereceu suas condolências, então foi até a frente do túmulo e fez o sinal da cruz. Ele agradeceu aos que tinham comparecido, erguendo a voz para ser ouvido por cima da chuva tamborilando na tenda.

— Viemos hoje para enterrar os restos mortais de nossa irmã, Sarah Lynne Crosswhite. Nossa perda é grande e nosso coração está pesado. Em tempos de aflição e dor nós nos voltamos para a Bíblia, a Palavra de Deus, para encontrar conforto e salvação. — O pastor abriu a Bíblia e leu um trecho. Ao terminar, ele disse: — Eu sou a ressurreição e a vida, disse o Senhor. Aquele que acredita em mim viverá, ainda que morra; e quem viver e acreditar em mim nunca morrerá. — Ele fechou o missal. — A irmã de Sarah, Tracy, vai se aproximar.

Tracy chegou à borda da sepultura e inspirou fundo. Darren Thorenson entregou-lhe a caixa folheada a ouro e ofereceu-lhe a mão, que ela aceitou ao se ajoelhar no tecido aberto no chão, sentindo, ainda assim, a umidade através da roupa. Ela colocou os restos de Sarah na sepultura e depois pegou um punhado de terra úmida. Tracy fechou os olhos, imaginando Sarah deitada na cama ao seu lado, como fazia com frequência quando eram crianças e quando dividiam um quarto de hotel ao viajarem com o pai para as competições de tiro.

Tracy, estou com medo.

Não precisa ter medo. Feche os olhos. Agora inspire fundo e solte devagar.

O peito de Tracy encheu-se de ar. Seus olhos marejaram.

— Eu não tenho... — ela sussurrou, esforçando-se para manter a voz calma ao abrir os dedos e deixar os torrões caírem sobre a caixa.

Eu não tenho...

— Eu não tenho medo...

Eu não tenho medo...

— Eu não tenho medo do escuro.

Uma rajada repentina de vento agitou a tenda e soprou fios de cabelo no rosto de Tracy. Ela sorriu com a recordação e prendeu o cabelo atrás da orelha.

— Agora durma — Tracy sussurrou, e limpou a lágrima que rolava por seu rosto.

Os presentes se aproximaram para jogar punhados de terra e flores na sepultura, e também para oferecer suas condolências. Fred Digasparro, antigo dono da barbearia, precisou do auxílio de uma cuidadora, uma jovem ao seu lado. Mãos que tinham barbeado homens com uma navalha afiada tremiam quando ele pegou a mão de Tracy.

— Eu tinha que vir — ele disse com seu sotaque italiano. — Pelo seu pai. Pela sua família.

Sunnie logo abraçou Tracy, soluçando. Elas foram inseparáveis durante todo o ensino fundamental e o médio, mas Tracy não manteve contato, e agora o toque era constrangedor e as lágrimas, forçadas. Sunnie e Sarah nunca haviam sido próximas; Sunnie tinha ciúme do relacionamento das irmãs.

— Eu sinto tanto — Sunnie disse, enxugando os olhos e apresentando Gary, seu marido. — Você vai ficar alguns dias?

— Não posso — Tracy respondeu.

— Talvez um café antes de você ir? Alguns minutos para pôr o assunto em dia?

— Pode ser.

Sunnie lhe entregou um pedaço de papel.

— Este é o meu celular. Se precisar de qualquer coisa, qualquer coisa mesmo... — Ela tocou a mão de Tracy. — Senti sua falta, Tracy.

Tracy reconheceu a maioria dos rostos que se aproximaram, mas não todos. Assim como aconteceu com Dan, ela precisou descascar os anos de alguns para encontrar a pessoa que tinha conhecido. Perto do fim da procissão, contudo, um homem vestindo terno se aproximou com uma mulher grávida ao lado. Tracy o reconheceu, mas não conseguiu se lembrar do nome.

— Oi, Tracy. Sou Peter Kaufman.

— Peter — ela disse, enxergando então o garoto que tinha perdido um ano de escola por causa da leucemia. — Como você está?

— Estou ótimo. — Kaufman apresentou a esposa. — Nós moramos em Yakima — ele disse. — Mas Tony Swanson me ligou e contou do funeral. Nós viemos esta manhã, de carro.

— Obrigada por virem de tão longe — Tracy disse. Yakima ficava a quatro horas de carro.

— Está brincando? Como eu podia não vir? Você sabia que ela ia de bicicleta até o hospital quase toda semana, e me levava doces e um livro para colorir ou ler?

— Eu lembro. Como você está?

— Livre do câncer há 30 anos. Nunca me esqueci do que ela fez. Eu ficava ansioso toda semana para ver Sarah. Ela me animava. Sarah era assim. Uma pessoa especial. — Lágrimas se acumularam nos olhos dele. — Ainda bem que a encontraram, Tracy, e ainda bem que você deu a nós todos uma chance de nos despedirmos.

Eles conversaram por mais um minuto, e Tracy precisou de outro lenço de papel quando Peter Kaufman foi embora. Dan, que manteve uma distância respeitosa enquanto ela cumprimentava os presentes, aproximou-se e lhe ofereceu um lenço.

Tracy organizou suas emoções e secou os olhos.

— Não entendi uma coisa — ela disse, depois que recuperou um pouco da compostura. — Pensei que você morasse na Costa Leste. Como ficou sabendo?

— Eu morei no leste, perto de Boston. Mas voltei para cá. Estou morando aqui de novo.

— Em Cedar Grove?

— É uma história longa, e parece que você precisa de uma folga do passado. — Dan lhe entregou um cartão de visitas e lhe deu um abraço. — Eu gostaria de pôr o assunto em dia quando você estiver disposta. Apenas saiba que eu sinto muito, Tracy. Eu amava Sarah. De verdade.

— Seu lenço — ela disse, estendendo-o.

— Pode ficar com ele — Dan disse.

Ela reparou que o lenço trazia bordadas as iniciais dele, DMO, o que a fez refletir sobre o corte do terno e a qualidade da gravata. Convivendo com advogados, ela sabia que eram peças de qualidade, o que não combinava com a imagem do garoto que ela tinha conhecido, que vestia roupas de segunda mão. Tracy olhou para o cartão de visitas.

— Você é advogado — ela afirmou.

— Culpado — ele piscou um olho.

O cartão trazia como endereço comercial o edifício do First National Bank, na Rua do Mercado, em Cedar Grove.

— Eu gostaria de ouvir essa história, Dan.

— Ligue para mim quando puder. — Ele lhe deu um sorriso gentil antes de abrir um guarda-chuva grande e sair de debaixo da tenda.

Kins aproximou-se com Laub e Fazzio.

— Quer companhia na viagem de volta?

— Obrigada — ela disse. — Mas vou ficar mais uma noite.

— Pensei que você quisesse voltar direto para Seattle... — Kins disse.

Ela observou Dan se aproximar de uma SUV, abrir a porta, fechar o guarda-chuva e entrar.

— Meus planos acabaram de mudar.

CAPÍTULO 17

A sorte do First National Bank esteve ligada, literalmente, à sorte de Christian Mattioli. Aberto para proteger a considerável riqueza dos fundadores da Companhia Mineradora Cedar Grove, incluindo Mattioli, o banco quase desapareceu quando a mina foi fechada e ele e seus sócios deixaram a cidade. Os moradores de Cedar Grove se uniram e transferiram suas poupanças e contas correntes, assumindo um compromisso com o banco por seus financiamentos de casa própria e empréstimos. Tracy não sabia ao certo quando o banco tinha fechado de vez e abandonado o prédio. A julgar pelas placas no saguão vazio, o edifício opulento de dois andares com fachada de tijolos aparentes havia sido transformado em prédio de escritórios, embora muitos espaços continuassem desocupados.

Ao subir pela escadaria, ela olhou para o piso do térreo, um mosaico intricado que retratava a águia americana com um ramo de oliva na garra direita e treze flechas na esquerda. Pó tinha se acumulado sobre o piso, bem como caixas de papelão e detritos. Ela se lembrava das gaiolas dos caixas, das mesas dos bancários e de vasos de samambaias. Seu pai tinha levado Sarah e ela ao banco para abrirem contas correntes e poupança. O presidente do First National, John Wates, tinha rubricado e carimbado suas cadernetas.

Tracy encontrou o escritório de Dan no segundo andar e entrou na pequena recepção, que tinha uma escrivaninha desocupada. Um cartaz dizia para tocar a campainha. Ela deu uma tapa no dispositivo com a palma da mão, o que resultou num badalo desagradável. Dan apareceu vestindo calça cáqui, sapatos *dockside* de couro e camisa listrada em azul e branco. Ela ainda tinha dificuldade para aceitar que o homem diante dela era o mesmo garoto que tinha conhecido em Cedar Grove. Ele sorriu.

— Teve dificuldade para estacionar? — Dan perguntou.

— Dá para escolher a vaga.

— A Câmara dos Vereadores queria pôr aqueles parquímetros automatizados. Alguém fez as contas e descobriu que a receita gerada demoraria 10 anos para pagar o investimento. Entre.

Dan a conduziu a um escritório octogonal com painéis escuros e molduras elegantes.

— Este era o escritório do presidente do banco — ele disse. — Eu pago 15 dólares a mais por mês para dizer isso.

Livros de direito enchiam as prateleiras, mas ela sabia que eram, principalmente, decorativos. Tudo agora era acessado pela internet. A mesa de Dan ficava de frente para a janela em arco que ainda exibia o letreiro castanho e dourado anunciando o edifício como sendo do First National Bank. Dali, Tracy olhou para a Rua do Mercado.

— Quantas vezes você acha que nós passamos de bicicleta por essa rua? — ela perguntou.

— Vezes demais para contar. Todos os dias do verão.

— Eu lembro do dia em o seu pneu murchou.

— Nós estávamos indo para as montanhas, para fazer aquele balanço de corda — Dan disse. — Sarah me comprou a câmara e me ajudou a consertar o pneu.

— Eu lembro. Ela usou o dinheiro dela — Tracy disse. Ela deu as costas para a janela. — Estou surpresa que você tenha vindo morar aqui.

— Eu também.

— Você disse que era uma história longa.

— Longa... Não interessante. Café?

— Não, obrigada. Estou tentando diminuir.

— Pensei que café fosse um pré-requisito para ser policial.

— Rosquinhas é que são. O que os advogados comem?

— Um ao outro.

Eles se sentaram à mesa redonda em frente à janela. Um livro de direito segurava o vidro inferior, deixando entrar ar fresco no escritório.

— É ótimo rever você, Tracy. A propósito, você está ótima.

— Acho que é melhor você trocar as lentes. Estou péssima, mas obrigada por ser gentil. — O comentário dele a deixou ainda mais incomodada com a própria aparência. Como não pretendia passar outra noite na cidade, não tinha levado muita coisa para vestir. Quando saiu de Seattle, tinha pegado jeans, botas, uma blusa e a jaqueta de veludo cotelê para vestir depois do funeral de Sarah. Antes de sair do quarto do hotel, parou diante do espelho, pensando em prender o cabelo num rabo de cavalo, mas chegou à conclusão de que isso só serviria para acentuar seus pés de galinha. Ela deixara o cabelo solto.

— Então, por que você voltou? — ela perguntou.

— Ah, foi uma combinação de coisas. Fiquei esgotado trabalhando num grande escritório de advocacia em Boston. Os dias tinham se tornado uma tortura, sabe? Eu tinha ganhado dinheiro suficiente e pensei em tentar algo diferente. Parece que minha mulher teve a mesma ideia: tentar um homem diferente.

Tracy fez uma careta.

— Sinto muito.

— É, eu também senti. — Dan deu de ombros. — Quando sugeri que queria abandonar o direito, ela sugeriu que nós abandonássemos um ao outro. Ela estava transando com um dos meus sócios fazia mais de um ano. Tinha se acostumado com o estilo de vida no clube de campo e teve medo de perdê-lo.

Dan já tinha superado a dor ou então a escondia bem. Tracy sabia que algumas dores nunca sumiam totalmente. Eram só reprimidas debaixo de uma fachada de normalidade.

— Por quanto tempo vocês ficaram casados?

— Doze anos.

— Vocês têm filhos?

— Não.

Ela se recostou na cadeira.

— E por que Cedar Grove? Por que não algum lugar... sei lá.

Ele deu um sorriso resignado.

— Pensei em me mudar para São Francisco, depois pensei em Seattle. Então meu pai morreu e minha mãe ficou doente. Alguém precisava cuidar dela. Eu voltei para casa, pensando que seria algo temporário. Depois de um mês, percebi que morreria de tédio se não fizesse alguma coisa, então pendurei meu letreiro de advogado. Eu faço testamentos, imóveis, recorro de infrações de trânsito, enfim, qualquer coisa entediante que entre por aquela porta e possa pagar mil e quinhentos dólares de sinal.

— E a sua mãe?

— Ela morreu faz um pouco mais de seis meses.

— Sinto muito.

— Eu sinto falta dela, mas pelo menos tivemos tempo para nos conhecer de um modo que não nos conhecíamos antes. Sou grato por isso.

— Invejo você.

— Por que diz isso? — Ele franziu a testa.

— Eu e minha mãe não tivemos mais um relacionamento depois que Sarah desapareceu, e depois que meu pai... — Ela deixou o resto no ar e Dan não a pressionou, o que a fez imaginar o quanto ele sabia.

— Deve ter sido uma época terrível para você.

— Foi mesmo — ela concordou. — Foi horrível.

— Espero que o dia de ontem tenha trazido um tipo de encerramento de ciclo.

— Algo assim — ela disse.

— Tem certeza de que não quer café? — ele perguntou, levantando-se.

Ela conteve um sorriso ao vê-lo novamente como o garoto que não gostava de conversas intensas e tentava mudar de assunto.

— Não, obrigada. Então, me conte, em que área do direito você atuava?

Dan se sentou de novo e juntou as mãos sobre as pernas.

— Eu comecei com direito antitruste, quando percebi que era de fato possível morrer de tédio. Então um sócio me colocou na defesa de um caso de crime financeiro e eu descobri do que realmente gostava. E, se eu posso dizer, eu era muito bom no tribunal. — Ele ainda tinha o sorriso juvenil.

— Aposto que os júris amavam você.

— Amavam é uma palavra muito forte — ele disse. — Idolatravam, talvez. — Ele riu e ela também percebeu o garoto na risada. — Eu defendi o CEO de uma grande corporação, e, quando ganhei o caso, todo advogado da firma que tinha um cliente pego com a boca na botija, ou um parente que havia bebido demais na festa de Natal da empresa, vinha me procurar. Isso resultou em crimes financeiros de maior notoriedade, e, quando me dei conta, estava com uma boa clientela. — Ele inclinou a cabeça, como se a estudasse. — Muito bem, sua vez. Detetive de homicídios? Uau. O que aconteceu com o magistério?

Ela fez um sinal de pouco-caso.

— Você não quer ouvir essa história.

— Ei, qual é. Agora é sua vez. Não era seu sonho se tornar professora no colégio de Cedar Grove e criar seus filhos aqui?

— Não deboche.

— Ei — ele bufou. — *Eu* moro aqui agora. E foi o que você sempre disse, que iria ser professora, e que você e Sarah seriam vizinhas.

— Eu lecionei, durante um ano.

— No colégio de Cedar Grove?

— Lar dos Carcajus Guerreiros — ela disse, e fez garras com as mãos.

— Me deixe adivinhar... Química?

— Muito bem. — Tracy fez uma expressão de espanto.

— Nossa, você era tão nerd — ele disse.

Ela fez cara de indignada.

— Eu era nerd? E você?

— Eu era um panaca. Os nerds são espertos. Essa é a sutil diferença. E *você*, casou, tem filhos?

— Divorciada — ela respondeu. — Sem filhos.

— Espero que o seu tenha acabado melhor que o meu.

— Duvido, mas pelo menos o meu foi curto. Ele sentiu que eu o estava traindo.

— *Sentiu?*

— Com Sarah.

Dan deu um olhar curioso para ela.

Sentindo que o momento era propício, Tracy concluiu:

— Eu larguei o ensino e entrei na academia de polícia, Dan. Investiguei o assassinato de Sarah por mais de 10 anos.

— Nossa.

Ela abriu a mala e tirou uma pasta, colocando-a sobre a mesa.

— Tenho caixas cheias de depoimentos de testemunhas, transcrições de julgamento, relatórios da polícia, relatórios sobre evidências, tudo. O que eu não tinha era a análise forense do local do corpo. Agora eu tenho.

— Não entendo. A justiça condenou alguém, não?

— Edmund House — ela disse. — Um estuprador em condicional que morava com o tio nas montanhas perto da cidade. House foi o alvo mais fácil, Dan. Ele tinha passado seis anos na prisão de Walla Walla após admitir ter feito sexo com uma estudante de 16 anos quando ele tinha 18. Primeiro ele foi acusado de estupro qualificado, sequestro e lesão corporal, mas surgiu uma questão legal sobre a admissibilidade de evidências encontradas numa oficina da propriedade onde ele a manteve contra a vontade dela.

— Sem mandado?

— O tribunal sustentou que a oficina era uma extensão da casa e a polícia precisava de um mandado de busca. A evidência ficou comprometida, e um juiz a considerou inadmissível. O promotor disse que não teve escolha senão oferecer o acordo. Depois que Sarah desapareceu, Calloway foi atrás de House desde o começo, mas não tinha nada de substancial para rebater o álibi de House, que alegou estar dormindo em casa na noite em que Sarah desapareceu. O tio dele estava trabalhando no moinho.

— Então, o que mudou? — Dan perguntou.

Sete semanas tinham se passado desde o desaparecimento de Sarah quando Tracy atendeu a porta, encontrando Roy Calloway, que parecia ansioso.

— Preciso falar com seu pai — ele disse, passando por Tracy e batendo nas portas de correr do escritório de James Crosswhite. Como não teve resposta, Calloway abriu-as.

O pai dela levantou a cabeça da mesa, os olhos injetados e sem foco. Tracy entrou e tirou uma garrafa aberta de scotch e um copo de cima da mesa.

— Roy está aqui, papai.

O pai demorou um instante para colocar os óculos, apertando os olhos diante da luz aguda que entrava pela janela. Fazia dias que não se barbeava. Seu cabelo estava desgrenhado e tinha crescido abaixo do colarinho da camisa, que estava amarrotada e manchada.

— Que horas são?

— É possível que tenhamos uma novidade — Calloway disse. — Uma testemunha.

O pai levantou, cambaleante, e apoiou a mão na mesa para recuperar o equilíbrio.

— Quem?

— Um vendedor que voltava para Seattle na noite em que Sarah desapareceu.

— Ele a viu? — James Crosswhite perguntou.

— Ele lembra de uma picape vermelha na estradinha local. Uma Chevrolet com caçamba antiga. Ele também se lembra de uma picape azul estacionada no acostamento.

— Por que ele não se apresentou antes? — Tracy perguntou. Fazia tempo que o telefone para informações tinha sido desabilitado.

— Ele não sabia. O sujeito viaja 25 dias por mês. As viagens se misturam. Ele disse que assistiu, recentemente a uma reportagem sobre a investigação, o que lhe avivou a memória. Ele ligou para a delegacia para relatar o que viu.

Tracy meneou a cabeça. Ela tinha acompanhado todos os noticiários das últimas sete semanas e não vira nada sobre Sarah recentemente.

— Que reportagem?

Calloway olhou para ela.

— Foi só uma matéria no noticiário.

— Que canal?

— Tracy, por favor. — O pai levantou a mão, silenciando-a. — Deve ser o suficiente, não? Coloca o álibi dele em dúvida.

— Vance está pedindo outro mandado de busca para a propriedade e a picape. Uma equipe de perícia da Patrulha Estadual de Washington está de prontidão em Seattle.

— Quanto tempo até sabermos? — o pai dela perguntou.

— Menos de uma hora.

— Como é que ele não soube antes? — Tracy perguntou. — Passou em todos os noticiários locais. Nós afixamos cartazes. Ele não viu os outdoors oferecendo a recompensa de dez mil dólares?

— Ele viaja muito — disse Calloway. — Não estava em casa.

— Durante sete semanas? — Ela se virou para o pai. — Não faz sentido. Ele só deve estar querendo o dinheiro. — O pai e outras pessoas da cidade tinham oferecido uma recompensa de dez mil dólares por informações que levassem à prisão e à condenação de quem tivesse raptado Sarah.

— Tracy, vá para a sua casa e espere lá. — Seu pai nunca tinha se referido à casa que ela alugara ao assumir o emprego de professora no colégio de Cedar Grove como "sua casa". — Eu ligo para você quando soubermos mais.

— Não, pai. Não quero ir. Eu quero ficar aqui.

Ele a levou até as portas de correr. Tracy sabia, pela firmeza da mão dele, que aquela ordem não estava em discussão.

— Eu ligo assim que souber de alguma coisa — ele disse e depois fechou as portas atrás dela. Tracy ouviu o estalido delas sendo trancadas.

CAPÍTULO 18

Tracy entregou uma cópia do testemunho de Ryan Hagen para Dan.
— Ele acabou com o álibi do House.
Dan colocou óculos de leitura para ler o testemunho.
— Você parece cética — ele disse.
— O interrogatório feito pelo advogado de House ficou longe de estar perfeito. Ninguém pediu a Hagen detalhes do noticiário nem exigiu que ele mostrasse recibos. Representantes comerciais não gastam seu próprio dinheiro. Se Hagen parou para comer e encher o tanque, como afirmou, deveria ter recibos. Não encontrei nenhum.
Dan levantou os olhos do testemunho, observando-a por cima dos óculos.
— Mas a simples lembrança desse sujeito foi suficiente para fazer o jogo andar.
— Foi suficiente para que o promotor conseguisse do Juiz Sullivan um mandado de busca para a casa e a picape do tio.
— E encontraram alguma coisa?
— Cabelo e sangue. E Calloway testemunhou que, quando falou das evidências para House, este mudou a história e disse que pegou Sarah andando ao longo da estrada e a levou para as montanhas, onde a estuprou e estrangulou. E imediatamente enterrou o corpo.
— Então, como não conseguiram encontrar o corpo?
— Calloway disse que House se recusou a dizer onde tinha enterrado Sarah se não lhe oferecessem um acordo. Disse que nunca conseguiriam condená-lo sem o corpo.
Dan baixou a cópia do testemunho.
— Espere um pouco. Fiquei confuso. Se ele confessou, que tipo de acordo estaria esperando?

— Boa pergunta. No tribunal, House negou ter confessado.

Dan meneou a cabeça, como se tivesse dificuldade para entendê-la.

— Calloway não gravou a confissão? Não pegou uma declaração assinada?

— Não. Ele disse que House soltou a informação para provocá-lo e depois se recusou a repetir.

— Então House se negou a repeti-la no tribunal?

— Isso mesmo.

— Você está me dizendo que o advogado dele o colocou no banco das testemunhas quando o caso da acusação era circunstancial, sem uma perícia da cena do crime?

— É o que estou dizendo.

— Como House explicou o cabelo e o sangue?

— Ele disse que foi plantado por alguém que queria incriminá-lo.

— Claro que sim — Dan disse, em tom sarcástico. — Essa é a última defesa dos culpados.

Tracy deu de ombros.

— Você acredita nele?

— House pegou prisão perpétua, e essa deveria ter sido a chance de Cedar Grove se curar. Mas não se curou. Nem eu. Nem minha família. Ninguém.

— Você tem dúvidas.

— Vinte anos de dúvidas. — Ela deslizou outra pasta pela mesa. — Quer dar uma olhada?

— O que você espera encontrar?

— Uma opinião objetiva.

Dan não respondeu de imediato. Ele também não pegou a pasta.

— Tudo bem — ele disse depois de algum tempo. — Vou dar uma olhada.

Ela pegou o talão de cheques e uma caneta na bolsa.

— Você disse que cobra um sinal de mil e quinhentos dólares?

Ele estendeu a mão sobre a mesa e a tocou. Isso a surpreendeu, assim como o fato de a mão dele ser áspera, embora seus dedos fossem longos e elegantes.

— Eu não cobro dos amigos, Tracy.
— Não posso pedir que você trabalhe de graça, Dan.
— E eu não posso aceitar seu dinheiro. Então, se quer minha opinião, precisa colocar o talão de cheques de lado. Uau, aposto que nenhum advogado jamais pronunciou essas palavras. Ela riu.
— Posso te pagar de alguma outra forma?
— Com um jantar — ele disse. — Eu conheço um lugar.
— Em Cedar Grove?
— Cedar Grove ainda tem algumas surpresas. Confie em mim.
— Não é isso que todo advogado diz?

Tracy saiu do prédio do First National Bank e olhou para a janela em arco suspensa sobre a calçada. Até então, ela nunca tinha dividido o conteúdo de sua investigação com ninguém. Não tinha havido necessidade, não sem a perícia da cova. Até então, tudo o que ela tinha era uma hipótese sem base. As revelações de Kelly Rosa tinham mudado isso.

— Tracy? — Sunnie Witherspoon estava parada ao lado de uma perua estacionada, chave numa mão, uma sacola plástica da loja de ferragens na outra.

— Sunnie.

Sunnie subiu na calçada. Ela vestia calça comprida, blusa e suéter. Seu cabelo estava arrumado e a maquiagem, caprichada.

— Pensei que você tivesse ido embora.

— Eu precisava cuidar de uns detalhes — Tracy disse. — Mas agora estou de partida.

— Tem tempo para um café? — Sunnie perguntou.

Tracy não estava disposta a embarcar numa jornada nostálgica.

— Parece que você está arrumada para fazer alguma coisa.

— Não — Sunnie disse. — Eu só precisava pegar uma coisa para o Gary na loja de ferragens. — Uma pausa constrangedora se seguiu.

Sem uma saída fácil, Tracy cedeu.

— Onde?

Elas atravessaram a rua para chegar ao The Daily Perk, pediram café e se sentaram do lado de fora, numa mesa que balançou quando Tracy apoiou sua caneca. Aí se perdia a recomendação médica para que Tracy diminuísse a cafeína.

Sunnie se sentou à frente dela, sorrindo.

— É tão estranho ver você aqui. Quero dizer, eu sinto pelo motivo, mas é bom. Foi uma bela cerimônia.

— Obrigada por comparecer.

— Tudo mudou, não é?

O comentário de Sunnie pegou Tracy no meio de um gole de café. Ela engoliu e apoiou a caneca na mesa.

— Não entendi.

— Depois que Sarah morreu, as coisas meio que mudaram.

— Acho que sim.

— Mas eu continuo aqui. — O sorriso de Sunnie tinha algo de triste. — Eu nunca vou embora. — Ela parecia indecisa. Então disse: — Você não compareceu a nenhum dos encontros.

— Não faz meu gênero.

— É que as pessoas perguntam de você, e ainda falam do que aconteceu.

— Eu não queria ficar falando disso, Sunnie.

— Desculpe. Eu não queria aborrecer você. Não precisamos falar disso. Vamos conversar sobre outra coisa.

Mas Tracy sabia que falar do que tinha acontecido com Sarah e seus desdobramentos era exatamente o porquê de Sunnie querer tomar café. Não era para que duas velhas amigas colocassem o papo em dia. Era o mesmo motivo pelo qual tanta gente tinha comparecido à cerimônia da família que, para todos os efeitos, tinha ido embora de Cedar Grove 20 anos antes. E não foi só porque Roy Calloway tinha espalhado a notícia. A busca por Sarah e o julgamento tinha dado a todos algo para prender sua atenção, mas não trouxera Sarah de volta. Nada disso tinha trazido o sentimento de desfecho para Sunnie ou qualquer outro que ainda morasse em Cedar Grove. Da mesma forma, nem Tracy nem seus pais tiveram esse desfecho. Agora, sentada diante da pessoa a quem tinha confiado seus mais profundos segredos e pensamentos de adolescente, Tracy não conseguia dizer para Sunnie que talvez estivessem para reviver todo aquele pesadelo.

CAPÍTULO 19

Tracy desligou o motor e deixou sua picape deslizar em silêncio até parar. Observou a rua escura antes de sair para a luminosidade da lua cheia. Um ano após o julgamento, ela ainda vasculhava as sombras atrás de árvores e arbustos. Quando crianças, Tracy e Sarah chamavam esses medos ocultos de bicho-papão. Na época, eram monstros conjurados pela imaginação fértil de duas irmãs. Agora eram assustadoramente reais.

Ela subiu os degraus da varanda e colocou a chave na fechadura, virando-a com um estalido que a fez parar e prestar atenção aos ruídos dentro da casa. Sem ouvir nada, encostou o ombro na porta e aplicou um pouco de pressão. A madeira se expandia no inverno, o que fazia a porta prender no batente. Quando sentiu a porta ficar livre, Tracy a abriu e entrou silenciosamente na casa.

A luz foi acesa, assustando-a e fazendo-a derrubar as chaves.

— Jesus — ela exclamou. — Você me assustou.

Sentado na espreguiçadeira, Ben vestia calça jeans e camisa de flanela.

— Eu te assustei? Você chega a esta hora, sem telefonar, sem escrever, e eu assustei você?

— O que eu quero dizer é que não vi você sentado aí. Por que está sentado no escuro? Por que está vestido?

— Você não me viu porque não estava em casa. Onde você estava, Tracy?

— Trabalhando.

— À uma da manhã?

— Você sabe o que eu quero dizer. Estava trabalhando no caso da Sarah.

— Que surpresa.

— Estou cansada — ela disse, sem querer entrar na discussão de sempre.

— Você não respondeu à minha pergunta.

Ela falou por cima do ombro enquanto saía da sala.

— Respondi, sim.

— Não. Você me disse o que estava fazendo. Eu perguntei onde você estava.

— É tarde, Ben. Vamos conversar de manhã.

— De manhã eu vou estar longe. — Ela voltou para a sala. Ben tinha levantado e Tracy reparou que ele estava com as botas de trabalho. — Estou indo embora. Não consigo viver assim.

Ela se aproximou dele.

— Não vai ser sempre assim, Ben. Eu só preciso de mais tempo.

— De quanto tempo você vai precisar, Tracy?

— Eu não sei.

— É aí que está o problema.

— Ben...

— Eu sei onde você estava.

— O que você quer que eu faça?

— Que siga em frente, Tracy. É o que as pessoas fazem.

— Minha irmã foi assassinada.

— Eu estava aqui, lembra? Eu estive aqui cada um desses dias. Fiquei do seu lado todos os dias do julgamento e da sentença. Você só não reparou.

Ela deu mais alguns passos na direção dele.

— É disso que você está falando? Você quer minha atenção?

— Eu sou seu marido, Tracy.

— E deveria me apoiar.

Ele se dirigiu à porta.

— Eu ia embora de manhã. Minhas coisas já estão na picape. Acho que é melhor eu ir embora agora, antes que um de nós fale alguma coisa de que possa se arrepender.

— Ben, está tarde. Espere até de manhã. Nós podemos resolver isso.

Ele segurou a maçaneta.

— *O que ele te contou?*

— *O quê?*

— *O que Edmund House te contou?*

Ele a tinha seguido até a prisão.

— *Eu perguntei a ele do caso. Perguntei sobre o que o Chefe Calloway tinha dito a respeito de ele confessar que tinha matado Sarah. Perguntei sobre as joias.*

— *Você perguntou se ele a matou?*

— *Ele não a matou, Ben. As evidências...*

— *Um júri o condenou, Tracy. Um júri avaliou as evidências e o condenou. Por que isso não basta?*

— *Porque as evidências estão erradas. Eu sei.*

— *E isso vai mudar de manhã? Eu posso dizer mais alguma coisa que vai conseguir fazer você parar com isso?*

Ela tocou a manga da camisa dele.

— *Não me faça escolher, Ben. Por favor, não me faça escolher entre você e minha irmã.*

— *Eu nunca faria isso com você. Você mesma fez sua escolha.* — *Ele abriu a porta e saiu.*

Tracy o seguiu até a varanda, sentindo um medo repentino.

— *Eu te amo, Ben. Não tenho ninguém além de você.*

Ele parou. Após um instante, Ben se virou para ela.

— *Tem sim. E, enquanto você não a enterrar, não vai haver lugar para mim. Para ninguém.*

Ela correu até ele e o segurou.

— *Ben, por favor. Nós podemos dar um jeito.*

Ele colocou as mãos nos ombros dela.

— *Então venha comigo.*

— *O quê?*

— *Nós podemos arrumar suas coisas em menos de uma hora. Venha comigo.*

— *Para onde?*

— *Para longe daqui.*

— Mas minha mãe e meu pai...

— Eles não querem saber de mim, Tracy. Eu sou o motivo pelo qual você deixou Sarah sozinha aquela noite. Eu sou o motivo de ela estar morta. Eles nem falam comigo. Mal falam com você agora. Não restou nada aqui.

Ela recuou.

— Não posso, Ben.

— Não pode ou não quer? — Lágrimas encheram os olhos dele. — Uma parte de mim sempre vai amar você, Tracy. Essa é a dor que eu vou precisar superar. E não vou conseguir morando aqui. Você tem sua própria dor para superar, e acho que também não vai conseguir fazer isso aqui. Mas vai ter que chegar a essa conclusão sozinha.

Ben entrou na picape e fechou a porta. Por um instante Tracy pensou que ele pudesse voltar atrás, que fosse abrir a porta e sair, voltando para ela. Mas Ben deu a partida, olhou para Tracy pela última vez e saiu de ré pela entrada de carros, deixando-a sozinha.

CAPÍTULO 20

Tracy sentiu um carro diminuir de velocidade ao se aproximar e, por instinto, levou a mão à bolsa, onde estava sua Glock. O carro foi parando até estacionar ao lado dela. Roy Calloway estava com o braço para fora da janela.

— Tracy.

Ela soltou o cabo da pistola.

— Está me seguindo, xerife?

— Eu pensei que você fosse embora da cidade.

Tracy olhou ao redor, para o estacionamento do hotel.

— Eu fui embora da cidade. Estou em Silver Spurs. O que você está fazendo aqui?

Calloway pôs o câmbio em *park* e saiu, o motor funcionando e a porta aberta. Vozes eram transmitidas pelo rádio montado no painel.

— Um passarinho me contou que você tem conversado com pessoas da cidade.

— É o que manda a boa educação depois de tanto tempo longe. Por que isso é da sua conta?

— Eu gostaria de saber sobre o que vocês conversaram.

Parte dela quis enfrentar Calloway, fazê-lo saber que ela não era mais a garotinha que aceitava as idiotices dele. Mas era provável que isso só causasse uma discussão demorada, e ela estava física e mentalmente esgotada. Tracy só queria entrar no seu quarto.

— Eu acho mesmo que não é da sua conta, a menos que vá me dizer que é crime, em Cedar Grove, conversar com as pessoas. — Ela começou a subir a escada. — Estou cansada e gostaria de tomar um banho quente.

— O que você e Dan O'Leary tinham para conversar?

— O passado. Foi uma viagem através das nossas lembranças.

— Só isso?

— É só isso que você vai saber.

— Droga, Tracy. Não seja tão teimosa. — A firmeza com que ele falou fez Tracy se voltar e encarar o xerife. Calloway estava com o rosto vermelho, o que não era típico do homem de que ela se lembrava, mas talvez porque aquele homem sempre conseguia o que queria. Parecendo recuperar a compostura, Calloway continuou: — Você acha que é a única que sofreu? Veja quanta gente foi ao funeral prestar homenagem à sua família.

Ela desceu da escada.

— Você teve algo a ver com isso, Roy?

— As pessoas querem um encerramento. Ela precisam que isso acabe.

— Elas precisam ou você?

Ele apontou o dedo para ela.

— Eu fiz o meu trabalho. Você, dentre todas as pessoas, devia entender isso. Eu segui as evidências, Tracy.

— Não até a cova.

— Nós não tínhamos uma cova.

— Agora temos.

— Isso mesmo. Nós encontramos Sarah. Deixe que os mortos enterrem os mortos.

— Você me disse isso uma vez. Lembra? Mas eu aprendi uma coisa, Roy. Os mortos não enterram os mortos. Essa é uma coisa que só os vivos podem fazer.

— E agora você enterrou Sarah. Ela está em paz. Está com seus pais. Acabou, Tracy. Deixe acabar.

— Está me dando uma ordem, Chefe?

— Vou deixar isto bem claro para você. Talvez você seja uma detetive de homicídios importante em Seattle, mas aqui não é sua jurisdição. Aqui você é só uma cidadã. Eu sou a lei. Sugiro que se lembre disso e não saia por aí caçando fantasmas.

Tracy controlou suas emoções lembrando-se de que Calloway não podia fazer nada com ela. Era só uma tentativa de intimidá-la. Calloway estava querendo conseguir informações, irritando-a o suficiente para deixar escapar o que tinha feito e por quê.

— Não tenho nenhuma intenção de caçar fantasmas — ela disse.

Ele pareceu estudá-la.

— Então posso deduzir que vai voltar para Seattle?

— Pode. Eu vou voltar para Seattle.

— Ótimo. — Ele se despediu com um aceno de cabeça, voltou para dentro da Suburban e fechou a porta. — Então faça boa viagem.

Ela observou a perua se afastar, as luzes de freio se acenderem quando Calloway diminuiu para fazer o retorno, e o carro desaparecer na curva.

— Fantasmas não. Roy. Não vou caçar fantasmas. Vou caçar um assassino — ela disse.

Enquanto subia a escada externa, outro pensamento lhe ocorreu, e Tracy revirou a bolsa para encontrar o celular e o cartão de visitas de Dan. Ela correu para o quarto e ligou para ele. Dan atendeu no terceiro toque.

— Dan? É Tracy.

— Você não é um daqueles clientes que ligam o tempo todo, é? Porque, se for, tudo bem. Eu estava mesmo para ligar para você.

— Ainda está com a minha pasta?

— Está bem aqui na mesa da cozinha. Nós passamos a tarde juntos. Por quê, o que houve?

Ela soltou um suspiro de alívio.

— Roy Calloway estava me seguindo. Ele sabe que eu fui falar com você e me perguntou sobre o que nós conversamos.

— Como assim ele estava te seguindo?

— Ele me abordou no estacionamento do meu hotel em Silver Spurs e queria saber por que eu fui conversar com você. Ele tentou falar com você?

— Não, mas eu saí cedo do escritório. Ele não passou por lá. Por que você está em Silver Spurs?

— Eu só não quis ficar em Cedar Grove. Depois do funeral, eu queria distância.

— Não, quero dizer, por que você não voltou para Seattle? — Como ela demorou para responder, ele continuou. — Você sabia que eu ia ligar, não é? Você sabia que eu ia querer falar sobre os seus arquivos.

— Desconfiei que fosse querer.

— Onde você está em Silver Spurs?

Ela olhou para o chaveiro, que era do tipo antigo, com uma chave de verdade, não um cartão.

— Estou no Evergreen Inn.

— Saia daí. Você pode ficar aqui em casa. Eu tenho um quarto de hóspedes.

— Não precisa, Dan.

— Provavelmente não, mas já li o material que você deixou comigo, Tracy. Não a fundo, mas o bastante para ter muitas perguntas.

Ela sentiu o conhecido surto de adrenalina.

— Que tipo de pergunta?

— Vou precisar ver tudo que você tiver.

— Posso mandar para você.

— Isso fica para outro momento. Esta noite você sai desse hotel e vem para cá. Não existe motivo para ficar num hotel.

Ela não sabia bem como entender esse convite. Ele estava preocupado com ela por causa de Calloway ou por causa de algo que tinha descoberto nos arquivos? Era só um amigo de infância sendo hospitaleiro ou havia algo mais o motivando, como a atração que Tracy sentiu quando Dan se aproximou, durante o funeral de Sarah, e a beijou no rosto? Ela afastou a cortina e olhou para o estacionamento de terra e pedras e para os arvoredos na outra extremidade. As sombras começavam a se arrastar ao redor dos troncos.

— Além disso, você me deve um jantar — Dan disse.

— Onde eu encontro você?

— Você lembra como chegar na casa dos meus pais?

— Como a palma da minha mão.

— Me encontre aqui. Eu tenho o melhor sistema de alarme da cidade.

CAPÍTULO 21

Tracy ouviu o sistema de alarme disparar quando estacionou na entrada de carros daquela que era a casa de Dan O'Leary na infância. Ela não reconheceu a edificação em estilo Cape Cod no lote amplo, lembrando-se de uma casa amarela térrea de tábuas. Instalada atrás de um gramado bem cuidado, a residência agora era um sobrado com janelas de trapeira e uma varanda grande com espreguiçadeiras de madeira. As tábuas tinham sido substituídas por placas azul-claras com borda cinza que evocavam construções da Costa Leste.

Dan abriu a porta da frente e saiu para a luz da lua cheia. Dois cachorros *muito grandes* saíram com ele. Pareciam buldogues bombados, com focinhos pretos achatados e pelo curto que colocavam em evidência os peitos largos e musculosos. Com um cão de cada lado, Dan parecia um faraó egípcio.

Tracy afastou-se do carro com a sacola no ombro.

— É seguro?

— Vai ser depois que você for apresentada. — Dan parecia à vontade. Estava descalço e vestia uma calça jeans rasgada num joelho e um suéter com gola em V sobre uma camiseta branca.

— Não estou gostando disso — ela disse, aproximando-se pelo caminho de pedra no gramado muito verde que parecia (e cheirava como) ter sido cortado havia pouco.

— Só estenda as costas da mão e deixe que eles cheirem.

— Não estou *mesmo* gostando disso.

— Não seja boba.

Tracy estendeu a mão. O menor dos cães estendeu o pescoço e passou o focinho frio no dorso da mão dela.

— Esse é Sherlock — disse Dan enquanto o animal a cheirava.

— Está brincando. — *Não brinca, Sherlock* costumava ser uma das expressões favoritas de Dan. Ele se voltou para o outro cão.

— Me deixe adivinhar. Laxante — ela disse. Quando garoto, Dan também gostava de dizer que alguém estava com *cara de que tomou laxante.*

— Isso seria de muito mau gosto. Não, este garotão é o Rex, diminutivo de Tiranossauro Rex. — Rex não se deu ao trabalho de cheirar a mão dela. — Ele é um pouco mais reservado que o Sherlock.

— Qual a raça deles?

— Mistura de leão da rodésia e mastim. Juntos eles pesam 130 quilos, e a despesa deles com comida é o dobro da minha. Pode entrar com eles. Vou colocar seu carro na garagem para tirá-lo da vista dos enxeridos.

— Ela tinha notado uma garagem destacada nos fundos da propriedade.

Tracy entrou numa sala com um sofá em L de frente para uma lareira de tijolos, acima da qual havia uma TV grande de tela plana. A sala encontrava uma cozinha com mesa e cadeiras, balcões de granito, banquetas de bar e luz incandescente. Amostras de azulejo estavam encostadas na parede atrás da pia. Dan fechou a porta atrás dela e lhe entregou a chave do carro.

— Você está reformando — ela disse.

— Para dizer o mínimo. Depois de 40 anos, a casa estava precisando de um renascimento.

Ele entrou na cozinha, mas os cachorros mantiveram a atenção em Tracy. Ela pôs a sacola numa das banquetas.

— Então você planeja ficar na cidade?

— Depois de todo o trabalho que esta casa já me deu, é melhor eu aproveitar um pouco.

— *Você* fez tudo isto?

— Não precisa ficar tão surpresa. — Ele abriu a geladeira.

— Não lembro de você ser tão habilidoso.

— Você ficaria espantada com o que é possível aprender quando se está entediado, motivado e se tem acesso à internet. — Dan falou atrás da porta. — Está com fome?

— Não precisa se preocupar, Dan.

— Não estou preocupado. Eu te falei que conheço um ótimo restaurante. — Ele voltou com um prato contendo quatro hambúrgueres grandes.

— Eu estava mesmo para fazer meu famoso cheeseburger com bacon.

— Já posso sentir minhas artérias endurecendo — ela riu.

— Por favor, não me diga que você é uma daquelas veganas comedoras de grãos.

— Com os meus horários? Tenho sorte quando vejo um legume. A menos que seja um tomate num x-salada.

— Tecnicamente, o tomate é uma fruta.

— Que seja. Agora você é agricultor também?

— Se você se comportar bem, depois do jantar vou te mostrar minha horta.

— Você deve andar *bem* entediado. — Ela parou ao lado dele diante do balcão. — Como posso ajudar? — Ao lado dela, Dan era pelo menos 10 centímetros mais alto. O suéter delineava seus ombros largos e o peito talhado. Ela o cutucou com o cotovelo e acertou um tronco sólido. — Acho que lembro de um garoto com muito mais gordura. Mas não pode ser dieta.

— Bem, alguns de nós não foram abençoados com o gene Crosswhite de pernas longas e músculos tonificados.

— Pois fique sabendo que eu treino quatro dias por semana — ela disse.

— Pois fique sabendo que dá pra notar.

— Ah, meu Deus. Estou parecendo uma daquelas mulheres de meia-idade fazendo de tudo por um elogio.

— Se é o caso, saiba que conseguiu. Vamos, me deixe mostrar seu quarto. Você pode tomar um banho quente e relaxar enquanto eu faço o jantar.

— Essa é uma boa ideia. — Ela pegou a sacola e o seguiu até a escada.

— Deixo um copo de vinho tinto à sua espera ou vai me dizer que largou o álcool?

— Só o que faz bem para a saúde.

Ela o seguiu até um quarto no alto da escada e, de novo, ficou surpresa com a decoração; uma cama de ferro forjado e antiguidades americanas, um arranjo de capim-cheiroso num canto e um aquecedor de cama no outro.

Sobre a cabeceira da cama pendia uma pintura de uma mulher acendendo uma lareira numa casa de pioneiros escura. Tracy deixou a bolsa sobre a mesa.

— Tudo bem, eu acredito na reforma, mas de jeito nenhum você decorou sozinho. — Ela imaginou que ali houvesse mão de uma namorada.

— *Revista Sunset.* — Dan deu de ombros. — Como eu disse, eu estava entediado. — Ele fechou a porta, deixando-a à vontade.

Tracy se sentou na beira da cama, refletindo sobre a conversa que acabaram de ter, que em alguns aspectos se parecia como as de antigamente, embora Dan estivesse, com certeza, mais afiado em suas réplicas do que ela se lembrava. Ela se pegou sorrindo. Será que Dan estava flertando, ou aqueles comentários eram apenas uma versão adulta das provocações que faziam um com o outro quando eram garotos? Fazia muito tempo que ninguém flertava com ela.

— Está dando na cara, sabe? — ela disse, gemendo ao se ouvir. — A carência está evidente.

Quando Tracy saiu do banho, suas opções limitadas de roupa tornaram-se ainda mais frustrantes. Ela deixou a blusa para fora da calça para criar um visual diferente e prendeu o cabelo num rabo de cavalo; que se danassem os pés de galinha. Passou rímel e sombra nos olhos, e uma gota de perfume nos pulsos e pescoço, e desceu a escada em direção ao cheiro de bacon e hambúrguer que emanava da grelha, enquanto narradores descreviam os lances de um jogo de futebol universitário na TV.

Dan estava em pé junto ao balcão, batendo o conteúdo de uma tigela de vidro com um batedor de arame. Uma massa de torta com recheio de limão jazia sobre a bancada.

— Você está fazendo torta merengue de limão?

Ele tirou o som da TV.

— Não deboche. A receita é da minha mãe mãe, e por acaso é minha torta favorita. E, se um dia eu conseguir bater essas malditas claras em neve, você vai descobrir por quê.

— Você está usando a tigela errada.

Dan olhou para ela com ceticismo.

— Como pode existir uma tigela *errada*?

Ela foi até o lado dele no balcão.

— Onde você guarda suas tigelas?

Ele apontou para um armário baixo. Tracy encontrou uma tigela de cobre, transferiu as claras para ela e pegou o batedor. Em pouco tempo transformou as claras em espuma.

— A Sra. Allen ficaria chocada. Você não lembra de nada das aulas de química?

— Não era nessa matéria que eu colava de você?

— Você colava de mim em todas as matérias.

— E olha como eu me dei bem. Nem consigo bater claras em neve.

— Tem a ver com as proteínas da clara reagindo com o cobre da superfície da tigela. Uma tigela de prata vai ter o mesmo efeito. — Ela despejou o açúcar que Dan tinha separado numa xícara-medida para terminar o merengue, que colocou sobre o recheio da torta e a inseriu no forno, ajustando o timer. — Você não me prometeu uma taça de vinho?

Ele serviu duas taças, entregou uma para ela e levantou a dele.

— Aos velhos amigos — Dan brindou.

— Fale por você mesmo.

— Nós temos a mesma idade.

— Não te contaram? Quarenta são os novos 20.

— A informação não chegou aos meus joelhos e costas. Tudo bem. — Ele ergueu a taça outra vez. — Aos bons amigos.

— Assim é que se fala.

Ela foi para o outro lado do balcão e se sentou debaixo de uma luz incandescente, observando-o virar as cebolas que tinha colocado na grelha. Tracy sentiu o aroma doce delas.

— Posso te perguntar uma coisa? — ela disse.

— Sou um livro aberto.

— É só você aqui?

— Eu e os garotos — ele disse. Os dois cachorros estavam sentados na borda da cerâmica entre os aposentos, observando Dan ir até a geladeira.

— Então por que se deu ao trabalho?

Ele abriu a geladeira.

— Está falando da reforma?

— De tudo. A reforma, a decoração, dois cachorros. O trabalho deve ter sido enorme.

Ele pegou um pote de picles e um tomate, colocando-os sobre uma tábua de cortar de plástico.

— E foi mesmo. E por isso arrumei tudo. Eu passei pela fase coitadinho, Tracy. Descobrir que a mulher está te traindo não ajuda na autoconfiança. Durante um tempo, senti pena de mim mesmo. Então fiquei furioso com o mundo, com ela, com meu ex-sócio por transar com ela. — Ele pegou um picles e o fatiou enquanto continuava a falar. — Quando minha mãe morreu, fiquei ainda pior. Uma bela manhã, acordei e decidi que estava cansado de olhar para as mesmas drogas de paredes. Fui até a oficina, peguei a marreta do meu pai e comecei a derrubá-las. Quanto mais eu destruía, melhor me sentia. Depois de derrubar as paredes, a única coisa que eu podia fazer era reconstruí-las.

— Então essa foi sua distração.

Ele lavou o tomate na pia e começou a cortá-lo com movimentos precisos.

— Tudo que eu sei é que, quanto mais eu reconstruía, mais percebia que, só porque as coisas não aconteceram conforme eu tinha planejado, não significava que não podiam dar certo. Eu queria um lar. Eu queria uma família. Arranjar outra mulher não era provável, e, francamente, eu não estava procurando uma. Então eu adotei Rex e Sherlock e nós criamos um lar. — Os dois cachorros ganiram ao ouvir seus nomes.

— Como você começou?

— Com uma marretada de cada vez.

— Você ainda fala com a sua ex?

— De vez em quando ela liga. As coisas não deram certo com o meu sócio.

— Ela quer você de volta.

Ele usou uma espátula para transferir os hambúrgueres para um prato.

— Acho que a princípio ela estava sondando essa possibilidade. Mas na verdade ela sente falta é do estilo de vida "clube de campo". Ela descobriu rapidinho que o cara com quem tinha casado não existe mais.

Tracy sorriu.

— Acho que o produto final está muito bom, Dan.

Ele parou de transferir as fatias de tomates e picles da tábua de cortar para o prato.

— Ah, não.

— Que foi?

— Eu pareci um homem de meia-idade caçando um elogio.

Ela jogou um guardanapo amassado nele.

Dan tinha posto a mesa enquanto ela estava no chuveiro. Ele colocou o prato de hambúrgueres ao lado de uma salada de folhas.

— Está bom assim? — ele perguntou.

— Caçando outro elogio?

— Você sabe a resposta.

— Está perfeito — ela disse.

Enquanto Tracy montava seu hambúrguer com os ingredientes, Dan perguntou:

— Muito bem, minha vez. Você ainda compete naqueles torneios de tiro?

— Eu não tenho muito tempo livre.

— Mas você era tão boa.

— As lembranças são muito dolorosas. A última vez que vi Sarah foi no Campeonato de 1993 em Olímpia.

— É por isso que você nunca voltou a Cedar Grove? Porque as lembranças são dolorosas demais?

— Algumas — ela disse.

— No entanto, você está aqui para cavoucar essas lembranças de novo.

— Cavoucar, não, Dan. Eu espero enterrá-las de vez.

CAPÍTULO 22

Depois do jantar, Tracy foi até a sala e pegou um taco de golfe encostado na parede. No fim de uma tira estreita de grama sintética jazia o que parecia ser um cinzeiro metálico.

— Você joga? — Dan perguntou da cozinha, onde terminava de enxugar e guardar a louça nos armários.

Ela posicionou uma bola de golfe, bateu nela e a observou rolar pela grama sintética. A bolinha acertou o cinzeiro, rolou pela borda e continuou indo, estalando ao longo do piso de madeira até atingir o rodapé, atraindo a atenção de Rex e Sherlock, que estavam deitados no tapete.

— Como eu disse, não tenho muito tempo para diversão.

— Você aprenderia depressa; sempre foi uma boa atleta.

— Isso foi há muito tempo.

— Bobagem. Você só precisa do professor certo.

— É mesmo? — ela riu. — Pode me recomendar um?

Dan largou a tigela que estava enxugando, entrou na sala e colocou outra bola de golfe aos pés dela.

— Fique por cima da bola.

— Você vai me dar uma aula?

— Eu pagava uma fortuna para ser sócio do clube de campo. Decidi que tiraria alguma coisa boa daquilo. Vamos, fique sobre a bola.

— Acho que não — Tracy hesitou.

— Os pés na largura dos ombros.

— Está falando sério?

— Eu sou um homem sério.

— Não que eu me lembre.

— Tá, mas eu disse que mudei. Sou um advogado experiente.

— E eu aprendi combate corpo a corpo.

— Vou lembrar disso quando precisar de um guarda-costas. Agora vire-se. Pés na largura dos ombros.

Ela sorriu e fez o que ele dizia. Dan se aproximou por trás, envolvendo seus ombros com os braços. Ele tocou as mãos dela, tentando ajustar a empunhadura.

— Solte-se. Relaxe. Você está estrangulando o taco.

— Eu pensei que devia manter os braços firmes — ela disse, de repente se sentindo quente.

— Os braços, não as mãos. Mãos suaves. Toque leve.

Ele pôs as mãos sobre as dela no taco, a respiração quente na nuca, a voz suave em sua orelha.

— Dobre os joelhos. — Ele tocou a parte de trás dos joelhos dela com os dele, para fazer com que Tracy os flexionasse.

— Tudo bem, tudo bem. — Ela riu.

— Agora, o balanço é delicado, para trás e para a frente, como um pêndulo.

— Isso eu entendo — ela disse.

— Achei que entenderia.

Ele conduziu os braços dela para trás e suavemente para a frente. O taco atingiu a bola, fazendo-a rolar devagar pelo tapete verde. Dessa vez, quando atingiu a concha de metal, os lados desta se dobraram e a bola foi parar bem no centro.

— Ei — ela exclamou. — Eu consegui.

— Está vendo? — Dan disse, os braços ainda ao redor dela. — Talvez eu não seja bom em química, mas ainda posso te ensinar uma ou duas coisinhas.

Ela tinha fechado os olhos, imaginando o que faria se Dan, de repente, lhe beijasse o pescoço. Seus joelhos ficaram bambos com essa ideia.

— Tracy?

— Hein?

Ele soltou seus braços.

— O que acha de nós falarmos dos seus arquivos?

Ela soltou a respiração que estava prendendo.

— É, acho que seria bom. Mas primeiro... banheiro?

— Embaixo da escada.

Tracy encontrou o banheiro, fechou a porta e se apoiou na borda da pia. No espelho, seu reflexo a encarou com as faces coradas. Ela precisou de um momento para se orientar, abriu a torneira e jogou água fria no rosto. Depois de secar as mãos numa tolha do Boston Red Sox, ela voltou à cozinha.

Dan estava parado perto da mesa, folheando um bloco amarelo cheio de anotações. Ele tinha colocado os arquivos de Tracy no meio da mesa – e também completado as taças com vinho.

— Você se importa se eu ficar em pé? — ele perguntou. — Penso melhor assim.

— Fique à vontade. — Ela se sentou à mesa e tomou um muito necessário gole de vinho.

— Preciso te dizer — Dan começou. — Eu estava cético quando você apareceu de manhã. Pensei que estava só dando atenção a um capricho seu.

— Eu sei.

— Sou tão transparente assim?

— Eu sou uma detetive, Dan. — Ela pôs o copo sobre a mesa. — Eu também estaria cética. Pergunte o que quiser.

— Vamos começar com o representante de vendas, Ryan Hagen.

◁

Vance Clark estava em pé ao lado da mesa da promotoria.

— O Estado chama Ryan P. Hagen.

Edmund House, sentado ao lado do seu defensor público, DeAngelo Finn, antigo cidadão de Cedar Grove, virou-se pela primeira vez desde que tinha entrado algemado no tribunal. Barbeado, com o cabelo curto, House parecia um vestibulando da Costa Leste. Ele vestia calça cinza e camisa branca, cujo colarinho se projetava do decote em V de um suéter preto. O olhar dele se fixou em Hagen quando este entrou no tribunal parecendo frequentar o mesmo cursinho pré-vestibular imaginário, com calça cáqui, paletó esporte azul e gravata estampada. Mas então os olhos de House passaram pela audiência lotada e pararam em Tracy. Isso a deixou arrepiada, e ela pegou a mão de Ben, apertando-a com firmeza.

— Você está bem? — ele sussurrou.

Hagen abriu a portinhola do gradil e se sentou no banco das testemunhas. Tracy achou que, com o cabelo ralo partido ao meio, Hagen tinha feições de duende. Vance Clarke perguntou ao representante comercial de peças automotivas sobre seu trabalho, e como este exigia que ele viajasse 25 dias por mês, visitando clientes em Washington, Oregon, Idaho e Montana.

— É incomum, para você, não se inteirar das notícias locais?

— Não a menos que sejam sobre meus times, os Mariners ou os Sonics. — Hagen tinha o sorriso fácil de quem trabalha em vendas e parecia estar gostando da atenção. — Não costumo pegar os jornais locais nem assistir aos noticiários quando volto para o hotel. Normalmente procuro um jogo.

— Então você não sabia do desaparecimento de Sarah Crosswhite.

— Não tinha ouvido falar.

— Pode contar para o júri como você ficou sabendo?

— Claro. — Hagen virou-se para os jurados, cinco mulheres e sete homens, todos brancos. Dois reservas estavam em cadeiras do lado de fora do gradil. — Uma noite eu voltei para minha casa num horário decente, para variar, após visitar um cliente. Eu estava no sofá tomando cerveja e assistindo ao jogo dos Mariners quando, no intervalo, apareceu uma reportagem sobre uma jovem desparecida em Cedar Grove. Tenho alguns clientes nessa região, então prestei atenção. Eles mostraram uma foto dela.

— Você reconheceu a mulher?

— Eu nunca a tinha visto.

— O que aconteceu então?

— A reportagem disse que ela estava desaparecida há um tempo e mostrou uma fotografia da caminhonete dela, uma Ford azul, abandonada no acostamento de uma estrada vicinal. Isso avivou minha memória.

— Avivou como, Sr. Hagen?

— Eu tinha visto aquela caminhonete. Eu tive certeza de que era a caminhonete que eu vi, uma noite, quando estava voltando para casa

depois de visitar clientes no norte. Eu lembrei porque não tem muita gente que ainda usa aquela estradinha, depois que fizeram a interestadual, e estava chovendo forte naquela noite, e eu pensei: "Que droga de noite para quebrar o carro".

— *Por que você pegou a estrada vicinal naquela noite?*

— *É um atalho. A pessoa fica conhecendo todos os atalhos quando dirige tanto quanto eu.*

— *Você se lembrou daquela noite em especial?*

— *Não. A princípio, não. Mas lembrei que foi no verão porque a tempestade me surpreendeu. Até pensei em não pegar a estradinha por causa disso. Ela é escura. Não tem iluminação.*

— *Depois você conseguiu determinar que noite foi essa?*

— *Eu tenho uma agenda com todos os meus compromissos e fui consultá-la. Era 21 de agosto.*

— *De que ano?*

— *1993.*

Hagen estava com a agenda no colo. Após pedir que fosse registrada como prova, Clark pediu para mostrá-la ao júri.

— *E do que mais você se lembra daquela noite?* — *Clark perguntou em seguida para Hagen.*

— *Lembro de ter visto uma caminhonete vermelha. Estava vindo na minha direção.*

— *E por que você se lembra disso?*

— *Como eu disse, não havia outros carros na estradinha naquela noite.*

— *Você conseguiu ver dentro da cabine?*

— *Não consegui. Mas dei uma boa olhada na caminhonete. Era uma Chevrolet com caçamba antiga. Vermelha. Não se veem muitas delas por aí. É clássica.*

— *O que você fez, então?*

— *A reportagem mostrou o número de telefone do escritório do xerife, então eu liguei e contei para eles o que tinha visto. Depois recebi uma ligação do xerife, que dizia que estava dando acompanhamento à minha informação. Então eu disse para ele o que acabei de dizer a você.*

— Você se lembrou de algo mais enquanto falava com o xerife Calloway?

— Lembrei que tinha parado para abastecer e comer alguma coisa, naquela noite e pensei que, talvez, se não tivesse parado, poderia ter encontrado aquela garota primeiro.

DeAngelo Finn fez uma objeção e pediu que essa última declaração fosse retirada dos autos. O juiz Sean Lawrence, um homem grande com um cabelo vermelho cheio, manteve a declaração.

Clark deixou esse último pensamento com o júri e se sentou.

Finn levantou-se, bloco de notas na mão. Tracy o conhecia, e também a sua mulher, Millie. O pai dela era médico de Millie, que tinha uma artrite debilitante. Como estava ficando careca, Finn deixava um lado da coroa de cabelo ficar mais comprido e o penteava sobre o crânio. Com menos de um metro e setenta, a bainha da calça dele arrastou-se pelo chão de mármore enquanto ele se aproximava da testemunha. Os punhos do paletó chegavam à palma das mãos, como se Finn tivesse comprado o terno num magazine, naquela manhã, e não tivesse tido tempo de ajustá-lo.

— Você disse que viu essa caminhonete no acostamento. Você viu alguém parado ao lado dela, ou andando pela estrada? — Finn tinha uma voz aguda, que foi engolida pelo grande salão do tribunal.

Hagen respondeu que não.

— E essa caminhonete vermelha que afirma ter visto, você não enxergou dentro da cabine, correto?

— Correto.

— Então você não viu uma mulher loira nessa cabine, viu?

— Não vi.

Finn apontou para House.

— E você não viu o réu na cabine, viu?

— Não vi.

— Você observou qual era a placa?

— Não.

— E, no entanto, você afirma lembrar dessa caminhonete que admite ter visto por uma fração de segundo numa noite escura e chuvosa?

— É minha caminhonete favorita — Haven afirmou, o sorriso de vendedor voltando. — Quero dizer, carros e caminhões são o meu ganha-pão. Meu trabalho é conhecê-los bem.

A boca de Finn se abriu e fechou, como a de um peixe fora d'água. Os olhos dele voaram do bloco de notas para Hagen várias vezes. Após segundos constrangedores, Finn disse:

— Então seu foco era a caminhonete e você não viu ninguém dentro da cabine. Sem mais perguntas.

CAPÍTULO 23

Dan examinava suas anotações.

— É difícil acreditar que, sete semanas após o ocorrido, Hagen se lembrou de uma picape vermelha que passou por ele numa estrada escura numa noite chuvosa. A defesa não explorou isso no interrogatório?

Tracy negou com a cabeça.

— Ele também não interrogou Hagen sobre o canal de TV que ele afirmou estar assistindo, nem requisitou intimações para obter cópias dos noticiários daquele período.

— O que ele teria encontrado?

— Eu tenho cada fita de cada noticiário. Não encontrei nenhuma reportagem remotamente parecida com a que Hagen descreveu ter visto nessa época. O desaparecimento de Sarah era notícia velha àquela altura. Você sabe como é. A imprensa, a polícia, todo mundo da cidade ficou envolvida no começo, mas, conforme as semanas se passavam, o interesse das pessoas diminuiu. Eu não as culpo. Depois de sete semanas, o desaparecimento de Sarah era uma nota de rodapé, a menos que algo importante tivesse acontecido para chamar a atenção. Mas nada tinha surgido.

— E quanto à recompensa?

— Também não foi mencionada no julgamento.

Dan apertou os olhos como se estivesse com dor de cabeça.

— Como o testemunho de Hagen forneceu ao xerife e ao promotor o que precisavam para convencer o Juiz Sullivan a expedir os mandados de busca, Finn deveria ter questionado Hagen sobre todos os detalhes, principalmente porque Hagen estabeleceu a base do testemunho do xerife Calloway no dia seguinte.

Roy Calloway acomodou-se na cadeira de testemunha como se estivesse em sua sala de estar, e todo mundo no tribunal fosse seu convidado. A chuva tamborilava nas janelas de caixilho de madeira, soando como passarinhos bicando o vidro. Tracy olhou para as árvores do lado de fora, na praça do tribunal, seus galhos encharcados pendendo baixo. Fumaça emanava das chaminés das casas próximas, mas a imagem bucólica só parecia aumentar a ilusão que Edmund House tinha exposto. Cidades pequenas não eram imunes a crimes violentos.

Longe disso.

Clark aproximou-se do gradil que cercava os jurados.

— Quando foi que você voltou à propriedade de Parker House, Xerife Calloway?

— Cerca de dois meses depois.

— Pode explicar as circunstâncias?

— Nós recebemos a dica de uma testemunha.

— Por favor, diga ao júri de quem essa dica veio.

— De Ryan Hagen.

— Você interrogou o Sr. Hagen?

— Interroguei — Calloway disse, e ao longo dos cinco minutos seguintes ele confirmou o que Hagen tinha declarado no dia anterior.

— E qual a importância da picape Chevrolet vermelha?

— Eu sabia que Parker possuía uma Chevrolet vermelha e me lembrei de tê-la visto no quintal dele na manhã em que Sarah desapareceu.

— Você questionou o réu a respeito dessa nova prova?

— Eu disse que nós tínhamos uma testemunha. E perguntei se ele gostaria de acrescentar algo.

— E o que o réu disse?

— A princípio não disse muita coisa, a não ser que eu o estava assediando. Depois ele disse "Tudo bem, sim, eu estava dirigindo naquela noite".

— Ele disse alguma coisa a mais?

— Disse que esteve bebendo num bar em Silver Spurs e que voltou para casa pela estrada vicinal porque estava com medo de ser parado na *interestadual. Ele disse que passou por uma picape Ford azul parada no acostamento e que, mais adiante na estrada, viu uma mulher caminhando na chuva. Ele disse que deu uma carona para ela até um endereço em Cedar Grove, deixou-a lá e foi só isso. Disse que nunca mais a viu.*

— *Ele identificou a mulher?*

— *Eu mostrei uma fotografia para ele, que identificou positivamente ser Sarah Crosswhite.*

— *Ele forneceu o endereço onde disse ter deixado a Srta. Crosswhite?*

— *O endereço não, mas ele descreveu a casa de Sarah.*

— *O Sr. House disse por que não lhe contou isso quando o interrogou da primeira vez?*

— *Ele disse ter ficado sabendo que uma mulher tinha desaparecido, viu um dos folhetos e reconheceu, na fotografia, a mulher para quem ele deu carona. Disse que teve medo de ninguém acreditar nele.*

— *E ele explicou por quê?*

Finn fez objeção e o juiz Lawrence a acatou.

— *O que fez a seguir, Xerife Calloway?*

— *Eu levei essa informação até você, promotor, e pedi que conseguisse um mandado de busca para a propriedade e a picape de Parker House.*

— *Você participou dessa busca?*

— *Eu a executei. Nós levamos uma equipe de perícia da Patrulha Estadual de Washington para fazer o trabalho de perícia. Com base nas evidências encontradas nesse dia, nós detivemos Edmund House.*

— *Você voltou a falar com ele?*

— *Com ele em custódia.*

— *E o que o Sr. House lhe contou?*

Calloway virou-se de Clark para Edmund House, que permanecia impassível, com as mãos sobre as pernas.

— *Ele sorriu. Então disse que nunca conseguiríamos condená-lo. Não sem um corpo. Disse que, se o promotor lhe oferecesse um acordo, me contaria onde estava o corpo de Sarah. Do contrário, ele disse, eu podia ir para o inferno.*

CAPÍTULO 24

Dan andou até a TV de tela plana. Eles tinham ido para a sala de estar. Tracy ficou sentada no sofá escutando Dan fazer perguntas e pensar em voz alta.

— A pergunta óbvia é: se Calloway disse a verdade, por que Edmund House mudaria sua história? Ele já tinha passado seis anos na prisão, o que significa que deve ter aprendido muita coisa sobre o sistema penal. Ele deveria saber que a mudança de álibi seria suficiente para Calloway conseguir o mandado de busca. E, se House queria mudar de álibi, por que dizer ao Calloway que esteve bebendo num bar em Silver Spurs, algo que o xerife poderia facilmente refutar, embora pareça que não o tenha feito?

— Eu falei com todos os barmen de Silver Spurs — Tracy disse. — Ninguém se lembra de Edmund House nem de Calloway aparecendo para fazer perguntas.

— Outro motivo para desconfiar de que Calloway mentiu sobre a confissão — Dan disse.

— Outra coisa. O advogado de defesa, Finn, não interrogou Calloway a esse respeito no tribunal — Tracy informou.

— Um erro, sem dúvida — Dan concordou. — Mas não foi isso que condenou House. O que o fez ser condenado foi o que encontraram na propriedade.

Mais tarde a tempestade se intensificou, fazendo tremer as luzes das lâmpadas penduradas na viga decorada do teto. O vento também aumentou, fazendo as árvores além das janelas do tribunal balançarem violentamente, e seus galhos, tremerem.

— Detetive Giesa — Vance Clark continuou —, a respeito da picape, poderia contar às senhoras e senhores do júri o que vocês encontraram?

A detetive Margaret Giesa parecia mais uma modelo de passarela do que uma detetive, com seu cabelo castanho-claro comprido e luzes loiras. Medindo pouco mais de um metro e sessenta, ela parecia bem mais alta em seus sapatos com saltos de 11 centímetros. Ela vestia uma calça risca de giz cinza.

— Nós encontramos vários fios de cabelo louro, variando em comprimento de 46 a 81 centímetros.

— Você pode mostrar aos jurados exatamente onde sua equipe encontrou esses fios de cabelo?

Giesa saiu da cadeira de testemunha e usou uma caneta laser para direcionar a atenção do júri para uma fotografia ampliada do interior da Chevrolet vermelha que Clark tinha montado num cavalete.

— Do lado do passageiro, entre o banco e a porta.

— A perícia da Patrulha Estadual de Washington fez testes nesses fios de cabelo?

Giesa consultou seu relatório.

— Nós examinamos cada fio em um microscópio e determinamos que alguns tinham sido puxados com a raiz. Outros tinham se partido.

— Protesto. — Finn se levantou. — A policial está especulando que os fios de cabelo foram puxados com a raiz.

O Juiz Lawrence aceitou a protesto.

Clark pareceu contente pelo advogado de defesa ter repetido sua frase.

— O cabelo dos humanos cai, detetive Giesa?

— A perda de cabelo é um processo natural. Nós perdemos cabelo todos os dias.

Clark tocou sua careca.

— Alguns de nós perdem mais que os outros?

Os jurados sorriram.

— Mas você também mencionou — Clark continuou — que sua equipe encontrou alguns fios partidos. O que isso quer dizer?

— Quero dizer que não encontramos uma raiz. Sob o microscópio, é esperado encontrar um bulbo branco na base do fio. A quebra é, normalmente, resultado de dano ao folículo capilar por fatores externos.

— Por exemplo?

— Tratamentos químicos, calor de equipamentos capilares ou manuseio bruto são alguns fatores.

— Uma pessoa pode arrancar o cabelo de outra com raiz, digamos, durante uma luta?

— Pode, claro.

Clark fez como se estivesse consultando suas anotações.

— A sua equipe encontrou alguma outra pista na cabine da picape?

— Traços de sangue — ela respondeu.

Tracy reparou que vários jurados se viraram de Giesa para Edmund House.

De novo usando a fotografia ampliada, Giesa explicou onde sua equipe tinha encontrado o sangue dentro da cabine da picape. Clark então colocou uma fotografia aérea da propriedade de Parker House no cavalete. Ela mostrava o teto de metal de diversas estruturas, além de veículos e equipamentos agrícolas em meio às árvores. Giesa apontou para uma edificação estreita no fim de uma trilha que saía da casa térrea de Parker House.

— Aqui nós encontramos ferramentas de marcenaria e vários móveis em diversos estágios de fabricação.

— Uma serra de bancada?

— Sim, havia uma serra de bancada.

— Vocês encontraram sangue dentro dessa oficina?

— Não — Giesa respondeu.

— Vocês encontraram fios de cabelo louro?

— Não.

— Encontraram algo mais que pudesse interessar ao caso?

— Encontramos joias numa meia dentro de uma lata de café.

Clark entregou um saco plástico de provas para Giesa e pediu que ela o abrisse.

O tribunal ficou em silêncio quando Giesa pôs a mão dentro do saco e retirou dois brincos de prata em forma de pistola.

— Foi aí que você começou a desconfiar de que algo estava errado — Dan perguntou a Tracy, parando de se movimentar.

— Ela não estava usando os brincos de pistola nesse dia, Dan. Tenho certeza que não, e tentei contar isso ao meu pai naquela tarde — Tracy disse — Mas ele falou que estava cansado e queria levar minha mãe para casa. Ela não estava se sentindo bem. Mamãe estava física e emocionalmente acabada, e foi ficando cada vez mais reclusa. Depois disso, toda vez que eu tentava tocar no assunto, meu pai me mandava deixar para lá. Calloway e Clark me diziam a mesma coisa.

— Eles nunca te deram atenção?

— Não. — Ela meneou a cabeça. — Então eu decidi guardar as informações até poder provar que eles estavam errados.

— Mas você não conseguiu deixar para lá.

— Você teria conseguido, se fosse sua irmã e você a tivesse deixado sozinha?

Dan se sentou na mesa de centro, de frente para ela. Os joelhos dos dois quase se tocaram.

— O que aconteceu não foi culpa sua, Tracy.

— Eu precisava saber. Quando ninguém quis fazer nada a respeito, decidi fazer eu mesma.

— Então foi por isso que você deixou de ser professora e se tornou policial.

Ela aquiesceu.

— Depois de 10 anos usando todo o meu tempo livre para ler transcrições e caçar testemunhas e documentos, uma noite eu me sentei, abri as caixas e percebi que tinha examinado *todos* os registros e interrogado *todas* as testemunhas. E tinha chegado a um beco sem saída. A menos que encontrassem o corpo de Sarah, eu não tinha para onde ir. Foi uma sensação horrível. Senti como se tivesse falhado com ela de novo, mas é como você disse: o mundo não para de rodar por causa do nosso luto. Um dia você acorda e percebe que tem que seguir em frente porque... bem, o que se pode fazer? Então eu guardei as caixas num armário e tentei seguir com a vida.

Ele tocou a perna dela.

— Sarah gostaria que você fosse feliz, Tracy.

— Não era possível eu me enganar — ela disse. — Não passava um dia sem que eu pensasse nela. Não passava um dia sem que eu me sentisse tentada a pegar aquelas caixas, sem que eu pensasse ter deixado de notar algo, ou que devia existir mais alguma pista. E então, eu estava sentada no meu trabalho e meu parceiro me informou que tinham encontrado a cova dela. — Tracy exalou. — Você sabe quanto tempo eu esperei que alguém me dissesse que não sou uma louca obcecada?

— Você não é louca, Tracy. Obcecada, talvez.

Ela sorriu.

— Você sempre conseguiu me fazer rir.

— É verdade, mas, infelizmente, nem sempre essa era minha intenção. — Dan se endireitou e suspirou. — Não sei o que aconteceu na época, Tracy, não com certeza, mas o que eu sei é que, se você está certa, se House foi incriminado, isso não foi feito por uma pessoa. Houve uma conspiração, e Hagen, Calloway, Clark e até Finn, possivelmente, participaram dela.

— E alguém com acesso à nossa casa e às joias de Sarah — Tracy disse. — Eu sei.

A Suburban de Roy Calloway estava parada na entrada da casa dos pais dela, atrás de outro carro do departamento do xerife e ao lado de uma ambulância e um caminhão dos bombeiros do Condado de Cascade. As sirenes estavam mudas e nenhuma luz piscante incomodava a escuridão da madrugada. Aquilo deu a Tracy uma estranha sensação de alívio. Qualquer que fosse a emergência, não podia ser tão ruim se as luzes estavam apagadas. Podia?

O telefonema de Calloway a tinha acordado pouco depois das quatro da manhã. Embora Ben tivesse ido embora havia três meses, Tracy manteve a casa alugada. A casa dos pais já não continha as lembranças felizes que um dia a embalaram. Sua mãe e seu pai continuavam reclusos e taciturnos. Seu pai tinha parado de trabalhar no hospital e raramente era visto na cidade. Eles não ofereciam a festa de Véspera de Natal desde o desaparecimento de Sarah. Seu pai também tinha começado a beber à noite. Tracy notava o hábito na voz arrastada quando ligava para saber como estavam, e sentia no hálito dele quando os visitava. Ela também passou a não se sentir bem-vinda lá. Havia um problema que ninguém queria reconhecer. A principal lembrança na cabeça deles era justamente a que queriam esquecer. Todos estavam destruídos por sua própria culpa; Tracy por ter deixado Sarah voltar sozinha para casa, e os pais, por terem ido ao Havaí em vez de estarem em casa no fim de semana fatídico. Tracy racionalizou a situação dizendo para si mesma que estava velha demais para voltar correndo para a casa dos pais, e que seu antigo lar não era mais o seu lar.

No telefonema, Calloway tinha dito para ela se vestir e ir para a casa dos pais. "Apenas vá para lá", ele tinha dito quando ela tentou fazer mais perguntas.

Ela subiu correndo os degraus da varanda ao som indistinto dos rádios dos veículos de emergência. Socorristas e policiais perambulavam pela varanda e pelo vestíbulo. Ninguém parecia estar com pressa, e ela tomou isso como outro bom sinal. Um dos subordinados de Calloway a viu e bateu nas portas do escritório do pai dela. Momentos depois, foi Roy Calloway, não seu pai, que abriu as portas de correr. Ela viu outras pessoas atrás dele, mas não seu pai nem sua mãe. O policial disse algo para Calloway, que fechou as portas. Ele parecia pálido e doente. Abalado.

— Roy? — Ela perguntou, aproximando-se dele. — O que foi? O que aconteceu?

Calloway assoou o nariz num lenço.

— Ele morreu, Tracy.

— O quê?

— Seu pai morreu.

— Meu pai? — Ela não tinha pensado no pai. Estava certa de que algo tinha acontecido com a mãe. — Do que você está falando? — Ela tentou passar por ele, mas Calloway a impediu, segurando-a pelos ombros. — Onde está o meu pai? Pai? Papai?

— Tracy, não.

— Eu quero ver o meu pai. — Ela fez força para se desvencilhar.

Calloway a levou até a varanda e apertou os ombros dela contra a parede, segurando-a.

— Veja se me escuta. Tracy, pare e me escute. — Ela continuou a se debater. — Ele usou a escopeta, Tracy.

Ela congelou.

Calloway baixou as mãos e recuou um passo. Ele desviou o olhar e exalou antes de se recompor e se voltar para ela.

— Ele usou a escopeta — o xerife repetiu.

CAPÍTULO 25

Uma semana após enterrar os restos mortais de Sarah, Tracy sentou-se num banco unido a uma mesa na área de visitantes da Penitenciária Estadual de Walla Walla.

— Deixe que eu falo — ela disse.

— Ok — Dan concordou, sentando-se ao lado dela.

— Não prometa nada para ele.

— Não vou prometer.

— Ele vai tentar fazer um acordo — Tracy afirmou.

Dan estendeu a mão e segurou a dela.

— Você já me disse isso também. Fique calma. Já estive em prisões antes, embora eu precise admitir, aquelas em que estive pareciam clubes de campo. Esta parece o refeitório de um colégio militar.

Tracy olhou para a porta, mas não viu Edmund House. Ele estava preso na Unidade D do complexo oeste, a segunda unidade mais segura da prisão. Isso refletia a severidade do crime, assassinato doloso com agravantes, não seu comportamento durante a detenção. Em seus telefonemas ao longo dos anos, Tracy tinha descoberto que House era um detento modelo, que se mantinha isolado, lendo em sua cela ou na biblioteca, onde trabalhava nos muitos recursos que tentou durante seu tempo de encarceramento.

As evidências forenses da cova que sustentavam a teoria que defendia por 10 anos, de que House tinha sido incriminado e o assassino de Sarah continuava à solta, não lhe adiantariam de nada a menos que pudesse apresentar essas evidências diante de um juiz e recolocar as testemunhas no tribunal, sob juramento, para sujeitá-las a um interrogatório minucioso. A única forma de fazer tudo isso era conseguir para Edmund House uma audiência pós-condenação, precursora de um novo julgamento. Eles não conseguiriam isso sem a cooperação de House. Ela detestava a ideia de precisar de House, ou de seu destino estar ligado ao dele de algum modo. Durante suas duas visitas anteriores, House tinha brincado com ela e sua fragilidade emocional. Ela não tinha percebido no momento, mas percebia agora, analisando o passado. House parecia dar as cartas. Esse já não era o caso. Se House quisesse um novo julgamento e a chance de sair da prisão, teria que cooperar.

As vozes de detentos e visitantes sentados às mesas ao redor reverberavam ruidosamente. Tracy conferiu o relógio e olhou de novo para a porta. Ela notou um prisioneiro parado à porta, os olhos vasculhando as mesas. Ele tinha uma longa trança grisalha que passava dos ombros musculosos. Ela começou a desviar o olhar. Ele não se parecia em nada com Edmund House, mas seu olhar encontrou o dela e sua boca abriu-se num sorriso cínico do tipo "olhe só o que o gato trouxe".

— Não pode ser ele, pode? — Dan perguntou, também olhando para a porta.

Durante o julgamento, os jornais compararam Edmund House, com seu cabelo volumoso e sua boa aparência, a James Dean. O rosto do homem que caminhava na direção deles tinha ficado mais largo com a idade e o peso, mas as mudanças nas feições e no comprimento do cabelo de House não eram as mais chocantes. Nem de longe. Os músculos do pescoço e do peito tensionavam o tecido da camiseta cedida pela prisão, como se a costura estivesse para estourar. Entrar com recursos não tinha sido a única coisa que House fizera para passar o tempo na prisão.

Ele parou junto à mesa e demorou um instante para avaliá-los.

— Tracy Crosswhite — ele disse, como se saboreando o nome. — Eu pensei que você tinha desistido. Faz o quê, 15 anos?

— Não marquei o tempo.

— Eu marquei. Não tem muita coisa para fazer aqui.

— Você podia entrar com outro recurso. — Na prisão, a rede de informações, assim como a rede de drogas e esteroides ilegais, era intricada e extensa. Ela precisava saber se House já sabia que tinham encontrado os restos de Sarah.

— Estou pensando nisso.

— É mesmo? Qual o motivo desta vez?

— Negligência do advogado de defesa.

— Parece que você está desesperado.

— Estou?

Ela estimou que House tivesse 110 quilos de músculo trabalhado. A prisão tinha retirado o brilho que aqueles olhos azuis já tinham exibido, mas não o olhar penetrante.

Um agente prisional se aproximou.

— Sente-se, por favor.

Ele se sentou. Eles ficaram separados apenas pelo tampo da mesa. A proximidade arrepiou a pele de Tracy, como acontecia quando House a examinava de alto a baixo no tribunal.

— Você mudou — ela disse.

— É, eu terminei o ensino médio e estou fazendo licenciatura. O que você acha? Quem sabe eu vire professor quando sair daqui. — House olhou para Dan.

— Este é Dan — Tracy disse.

— Oi, Dan. — House estendeu a mão. Letras azul-escuro, tatuagens de prisão feitas com a tinta de canetas esferográficas, corriam pelo braço dele, grossas como cordas.

— Isaías — disse House ao perceber a atenção de Dan em sua tatuagem. Ele continuou segurando a mão de Dan e girou o antebraço, para que as palavras pudessem ser lidas.

Para abrir os olhos aos cegos,
para libertar da prisão os cativos
e para livrar do calabouço
eles que habitam na escuridão.[1]

— Acho que teria ficado mais elegante "os que habitam na escuridão", mas quem sou eu para questionar o escritor? — House disse. — Dan tem um sobrenome?

---

1 Isaías 42:7, *Bíblia Online, nova versão internacional* (trecho adaptado). Disponível em https://www.bibliaonline.com.br/nvi/is/42. Acesso em: 06/10/2019.

O agente prisional se aproximou de novo.

— Sem contato prolongado.

House soltou a mão de Dan.

— O'Leary — Tracy disse.

— Dan tem língua?

— O'Leary — Dan repetiu.

— Então, o que traz vocês aqui, Tracy e seu amigo Dan, depois de todos esses anos?

— Encontraram Sarah — ela disse.

House arqueou as sobrancelhas.

— Viva?

— Não.

— Isso não me ajuda. Embora eu esteja curioso. Onde a encontraram?

— Não é relevante no momento — Tracy afirmou.

House inclinou a cabeça, estreitando os olhos.

— Quando foi que você virou policial?

— O que o faz pensar que sou uma policial?

— Ah, não sei. O seu comportamento, sua postura. O tom de voz. Sua relutância em apresentar o amigo Dan ou dar informação. Eu tive alguns anos para observar algumas coisas. Você mudou também, não mudou, Tracy?

— Sou uma detetive — ela disse.

House sorriu.

— Ainda caçando o assassino da sua irmã; alguma novidade que você gostaria de me contar? — Ele se voltou para Dan. — O que você acha das minhas chances no meu último recurso, advogado?

Seguindo orientação de Tracy, Dan tinha ido de calça jeans e blusa de moletom do Boston College.

— Eu preciso analisar o seu caso — ele disse.

— Acertei duas em duas — House se gabou. — Agora me observem acertar três em três. Você já analisou e concorda. É por isso que está aqui com a Detetive Tracy. — House olhou para ela. — Encontraram os restos da sua irmã e alguma coisa na cena do crime confirma o que você e eu discutimos todos esses anos: alguém plantou evidências para me incriminar.

Tracy se arrependeu das visitas anteriores. Com o treinamento recebido na academia de polícia e a experiência de policial antes de se tornar detetive, ela sabia agora que tinha revelado demais a House. O olhar dele foi de Tracy para Dan.

— Acertei?

— Dan gostaria de lhe fazer algumas perguntas.

— Vou te contar uma coisa. Quando você estiver pronta para parar com os joguinhos, e começar a falar como um ser humano normal, e não em linguagem de policial, volte para me ver. — House deslizou da mesa.

— Se nós formos agora, não vamos voltar — Tracy disse.

— Eu vou embora e não vou voltar. Vocês estão desperdiçando o meu tempo. Preciso estudar. As provas estão chegando.

— Vamos embora, Dan. — Tracy se levantou. — Você ouviu o cara. Ele tem que estudar. — Ela começou a se afastar da mesa. — Quem sabe você pode ensinar aqui dentro. Até chegar o fim da sua pena, você vai ter virado professor titular. — Ela deu meia dúzia de passos antes de House falar.

— Tudo bem.

— O que está bem? — Ela perguntou, virando-se.

House mordeu o lábio inferior.

— Tudo bem, vou responder às perguntas do advogado Dan. — Ele deu de ombros e abriu um sorriso, que pareceu forçado. — Por que não, certo? Como eu disse, não tem muita coisa para fazer aqui. — House se sentou e Tracy e Dan voltaram à mesa. — Pelo menos me faça a gentileza de dizer por que veio.

— Dan analisou o seu caso. Incompetência do advogado de defesa pode ser a base para um novo julgamento, mas não estou interessada nisso.

— Você quer saber quem matou a sua irmã — House disse. — E eu também.

— Uma vez você me disse que acreditava que Calloway, ou alguém executando aquele mandado de busca, plantou os brincos na propriedade do seu tio. Conte para o Dan.

House deu de ombros.

— De que outra forma teriam ido parar lá?

— O júri concluiu que você os colocou lá — Dan disse.

— Eu tenho cara de idiota? Eu tinha passado seis anos na prisão; por que iria guardar provas que me colocariam de volta na cadeia?

— Por que Calloway ou alguém incriminaria você? — Dan perguntou.

— Porque não conseguiram encontrar o assassino e eu era o monstro vivendo nas montanhas ao redor da vila de contos de fada. E eu deixava as pessoas pouco à vontade. Queriam se livrar de mim.

— Você tem alguma prova que sustente isso?

Tracy relaxou um pouco. Agora que estava ambientado, Dan parecia mais seguro, mais confiante e menos intimidado por House e pelo ambiente.

— Não sei — House disse, olhando de um para o outro. — Eu tenho?

— Eles fizeram um teste de DNA nos fios de cabelo louro encontrados na sua picape — Tracy mentiu. — Confirmaram que eram da Sarah. Probabilidade de um em um bilhão.

— As probabilidades são irrelevantes se alguém colocou o cabelo lá.

— Você falou para Calloway que tinha saído para beber e deu carona para Sarah — Dan disse.

— Eu não falei nada disso para ele. Eu nem saí de casa naquela noite. Estava dormindo. Eu teria que ser muito estúpido para inventar uma história tão fácil de desmentir.

— A testemunha afirmou ter visto a sua picape na estrada vicinal — Dan disse.

— Ryan Hagen — House disse com sarcasmo. — O representante comercial de peças de carro. É bem conveniente que ele tenha se apresentado depois de tanto tempo.

— Você acha que ele também mentiu. Por quê? — Dan perguntou.

— Calloway precisava colocar o meu álibi em dúvida para conseguir o mandado de busca. Antes de Hagen, a investigação de Calloway não tinha para onde ir.

— Mas por que Hagen mentiria, arriscando ser processado criminalmente?

— Não sei. Talvez para receber a recompensa de 10 mil dólares que ofereceram.

— Não existe prova disso — Dan falou. Tracy nunca tinha encontrado nenhuma prova de pagamento de seu pai a Ryan Hagen, e este negou, durante o julgamento, ter recebido a recompensa.

— Quem iria duvidar dele? — House deixou a pergunta no ar enquanto estudava os dois. — Em quem o júri ia acreditar, no estuprador condenado ou no Sr. Cidadão Exemplar? Me fazer depor para contestar Hagen foi a coisa mais idiota que aquele Finn podia ter feito. Isso permitiu que me fizessem perguntas sobre minha condenação anterior por estupro.

— E quanto ao sangue que encontraram na sua picape? — Tracy perguntou.

House voltou sua atenção para Dan.

— Era meu. Não menti. Eu disse para Calloway que tinha me cortado na oficina. Fui até a picape pegar meus cigarros antes de entrar. — Ele olhou para Tracy. — E não me insulte de novo com essa história de DNA. Se tivessem testado o sangue e provado que era da sua irmã, você não estaria aqui. Por que você está aqui?

— *Se* nós nos envolvermos — Tracy disse —, você vai ter que cooperar integralmente. Se em algum momento eu achar que você não está falando a verdade, nós vamos embora.

— Eu fui *o único* que falou a verdade sobre aquela noite. — House afastou o tronco da mesa. — Envolver como?

Tracy fez um sinal para Dan.

— Acredito que possam existir novas provas — Dan disse —, que não estavam disponíveis no seu julgamento e que aumentam a dúvida razoável sobre a sua culpa.

— Que provas?

— Antes de discutirmos detalhes, preciso primeiro saber se você quer minha ajuda.

House o observou.

— Se eu quero ter você como meu advogado, o que protegeria a nossa conversa, e nesse caso a Detetive Tracy, aqui, teria que sair da mesa?

— Isso mesmo — Dan disse.

— Primeiro diga você o que pretende.

— Eu entraria com uma moção pós-condenação baseada nas novas provas e pediria uma audiência para apresentá-las.

— O velho Juiz Lawrence continua naquela vara?

— Aposentado — Tracy disse.

— O processo está arquivado no Tribunal de Recursos — disse Dan. — Se nos concederem uma audiência, vou pedir que seja julgada por um juiz trazido de fora do Condado de Cascade. Eles seriam praticamente obrigados.

— Não foi o juiz que me condenou; foi um júri do Condado de Cascade.

— Não vai haver júri dessa vez. Vamos apresentar as evidências diretamente para juiz.

House demorou um instante para levantar os olhos da mesa.

— Você poderia chamar testemunhas?

— Eu interrogaria as testemunhas que depuseram no seu primeiro julgamento.

— É mesmo? Isso inclui o bonzão do Calloway? Ou ele também se aposentou?

— Ele testemunhou da primeira vez — Dan disse.

— Como vai ser? — Tracy perguntou.

House fechou os olhos e inspirou fundo. Dan parecia querer dizer mais alguma coisa para convencer House, mas Tracy meneou a cabeça, indicando que ele não deveria exagerar. Quando House abriu os olhos, olhou para ela e sorriu.

— Parece que somos você e eu de novo, Detetive Tracy.

— Nunca fomos você e eu, e nunca seremos.

— Não? Eu tenho entrado com recursos há quase 20 anos. — Ele apontou para a mão esquerda de Tracy. — Sem aliança de casamento. Sem marca de uma aliança que você tirou antes de entrar aqui. Quadris estreitos. Barriga chapada. Nunca se casou. Não teve filhos. O que você andou fazendo com o *seu* tempo, Detetive Tracy?

— Você tem 10 segundos para decidir antes de nós irmos embora.

House abriu de novo aquele sorriso sedutor e doentio.

— Oh, eu já decidi. Na verdade, até já estou vendo.

— O quê?

— A cara de todo aquele povo quando me vir de novo nas ruas de Cedar Grove.

CAPÍTULO 26

Vance Clark usava um boné de beisebol e estava de cabeça baixa, mas Roy Calloway o reconheceu assim mesmo, lendo em uma mesa perto dos fundos do bar. Clark ergueu os olhos quando Calloway puxou a cadeira à sua frente.

— Espero que eles tenham um happy hour de matar — disse Calloway. Clark tinha escolhido um bar em Pine Flat, a duas saídas de Cedar Grove pela autoestrada. Calloway tirou a jaqueta e a pendurou nas costas da cadeira enquanto se dirigia à garçonete que se aproximava.

— Johnnie Walker Black com um toque de água. Não é para batizar. — Ele teve que falar por cima do alarido de bolas de bilhar e música country que tocava numa juke box antiga.

— Wild Turkey — Clark disse, embora seu copo sobre a mesa ainda estivesse pela metade.

Calloway se sentou e enrolou as mangas da camisa de flanela. Clark voltou à primeira página do que estava lendo e o empurrou sobre a mesa na direção do xerife.

— Droga, Vance, você vai me fazer pôr os óculos?

— É um recurso — Clark disse.

— Isso eu consigo ver.

— Submetido ao Tribunal de Recursos. *In re*: Edmund House.

Calloway pegou os papéis.

— Bem, não é o primeiro recurso dele, e tenho certeza de que não será o último. Você me arrastou até aqui só para me mostrar isso?

Clark ajustou a aba do boné e se recostou na cadeira, copo na mão.

— Não foi House que entrou com o recurso. A entrada foi dada em nome dele.

— Ele arranjou um advogado?

Clark esvaziou o copo. O gelo tilintou.

— Acho que você devia pôr os óculos.

Calloway os pegou no bolso e colocou, encarando Clark por um segundo antes de atender ao pedido.

— A firma de advocacia está no fim da página, lado direito — Clark disse.

— Escritório de Advocacia Daniel O'Leary. — Calloway virou rapidamente as páginas. — Qual a base?

— Novas evidências não disponíveis na época do julgamento e incompetência do advogado de defesa. Mas não é um recurso simplesmente. É uma moção pós-condenação.

— Qual a diferença?

A garçonete voltou, colocou a bebida de Calloway na mesa e substituiu o copo vazio de Clark por um cheio.

Clark esperou que ela saísse antes de explicar.

— Se o Tribunal de Recursos concordar, eles podem requerer uma audiência. House apresentaria, então, evidências para provar que seu primeiro julgamento não foi conduzido justamente.

— Você quer dizer um novo julgamento?

— É mais uma audiência para apresentar evidências, mas, se está perguntando se ele poderia chamar testemunhas, a resposta é sim.

— DeAngelo viu isto?

— Duvido — Clark disse. — Tecnicamente, ele não é advogado de House há anos. Ele não aparece como advogado na petição.

— Você falou com ele a respeito?

Clark negou com a cabeça.

— Não achei aconselhável, com o coração dele e tudo o mais. Mas ele está listado como testemunha, *se* o Tribunal de Recursos conceder a moção. Você também.

Calloway virou as páginas e encontrou seu nome logo acima de "Ryan P. Hagen", o segundo de baixo para cima.

— Tem consistência?

— Como a Represa Hoover. — Clark se ajeitou na cadeira. — Eu achei que você disse que tinha convencido Tracy a desistir disso.

— Eu achei que tinha conseguido.

Clark franziu a testa.

— Ela nunca pensou em desistir, Roy. Desde o início.

CAPÍTULO 27

Ryan Hagen abriu a porta da frente e cumprimentou Tracy com um sorriso tímido. Então ele agiu como se não a reconhecesse. Passados quatro anos do julgamento, era possível, mas Tracy viu naquele momento de hesitação, na expressão dele, que Hagen lembrava exatamente quem ela era.

— Posso ajudar? — Hagen perguntou.

— Sr. Hagen, meu nome é Tracy Crosswhite. Sarah era minha irmã.

— Sim, é claro — Hagen disse, rapidamente incorporando seu personagem de vendedor. Ele apertou a mão dela. — Me desculpe. Eu vejo tantos rostos no meu trabalho que às vezes misturo todos. O que a traz aqui?

— Eu gostaria de lhe fazer algumas perguntas — ela disse.

Hagen olhou por sobre o ombro para a casinha. Era sábado de manhã e Tracy ouviu o que pareciam ser desenhos animados em uma televisão. Hagen tinha testemunhado que era casado, com dois filhos pequenos. Ele saiu para a varanda minúscula, fechando a porta atrás de si. Seu cabelo, no momento sem nenhum produto para mantê-lo no lugar, caía-lhe na testa, e sua silhueta roliça ficava mais pronunciada com a camiseta, shorts xadrez e chinelos.

— Como você me encontrou?

— Você deu seu endereço no julgamento.

— E você se lembra?

— Eu pedi a transcrição.

Hagen apertou os olhos.

— Você pediu a transcrição? Por que pediria a transcrição?

— Sr. Hagen, eu gostaria de saber se pode me dizer a qual canal de televisão estava assistindo quando passou a reportagem sobre Edmund House que lhe despertou a lembrança.

Hagen cruzou os braços e os apoiou na barriga. O sorriso desapareceu. Ele parecia desnorteado.

— Eu não disse que foi uma reportagem sobre Edmund House.

— Desculpe, eu quis dizer a reportagem sobre o desaparecimento da minha irmã. Você se lembra da estação? Ou, talvez, do apresentador?

Ele franziu a testa.

— Por que está me fazendo essas perguntas?

— Eu sei que é um aborrecimento. É só que... bem, eu tenho todas as reportagens daquele período, e...

Hagen descruzou os braços.

— Você tem as reportagens? Por que tem as reportagens?

— Eu só tinha esperança de que você pudesse me dizer...

— Eu disse tudo no julgamento. Se você tem a transcrição, já sabe o que eu disse. Agora, me desculpe, mas eu tenho o que fazer. — Ele se virou e colocou a mão na maçaneta.

— Por que você disse ter visto a Chevrolet vermelha parada na estrada, Sr. Hagen?

Hagen se virou para ela.

— Como ousa? Eu ajudei a pôr aquele animal atrás das grades. Se não fosse por mim... — Hagen ficou vermelho.

— Se não fosse por você, o quê? — Tracy perguntou.

— Eu gostaria que você fosse embora. — Hagen empurrou a porta, mas ela não abriu. Ele sacudiu a maçaneta.

— Se não fosse por você ter dito que viu a picape Chevrolet, não teríamos conseguido o mandado de busca. É isso que você ia dizer?

Hagen bateu na porta.

— Eu disse que gostaria que você fosse embora.

— Foi isso que lhe disseram? — ela perguntou, e ele bateu mais forte. — Foi por isso que se apresentou? Alguém disse que isso ajudaria a conseguir o mandado de busca? Sr. Hagen, por favor.

A porta foi aberta. Hagen afastou um garotinho da entrada e virou-se para Tracy, já fechando a porta.

— Não volte — ele disse. — Vou chamar a polícia.

— Foi o Chefe Calloway? — Tracy insistiu, mas Hagen já tinha fechado a porta

.

CAPÍTULO 28

Dan imaginou que teria notícias de Roy Calloway, mas não tão depressa. O xerife de Cedar Grove estava sentado no vestíbulo do escritório de Dan, folheando uma revista velha tirada de uma pilha sobre a mesa de café, e comendo uma maçã. Ele estava de uniforme completo, o chapéu jogado na cadeira ao lado.

— Xerife. Que surpresa.

Calloway largou a revista e se levantou.

— Você não está surpreso por me ver, Dan.

— Não estou?

O xerife mordeu mais um pedaço da maçã.

— Você me arrolou como testemunha nesse recurso.

— As notícias de fato voam aqui em Cedar Grove. — Sem ter que ir ao tribunal nesse dia, Dan estava à vontade, com jeans e camisa. Ele gostava de usar chinelos no escritório. Nesse momento ele desejou estar de sapatos, embora a diferença de altura entre eles não fosse tão significativa quanto no passado, quando Calloway parava Dan em sua bicicleta para perguntar o que ele estava aprontando.

— Como posso ajudá-lo, xerife?

— Qual vai ser o impacto no seu escritório de advocacia quando se espalhar a notícia que você está defendendo Edmund House, o assassino condenado de uma cidadã de Cedar Grove?

— Imagino que isso possa ajudar minha carreira de criminalista.

Calloway forçou um sorriso.

— Sempre espertinho, não é O'Leary? Eu não contaria com isso.

— Bem, a menos que você tenha alguma dica de investimento para acompanhar sua previsão sobre minha carreira de advogado, preciso trabalhar. — Dan virou-se para sair.

— Se tem perguntas para mim, Dan, aqui estou eu. Nunca escondi nada durante meus 35 anos de trabalho. Se alguém tem perguntas para mim, fico feliz em respondê-las.

— Tenho certeza que sim — Dan disse. — Mas preciso fazer essas perguntas num tribunal, depois que você jurar dizer a verdade, toda a verdade e nada além da verdade.

Calloway deu outra mordida na maçã e demorou um instante antes de falar.

— Já fiz isso uma vez, Dan. Está dizendo que eu menti?

— Não sou eu quem vai decidir isso; cabe a um juiz dizer.

— Um juiz já disse isso. Você está requentando coisas velhas.

— Talvez. Vamos ver o que o Tribunal de Recursos tem a dizer.

— O que ela te disse, Dan? — Calloway fez uma pausa e deu um sorriso cínico. — Ela disse que ninguém perguntou ao Hagen que noticiário ele estava assistindo ou que Sarah estava com brincos diferentes?

— Não vou discutir isso com você, xerife.

— Ei, eu sei que ela é sua amiga, Dan, mas Tracy está nessa cruzada há 20 anos. Ela tentou me usar e agora está usando você. Ela está obcecada. Isso matou o pai dela e deixou a mãe louca, e agora Tracy está sugando você para essa fantasia. Você não acha que está na hora de parar com isso?

Dan parou para refletir. Quando Tracy o procurou, foi exatamente isso que ele pensou, que ela era uma irmã incapaz de superar sua culpa e seu luto, obcecada em encontrar respostas para perguntas que já tinham sido respondidas. Mas então ele leu o arquivo e o raciocínio dela pareceu ser o da Tracy de sempre, a líder do grupo de amigos – prática, determinada e lógica.

— Você precisaria perguntar isso a ela. Eu represento Edmund House.

Calloway mostrou a maçã comida.

— Então você pode jogar isto fora para mim, já que parece ser bom em cuidar do lixo.

Sem se exaltar, Dan pegou o resto da maçã. Até então ele estava achando as tentativas de Calloway intimidá-lo mais patéticas do que ameaçadoras. Ele atirou a maçã comida num cesto atrás da escrivaninha, acertando na primeira tentativa.

— Acho que você vai descobrir, xerife, que eu sou bom no meu trabalho. Vai querer se lembrar disso.

Calloway pôs o chapéu na cabeça.

— Eu recebi uma ligação de um dos seus vizinhos. Ele disse que seus cachorros têm latido muito durante o dia, às vezes tarde da noite. Nós temos uma lei na cidade sobre cachorros que atrapalham a tranquilidade. A primeira transgressão vale uma multa. Na segunda, os cachorros são confiscados.

Dan sentiu sua raiva crescer e se esforçou para controlá-la. Quer ameaçá-lo? Tudo bem. Mas não ameace animais inocentes.

— Sério? Isso é o melhor que você pode fazer?

— Não me provoque, Dan.

— Não vou provocá-lo, xerife, mas, se o Tribunal de Recursos atender minha petição, vou interrogá-lo muito seriamente.

CAPÍTULO 29

Tracy digitou os detalhes de um interrogatório recente com uma testemunha do caso de Nicole Hansen. Um mês tinha se passado desde que descobriram o corpo da jovem num hotel na Avenida Aurora, e aumentava a pressão para que encontrassem o assassino da jovem stripper. O Departamento de Polícia de Seattle não tinha deixado de resolver um homicídio desde que Johnny Nolasco tinha se tornado Chefe de Investigações, algo de que Nolasco tinha orgulho e gostava de se lembrar. E Nolasco não precisava de nenhuma outra razão para atormentar Tracy. Os dois tinham uma história turbulenta, que vinha desde a época de Tracy na academia de polícia, onde Nolasco, um dos instrutores, tinha agarrado os seios dela durante uma demonstração de revista corporal. Tracy reagiu quebrando o nariz dele e dando-lhe uma joelhada no saco. Ela ainda feriu o ego de Nolasco ao superar o duradouro recorde dele no campo de tiro.

Qualquer noção de que Nolasco tivesse amolecido com a idade desapareceu quando Tracy se tornou a primeira mulher detetive de homicídios de Seattle. Nolasco, que tinha se tornado Chefe de Investigações, designou-a para trabalhar com o antigo parceiro dele, um chauvinista racista chamado Floyd Hattie. Este criou muito barulho por causa disso e logo a apelidou "Dickless Tracy", um trocadilho com o detetive Dick Tracy. Ela foi descobrir, depois, que Hattie já tinha requisitado a aposentadoria, indicando que Nolasco a colocara como parceira de Hattie só para constrangê-la.

Pelo menos o caso Hansen a mantinha ocupada e distraída. Dan tinha dito que a promotoria tinha 60 dias para responder à petição pós-condenação de Edmund House, e ele imaginava que Vance Clark fosse usar cada um desses dias. Tracy disse a si mesma que, se já tinha esperado 20 anos, podia esperar mais dois meses. Mas agora cada dia parecia uma eternidade.

Ela atendeu o telefone da sua escrivaninha, percebendo que era uma chamada externa.

— Detetive Crosswhite, aqui é Maria Vanpelt da KRIX, canal 8.

No mesmo instante, Tracy se arrependeu de ter atendido o telefone. A Divisão de Homicídios mantinha uma relação cortês com os repórteres policiais, mas Vanpelt – a quem chamavam de "Estola" por sua tendência a ser vista pendurada no pescoço de alguns dos homens mais influentes de Seattle – era exceção.

No início da carreira de Tracy, Vanpelt tinha tentado entrevistá-la para uma matéria sobre discriminação contra policiais mulheres no Departamento de Polícia de Seattle. Tracy recusou. Quando Tracy chegou à Homicídios, Vanpelt outra vez pediu uma entrevista, deixando claro que era para mostrar Tracy como a primeira mulher a se tornar detetive de homicídios em Seattle. Sem querer atrair mais atenção para si, e já tendo sido informada pelos colegas de que a especialidade de Vanpelt eram matérias polêmicas e não reportagens de interesse humano, Tracy recusou mais uma vez.

A precária relação profissional entre elas não melhorou. De algum modo, Vanpelt obteve informações confidenciais sobre uma investigação de assassinato envolvendo gangues na qual Tracy era a principal detetive. Duas testemunhas de Tracy foram assassinadas a tiros poucas horas após Vanpelt veicular essas informações em seu programa de TV, *KRIX Confidencial*. Pega desprevenida por uma equipe jornalística de um canal rival, Tracy, frustrada e furiosa, não mediu palavras e disse que Vanpelt tinha sangue nas mãos. E a Divisão de Homicídios ainda pôs Vanpelt na geladeira, recusando-se a falar com ela até Nolasco emitir um comunicado dizendo para eles cooperarem com todos os meios de comunicação.

— Como você conseguiu meu número direto? — Tracy perguntou. Esperava-se que os meios de comunicação falassem com a assessoria de imprensa, mas muitos jornalistas davam um jeito de conseguir os telefones dos detetives.

— De vários modos — Vanpelt respondeu.

— Como posso ajudá-la, Srta. Vanpelt?

Ela disse o nome alto o suficiente para chamar a atenção de Kins na baia. Kins pegou o telefone dele sem se preocupar em mostrar para Tracy que tinha entendido. Eles tinham um sistema.

— Eu gostaria de um comentário seu para uma matéria que estou fazendo.

— Do que se trata a matéria? — Tracy lembrou de todos os seus casos. Apenas o de Nicole Hansen se destacava, e ela não tinha nada de novo a respeito.

— Na verdade, é sobre você.

Tracy se recostou na cadeira.

— E o que me torna tão interessante, assim de repente?

— Eu soube que sua irmã foi assassinada 20 anos atrás, e que os restos mortais dela foram encontrados recentemente. Eu esperava que você pudesse falar a respeito.

A pergunta fez Tracy pensar. Ela sentiu que havia algo por trás daquele pedido.

— Como você soube disso?

— Eu tenho uma assistente que investiga os arquivos do tribunal — Vanpelt respondeu, livrando-se da pergunta com uma resposta fajuta. Ainda assim, era uma resposta para fazer Tracy saber que Vanpelt estava ciente da moção para uma audiência pós-condenação apresentada por Dan. — Você pode falar agora?

— Não acho que essa história tenha muito apelo. — A segunda linha dela começou a tocar. Tracy olhou para Kins, que estava com o telefone na mão, mas ela tinha ficado curiosa para descobrir o quanto Vanpelt sabia. — Qual a premissa?

— Acho que isso é bem evidente, não?

— Me esclareça.

— Uma detetive de homicídios de Seattle, que passa seus dias pondo assassinos atrás das grades, quer libertar o homem condenado pelo assassinato da irmã.

Kins fez um gesto de "o que foi?" para ela.

Tracy levantou um dedo, pedindo a ele para esperar.

— Isso está nos arquivos do tribunal? — Tracy perguntou.

— Sou uma repórter investigativa, detetive.

— Qual a sua fonte?

— Minhas fontes são confidenciais — Vanpelt respondeu.

— Você gosta de manter algumas informações em segredo — Tracy afirmou.

— Isso mesmo.

— Então você sabe como eu me sinto. É um assunto pessoal. E gostaria de mantê-lo assim.

— Eu vou fazer essa matéria, detetive. Seria melhor ter o seu lado da história quando eu a fizer.

— Melhor para mim ou para você?

— Isso é um "sem comentários"?

— Eu disse que é um assunto pessoal e que pretendo mantê-lo assim.

— Posso citar você?

— É como eu disse.

— Eu soube que o advogado, Dan O'Leary, foi seu amigo de infância. Gostaria de comentar isso?

Calloway. Só que o xerife não teria ligado para Vanpelt. Ele ligaria para Nolasco, superior de Tracy. As fofocas diziam que Nolasco era um dos homens que saíam com Vanpelt, fornecendo-lhe informações.

— Cedar Grove é uma cidade pequena. Conheci muita gente lá, porque foi onde cresci.

— Você conheceu Daniel O'Leary?

— A cidade só tem uma escola fundamental e uma de ensino médio.

— Isso não responde à minha pergunta.

— Você é uma jornalista investigativa. Tenho certeza de que vai descobrir.

— Você recentemente acompanhou o Sr. O'Leary em uma reunião com Edmund House na Penitenciária Estadual de Walla Walla? Eu obtive uma cópia da lista de visitantes do Sr. House este mês. Seu nome aparece logo acima do nome do Sr. O'Leary.

— Então publique isso.

— Não vai comentar?

— Como eu disse, trata-se de um assunto pessoal sem relação com o meu trabalho. A propósito, minha outra linha está tocando. — Tracy desligou o telefone e xingou baixo.

— O que ela queria? — Kins perguntou.

Tracy olhou para ele.

— Meter o nariz onde não deve.

— Vanpelt? — Fazzio deslizou a cadeira para trás. — É a especialidade dela.

— Ela disse que está fazendo uma matéria sobre Sarah, mas está mais interessada... — Ela decidiu não concluir o raciocínio.

— Não se irrite — Kins disse. — Você sabe como ela é, os fatos não interessam.

— Logo ela vai ficar entediada e vai atrás de outra matéria — Fazzio disse.

Tracy quis que fosse assim tão fácil. Ela sabia que Vanpelt não tinha levantado essa história sozinha. Tinha que ter vindo de Calloway, e isso significava que o xerife tinha falado com Nolasco, que não precisava de muito para atormentar a vida de Tracy.

Essa também não era a primeira vez que Calloway ameaçava fazer Tracy perder o emprego.

Os alunos na frente da sala se encolheram e se afastaram quando a fagulha estalou, soltando um relâmpago branco no espaço entre as duas esferas. Tracy girava a manivela do gerador eletrostático, aumentando a velocidade dos dois discos de metal que, girando, faziam o relâmpago continuar.

— O relâmpago, senhoras e senhores, é um dos exemplos mais dramáticos da forma de energia que cientistas como James Wimshurst e Benjamin Franklin buscaram controlar — ela disse.

— Não é ele o cara que empinou uma pipa no meio de uma tempestade?

Tracy sorriu.

— Isso mesmo, Steven, ele é o cara que empinou uma pipa no meio de uma tempestade. O que ele e outros "caras" estavam tentando determinar era se essa energia podia ser convertida em eletricidade. Alguém sabe dizer uma prova de que eles tenham conseguido?

— A lâmpada — Nicole disse.

Tracy soltou a manivela. O relâmpago sumiu. Seus alunos de primeiro ano estavam sentados aos pares; cada dupla em uma mesa com pia, bico de Bunsen e microscópio. Tracy abriu a torneira de uma pia da primeira fileira.

— Ajuda se você pensar na eletricidade como um fluido capaz de passear pelos objetos. Quando uma corrente elétrica flui, como chamamos isso, Enrique?

— Uma corrente — ele disse, gerando risos.

— Eu quis dizer, quando uma corrente elétrica flui através de um material, nós chamamos esse material de...?

— Condutor.

— Pode me dar um exemplo de condutor, Enrique?

— Pessoas.

Os alunos riram de novo.

— Não foi uma piada — exclamou Enrique. — Meu tio estava trabalhando numa construção na chuva, e ele cortou um cabo elétrico e quase morreu, se não fosse por um cara que tirou ele da serra.

Tracy andou de um lado para outro na frente da sala.

— Tudo bem, vamos discutir esse caso. Quando o tio do Enrique cortou um cabo elétrico, o que aconteceu com o fluxo de eletricidade?

— Fluiu para o corpo dele — Enrique disse.

— E isso seria uma prova de que o corpo humano é, de fato, condutor. Mas, se isso é verdade, por que o colega não levou um choque quando tocou no tio do Enrique?

Como ninguém respondeu, Tracy pôs a mão debaixo de sua mesa e pegou uma bateria de nove volts e uma lâmpada num soquete. Dois fios de cobre saíam da bateria, e um terceiro saía do soquete. As extremidades eram conectores tipo jacaré. Tracy prendeu os conectores a um tubo de borracha.

— Por que a luz não acendeu?

Ninguém respondeu.

— E se o colega que puxou o tio do Enrique estivesse usando luvas de borracha? O que nós podemos concluir?

— Que a borracha não é condutora — respondeu Enrique.

— Isso mesmo, a borracha não é condutora. Assim, a energia da bateria não flui através do tubo de borracha. — Tracy prendeu os conectores a um prego grande. A lâmpada acendeu. — Pregos — Tracy continuou — são feitos principalmente de ferro. Desse modo, o que podemos concluir sobre o ferro?

— Condutor — respondeu a classe em uníssono.

O sinal tocou. Tracy levantou a voz para falar por cima do barulho irritante e do ruído de cadeiras sendo arrastadas no linóleo.

— O dever de casa está na lousa. Vamos continuar nossa discussão a respeito de eletricidade na quarta-feira.

De volta à sua mesa, Tracy começou a guardar o material da demonstração, preparando-se para a próxima aula. O volume de ruído vindo do corredor aumentou, significando que alguém tinha aberto a porta da sala.

— Se tiver perguntas, por favor, me procure durante as horas de atendimento; meu horário está afixado na porta ao lado de uma folha de inscrições.

— Não vou demorar.

Tracy virou-se na direção da voz.

— Estou preparando uma aula.

Roy Calloway deixou a porta se fechar atrás dele.

— Quer me dizer o que acha que está fazendo?

— Acabei de dizer.

Calloway se aproximou da mesa.

— Duvidando da integridade de uma testemunha que teve a coragem de se apresentar e cumprir seu dever cívico?

Hagen tinha telefonado para Calloway, o que Tracy imaginou que aconteceria quando o outro bateu a porta em sua cara, naquele sábado.

— Não duvidei da integridade dele. Hagen te disse que eu duvidei da integridade dele?

— Só faltou você chamar o homem de mentiroso. — Calloway apoiou a palma das mãos na mesa dela. — Quer me dizer o que pensa que está tentando conseguir?

— Eu só perguntei a qual noticiário ele estava assistindo.

— Esse não é seu trabalho, Tracy. O julgamento acabou. A hora das perguntas já passou.

— Nem todas as perguntas foram feitas.

— Nem todas as perguntas precisam ser feitas.

— Ou respondidas?

Calloway apontou um dedo para ela, do modo que costumava fazer quando Tracy era jovem.

— Deixe isso para lá. Okay? Deixe para lá. Eu sei que você também foi até Silver Spurs e ficou falando com os barmen.

— Por que você não fez isso, Roy? Por que não verificou se House estava dizendo a verdade?

— Eu não precisava verificar para saber que ele estava mentindo.

— Como, Roy? Como você sabia?

— Quinze anos de polícia. Foi assim que eu soube. Vamos deixar uma coisa clara: eu não quero mais saber de você pedindo transcrições ou incomodando testemunhas. Se isso continuar, vou ter que conversar com o Jerry e contar para ele que uma das professoras não está comprometida com o ensino, que está brincando de detetive-mirim. Você me entendeu?

Jerry Butterman era o diretor do Colégio de Cedar Grove. Tracy ficou uma fera com o fato de Calloway a ameaçar dessa forma. Ao mesmo tempo, ela quis rir. Ele não fazia ideia de que ela não queria brincar de "detetive-mirim". Ela tinha decidido levar a coisa a sério. No fim do ano letivo, iria embora de Cedar Grove para Seattle, onde entraria na academia de polícia.

— Você sabe por que eu me tornei professora de química, Roy?

— Por quê?

— Porque nunca consegui aceitar as coisas do modo como são. Sempre precisei saber por que elas são como são. Eu deixava meus pais malucos, sempre perguntando "por quê".

— House está na prisão. É tudo o que você precisa saber.

— Eu digo para os meus alunos que o importante não é o resultado, mas a evidência. Se a evidência é suspeita, o resultado também será.

— E, se você quer continuar lecionando para os seus alunos, sugiro que siga meu conselho e se concentre em ser uma professora.

— Aí é que está, Roy. Eu já tomei essa decisão. — O sinal tocou e a porta da sala de aula foi aberta. Os alunos da quarta aula de Tracy hesitaram ao ver o xerife de Cedar Grove em sua sala. — Podem entrar — Tracy disse, saindo de trás da mesa. — Podem se sentar. O Chefe Calloway estava de saída.

CAPÍTULO 30

No fim da tarde, Tracy e Kins retornaram de Kent. Eles tinham interrogado um contador cujas digitais combinavam com uma impressão latente que os peritos tinham levantado no quarto de hotel onde Nicole Hansen tinha sido sufocada.

— Ele confessou? — perguntou Fazzio.

— Glória a Deus e aleluia — Kins exclamou. — Ele é um crente que não larga a Bíblia e recita um salmo atrás do outro. Acontece que ele também gosta de prostitutas jovens. Mas tem um álibi sólido.

— Por que a digital, então? — Fazzio perguntou.

— Ele esteve naquele quarto na semana anterior, com outra jovem. Tracy deixou a bolsa dentro do armário.

— Você tinha que ter visto a cara do sujeito quando eu disse que precisávamos falar com a esposa dele para confirmar que ele estava mesmo dormindo ao lado dela na noite em que Hansen morreu.

— Pareceu até que ele tinha visto Jesus — Kins disse.

— Esse é o nosso trabalho — Fazzio disse. — Resolver assassinatos e ajudar as pessoas a encontrar o Senhor.

— Glória a Deus — Kins agitou as mãos acima da cabeça.

— Está pensando em mudar de carreira? — Billy Williams estava parado do lado de fora da baia deles. Williams tinha sido promovido a sargento detetive da Equipe A quando Andrew Laub virou tenente. — Porque, se estiver, vou te dizer uma coisa, com a experiência de alguém que foi criado como batista no sul: vai precisar ser muito mais convincente para fazer as pessoas abrirem as carteiras.

— Só estávamos falando de uma testemunha no caso Hansen — Kins disse.

— Alguma coisa que possamos usar?

— Não estava lá naquela noite. Não conhece Hansen. Sente-se péssima e vai seguir em frente sem pecar mais.

— Louvado seja — Fazzio exclamou.

Williams olhou para Tracy.

— Tem um minuto?

— Claro, o que foi?

Ele se virou e sinalizou para que ela o seguisse.

— Ih, a Professora está encrencada — Fazzio disse.

Tracy deu de ombros para eles, fez uma careta e seguiu Williams até a sala de interrogatório preliminar mais adiante no corredor. Williams fechou a porta atrás dela.

— O que foi? — ela perguntou.

— Seu telefone vai tocar. Os comandantes se reuniram.

— A respeito?

— Você está ajudando algum advogado a conseguir um novo julgamento para o cara que matou a sua irmã?

Ela e Williams tinham um bom relacionamento. Sendo negro, Williams conseguia entender as discriminações sutis e nem tão sutis que Tracy tinha enfrentado como mulher numa profissão predominantemente masculina.

— É complicado, Billy — ela disse.

— Não brinca. Então é verdade?

— Também é pessoal.

— O comando está preocupado sobre como isso reflete no departamento.

— Por "comando" você quer dizer Nolasco?

— Ele está nisso.

— Que surpresa. Vanpelt me ligou esta manhã para dizer que está escrevendo uma história com o mesmo assunto e pediu que eu comentasse. Ela parecia saber de muitos detalhes, para alguém que geralmente não se preocupa com os fatos.

— Olhe, não vou entrar no mérito...

— Não estou pedindo que entre. Só estou dizendo que Nolasco não está preocupado sobre como isso reflete no departamento. Ele está vendo é outra oportunidade para me atormentar. Então, se eu disser para ele "foda-se como isso reflete no departamento", gostaria de apoio. A menos que ele tenha um problema com o modo como estou fazendo meu trabalho, isso não é da conta dele.

— Só estou te dando a notícia, Tracy.

Ela tirou um instante para controlar a raiva.

— Desculpe, Billy. É que eu não preciso disso agora.

— De onde as informações estão vindo?

— Meu palpite é que elas vêm de um xerife em Cedar Grove, um cara que há 20 anos encrenca comigo e não me quer perto desse caso.

— Bem, seja quem for, ele parece disposto a dificultar as coisas para você. A *Estola* adora casos pessoais.

— Obrigada pelo aviso, Billy. Desculpe o estouro.

— Como vai o caso Hansen?

— Não temos nada.

— Isso é um problema.

— Eu sei.

William abriu a porta.

— Prometa para mim que vai se comportar.

— Você me conhece.

— Sim. E é disso que eu tenho medo.

O telefone na mesa dela de fato tocou, e mais tarde Tracy foi a última a entrar na sala de reuniões para a qual tinha sido convocada. O simples fato de ter sido chamada era incomum. Normalmente, Williams apenas a informava de decisões tomadas pelo comando. Ela imaginou que Nolasco a queria ali para chamar sua atenção na frente de Williams e Laub, além de marcar seu território.

Nolasco estava de um lado da mesa com Bennett Lee, do Escritório de Informações ao Público. Lee não estaria presente se Nolasco não estivesse esperando que Tracy aprovasse uma declaração para a imprensa. Ela iria decepcioná-lo. Com certeza não seria a primeira vez ao longo dos anos, e dificilmente seria a última. Ela foi para o lado da mesa em que estavam Williams e Laub.

— Detetive Crosswhite, obrigado por se juntar a nós — Nolasco disse. — Você sabe por que está aqui?

— Não posso dizer que sim. — Ela entrou no jogo para não revelar que Williams a tinha alertado. Todos se sentaram. Lee tinha um bloco de notas sobre a mesa e uma caneta na mão.

— Nós recebemos uma ligação de uma repórter pedindo um comentário para uma matéria em que está trabalhando — Nolasco disse.

— Você deu meu número direto para Vanpelt?

— Como?

— Vanpelt ligou para meu número direto. Foi ela a repórter que pediu um comentário?

O maxilar de Nolasco ficou rígido.

— A Srta. Vanpelt acredita que você está ajudando um advogado a obter um novo julgamento para um assassino condenado.

— É, foi o que ela me disse.

— Pode nos esclarecer a situação? — Com quase 60 anos, Nolasco permanecia magro e em boa forma física. Ele dividia o cabelo ao meio. Alguns anos antes tinha começado a tingir o cabelo de um tom estranho de marrom, parecido com ferrugem, o que chamava ainda mais a atenção que o branco, porque a cor era diferente da do bigode em forma de cunha. Tracy achava que ele parecia um ator pornô velho.

— Não é complicado. Até uma foca como a Vanpelt consegue descobrir o básico.

— O que é esse básico? — Nolasco perguntou.

— Você já sabe — ela disse. Nolasco tinha sido um dos avaliadores da inscrição de Tracy na Academia. Ele também esteve presente na banca de exame oral quando perguntaram a ela sobre o desaparecimento da irmã. Tracy tinha sido franca na inscrição e no exame oral.

— Nem todos aqui sabem.

Ela se esforçou para não deixar que ele a irritasse e se virou para Laub e Williams.

— Vinte anos atrás, minha irmã foi assassinada. Nunca encontraram o corpo. Edmund House foi condenado por meio de provas circunstanciais. Mês passado encontraram os restos mortais da minha irmã. A perícia no local da cova contradiz evidências apresentadas no julgamento de House. — Ela evitou ser muito específica, para que Nolasco não desse nenhuma informação para Calloway ou Vanpelt. — O advogado dele usou essa contradição para entrar com uma petição pós-condenação. — Ela se voltou para Nolasco. — Então, terminamos aqui?

— Você conhece o advogado? — Nolasco perguntou.

Tracy sentiu que ficava mais brava.

— É uma cidade pequena, Capitão. Como fui criada em Cedar Grove, eu conhecia todo mundo.

— Há um indício de que você tem conduzido uma investigação particular — Nolasco disse.

— Que indício é esse?

— Você tem conduzido uma investigação particular?

— Tive dúvida sobre a culpa de House desde que o prenderam.

— Isso não responde à minha pergunta.

— Vinte anos atrás eu questionei as evidências que levaram à condenação de House. Isso fez com que algumas pessoas em Cedar Grove, incluindo o xerife, não ficassem muito contentes comigo.

— Então você *tem* conduzido uma investigação — Nolasco disse.

Tracy sabia o que ele estava querendo. Usar a posição oficial dela numa investigação pessoal seria base para uma advertência e, talvez, uma suspensão.

— Defina "investigação".

— Acho que você conhece bem o termo.

— Nunca usei da minha posição oficial de detetive de homicídios, se é o que está perguntando. Tudo o que fiz foi no meu tempo livre.

— Então é uma investigação.

— É mais um tipo de hobby.

Nolasco baixou a cabeça e massageou a testa, como se lutasse contra uma dor de cabeça.

— Você facilitou o acesso de um advogado à prisão de Walla Walla para ele se encontrar com House?

— O que a Vanpelt te disse?

— Estou perguntando a você.

— Talvez *você* devesse *me* dizer quais são os fatos. Isso pouparia muito tempo a todos aqui.

Williams e Laub estremeceram.

— Tracy, isto não é uma inquisição — Laub disse.

— Está parecendo uma, tenente. Preciso chamar o representante do sindicato?

Nolasco apertou os lábios. O rosto dele estava ficando vermelho.

— É uma pergunta simples. Você facilitou o acesso de um advogado para falar com House?

— Defina "facilitou".

— Você o ajudou de algum modo?

— Eu fui com o advogado até a prisão no carro dele, num dia em que eu estava de folga. Não paguei a gasolina. Nós entramos pelo portão de acesso público, num dia de visitas, como todo mundo.

— Você usou seu distintivo?

— Não para entrar.

— Tracy — Laub interveio. — Nós estamos sendo questionados pela imprensa. É importante que estejamos todos de acordo, dizendo as mesmas coisas.

— Eu não estou dizendo nada, tenente. Eu disse para a Vanpelt que o assunto é pessoal, que não é da conta de ninguém.

— Isso não é possível, dada a natureza pública do caso — Nolasco disse. — Quer você goste ou não, o caso é público, e nosso trabalho é garantir que não repercuta negativamente neste departamento. A Vanpelt está pedindo um comentário oficial?

— Quem liga para o que a Vanpelt quer?

— Ela é a repórter policial da principal estação de notícias da cidade.

— Ela é uma repórter de porta de cadeia. Uma charlatã. Antiética. Todo mundo sabe disso. Não importa o que eu diga, ela vai torcer para fazer parecer que existe um conflito. Não vou jogar o joguinho dela. É pessoal. Nós não comentamos assuntos pessoais. Por que com isto vai ser diferente?

— Acho que o capitão está perguntando, Tracy — Laub interveio —, se você tem uma sugestão sobre como devemos responder.

— Mais do que uma — ela disse.

— Alguma publicável? — Laub perguntou.

— Diga que é assunto pessoal e nem eu nem o departamento vamos comentar procedimentos legais em andamento. É assim que lidamos com casos em aberto. Por que com este seria diferente?

— Porque não é um dos nossos casos — Nolasco disse.

— Isso mesmo — Tracy disse.

Laub se voltou para Nolasco.

— Não discordo da Detetive Crosswhite. Não ganhamos nada emitindo uma declaração.

Williams também a apoiou.

— A Vanpelt vai noticiar o que quiser, não importa o que digamos. Já passamos por isso antes.

— Ela vai fazer uma matéria em que um dos nossos detetives de homicídio está ajudando um advogado a conseguir um novo julgamento para um assassino condenado — Nolasco disse. — Se dissermos "sem comentários", vai ser uma admissão tácita de que aprovamos esse comportamento.

— Se você sente necessidade de fazer um comentário, diga para ela que eu quero que o assassinato da minha irmã seja de fato resolvido — Tracy disse. — Como isso reflete no departamento?

— Para mim, o comentário está bom — Laub disse.

— Existem pessoas em Cedar Grove que acreditam que o caso já foi resolvido há 20 anos — Nolasco disse.

— E elas também não gostaram quando eu fiz perguntas na época.

Nolasco apontou o dedo para ela. Tracy quis pegar aquele dedo e torcer.

— Se existe alguma que ponha em dúvida a culpa desse homem, deveria ser levado ao escritório do Xerife do Condado de Cascade. A jurisdição é deles.

— Você não acabou de dizer que não queria que eu me envolvesse? Agora quer que eu leve informações para o xerife?

As narinas de Nolasco tremeram.

— Estou dizendo, como agente da lei, que você tem a obrigação profissional de dividir as informações com eles.

— Já tentei isso uma vez; não deu muito certo.

Nolasco baixou o dedo.

— Você percebe que ajudar um assassino condenado reflete em toda a Seção de Crimes Violentos?

— Talvez isso mostre ao público que nós somos imparciais.

Williams e Laub não conseguiram esconder o sorriso. Nolasco não achou graça.

— O assunto é sério, Detetive Crosswhite.

— Assassinato sempre é.

— Talvez eu devesse perguntar se isso vai diminuir sua capacidade de fazer seu trabalho.

— Com todo respeito, pensei que encontrar assassinos *era* o meu trabalho.

— E você deveria estar dedicando seu tempo a descobrir quem matou Nicole Hansen.

— Vamos tomar um fôlego? — Laub interveio outra vez. — Pelo menos podemos concordar que o departamento vai emitir um comunicado dizendo que nem a Detetive Crosswhite nem ninguém vai comentar procedimentos legais em andamento e que todas as perguntas devem ser direcionadas ao Departamento do Xerife do Condado de Cascade?

Lee começou a anotar.

— Você não poderá usar sua posição oficial nem qualquer recurso deste departamento para investigar o assunto. Estamos de acordo? — Nolasco não tentava mais disfarçar seu incômodo.

— Também estamos de acordo que o departamento não vai pôr palavras na minha boca? — Tracy perguntou.

— Ninguém vai pôr palavras na sua boca, Tracy — Laub disse. — Bennett vai redigir uma declaração que nós vamos revisar juntos. Assim fica bom para todo mundo?

Nolasco não respondeu. Tracy não iria capitular sem uma demonstração de boa-fé da parte dele.

— Não posso proteger você nisto — Nolasco disse, afinal. — Não é assunto do departamento. Se alguma coisa der errado, você vai estar sozinha.

Tracy quis rir diante da sugestão de que Nolasco algum dia a tinha apoiado. Ela também quis gritar.

— Eu não aceitaria de outra forma — ela disse.

Kins virou a cadeira para ela quando Tracy retornou à baia, a adrenalina dela ainda alta após enfrentar Nolasco.

— O que houve?

Tracy se sentou e passou as mãos pelo rosto, massageando as têmporas. Ela abriu a gaveta da mesa, pegou dois comprimidos de ibuprofeno e os engoliu sem água.

— Vanpelt não estava querendo saber a respeito de perícia ter encontrado os restos de Sarah — ela disse. — Vanpelt queria saber se estou ajudando um advogado a conseguir uma nova audiência para Edmund House. O comando ficou sabendo e não gostou.

— Então diga logo que não está. — Como ela demorou a responder, Kins insistiu: — Você não está, está?

— Sabe aquele caso frio, da idosa em Queen Anne, há cerca de um ano?

— Nora Stevens?

— Você fica incomodado por não saber o que aconteceu?

— Claro que fico.

— Imagine o quanto isso o incomodaria depois de 20 anos, e se fosse com alguém que você amava. Até onde você iria para conseguir respostas?

CAPÍTULO 31

Tracy bateu na porta e recuou, deixando a proteção de tela se fechar. Como ninguém respondeu, ela levou as mãos em concha até a janela e tentou enxergar através da cortina de renda. Sem ver ninguém, andou pela varanda coberta até o lado da casa, debruçando-se sobre o parapeito. Um Honda Civic velho estava estacionado na entrada em frente a uma garagem destacada.

Ela chamou, não teve resposta, e caminhou de volta à escada da varanda. Estava prestes a descer quando viu, pela janela, uma figura atravessando a sala de estar. A porta da frente foi aberta.

— Tracy.

— Oi, Sra. Holt.

— Pensei ter ouvido alguém bater. Eu estava nos fundos, bordando. Ora, se não é uma surpresa ver você. O que está fazendo em Cedar Grove?

— Eu precisava cuidar de alguns assuntos sobre a propriedade dos meus pais.

— Pensei que já tivesse vendido a casa.

— Uns ajustes finais — Tracy disse.

— Deve ter sido de cortar o coração. Eu e Harley temos lembranças maravilhosas das vezes que estivemos lá, principalmente as festas de Natal. Mas entre, entre. Não fique aí no frio.

Tracy limpou os pés num capacho de boas-vindas e entrou. A mobília era simples, mas agradável. Fotografias emolduradas cobriam a cornija da lareira e jaziam sobre toalhinhas de crochê no aparador da sala de jantar. Havia uma cristaleira repleta de bonecos de porcelana – algum tipo de coleção. Carol Holt fechou a porta atrás de si. Tracy calculou que ela tivesse 60 e poucos anos; era corpulenta, com cabelo grisalho curto e óculos. Parecia que ainda gostava de calças de ginástica, suéteres compridos e colares de contas coloridas. Quando Sarah desapareceu, Carol Holt foi fazer sanduíches no prédio da Legião Americana para os voluntários que realizavam as buscas nas montanhas.

— O que você está fazendo agora? — perguntou a Sra. Holt. — Soube que está morando em Seattle.

— Sou policial.

— Policial — ela repetiu. — Nossa, deve ser emocionante.

— Tem seus momentos.

— Sente-se e me faça companhia um pouco. Posso servir alguma coisa para você? Um copo de água ou um café?

— Não, Sra. Holt, obrigada. Estou bem.

— Por favor, querida. Acho que você já tem idade para me chamar de Carol.

Elas ficaram na sala de estar, Tracy num sofá marrom com almofadas de crochê. Uma delas dizia "Lar, Doce Lar" com um desenho da frente da casa. Carol Holt ficou numa poltrona próxima.

— Então, o que a traz aqui? — ela perguntou.

— Eu estava voltando para Seattle e passei pela oficina para falar com o Harley, mas parece que está fechada. — Isso não era exatamente verdade. Tracy tinha planejado visitar Cedar Grove, mas não para cuidar da propriedade dos pais. Ela tinha encontrado o antigo empregador de Ryan Hagen, um mês antes, e descoberto documentos bem interessantes. Ela esperava que Harley Holt tivesse mais documentos que lhe fornecessem novas informações.

— Desculpe, Tracy. Perdi Harley há pouco mais de seis meses.

Tracy sentiu-se subitamente desanimada.

— Eu não sabia, Carol. Meus sentimentos. Como ele morreu?

— Câncer no pâncreas. Entrou nos nódulos linfáticos e não conseguiram deter a doença. Pelo menos ele não sofreu muito.

Tracy não conseguia se lembrar de uma vez em que tenha deixado o carro na oficina e Harley não estivesse lá, cigarro no canto da boca, para cumprimentá-la.

— Me desculpe.

— Não tem nada para se desculpar. — Carol Holt sorriu de lábios fechados; seus olhos tinham se enchido de lágrimas.

— Como você tem passado? — Tracy perguntou.

Carol deu de ombros, resignada, e mexeu no colar.

— Bem, é difícil, mas estou tentando me manter ativa. Faço o que posso. O que a gente pode fazer, né? Oh, Deus, por que estou te contando isso. Você teve sua própria cota de tragédia.

— Está tudo bem.

— Meus filhos vêm me visitar com os netos e isso ajuda. — Ela bateu nas coxas com as duas mãos. — Então, me diga, o que você queria falar com o Harley depois de todos esses anos?

— Na verdade, eu queria falar de trabalho com ele. Harley cuidou do carro de todo mundo em Cedar Grove, não é mesmo?

— Com certeza. Seu pai era cliente fiel. Harley sempre foi muito grato por isso. Uma pena o que aconteceu. Seu pai era um homem tão bom.

— Você sabe de quem Harley comprava as peças de carro, Carol?

Carol Holt fez cara que parecia que tinham lhe feito uma pergunta de física quântica.

— Não. Eu nunca me envolvi nisso, querida. Acho que ele comprava de vários lugares.

— Lembro que ele tinha um monte de armários no escritório — Tracy disse, chegando ao motivo de sua visita.

Carol jogou as mãos para cima.

— Aquele escritório era um horror, mas para Harley não era um problema. Ele tinha o jeito dele de fazer as coisas.

— Há quanto tempo ele fechou a oficina?

— Foi quando se aposentou. Ele esperava que nosso filho Greg pudesse assumir o negócio, mas Greg tinha outros planos. Faz três, quatro anos, acho.

— Será que você ainda tem a chave da oficina?

Carol arqueou as sobrancelhas.

— Não sei. Deve estar por aí. O que você está procurando?

— Estou curiosa sobre uma coisa, Carol. Sei que parece loucura, mas eu esperava dar uma olhada nos registros do Harley para satisfazer minha curiosidade.

— Eu ficaria feliz em ajudar, querida, mas receio que você não vá encontrar nada na oficina. Harley esvaziou o lugar quando o fechou.

— Estava com medo disso quando passei lá mais cedo e olhei pelas janelas, mas pensei que quem não arrisca não petisca. Bem, é melhor eu deixar você voltar para o seu bordado. E eu preciso voltar para Seattle.

— E quanto aos registros?

— Como?

— Você disse que queria dar uma olhada nos registros dele.

— Você não disse que ele jogou tudo fora?

— O Harley? Você conhecia o escritório dele. Aquele homem nunca jogou fora um pedaço de papel em toda a vida. Mas você vai ter que fuçar um pouco.

— Você está com os registros aqui?

— Por que você acha que eu deixei o carro fora da garagem? Harley trouxe tudo da oficina e pôs na garagem. Ele ficava dizendo que iria organizar tudo, mas então ficou doente e, para ser honesta, não pensei mais nisso até você tocar no assunto.

CAPÍTULO 32

Tracy desistiu e se levantou da cama pouco depois das duas da madrugada. Durante os anos em que investigou o desaparecimento e o assassinato de Sarah, ela raramente dormia a noite toda. A situação melhorou após ela guardar as caixas no armário, mas agora sua insônia tinha voltado. Roger, seu gato preto, seguiu-a até a sala de estar, miando alto.

— Tá, tá bom. Eu também não me sinto feliz por estar acordada — ela disse. Tracy pegou o notebook, um edredom e o controle remoto, acomodando-se no sofá de seu apartamento de 60 metros quadrados no bairro de Capitol Hill, em Seattle. Ela não tinha alugado aquele apartamento pelas conveniências ou pela paisagem — que era de outro prédio de tijolos à vista do outro lado da rua. Ela o tinha escolhido porque era a localização certa, pelo preço certo, porque sua profissão não inclui o pronome de tratamento "Dr.", mas exige que você more perto do trabalho e esteja frequentemente de plantão.

Roger pulou no colo dela e, após um momento afofando o edredom para se acomodar, curvou-se numa bola. Tracy relembrou a conversa que tivera com Dan naquela noite. Depois de ela ter lhe contado sobre Maria Vanpelt e da reunião com Nolasco, Dan mencionou sua vontade de ir até Seattle na sexta-feira seguinte, levá-la à exposição de arte em vidro no Museu Chihuly e depois jantar.

Desde a visita inicial a Cedar Grove para enterrar os restos de Sarah, Tracy tinha, nas semanas seguintes, feito diversas viagens adicionais para entregar o restante de seus arquivos a Dan e revisar o que sua investigação tinha revelado. Por duas vezes ela passara a noite na casa dele. Nada de romântico tinha acontecido entre os dois desde a aula de golfe improvisada. Tracy se perguntava se tinha interpretado mal as intenções de Dan, embora tivesse, com certeza, sentido a tensão sexual, e não acreditava tê-la imaginado. Parte dela queria fazer algo a respeito, mas Tracy se perguntava se um relacionamento com Dan seria aconselhável naquelas circunstâncias. Isso sem mencionar o fato de que Tracy não se via voltando a morar em Cedar Grove, onde Dan tinha claramente estabelecido seu lar. Essa era uma complicação que ela decidiu deixar de lado. O convite para o Museu Chihuly, contudo, forçou-a a reconsiderar as intenções dele. Ela não podia classificar o convite como algo relacionado ao trabalho, sem contar o fato de que o passeio todo colocava a hora de dormir no centro da questão. Ela só tinha um quarto. Pega desprevenida, Tracy tinha aceitado, e passado o resto da noite se perguntando se havia tomado a decisão certa.

Ela ligou o computador, entrou no site da Procuradoria-Geral do Estado de Washington e digitou seu nome e sua senha, acessando o Sistema de Acompanhamento de Investigações de Homicídio, ou HITS, a sigla em inglês. A base de dados pesquisável continha informações sobre mais de 22 mil homicídios e ataques sexuais nos estados de Washington, Idaho e Oregon que aconteceram desde 1981. Supondo que Hansen tivesse sido assassinada – e não morrido em decorrência de um ato sexual que deu muito errado –, estudos revelavam que assassinos que matavam de maneira tão distinta em geral praticavam o ritual para aperfeiçoá-lo. Assim, após os dias longos na delegacia trabalhando no caso, Tracy se arrastava para casa e ficava no computador, fazendo pesquisas e analisando casos semelhantes ao do assassinato de Nicole Hansen.

Sua busca inicial usando as palavras-chave "quarto" e "motel" tinha reduzido os mais de 22 mil casos para 1.511. Ela acrescentou a palavra "corda", mas não "estrangulamento", porque queria manter a busca ampla o bastante para encontrar casos em que a vítima tinha sido amarrada, mas não estrangulada. Isso reduziu os resultados para 224. Desses, 43 eram de vítimas que não tinham sido abusadas sexualmente – a autópsia de Nicole Hansen tinha revelado não haver sêmen em suas cavidades. Essa anomalia podia ser explicada pelo fato de que teria sido quase uma impossibilidade física fazer sexo com Hansen, do modo horroroso como seu corpo estava contorcido e amarrado. Hansen também não tinha sido roubada. Sua carteira, cheia de dinheiro, foi encontrada intocada na penteadeira do quarto. Isso descartava o segundo motivo mais lógico – mais uma vez supondo que Nicole Hansen tivesse sido assassinada.

Tracy tinha se concentrado nesses 43 casos, analisando os arquivos no HITS. Depois de uma hora, tinha revisado mais três casos. Nada parecia promissor. Ela fechou o notebook e se recostou nas almofadas.

— É como procurar uma agulha num palheiro, Roger. — O gato já estava ressonando.

Tracy sentiu inveja dele.

CAPÍTULO 33

Na tarde de sexta-feira, o telefone de Tracy vibrou quando ela e Kins iam para oeste, atravessando o Lago Washington pela ponte flutuante 520. O tráfego estava pesado com as pessoas tentando chegar ao centro da cidade. Guindastes altos projetavam-se da água escura em plataformas flutuantes, ajudando a construir uma segunda ponte muito necessária, paralela à primeira. Contudo, problemas nos pontões de concreto que manteriam a nova ponte sobre a água atrasariam a conclusão da obra para 2015.

Tracy verificou suas ligações mais recentes e viu que tinha perdido duas chamadas de Dan. Ela ligou para ele.

— Oi — ela disse. — Desculpe, não vi suas chamadas. Estamos passando o dia atrás de testemunhas e falando com especialistas em corda naquele assassinato na zona norte de Seattle.

— Tive uma surpresa esta tarde.

— Surpresa boa ou ruim?

— Não sei bem. Passei a maior parte do dia no tribunal, e quando voltei para o escritório encontrei uma cópia da Oposição à Petição para uma Audiência Pós-Condenação, feita por Vance Clark, na minha máquina de fax.

— Eles protocolaram a oposição antes do prazo?

— É o que parece.

— O que você acha disso?

— Ainda não li. Achei bom ligar para você e te avisar.

— Por que ele protocolaria tão cedo?

— Pode ser para parecer algo simples e fazer o Tribunal de Recursos pensar que a nossa petição não tem mérito. Só vou saber depois que ler. De qualquer modo, parece que você está ocupada.

— Mande para mim por e-mail e nós falamos disso no jantar.

— É, sobre isso... — Dan disse. — Me desculpe, vou ter que cancelar.

— Está tudo bem?

— Sim, eu só tenho que cuidar de umas coisas. Posso ligar para você mais tarde?

— Claro — Tracy disse. — Nós conversamos à noite. — Ela desligou, sem saber o que pensar de Dan cancelando o encontro. Embora a princípio estivesse preocupada, ela começou a ficar ansiosa com o encontro, no que poderia resultar. Ela tinha planejado comprar alguns hambúrgueres do Dick – de US$ 1,39 – e servi-los no apartamento, só para mexer com ele.

— Alguma novidade? — Kins perguntou.

— Desculpe, o quê?

— Perguntei se tem alguma novidade.

— Eles protocolaram a oposição à nossa petição. Achávamos que isso ia demorar mais duas semanas.

— O que significa?

— Ainda não sei — ela respondeu, ainda pensando na insegurança na voz de Dan.

CAPÍTULO 34

Dan O'Leary inclinou a cabeça para trás para pingar colírio. As lentes de contato pareciam coladas nas córneas. Do lado de fora da janela, gotas de chuva escorriam como hastes de luz amarela por causa da iluminação pública. Ele tinha deixado a janela aberta para poder ouvir a tempestade vinda do norte, trazendo o cheiro de terra encharcada da chuva. Quando garoto, ele ficava sentado junto à janela do quarto, observando os raios acima das Cascades do Norte, contando os segundos entre a luz do raio e o estrondo do trovão ribombando pelos picos das montanhas. Ele queria, naquela época, ser meteorologista. Sunnie achava que aquela seria a profissão mais entediante do planeta, mas Tracy disse que Dan ficaria bem na televisão. Ela sempre fora assim, mesmo quando os outros garotos o tratavam como o panaca que às vezes era. Tracy sempre o defendera.

Quando Dan a viu, sozinha, no funeral de Sarah, sentiu um aperto no coração. Ele sempre invejara a família dela, tão unida e amorosa. A casa dele nem sempre era assim. Então, num período relativamente curto, Tracy perdeu tudo que sempre amou. Quando se colocou ao lado dela no funeral, foi como amigo de infância, mas também não podia negar que se sentia fisicamente atraído por ela. Dan tinha entregado seu cartão de visitas na esperança de que Tracy telefonasse, e o visse não como o garoto que tinha conhecido, mas como o homem que tinha se tornado. Essa esperança evaporou quando ela apareceu no escritório e lhe pediu que analisasse o arquivo. Apenas uma reunião de negócios.

Mais tarde, ele a convidou para ficar em sua casa porque se sentiu preocupado com a segurança dela, mas, ao vê-la outra vez, não conseguiu evitar desejar que algo surgisse entre eles. Quando colocou os braços ao redor dela para a lição de golfe, alguma coisa dentro dele se mexeu, algo que não sentia havia muito tempo. Ele tinha passado o mês controlando esses sentimentos com a noção de que Tracy continuava profundamente machucada, e não estava apenas vulnerável, mas desconfiada de Cedar Grove e tudo e todos ligados à cidade. Dan sugeriu a exposição no Chihuly e o jantar para tirá-la daquele ambiente, então percebeu que a tinha colocado num dilema. Tracy o convidaria para dormir no apartamento dela ou ele precisaria reservar um hotel? Dan sentiu que a estava apressando, que ela não estava pronta para um relacionamento, e que estaria assoberbada com a descoberta recente dos restos de Sarah e com a possibilidade de outra audiência emocionalmente exaustiva.

Ele também tinha preocupações profissionais. Tracy não era sua cliente. Edmund House era o cliente. Mas Tracy tinha todas as informações de que Dan precisava para se preparar bem para a audiência pós-condenação, caso o Tribunal de Recursos concedesse o direito a House. Diante dessas circunstâncias, Dan pensou que seria melhor tirar qualquer pressão desnecessária de Tracy e adiar o encontro para quando os dois estivessem num melhor momento.

Sherlock grunhiu e se mexeu, dormindo ao lado de Rex sobre o tapete à frente da mesa de Dan. Ele tinha começado a levar os cachorros para o trabalho após Calloway ameaçar apreendê-los. Dan não ligava, a não ser pelo fato de que qualquer barulho os fazia despertar e correr, latindo, para a recepção. No momento, pelo menos, estavam quietos.

Ele se concentrou na Oposição à Petição para Audiência Pós-Condenação de Vance Clark. Estava correta sua intuição de que Clark tinha protocolado a oposição tão cedo para insinuar ao Tribunal de Recursos que a petição não tinha mérito. Clark usou argumentos simples. Ele afirmou que a petição não mostrava qualquer impropriedade nos procedimentos anteriores que pudesse conceder uma audiência a Edmund House para determinar se ele merecia um novo julgamento. Clark lembrou o tribunal de que House tinha sido o primeiro indivíduo no Estado de Washington a ser condenado por homicídio doloso com base em provas circunstanciais porque tinha se recusado a revelar às autoridades onde tinha enterrado Sarah Crosswhite, embora tivesse confessado seu assassinato. Clark escreveu ainda que House tinha tentado usar essa informação para forçar um acordo, e que agora não podia ser beneficiado por essa estratégia. Se House tivesse informado às autoridades a localização do corpo de Sarah Croswhite 20 anos antes, Clark concluía, quaisquer evidências ilibatórias poderiam ter sido apresentadas durante o julgamento. É claro que House não o fez porque teriam sido encontradas provas conclusivas de sua culpa. De qualquer modo, era culpado. Ele tinha recebido um julgamento justo. Nada que Dan tivesse apresentado em sua petição para uma audiência pós-condenação podia mudar isso.

Não era um mau argumento, exceto por ser completamente circular, partindo da premissa de que o tribunal aceitava que House tinha confessado o assassinato e tentado usar a localização do corpo para obter uma sentença mais branda. DeAngelo Finn, o advogado de defesa, tinha feito um péssimo trabalho ao interrogar Calloway sobre a falta de uma confissão assinada ou gravada, e esse teria sido o primeiro plano de ataque de um advogado de defesa. Finn agravou seu erro colocando House no banco das testemunhas para negar sua confissão. Isso colocou sua credibilidade em jogo e incentivou a promotoria a argumentar que a condenação anterior de House, por estupro, podia ser usada nesse julgamento, permitindo que a acusação o interrogasse a respeito. Esse foi o abraço da morte. Uma vez estuprador, sempre estuprador. Finn deveria ter peticionado pela exclusão da alegada confissão de House devido à falta de qualquer evidência que a corroborasse e ao fato de ser nociva à defesa dele, o que teria evitado todo aquele fiasco. Mesmo que a petição tivesse sido negada, House teria estabelecido uma base forte para um recurso. O fato de Finn não o fazer, independentemente das provas ilibatórias encontradas na cova, já era base suficiente para um novo julgamento.

Sherlock se virou e levantou a cabeça. Um segundo depois, alguém tocou a sineta da recepção.

As unhas de Sherlock estalaram na madeira do piso com Rex logo atrás, os dois entoando um coro de latidos e uivos. Dan consultou o relógio e se levantou, parando para pegar o taco de beisebol autografado por Ken Griffey Jr. – que ele também tinha começado a levar para o escritório.

CAPÍTULO 35

Sherlock e Rex tinham prendido um homem afrodescendente contra a porta. O homem parecia e soava muito intimidado.

— O cartaz diz para tocar a campainha.

— Saiam — Dan ordenou e os cães, obedientes, pararam de latir e se sentaram. — Como você entrou?

— A porta estava destrancada.

Dan tinha saído com Sherlock e Rex no começo da noite, para os dois fazerem suas necessidades noturnas.

— Quem é você?

O homem olhou para os cachorros.

— Meu nome é George Bovine, Sr. O'Leary. — Dan lembrou do nome nos arquivos de Tracy antes mesmo de ele continuar. — Edmund House estuprou minha filha, Annabelle.

Dan encostou o taco de beisebol na lateral da escrivaninha da recepção. Trinta anos atrás, Edmund House tinha sido condenado por uma acusação de ter sexo com uma menor de idade e cumprido uma sentença de seis anos. George Bovine tinha testemunhado durante a fase de sentenciamento do julgamento de House, após sua condenação pelo assassinato de Sarah Crosswhite.

— O que você está fazendo aqui, a esta hora da noite?

— Estou vindo de Eureka.

— Na Califórnia?

Bovine aquiesceu. De fala mansa, ele parecia ter perto de 70 anos, com a barba grisalha, bem aparada, e óculos com armação de tartaruga. Ele usava uma boina marrom e um suéter com gola V por baixo do paletó.

— Por quê?

— Porque este é um assunto para ser tratado pessoalmente. Eu pretendia vir amanhã de manhã. Só parei para garantir que estava com o endereço correto, mas vi as luzes na janela. A porta do prédio estava destrancada e eu subi. Então notei que as luzes acesas que vi da rua eram do seu escritório.

— Muito bem, mas isso não responde à minha pergunta. Por que dirigiu toda essa distância até aqui, Sr. Bovine?

— O Xerife Calloway me ligou. Ele disse que você está tentando conseguir um novo julgamento para Edmund House.

Dan começou a entender aonde aquilo estava indo, embora a franqueza do Sr. Bovine fosse surpreendente.

— Como você conhece o xerife?

— Testemunhei no sentenciamento de Edmund House.

— Eu sei. Eu li a transcrição. O Xerife Calloway pediu para você me convencer a não representar o Sr. House?

— Não. Ele apenas me disse que você estava tentando um novo julgamento. Eu vim por iniciativa própria.

— Você deve entender por que é difícil, para mim, acreditar nisso.

— Tudo que eu peço é uma chance de falar com você. Vou dizer o que preciso. Não vou repetir. Depois te deixo em paz.

Dan considerou o pedido. Ele estava cético, mas Bovine parecia sincero. Ele tinha acabado de dirigir oito horas e não tentara disfarçar o objetivo de sua visita.

— Você entende que mantenho uma relação sigilosa com meu cliente.

— Entendo, Sr. O'Leary. Não estou interessado no que Edmund House tem a dizer.

Dan aquiesceu.

— Meu escritório é nos fundos. — Ele estalou os dedos e os dois cachorros se voltaram e saíram em disparada pelo corredor. No escritório de Dan, eles reassumiram suas posições no tapete, mas continuaram eretos e alertas, orelhas em pé.

Bovine tirou o paletó, que ainda reluzia com gotas de chuva, e o pendurou no cabide perto da porta, raramente usado.

— Eles são assustadoramente grandes, não acha?

— Você precisa ver quanto eu gasto em ração — Dan disse. — Posso te oferecer uma xícara de café velho?

— Por favor. O caminho foi longo.

— Como você toma?

— Puro — Bovine respondeu.

Dan serviu uma xícara, entregou-a e os dois homens se sentaram em cadeiras junto à mesa diante da janela com vista para a Rua do Mercado. Quando Bovine levantou a xícara para tomar um gole do café, Dan notou um tremor em sua mão. Lá fora, a chuva encobria o céu e caía com força no telhado plano, gorgolejando ao se afunilar nas calhas e nos condutores. Bovine baixou a xícara e levou a mão ao bolso de trás para pegar a carteira. Suas mãos tremiam ainda mais enquanto tentava tirar fotografias das divisões de plástico, e Dan imaginou se ele poderia ter doença de Parkinson. Bovine pôs uma das fotografias sobre a mesa.

— Esta é Annabelle.

A filha parecia ter 20 e poucos anos, com cabelo preto liso e a pele mais clara que a do pai. Os olhos azuis também indicavam uma ascendência mista. Mas não foi a cor da pele ou dos olhos de Annabelle Bovine que chamou a atenção de Dan. Foi sua absoluta falta de expressão. Ela parecia uma boneca.

— Note a cicatriz que desce da sobrancelha.

Uma linha fina, quase imperceptível, descia da sobrancelha de Annabelle até sua mandíbula, formando uma crescente.

— Edmund House disse à polícia que ele e minha filha fizeram sexo consensual. — Bovine colocou uma segunda fotografia ao lado da primeira. A garota nela estava quase irreconhecível, com o olho esquerdo fechado de tão inchado, o corte no rosto coberto de sangue coagulado. Dan sabia, pelo arquivo de Tracy, que House tinha estuprado Annabelle quando esta tinha 16 anos. Bovine começou a levantar a xícara, mas seu tremor ficou ainda mais pronunciado e ele a baixou novamente à mesa. Então ele fechou os olhos e inspirou profundamente várias vezes.

Dan esperou um momento antes de falar.

— Eu não sei o que dizer, Sr. Bovine.

— Ele bateu nela com uma pá, Sr. O'Leary. — Ele fez mais uma pausa para respirar, mas desta vez foi uma inspiração rápida e agitada. — Veja, Edmund House não ficou satisfeito em estuprar minha filha. Ele queria machucar a menina, e teria continuado se ela não tivesse encontrado força para fugir.

O rosto de Bovine se contorceu numa careta de resignação. Ele tirou os óculos, limpando as lentes com um lenço vermelho.

— Seis anos. Seis anos por arruinar a vida de uma jovem porque alguém cometeu um erro ao coletar as evidências. Annabelle era uma jovem brilhante, extrovertida. Nós tivemos que nos mudar; as lembranças eram horríveis demais. Annabelle nunca mais voltou à escola. Ela não consegue trabalhar. Nós vivemos numa rua não muito longe da água em uma cidadezinha com baixa criminalidade. É tranquilo lá. E toda noite passamos trancas nas portas e verificamos todas as janelas. É nossa rotina. Então vamos para cama e esperamos. Eu e minha mulher esperamos que ela comece a gritar. Chamam de síndrome do trauma de estupro. Edmund House cumpriu seis anos. Nós já cumprimos quase 30.

Dan se lembrou de um testemunho semelhante da transcrição do sentenciamento, mas ouvir a angústia de um pai causava impacto.

— Sinto muito. Ninguém deveria ter que viver desse modo.

Bovine apertou a boca.

— Mas alguém vai, Sr. O'Leary, se fizer o que dizem que está tentando fazer.

— O Xerife Calloway não deveria ter ligado para você, Sr. Bovine. Não é justo com nenhum de nós. Não pretendo minimizar, de nenhum modo, o que aconteceu com sua filha e sua família...

Bovine levantou a mão, mas o fez da mesma maneira pacífica como que falava.

— Você não vai me dizer que Edmund House era um jovem quando estuprou minha filha, que isso ocorreu há 30 anos, que as pessoas podem mudar. — O sorriso fino, irônico, retornou. — Vou lhe poupar esse trabalho. — Bovine olhou para Sherlock e Rex. — Edmund House não é como seus cachorros. Ele não pode ser treinado. Não atende a comandos.

— Ele merece um julgamento justo, como todo mundo.

— Mas ele não é como todo mundo, Sr. O'Leary. A prisão é o único lugar para homens violentos como Edmund House. E, não se engane, Edmund House é um homem muito violento. — Em silêncio, Bovine pegou as fotografias e as devolveu à carteira. — Ele se levantou e pegou o paletó. — Obrigado pelo café.

— Você tem onde ficar? — Dan perguntou.

— Eu tomei minhas providências.

Dan acompanhou George Bovine de volta à recepção. Bovine abriu a porta, mas se virou para olhar de novo para Rex e Sherlock.

— Diga-me, eles teriam me mordido se você não tivesse mandado que recuassem?

Dan acariciou a cabeça deles.

— O tamanho pode intimidar, mas o latido deles é pior que a mordida.

— Mesmo assim, imagino que a mordida possa causar muito estrago — Bovine disse e saiu para o corredor, a porta se fechando atrás dele.

CAPÍTULO 36

Tracy estava funcionando por instinto, sem conseguir lembrar da última vez que conseguira dormir a noite inteira. Ela sentia a fadiga nos membros e a ouvia em sua própria voz quando ela, Kins, Fazzio e Del se reuniram com Billy Williams e Andrew Laub, atualizando os comandantes sobre os casos ativos da Equipe A.

Durante as semanas que se passaram desde que Dan tinha apresentado sua breve resposta à Oposição à Petição para uma Audiência Pós-Condenação, feita pela promotoria de Vance Clark, Tracy e Kins tinham refeito muito de seu trabalho na investigação do assassinato de Nicole Hansen, sem sucesso. Eles haviam interrogado outra vez o dono do hotel e hóspedes; passado as impressões digitais levantadas no quarto de hotel pelo Sistema Automatizado de Identificação de Digitais do Condado de King, verificado as pessoas encontradas e tirando da lista de suspeitos aquelas com álibis comprovados; foram falar de novo com as dançarinas do Dancing Bare, com os familiares e amigos de Nicole Hansen, bem como alguns ex-namorados. Tracy criou uma linha do tempo com os últimos dias da vida de Hansen e identificou toda pessoa com quem ela havia entrado em contato. Eles também executaram mandados de busca que foram espetacularmente improdutivos.

— E quanto aos arquivos dos empregados? — Laub perguntou.

— Eles chegaram ontem no fim da tarde — Tracy disse, referindo-se aos arquivos de empregados atuais e antigos do Dancing Bare, que tinham requisitado judicialmente. — Pedi para o Ron começar com eles — ela disse, citando o *reserva* da Equipe A, Ron Mayweather. Cada uma das quatro equipe de Homicídios tinha um quinto detetive para realizar algumas das tarefas mais comuns do trabalho investigativo.

Laub se voltou para Fazzio.

— Como estamos com os carros no estacionamento?

Fazzio meneou a cabeça.

— Ainda estamos esperando uma placa de fora do estado, da Califórnia, e outra da Colúmbia Britânica. Estamos fazendo as pazes com nossos colegas do outro lado da fronteira.

— Encontraram alguma coisa no HITS? — Laub perguntou.

— Não — Tracy sacudiu a cabeça.

Quando a reunião terminou, Tracy necessitava de cafeína, mas Williams a deteve à porta.

— Espere um minuto — ele pediu, e ela desconfiou que soubesse por quê.

Quando se viram sozinhos, Williams começou:

— O programa da Vanpelt, a noite passada, criou o maior furdunço. Pode esperar outro telefonema.

O presente de Natal adiantado da jornalista tinha sido uma matéria de uma hora de duração, em seu programa, *Krix Confidencial*, apresentando Edmund House, Cedar Grove e Tracy. Vanpelt tinha feito colagens com fotografias antigas da cidade, de Tracy, Sarah e os pais delas, e Edmund House. Ela entrevistou cidadãos de Cedar Grove, que informaram como o desaparecimento de Sarah tinha destruído a existência bucólica da cidade, e o impacto que o julgamento teve. Eles disseram, também, como se sentiam a respeito da possibilidade de passarem por tudo aquilo outra vez. Ninguém estava feliz com a perspectiva de ter a vida devastada pelo pantanal da imprensa novamente.

Tracy apoiou-se na mesa da sala de reuniões.

— Pensei mesmo que criaria — ela disse para William. — Está muito ruim?

— O Escritório de Informações ao Público recebeu duas dúzias de pedidos de entrevistas, de veículos locais e nacionais, e isso foi antes de o *Seattle Times* colocar a história na primeira página, esta manhã. Eles querem uma entrevista, assim como a CNN, a MSNBC e muitos outros.

— Não vou dar, Billy. Isso não vai fazer com que parem os pedidos. Só vai chamar mais a atenção.

— Laub e eu concordamos — Williams disse. — E dissemos isso ao Nolasco.

— É? E o que ele disse?

— Ele perguntou: "O que nós vamos fazer se House conseguir uma nova audiência?".

Nolasco nunca parecia contente, mas naquela tarde, quando Tracy entrou na sala de reuniões, ele estava com uma careta de quem tinha tomado injeções de botox enquanto sentia cólicas de dor de barriga. Mais uma vez, Lee estava sentado ao lado dele, o cotovelo apoiado na palma da mão e os olhos fixos numa folha de papel sobre a mesa – sem dúvida outra declaração que pediriam para Tracy assinar. Parecia que ela não conseguia evitar decepcioná-los.

— Como está a investigação do caso Hansen? — Nolasco perguntou, antes mesmo que Tracy pudesse se sentar. Tracy não pensou, nem por um minuto, que Nolasco tivesse chamado aquela reunião para discutir o caso Hansen.

— Não muito diferente de quando nos falamos, a noite passada — ela disse, arrastando uma cadeira.

— E o que você está fazendo para mudar isso?

— No momento estou sentada aqui, então... não muita coisa.

— Talvez esteja na hora de chamarmos o FBI.

— Prefiro trabalhar com uma tropa de escoteiros. — Na Homicídios, FBI significava "Famosos, Burros e Idiotas".

— Então sugiro que você me dê algo para levar para o comando.

Tracy mordeu a língua quando Nolasco gesticulou para Lee, que pegou debaixo da mesa uma pilha de papéis.

— Começamos a receber isto após o programa da Srta. Vanpelt na noite de ontem — Nolasco disse, empurrando a pilha para Tracy. Ela folheou as cópias de e-mails e as transcrições de mensagens telefônicas. Não eram boas. Alguns diziam que ela era indigna de usar o uniforme. Outros pediam a cabeça dela numa bandeja.

— As pessoas querem saber por que uma detetive de homicídios de Seattle, que jurou servir e proteger o público, está trabalhando para libertar um merda do quilate de Edmund House — Nolasco disse.

— Esses são os *haters* — Tracy disse. — Eles vivem para isso. Vamos começar a tomar decisões para apaziguar a escória, agora?

— O *Seattle Times*, a NBC e a CBA também fazem parte da escória?

— Nós já falamos disso. Eles estão interessados em frases de efeito e audiência.

— Pode ser — Nolasco disse. — Mas, à luz dos eventos recentes, acreditamos ser prudente que o departamento solte uma declaração em seu nome.

— Nós preparamos alguma coisa para sua análise — disse Lee.

— Análise — Nolasco disse. — Não aprovação.

Tracy sinalizou para Lee lhe passar a folha de papel, embora não tivesse a intenção de assinar nada. Eles podiam emitir o que desejassem. Mas não podiam obrigá-la a ligar seu nome a nada.

> *A Detetive Crosswhite não teve nenhum papel oficial na investigação ou nos procedimentos para obtenção de uma Audiência Pós-Condenação para Edmund House. Se a Detetive Crosswhite for chamada para participar desses procedimentos, será como membro da família da vítima. Ela não usou, nem usará, da sua posição de detetive de homicídios de Seattle para influenciar de nenhum modo esses procedimentos. Ela não fará nenhuma declaração a respeito desses procedimentos, nem agora nem no futuro.*

Tracy deslizou o comunicado de volta para Lee.

— Primeiro vocês querem que eu comente. Agora estão me proibindo? Eu nem sei o que isso significa.

— Significa que você vai depor se for intimada — Nolasco disse.

— Esse será o seu único envolvimento. Você não vai atuar, de modo algum, como consultora da defesa.

— Envolvimento no quê? — Ela olhou para Laub e Williams, mas eles pareciam tão confusos quanto Tracy.

— Nós pensamos que você soubesse — Nolasco disse, de repente parecendo pouco à vontade.

— Soubesse o quê?

— O Tribunal de Recursos acolheu a Petição de Edmund House de uma Audiência Pós-Condenação.

Kins se levantou quando Tracy entrou, apressada, na baia para pegar suas coisas.

— O que aconteceu?

Tracy vestiu seu casaco, ainda sem compreender totalmente o que tinha acabado de ouvir. Ela tinha esperado 20 anos, mas agora parecia que tudo estava acontecendo rápido demais. Ela estava com dificuldade de processar tudo.

— Tracy?

— O Tribunal de Recursos acolheu a petição — ela disse. — Nolasco acabou de me contar.

— Como diabos ele sabia?

— Não faço ideia. Preciso ligar para o Dan. — Ela pegou o celular na mesa e saiu da baia.

— Quando é a audiência?

— Também não sei. — Ela correu para pegar o elevador, em busca de um lugar reservado para telefonar para Dan e tirar um momento para absorver tudo. Ela sentia como se tivesse levado um soco na cabeça e ainda estava limpando as teias de aranha. A audiência pós-condenação era a plataforma de que Tracy necessitava para demonstrar que as inconsistências nos testemunhos e nas provas apresentadas no primeiro julgamento de Edmund House levantavam sérias questões quanto à sua culpa. Se Dan conseguisse fazer o juiz concordar, o tribunal seria obrigado a ordenar um novo julgamento. Isso seria um passo gigante para Tracy no sentido de conseguir a reabertura da investigação da morte de Sarah.

Enquanto o elevador descia, ela fechou os olhos bem apertados. Após 20 anos, talvez Sarah finalmente conseguisse justiça e Tracy obtivesse respostas.

PARTE II

... não há nada tão perigoso quanto uma máxima
— C. J. May, "Algumas regras de Evidência: Dúvida Razoável
em Casos Cíveis e Criminais" (1876)

CAPÍTULO 37

O Juiz Burleigh Meyers decidiu fazer a audiência preliminar no gabinete temporário que lhe tinham designado, em vez de no tribunal aberto, em razão do que ele chamou de "interesse significativo da imprensa no assunto". Dan solicitou, e Meyers concordou, com a presença de Tracy na audiência, embora o juiz tenha notado que era um pedido incomum para o advogado de defesa. Era evidente que ele conhecia as nuances do caso. A pesquisa de antecedentes feita por Dan indicava que não era por acaso.

Meyers tinha atuado como juiz durante mais de 30 anos no Condado de Spokane, com avaliação predominantemente positiva, antes de se aposentar. A seção de Spokane da Ordem dos Advogados conferiu-lhe láureas pelo modo como se comportava e conduzia seu tribunal. Dan também soube que tanto o assistente do juiz quanto seu oficial de justiça preferiram se aposentar a serem designados para trabalhar com outro juiz, o que ele entendeu como um bom sinal. Dan conseguiu os telefones dos dois e ligou para eles, para descobrir o que achavam. Ambos descreveram Meyers como um homem que trabalhava muito, fazia boa parte de sua própria pesquisa, e que sofria durante dias por suas decisões, embora não tivesse medo de puxar o gatilho. Ele era o que Dan e Tracy queriam, um juiz inteligente, disposto a tomar uma decisão difícil. Os ex-assistentes também disseram que Meyers era muito metódico e não seria influenciado pela pressão dos meios de comunicação, sendo esse o motivo, provavelmente, pelo qual o Tribunal de Recursos tinha lhe pedido que conduzisse a audiência.

Sentada num canto, Tracy observou Meyers afastar a poltrona de couro da mesa, com as rodinhas gemendo. Ele a posicionou de modo a encarar O'Leary e Clark, sentados lado a lado no sofá de tecido. Para Tracy, aquele gabinete parecia uma austera produção de teatro, com as paredes sem nenhuma pintura ou fotografia, e nenhum pedaço de papel à vista. Dan tinha lhe contado que o assistente de Meyers também lhe disse que a disposição do juiz em interromper a aposentadoria não estava relacionada ao tédio. Parecia que Meyers era dono de um rancho de gado de 25 hectares no qual ele mesmo fazia boa parte do trabalho pesado.

Tracy calculou que Meyers tivesse mais de um metro e noventa. Ele tinha uma beleza rústica, robusta, com a pele bronzeada de quem se mantinha em forma consertando cercas e celeiros e carregando fardos de feno. Com o cabelo grisalho e aqueles olhos azuis, Tracy achou que ele se parecia um pouco com Paul Newman.

— Aceitei esta missão com uma condição — Meyers começou. Ele calçava mocassins, e, quando cruzou as pernas, sua calça jeans subiu um pouco, revelando meias com losangos. — Minha mulher adora o sol e adora cavalgar. Então nós viajamos com um reboque para dois cavalos por todos os estados do oeste em busca dessas coisas. Ela quer fazer uma trilha em Phoenix no fim do mês, cavalheiros. E deixem-me dizer uma coisa: minha mulher não gosta de ser decepcionada. E não gosto mesmo de decepcioná-la. Em outras palavras, posso estar meio aposentado, mas isso não significa que tenho tempo a perder. Pretendo tocar este caso com agilidade.

— A defesa está preparada para isso, Excelência — Dan disse.

Clark pareceu preocupado.

— Excelência, tenho vários outros casos na minha agenda, incluindo um julgamento que se aproxima...

Meyers o interrompeu de imediato.

— Ainda que eu entenda seus problemas de agenda, Sr. Clark, o código exige que a promotoria faça uma audiência *imediata*. Sugiro que ajuste sua agenda para dar prioridade máxima a este caso. Quanto ao seu julgamento, já conversei com o Juiz Wilber, que concordou em adiá-lo por um mês.

Clark suspirou.

— Obrigado, Excelência.

— A defesa gostaria de apresentar alguma evidência antes do julgamento? — Meyers perguntou.

O arquivo de Tracy tinha mais informações do que Dan poderia ter reunido sozinho, incluindo as transcrições do julgamento e o relatório da perícia de Kelly Rosa. Dan tinha dito para Tracy que depoimentos adicionais só serviriam para atrasar os procedimentos e para dar tempo, às testemunhas intimadas, de se tornarem convenientemente indisponíveis, ou então para pensarem antes do testemunho e inventarem algo novo. Ele também não queria mostrar para Clark como pretendia atacar as testemunhas de acusação do julgamento anterior.

— A defesa está preparada para seguir adiante — ele disse.

— A promotoria gostaria de apresentar depoimentos — Clark disse. — Estamos compilando uma lista.

— Excelência — Dan interveio —, a promotoria não pode apresentar novas evidências nesta audiência, e a defesa pretende chamar apenas as testemunhas de acusação do julgamento inicial do Sr. House. As únicas testemunhas novas serão a médica-legista, para testemunhar a respeito da perícia da cova, e um especialista em DNA. Não vejo por que o promotor não possa falar com suas testemunhas em particular. Também ficaremos felizes em deixar nosso especialista à disposição dele fora do tribunal.

— Sr. Clark?

Vance Clark se aprumou na cadeira.

— Insistimos em falar com as testemunhas — ele disse.

— Alguma moção pré-audiência? — Meyers perguntou.

— A promotoria solicita excluir a Detetive Crosswhite do tribunal — Clark disse.

Tracy olhou para Dan.

— Com base em quê? — Dan perguntou.

— A Detetive Crosswhite será testemunha da defesa — Clark disse para Meyers. — Dessa forma, sua presença não deve ser permitida no tribunal até o momento de testemunhar, como acontece com qualquer testemunha.

— A Detetive Crosswhite não é testemunha da defesa — Dan disse. — Ela é irmã da vítima. O testemunho dela será factual, atendo-se aos acontecimentos do dia em que a irmã desapareceu. A promotoria pode conversar com ela quando quiser. Além do mais, a Detetive Crosswhite não é uma testemunha como as outras. Eu até imagino que a promotoria iria querer a Detetive Crosswhite...

Meyers o interrompeu.

— Sr. O'Leary, o senhor vai apresentar seu caso e permitir que o Estado tome suas próprias decisões. — Ele dispensou uma resposta de Clark com um gesto. — Vou negar a moção, Sr. Clark. A Detetive Crosswhite tem direito a estar presente como membro da família da falecida, e não vejo como isso possa prejudicar a promotoria. Agora, outra questão: todos nós sabemos como este caso vem chamando a atenção dos meios de comunicação. Não vou permitir que se torne um espetáculo nem um zoológico. A imprensa tem o direito de estar presente, e vou permitir uma única câmera. Ainda que eu não vá impor uma mordaça a vocês ou a suas testemunhas, vou pedir que jurem, como membros da Justiça, que vão defender o caso diante de mim, não da imprensa. Fui bem claro?

Clark e Dan manifestaram verbalmente seu entendimento. Meyers pareceu satisfeito. Ele juntou as mãos como se para conduzi-los numa oração solene.

— Muito bem, então. Como estamos todos presentes e eu recebi aquela sala de audiências enorme lá fora à custa dos contribuintes, sugiro que comecemos bem cedo na segunda-feira. Alguma objeção?

Tendo sido alertados da possível ira de uma mulher forçada a perder seu passeio a cavalo, nem Dan nem Clark se manifestaram.

CAPÍTULO 38

DeAngelo Finn se ajoelhou no chão de costas para a calçada, sem perceber que era observado. A camada de nuvens tinha se desfeito, e o alívio da chuva persistente forneceu uma oportunidade para que Finn preparasse sua horta para o inverno. Tracy o observava enquanto terminava de falar com Kins, que tinha lhe telefonado para dizer que Nolasco havia transferido, oficialmente, o caso Nicole Hansen para a Divisão de Casos Sem Solução.

— Ele tirou o caso de nós? — Tracy perguntou.

— É uma jogada. Nolasco não quer o caso nas estatísticas da seção dele. Disse que não pode dedicar recursos a um caso que não vai a lugar nenhum. Entre o seu sumiço e o meu trabalho, não tem gente suficiente para cuidar disso.

— Merda. Me desculpe, Kins.

— Não esquenta. Vou continuar pelas bordas, mas Nolasco tem razão. As pistas acabaram. Se nada novo aparecer, estamos empacados.

Tracy sentiu uma pontada de remorso. Ela sabia por experiência que, até o assassino ser encontrado e condenado, essa história não teria um fim para a família Hansen.

— Faça o que precisa fazer — Kins disse. — O trabalho vai continuar aqui quando você voltar, infelizmente. Morte e impostos, meu pais costumava dizer, são as duas coisas das quais podemos ter certeza. Morte e impostos. Vá me avisando do que está acontecendo.

— Você também. — Tracy desligou e esperou um instante antes de descer do carro. O sol estava forte o bastante para ela usar óculos escuros, embora a temperatura continuasse fria o suficiente para que cada respiração dela marcasse o ar enquanto se aproximava do portão na cerca de tábuas. Ela não tinha notado qualquer reação por parte de

DeAngelo quando estacionou nem quando fechou a porta do carro, e não notava nenhuma no momento.

— Sr. Finn?

As luvas fizeram volume ao redor da ponta dos dedos do homem enquanto ele lutava para arrancar outra erva daninha. Ela levantou a voz.

— Sr. Finn?

Ele virou a cabeça e ela notou o aparelho de surdez preso à armação dos óculos. Finn hesitou antes de tirar as luvas e colocá-las no chão. Ele ajustou os óculos e pegou uma bengala ao seu lado, tremendo quando se levantou e se aproximou da cerca. Ele usava uma touca de tricô dos Mariners e uma jaqueta do mesmo time que estava larga em seus ombros, como se a tivesse ganhado de um irmão maior. Vinte anos antes, Finn estava mais para corpulento. Agora ele parecia um palito. Lentes grossas aumentavam seus olhos e os faziam parecer úmidos.

— Sou Tracy Crosswhite — ela disse, tirando os óculos escuros.

Finn não deu sinal de reconhecer nem ela nem o nome. Então, aos poucos, ele sorriu e abriu o portão.

— Tracy — ele disse. — Mas é claro. Me desculpe. Eu não estou enxergando muito bem. Tenho catarata, sabe?

— Preparando o jardim para o inverno? — ela perguntou, entrando no quintal. — Lembro que meu pai fazia a mesma coisa todo outono; arrancar as ervas daninhas, pôr fertilizante no solo e cobrir os canteiros com plástico preto.

— Se a gente não arranca as ervas no inverno, elas soltam sementes — ele disse. — É o melhor modo de arruinar o jardim na primavera.

— Lembro que meu pai falava alguma coisa parecida.

Finn lhe deu um sorriso de inveja e estendeu a mão, tocando o braço dela e aproximando-se para falar em tom de segredo.

— Ninguém conseguia competir com os tomates do seu pai. Ele tinha aquela estufa, sabe?

— Eu me lembro.

— Eu dizia que ele estava trapaceando, mas ele respondia que eu podia ficar à vontade para levar minhas plantas para lá, quando quisesse. Era um príncipe aquele seu pai.

Tracy olhou para o canteiro minúsculo.

— O que o senhor planta?

— Um pouco disso e daquilo. Dou a maior parte para os vizinhos. Agora sou só eu. Millie morreu, você sabe.

Ela não sabia, mas tinha deduzido. A mulher de Finn já tinha seus problemas de saúde 20 anos antes, quando o pai de Tracy cuidava dela.

— Sinto muito — ela disse. — Como o senhor tem passado?

— Entre e me faça uma visita — ele falou. Finn teve dificuldade para erguer as pernas para subir os três degraus de concreto da porta dos fundos, uma tarefa que o deixou ofegante e corado. Tracy também notou um tremor nas mãos quando Finn abriu o zíper da jaqueta e a pendurou no gancho do vestíbulo. Vance Clark tinha apresentado uma moção, acompanhada de um relatório médico, para anular a intimação para Finn testemunhar na audiência, feita por Dan. De acordo com o relatório, Finn tinha uma doença cardíaca, enfisema e uma série de outros problemas físicos que tornavam o estresse de testemunhar insuportável para sua saúde já precária.

Finn a conduziu até uma cozinha que o tempo não tinha tocado. Armários de madeira escura contrastavam com o papel de parede floral e a fórmica cor de laranja. Finn tirou uma pilha de jornais e um pacote de correspondência de uma cadeira, abrindo espaço para Tracy sentar à mesa. Em seguida, encheu uma chaleira na pia e a colocou para esquentar num fogão antigo. Ela notou uma máquina portátil de oxigênio no canto e sentiu o calor emanando das frestas de aquecimento no chão. Um cheiro de carne frita pairava no ambiente. Uma frigideira engordurada jazia no queimador da frente.

— Posso ajudar com alguma coisa? — ela perguntou.

Ele sinalizou que não, tirou duas canecas de um armário e colocou saquinhos de chá nelas enquanto falava amenidades. Quando ele abriu a geladeira, Tracy viu prateleiras quase vazias.

— Não tenho muita coisa em casa. Não costumo receber visitas.

— Eu deveria ter ligado — ela disse.

— Mas você receou que eu pudesse não querer falar com você. — Ele olhou para ela por cima das lentes manchadas. — Estou velho,

Tracy. Não escuto nem vejo muito bem, mas ainda leio o jornal todas as manhãs. Não pensei que você tivesse vindo para me perguntar do jardim.

— Não — ela disse. — Eu vim para falar com você da audiência.

— Você veio ver se eu estava realmente doente demais para testemunhar.

— Você parece estar se virando bem.

— Quando se chega à minha idade, há bons dias e maus dias — Finn disse. — Nunca dá para saber como vai ser.

— Quantos anos o senhor tem?

— Por favor, Tracy. Sinto como se conhecesse você desde que nasceu. Pode me chamar de DeAngelo. E, para responder à sua pergunta, vou fazer 88 na primavera. — Ele bateu na madeira do balcão. — Se Deus quiser. — Ele fixou os olhos nela. — Se não, vou encontrar minha Millie, que não é algo ruim, sabe?

— Edmund House foi seu último julgamento, não foi?

— Faz 20 anos que não entro num tribunal, e não pretendo ver outro nunca mais.

O vapor fez a chaleira apitar, e Finn foi até lá para encher as duas canecas. Tracy recusou leite e açúcar. Finn colocou as canecas na mesa e sentou em frente a ela, mergulhando e tirando seu saquinho de chá. A caneca balançou quando ele a levantou para dar um gole.

— A saúde da Millie já estava piorando. Eu não pretendia aceitar mais nenhum julgamento.

— Por que aceitou?

— O Juiz Lawrence me pediu para defender o Edmund House como um favor. Ninguém mais queria defender o homem. Quando o julgamento terminou, voltei para casa. Millie e eu pensávamos que teríamos alguns anos juntos para fazer todas aquelas coisas que sempre adiamos porque eu estava sempre no tribunal. Viajar um pouco. Mas a vida não funciona do jeito que planejamos, não é?

— O senhor se lembra do julgamento?

— Você quer saber se eu fiz o meu melhor por aquele jovem.

— O senhor era um bom advogado, DeAngelo. Meu pai sempre disse isso a seu respeito.

Finn lhe deu um sorriso torto. Tracy não pôde deixar de pensar que aquele sorriso continha um segredo – e a certeza de que ninguém iria forçar um velho de 88 anos, com o coração ruim e enfisema, a testemunhar.

— Não tenho culpa nem dúvida sobre como conduzi o caso.

— Isso não responde à pergunta.

— Nem sempre temos direito a respostas.

— Por que não neste caso?

— Porque as respostas podem machucar.

— Minha família acabou, DeAngelo. Sou só eu.

O olhar dele perdeu o foco.

— Seu pai sempre me tratou com respeito. Nem todo mundo fazia o mesmo. Eu não me formei naquelas escolas de direito de elite, nem fui a imagem ideal de um advogado de tribunal, mas seu pai sempre me respeitou e foi gentil com a minha Millie. Sou grato por isso, mais do que você pode entender.

— O bastante para entregar seu último caso, se ele pedisse?

A teoria dela sempre foi a de que seu pai, não Calloway nem Clark, tinha orquestrado a condenação de Edmund House. Finn não estremeceu. Ele colocou a mão sobre a dela e a apertou de leve. A mão dele era pequena, com manchas da idade.

— Não vou tentar dissuadi-la do que voltou para fazer. Entendo que uma parte de você está apegada à sua irmã e a uma época diferente. Todos nós nos apegamos àquela época, Tracy, mas isso não significa que vamos conseguir fazê-la voltar. As coisas mudam. E nós também. E muitas coisas mudaram, para todos nós, no dia em que a sua irmã desapareceu. Mas estou muito feliz que você tenha passado para me visitar esta tarde.

Tracy tinha sua resposta. Se Finn tinha tomado parte de uma conspiração para incriminar Edmund House, ele levaria isso para o túmulo. Em seguida, os dois conversaram amenidades por mais 20 minutos, sobre Cedar Grove e as pessoas que tinham morado lá. Então, Tracy afastou sua cadeira.

— Obrigada pelo chá, DeAngelo.

Finn a acompanhou até o vestíbulo e a porta dos fundos, e ela saiu para a pequena varanda, sentindo a discrepância entre a casa quente e o ar frio com o cheiro pungente do fertilizante que Finn tinha espalhado no solo. Ela agradeceu mais uma vez, mas, quando se virou para ir embora, ele estendeu a mão e segurou seu braço.

— Tracy — ele disse. — Cuidado. Às vezes, é melhor que nossas perguntas não tenham respostas.

— Não sobrou ninguém para se machucar, DeAngelo.

— Sobrou, sim — ele disse, dando-lhe mais um sorriso gentil ao recuar e fechar a porta.

Com os hashis, Tracy pegou frango no molho de feijão preto da caixa de delivery. Maços de papel, blocos de notas e transcrições de julgamentos jaziam espalhados na mesa da cozinha de Dan. Eles tinham feito uma pausa para comer e assistir ao noticiário da noite. Dan tirou o som da TV enquanto conversavam.

— Ele não discordou de mim — Tracy disse, contando sua conversa com DeAngelo Finn. — Finn só disse que não sentia culpa nem tinha dúvidas.

— Mas não disse que defendeu House o melhor que podia.

— Não, com certeza Finn não disse isso.

— Na verdade, nós não precisamos dele para provar que não defendeu House de um modo aceitável — Dan disse, lendo um artigo sobre a audiência iminente na primeira página do *Seattle Times*. O jornal trazia uma matéria bem abrangente, com uma fotografia de Sarah no último ano do ensino médio, uma de Edmund House 20 anos antes e uma de Tracy, mais recente. A Associated Press pegou a matéria e ela foi parar em dezenas de jornais em todo o país, incluindo o *USA Today* e o *Wall Street Journal*.

— Ali tinha mais alguma coisa, Dan. — Ela deixou os hashis na caixa e se recostou. Rex foi até ela e colocou a cabeça sobre suas pernas, um raro sinal de afeto. — Você quer atenção? — ela perguntou, acariciando a cabeça do cachorro.

— Cuidado. — Dan a alertou. — Ele é um mestre da manipulação. O que ele quer é o frango.

Ela coçou Rex atrás das orelhas. Sherlock, para não ser deixado de fora, tentou empurrar Rex com o focinho.

— Você ainda está pensando em abrir com Calloway? — ela perguntou.

Dan dobrou o jornal e o colocou sobre a mesa.

— Assim que eu puder.

— Imagino que ele vá fingir esquecimento e mandar você consultar o testemunho dele no julgamento.

— Estou contando com isso. Pretendo desmontar o testemunho dele. — Dan estalou os dedos e apontou, e os dois cachorros foram obedientemente para a sala de estar, onde deitaram no tapete. — Quanto mais ele evitar responder minhas perguntas, melhor. Eu só preciso deixá-lo acuado enquanto as outras testemunhas o desacreditam. E se eu conseguir irritá-lo, talvez ele revele mais do que pretendia.

— Ele é mesmo genioso. — Ela olhou para a televisão. — Espere. É a Vanpelt.

Maria Vanpelt estava parada diante do Tribunal do Condado de Cascade, as letras de bronze na fachada de arenito visíveis sobre seu ombro direito. Dan acompanhou Tracy até o sofá, pegou o controle remoto e aumentou o som enquanto Vanpelt seguia na direção dos degraus do tribunal, dizendo ter sido quem "dera o furo" da história a respeito do envolvimento de Tracy Crosswhite na obtenção de uma audiência para Edmund House.

— Ela faz parecer um novo Watergate, não faz? — Dan disse.

Ao pé da escadaria do tribunal, Vanpelt deu meia-volta e encarou a câmera. No fundo, Tracy reparou nos vários carros de estações de TV parados ao longo da rua perto da entrada do tribunal, marcando território.

— *Parece que não é só Edmund House que estará em julgamento aqui, mas toda a cidade de Cedar Grove. A pergunta continua: o que aconteceu todos esses anos atrás? O desaparecimento da filha de um médico importante. Uma busca maciça. A prisão dramática de um estuprador que estava na condicional. E o sensacional julgamento por assassinato que pode ter colocado um homem inocente atrás das grades. Nenhum dos lados quer falar esta noite, mas em breve saberemos. A audiência de Edmund House começa amanhã de manhã, e eu estarei aqui, dentro do tribunal, trazendo para vocês atualizações sobre os eventos do dia.*

Antes de se despedir, Vanpelt olhou pela última vez por cima do ombro para o prédio do tribunal.

— Parece que você conseguiu algo que ninguém mais conseguiria — Dan disse após tirar de novo o som da TV.

— O quê?

— Tornar Cedar Grove relevante mais uma vez. A cidade foi mencionada em todo noticiário e todo grande jornal do país. E eu soube que todos os hotéis entre o tribunal e Cedar Grove estão lotados. As pessoas estão alugando quartos em suas casas.

— Acho que ela tem mais crédito por isso do que eu — Tracy disse, referindo-se a Vanpelt. — Mas ela está errada quanto ao primeiro julgamento ter sido sensacional. Lembro que foi quase entediante. Vance Clark era metódico e arrastado, e lembro de Finn competente, mas apagado, como se estivesse resignado com o resultado.

— Talvez estivesse, mesmo.

— Na verdade, lembro de um distanciamento estranho de toda a cidade, como se ninguém quisesse estar lá, mas sentisse uma obrigação de comparecer. Às vezes me pergunto se meu pai também teve algo a ver com isso, se ele fez ligações para mobilizar as pessoas, para que o juiz e os jurados vissem o apoio a Sarah e o impacto que o crime teve na cidade.

— Como se ele quisesse garantir que o júri não hesitasse quando chegasse a hora de condenar House.

Ela aquiesceu.

— Meu pai não acreditava em pena de morte, mas queria que House pegasse prisão perpétua sem possibilidade de condicional. Lembro disso. Mas ele parecia mais distante do que todo mundo.

— Como assim?

— Meu pai gostava de tomar notas. Lembro dele tomando notas até dos telefonemas mais informais. Durante o julgamento, ele manteve um bloco de notas sobre as pernas, mas não anotou uma única palavra. — Dan olhou para ela. — Nenhuma — ela enfatizou.

Dan passou a mão pela barba de um dia em seu queixo.

— E você, como está? — ele perguntou.

— Eu? Estou ótima.

Ele pareceu ponderar a resposta dela.

— Você nunca baixa a guarda, não é mesmo?

— Não estou com a guarda alta. — Ela tirou as caixas de comida da mesa, levando-as para a cozinha e abrindo espaço para que voltassem ao trabalho.

Dan se apoiou no balcão, observando-a.

— Tracy, você está falando com um cara que manteve a guarda alta por dois anos, para que ninguém percebesse o quanto minha ex-mulher tinha me machucado.

— Eu acho que devemos nos concentrar no caso e deixar para analisar Tracy em algum outro momento — ela disse.

— Tudo bem. — Ele se afastou do balcão.

Ela colocou uma caixa de comida na pia.

— O que você quer que eu diga, Dan? Quer que eu desmorone e comece a chorar? O que isso vai trazer de bom?

Ele levantou as duas mãos, em sinal de rendição, afastou a cadeira da mesa e se sentou.

— Só pensei que falar a respeito pudesse ajudar.

Ela andou na direção dele.

— Falar a respeito do quê? Do desaparecimento de Sarah? Do meu pai colocando uma escopeta na boca? Não preciso falar disso, Dan. Eu vivi tudo isso.

— Só perguntei como você estava.

— E eu disse que estou bem. Você quer ser meu psicanalista, também?

Ele estreitou os olhos.

— Não, não quero. Não quero ser seu psicanalista. Mas gostaria de voltar a ser seu amigo.

A resposta de Dan a pegou desprevenida. Ela se aproximou.

— Por que você diz isso?

— Porque me sinto como se fosse seu advogado, e isso está me deixando confuso, eticamente. Seja honesta. Você teria me dado alguma atenção se durante o funeral de Sarah eu não tivesse contado que era advogado?

— Isso não é justo.

— Por que não?

— Por que não é pessoal.

— Eu sei. Você deixou isso bem claro. — Ele abriu o notebook.

Ela aproximou sua cadeira da dele. Tracy sabia que esse momento chegaria, o momento em que tentariam esclarecer o que era aquele relacionamento. Ela só não sabia que seria na véspera da audiência. Mas, agora que o momento tinha chegado, ela não via motivo para não tratar do assunto.

— Eu não queria dar atenção nenhuma a ninguém de Cedar Grove, Dan. Não era só você. Eu não queria estar lá.

Ele continuou digitando sem olhar para ela.

— Está certo. Eu entendo.

Tracy estendeu a mão, colocando-a sobre o teclado. Dan se recostou.

— Eu só quero que isto termine — ela disse. — Você consegue entender, certo? Depois que terminar, vou poder seguir com minha vida. Todos os aspectos dela.

— É claro que consigo entender. Mas, Tracy, não posso te garantir que isso vai acontecer.

A voz dele mostrava um nervosismo atípico, e ela percebeu o estresse que Dan também estava enfrentando. Ele o estava controlando tão bem que Tracy tinha se esquecido que na manhã seguinte ele não estaria entrando em qualquer tribunal, mas num que provavelmente estaria repleto de público hostil e da imprensa, atuando em benefício de uma amiga de infância que tinha passado 20 anos lutando por aquele momento.

— Me desculpe, Dan. Eu não pretendia pôr mais pressão em você. Eu sei que tudo isso tem sido estressante, principalmente para você, que mora aqui. E sei que não há garantias.

Ele manteve a voz tranquila.

— O Juiz Meyers pode negar um novo julgamento para House. Ele pode conceder. De qualquer modo, talvez você não fique mais perto de saber o que aconteceu de verdade.

— Isso não é verdade. A audiência vai expor as consequências. Vai tornar público o que eu soube, intimamente, todos esses anos. Que as coisas no primeiro julgamento não foram o que pareciam.

— Estou preocupado com você, Tracy. O que você vai fazer depois? E se não conseguir convencer ninguém a reabrir a investigação?

Ela havia se perguntado a mesma coisa várias vezes, mas ainda não tinha uma resposta. Do lado de fora da casa, uma rajada de vento sacudiu a janela, fazendo Rex e Sherlock levantarem a cabeça, orelhas em pé e olhares curiosos.

— Não sei. — Ela encolheu os ombros e deu um sorriso triste. — Pronto, eu disse. Tudo bem? Não sei o que vou fazer. Estou tentando viver um dia de cada vez, dar um passo de cada vez.

— Posso te dar uma sugestão, baseado na minha experiência?

— Claro. — Ela deu de ombros.

— A primeira coisa que você precisa fazer é parar de se culpar pelo que aconteceu.

Tracy fechou os olhos e sentiu um caroço na garganta.

— Eu devia ter levado Sarah para casa naquela noite, Dan. Eu nunca deveria ter deixado a minha irmã sozinha.

— E eu ficava dizendo para mim mesmo que, se tivesse passado mais tempo em casa, minha mulher não teria transado com meu sócio.

— Não é a mesma coisa, Dan.

— Não, não é. Mas você está se culpando por algo que não fez. Foi minha mulher que quebrou os votos de casamento, e quem quer que tenha matado Sarah é responsável pela morte dela. Não você.

— Ela era minha responsabilidade.

— Ninguém tomava conta de uma irmã melhor que você, Tracy. Ninguém.

— Não naquela noite. Eu não cuidei dela naquela noite. Eu estava furiosa porque ela me deixou ganhar e não insisti para que viesse conosco. — A voz dela falhou. Tracy lutou contra as lágrimas. — Eu vivo com aquele dia. Esta audiência é o meu modo de cuidar dela, meu modo de compensar por ter deixado Sarah voltar sozinha naquela noite. Não sei o que vai acontecer, Dan, mas preciso saber o que *aconteceu*. É só o que estou pedindo. Depois disso, eu sigo em frente.

Rex se levantou e foi até a janela da frente, colocando as patas no peitoril e olhando para o jardim. Dan afastou-se da mesa e se levantou.

— É melhor eu deixar os dois saírem. — Ele foi até a sala de estar. — O que foi, garoto? Precisa fazer seu servicinho lá fora?

Tracy olhou para a janela que dava para o jardim. Luzes suaves iluminavam os canteiros de flores e o gramado, refletindo no vidro e dificultando ver a sombra que saiu de trás do tronco da árvore no limite da propriedade.

— Dan!

A janela da frente explodiu.

Tracy empurrou a cadeira para trás e conseguiu meio que derrubar, meio que arrastar Dan para o chão. Ela o manteve deitado, esperando mais tiros que não vieram. Lá fora, um motor de caminhão acelerou. Pneus cantaram. Tracy saiu de cima de Dan, pegou a Glock na bolsa, abriu a porta da frente e atravessou o gramado correndo. O veículo tinha chegado ao fim do quarteirão, longe demais para ela alcançar, longe demais para ver a placa. Quando o caminhão diminuiu para fazer a curva, contudo, ela notou que apenas a luz de freio da direita acendeu.

Ela correu de volta para a casa. Dan estava ajoelhado, tentando freneticamente conter a hemorragia de Rex com toalhas, enquanto o pelo do animal era coberto por sangue.

CAPÍTULO 39

Tracy baixou a porta traseira do Tahoe de Dan enquanto falava pelo celular.

— Aqui é a Detetive Tracy Crosswhite, Homicídios de Seattle — ela disse, por hábito. Dan colocou Rex na traseira e entregou a chave para Tracy. Ele subiu na traseira com o cachorro. — Estou notificando um disparo de arma de fogo no quarteirão 600 da Avenida Elmwood em Cedar Grove. Solicito que todas as unidades disponíveis na área respondam.

Tracy fechou a porta e entrou na cabine.

— O veículo suspeito é provavelmente um caminhão seguindo para leste em Cedar Hollow na direção da estrada vicinal. — Ela tirou o Tahoe da casa e entrou na rua cantando pneu. — A luz de freio da esquerda está queimada. — Ela tirou o celular da orelha e gritou para Dan: — Para onde eu vou?

— Pine Flat.

Ela jogou o celular no banco do passageiro e pisou no acelerador. Sherlock gemia e choramingava. Pelo retrovisor interno, Tracy viu Dan debruçado sobre o amigo ferido. Ele continuava aplicando pressão nos ferimentos de Rex, o celular preso entre o ombro e o maxilar enquanto conversava com a clínica veterinária.

— Ele está sangrando de vários ferimentos. Vamos chegar dentro de sete a oito minutos.

— Como ele está? — Tracy gritou.

— O veterinário vai nos encontrar lá. Não consigo parar o sangramento. — Dan parecia em pânico. — Vamos lá, Rex. Aguente aí, amigão. Aguente comigo.

Ela virou na estrada vicinal e rapidamente se aproximou de uma perua lenta. Como o veículo não acelerou, ela saiu para ultrapassá-lo, mas teve que voltar quando viu os faróis. Um caminhão de cinco eixos passou, deslocando ar suficiente para sacudir o carro. Depois que o caminhão passou, Tracy saiu para a pista contrária, não viu faróis, e pisou no acelerador outra vez. Ela mal tinha feito isso e mais faróis apareceram na curva seguinte. Ela afundou o pé no acelerador. Não havia muita distância até o veículo em sentido contrário. Assim que passou pela perua, Tracy voltou para sua pista, provocando um buzinaço prolongado dos dois veículos.

Ela passou mais dois carros antes de chegar à saída para Pine Flats. Dan deu as orientações finais para chegarem a uma edificação de madeira. Tracy freou, fazendo o Tahoe deslizar no estacionamento de terra e cascalho. Ela saiu da cabine deixando o motor funcionando. Um homem e uma mulher saíram pela porta da frente da clínica enquanto Tracy abria a porta traseira. Dan saiu carregando um Rex ensanguentado, correndo com ele pelos degraus acima até o prédio.

Enquanto Dan entrava, Tracy foi desligar o motor. Embora o tempo tivesse ficado frio de amargar e ela estivesse pouco agasalhada, com uma camisa de manga comprida e calça jeans, Tracy estava pilhada demais para sentar, furiosa demais para não fazer nada. Ela pegou uma das toalhas que Dan estava usando para pressionar os ferimentos de Rex e limpou o sangue na traseira do carro antes de fechar a porta. Ela ficou andando de um lado para outro no estacionamento e fez outra ligação. A operadora do Departamento do Xerife disse que Roy Calloway não estava, mas uma unidade tinha respondido ao disparo na casa de Dan. Tracy disse à mulher que estava no Hospital Veterinário de Pine Flat e pediu para mantê-la informada.

Ela tentou controlar a raiva para que não atrapalhasse seu raciocínio. Tinha sido um tiro de cartucho de caça. Dava para dizer pelo modo como a janela estilhaçou e pelos vários ferimentos de Rex. Tracy tinha caçado cervos com seu pai o bastante para saber que o mais importante agora era se um dos chumbinhos tinha atingido um órgão vital. Ela cruzou os braços para se proteger do frio. O céu da noite tinha ficado nublado, encobrindo as estrelas e acalmando o vento. Um sino de vento pairava imóvel, pendurado no beiral da clínica.

Tracy ficou andando de um lado para o outro até o frio começar a doer nas suas juntas e amortecer seus dedos do pé. Ela subiu os degraus de madeira até a varanda. Uma luz amarelada sobre a porta emitia um brilho quente. Prestes a entrar, Tracy notou faróis na estrada de asfalto e, um momento depois, reconheceu a Suburban que entrou no estacionamento e parou ao lado do carro de Dan. Roy Calloway desceu vestindo uma camisa de flanela, calça jeans e uma jaqueta forrada. As botas dele ecoaram nos degraus de madeira.

— Você veio me dizer "eu te disse"? — ela perguntou.

— Eu vim ver se você está bem.

— Estou.

— E o cachorro?

Ela inclinou a cabeça para a clínica.

— Ainda não sei.

— Você viu alguma coisa.

— Sim, vi. Era um caminhão — ela disse.

— Conseguiu ver a placa?

— Muito longe. Estava com as luzes apagadas.

— Como você sabe que era um caminhão?

— Pelo barulho do motor e pela altura da luz de freio.

Ele ponderou as informações.

— Isso não limita muito as buscas. Não por aqui.

— Eu sei. Mas a luz de freio esquerda estava queimada.

— Isso ajuda.

— Era uma escopeta — ela disse. — Cartucho de caça. Algum idiota tentando nos assustar.

— O cachorro do Dan vai discordar de você.

— Não tem cortina, Roy. Eu estava sentada na frente da janela. Se alguém quisesse me matar, eu era um alvo fácil. Foi só um disparo de advertência. A imprensa agitou todo mundo na cidade. Você sabe de alguma coisa?

Calloway coçou a nuca.

— Vou mandar meus policiais investigarem, tentar descobrir se alguém estava bebendo e falando demais.

— Isso também não vai limitar as buscas.

— Eu mandei o Finlay até a casa. Disse para ele chamar o Mack, da madeireira, para levar uns compensados e fechar a janela.

— Obrigada. Vou avisar o Dan. — Ela estendeu a mão para a porta da clínica.

— Tracy?

Ela não queria nem um pouco escutar o que o xerife tinha para dizer e também não queria entrar numa discussão. No momento, só queria sair do frio e descobrir como estava Rex. Mas ela se virou e encarou o xerife. Calloway parecia estar com dificuldade para encontrar palavras, o que não era típico dele.

— Seu pai era um dos meus melhores amigos — ele disse após um momento. — Não estou dizendo que é a mesma coisa, mas não passa um dia em que eu não pense nele ou em Sarah.

— Então você devia ter encontrado a pessoa que matou os dois.

— Eu encontrei.

— As evidências sugerem que não.

— Não dá para confiar sempre nas evidências — ele afirmou.

— Eu não confio.

Calloway pareceu que ia ficar bravo, pois ele era assim. Mas então pareceu apenas cansado, e, pela primeira vez, Roy Calloway pareceu velho. A voz dele amoleceu.

— Alguns de nós não podiam fugir, Tracy. Alguns de nós tiveram que ficar aqui. Nós tínhamos um trabalho para fazer, uma cidade em que pensar, um lugar que ainda chamávamos de lar. E foi um lugar bom para viver até aquele momento. As pessoas só queriam superar aquilo e seguir em frente.

— Parece que nenhum de nós chegou muito longe — ela disse.

Ele abriu os braços, mostrando a palma das mãos.

— O que você quer de mim?

Eles tinham passado muito desse ponto. A conversa não ia chegar a lugar nenhum e ela estava começando a ficar gelada.

— Nada — ela disse e se voltou para a porta.

— Seu pai...

Ela tirou a mão da maçaneta. DeAngelo Finn também tinha invocado seu pai naquela tarde.

— O quê, Roy? Meu pai o quê?

Calloway mordeu o lábio inferior.

— Diga ao Dan que eu sinto muito pelo cachorro — ele disse e começou a descer os degraus.

Pela expressão no rosto de Dan, Tracy teve certeza de que Rex tinha morrido. Ele aguardava sentado na recepção com os cotovelos apoiados nos joelhos, as mãos sob o queixo. Sherlock jazia no chão à frente dele, descansando a cabeça nas patas, olhos preocupados encarando seu dono.

— Já soube de alguma coisa? — ela perguntou.

Dan meneou a cabeça.

— Calloway acabou de passar — ela disse. — Ele vai perguntar por aí, ver se alguém estava falando demais. E vai mandar alguém fechar a janela com compensado.

Dan não respondeu.

— Você quer uma xícara de café? — Tracy perguntou.

— Não — ele disse.

Ela se sentou na cadeira ao lado dele, num silêncio desconfortável. Após um minuto, Tracy estendeu a mão e tocou o braço dele.

— Dan, não sei o que dizer. Eu não devia ter colocado você nisso. Não foi justo com você. Me perdoe.

Dan ficou olhando para o chão, parecendo refletir sobre o que ela tinha dito.

— Olhe, se você quiser desistir...

Dan virou a cabeça e olhou para ela.

— Eu me envolvi porque uma amiga de infância me pediu para dar uma olhada. Eu peguei o caso porque o que vi não fazia sentido e me pareceu que um homem inocente pode ter sido incriminado. Se isso é verdade, significa que alguém cometeu um assassinato e se safou, alguém que morou ou ainda mora nesta cidade. Eu escolhi morar aqui de novo. Este é meu lar agora, Tracy, para o bem e para o mal, e já foi melhor um dia, não foi?

— Foi sim — ela concordou, lembrando que Calloway e DeAngelo Finn tinham dito praticamente a mesma coisa.

— Não estou preocupado em recuperar o que nós tínhamos quando crianças. Eu sei que isso faz muito tempo, mas quem sabe... — Ele exalou. — Não sei.

Tracy não o pressionou. Eles ficaram em silêncio.

Quarenta e cinco minutos depois que eles chegaram com Rex, uma porta interna à esquerda da recepção foi aberta e o veterinário entrou. Alto e esguio, ele parecia ter 17 anos e fez Tracy se sentir velha. Ela e Dan se levantaram. Sherlock também se ergueu.

— Você tem um cachorro e tanto, Sr. O'Leary.

— Ele vai ficar bem?

— Os ferimentos pareciam piores do que eram. O tiro provocou danos, mas foram mais superficiais, em parte porque ele é danado de musculoso.

Dan soltou um suspiro de alívio, tirou os óculos e apertou a ponte do nariz.

— Obrigado. — A voz dele estava trêmula. — Obrigado por tudo.

— Nós vamos mantê-lo sedado para ele ficar quieto. Podemos fazer isso melhor aqui. Eu diria que depois de amanhã você pode levá-lo para casa, se achar que consegue mantê-lo quieto.

— Eu tenho uma audiência começando amanhã. Receio que não vá parar muito em casa nos próximos dias.

— Nós podemos mantê-lo aqui. Só nos informe o que decidir. — O veterinário segurou a cabeça de Sherlock. — Você quer entrar para ver seu amigo?

Sherlock começou a abanar o rabo. Ele soltou a cabeça e suas orelhas sacudiram e a coleira de metal tilintou. Ele e Dan seguiram o veterinário, mas Tracy ficou para trás, sentindo que não devia acompanhá-los. Sherlock parou e se virou para ela, em dúvida, mas Dan passou pela porta sem parar.

CAPÍTULO 40

A manhã chegou rapidamente. Passava da meia-noite quando Tracy chegou ao seu hotel em Silver Spurs. Ela se deitou na cama, mas o sono não veio com facilidade. Ela se lembrava de ter visto o brilho de seu relógio de cabeceira às 2:38, e às 4:54 já estava de pé.

Quando abriu as cortinas, viu lá fora um manto branco de neve caindo do céu cinzento baixo. A neve já cobria o solo e se agarrava aos galhos das árvores e às linhas de transmissão de energia. Ela abafava os sons da cidadezinha, dando a tudo uma falsa sensação de calma.

Tracy tinha reservado o quarto de hotel quando ainda estava em Seattle, para evitar que um eventual repórter tirasse uma foto dela com Dan saindo da casa dele pela manhã. Por causa do tiro, Dan a pressionara para ficar em sua casa, questionando o bom senso de ela ficar sozinha no hotel. Tracy afastou a preocupação dele do mesmo modo que dispensou a ameaça quando Roy Calloway a mencionou.

— É só algum maluco que bebeu cerveja demais — ela tinha dito. — Se a pessoa quisesse me matar, o tiro era fácil, e ela não teria usado uma cartucheira. Estou com a minha Glock. É toda proteção de que preciso. — Na verdade, ela não quisera colocar Dan e Sherlock em perigo outra vez.

Ela entrou no estacionamento do Tribunal do Condado de Cascade uma hora antes da audiência, na esperança de evitar a maior parte da imprensa. O estacionamento já estava quase cheio. Jornalistas e câmeras zanzavam em volta dos caminhões de reportagem estacionados na rua. Quando viram Tracy, não perderam tempo para filmá-la atravessando o estacionamento em direção ao tribunal. Os jornalistas gritavam suas perguntas.

— Detetive, quer comentar o atentado da noite passada?

— Você teme por sua vida, detetive?

Ignorando as perguntas, Tracy seguiu em direção à grandiosa escadaria do tribunal que levava ao saguão do edifício.

— Por que você estava na casa de Dan O'Leary?

— A polícia tem algum suspeito?

Ao se aproximar dos degraus, a multidão de jornalistas e o câmera ficou mais concentrada, tornando seu avanço mais difícil. Uma fila de espectadores esperançosos, encapotados com suas roupas de inverno salpicadas de neve, também bloqueava a entrada da frente, serpenteando pelos degraus e se espalhando pela calçada, aumentando o congestionamento.

— Vai testemunhar, detetive?

— Isso é com os advogados — ela disse, lembrando que nunca tivera que esperar na fila para entrar no tribunal durante o julgamento de Edmund House.

— Você falou com Edmund House?

Ela abriu caminho em meio à multidão até a face sul do edifício, onde ficava a porta de vidro que tinha sido reservada para membros da família, testemunhas e advogados durante o julgamento de House. O agente do lado de dentro não hesitou para abrir a porta quando Tracy bateu no vidro. Ele também não lhe pediu nenhuma identificação antes de colocá-la para dentro.

— Eu fui o meirinho do Juiz Lawrence da primeira vez — ele disse.

— A sensação é de já ter passado por isso. Vão usar até a mesma sala.

Para acomodar a multidão aguardada, foi designada para o Juiz Meyers a sala de audiências cerimonial, no segundo andar, onde Edmund House tinha sido julgado 20 anos antes. Quando o agente de segurança permitiu que Tracy entrasse na sala mais cedo, ela voltou no tempo para aqueles dias terríveis. Quase tudo na sala permanecia igual, do chão de mármore ao teto abobadado, passando pela marcenaria em mogno. Das vigas do teto pendiam lustres de bronze e vidro colorido.

Tracy sempre tinha comparado salas de tribunal a igrejas. A cadeira ornada do juiz, como a cruz no altar, era o ponto central, elevada na frente da sala para examinar de cima os acontecimentos.

Os advogados se sentavam às mesas de frente para o juiz. Uma grade com porta vaivém os separava da galeria, que no momento consistia em doze fileiras de bancos vazios de cada lado do corredor. As testemunhas entrariam na sala de audiências pelos fundos da galeria, seguindo pelo corredor central, abrindo a porta vaivém e passando pelas mesas dos advogados para chegar à cadeira de madeira no tablado das testemunhas. A bancada do júri ficava à direita da testemunha. À esquerda havia as janelas de madeira, que no momento mostravam a nevasca ainda pesada.

Só a tecnologia tinha mudado. Uma TV de tela plana ocupava o canto da sala onde antes se usava um cavalete para exibir fotografias para o júri, e monitores de computador adornavam as mesas dos advogados, o lugar do juiz e o das testemunhas.

Dan tinha se acomodado na mesa à esquerda, mais perto das janelas. Ele olhou rapidamente para Tracy por sobre o ombro quando ela entrou, depois se voltou para suas anotações. Apesar dos acontecimentos da noite anterior, Tracy achou que ele estava com bom aspecto em seu terno azul-marinho, com camisa branca e gravata prateada lisa. Em contraste, Vance Clark, em pé diante de sua mesa ao lado de Dan, e mais perto das cadeiras vazias do júri, já parecia esgotado. Ele tinha tirado o paletó esporte azul e arregaçado as mangas da camisa. Com a palma das mãos apoiadas na mesa, Clark curvava-se sobre um mapa topográfico, a cabeça inclinada e os olhos fechados. Tracy imaginou se ele algum dia tinha pensado que poderia voltar àquela sala para enfrentar o mesmo réu que tinha condenado 20 anos antes. Ela duvidou disso.

Quando a porta da sala foi aberta atrás dela, mais do passado de Tracy entrou. Parker House, tio de Edmund, hesitou quando a viu, como se tentasse decidir se entrava ou saía. Ele tinha envelhecido. Tracy estimou que o homem estivesse com seus 60 e poucos anos. O cabelo tinha rareado e ficado grisalho, mas continuava longo, tocando o colarinho de sua jaqueta. O rosto, bronzeado e curtido em anos trabalhando ao ar livre, exibia os sinais de uma vida dura e muita bebida. Parker enfiou as mãos nos bolsos de sua calça jeans bastante usada, baixou os olhos e foi pela parede dos fundos até o outro lado da sala, o som de suas botas com bico de aço ecoando. Ele se sentou na primeira fileira atrás de Dan, o mesmo assento que ocupara durante o primeiro julgamento, quando geralmente comparecia sozinho. O pai de Tracy fazia questão de cumprimentar Parker a cada manhã do julgamento. Quando Tracy lhe perguntou por quê, o pai lhe disse:

— *Parker também está sofrendo.*

Tracy aproximou-se do assento de Parker. A cabeça dele estava virada para o outro lado, fitando a neve que continuava a cair lá fora.

— Parker?

Ele pareceu surpreso por ouvir seu nome, e, após um momento de aparente indecisão, levantou-se.

— Oi, Tracy. — A voz dele era pouco mais que um sussurro.

— Sinto muito fazer você passar por isso de novo, Parker.

— É — ele disse, juntando as sobrancelhas.

Sem saber o que mais dizer, Tracy o deixou em paz. Instintivamente, ela também foi para a primeira fileira, atrás da mesa da promotoria. Essa era a fileira na qual Tracy tinha sentado com sua mãe, seu pai e Ben, mas a familiaridade do local de repente a emocionou, e ela percebeu que seus sentimentos estavam mais à flor da pele, e o limite entre compostura e lágrimas mais tênue, do que queria admitir.

Tracy recuou para a segunda fileira e se sentou.

Enquanto esperava, ela alternava entre ver os e-mails no celular e olhar pelas janelas de madeira. As árvores na praça do tribunal pareciam ter sido cobertas de espuma, e o resto da paisagem tinha assumido uma cor branca, imaculada.

Faltando 10 minutos para as nove, o meirinho destrancou as portas da sala e as abriu. A multidão foi entrando continuamente, preenchendo os bancos como se estivesse num cinema, ocupando os melhores lugares e tirando casacos, chapéus e luvas para guardar lugar para outros.

— Não pode guardar lugar, pessoal — o meirinho disse. — Quem chega primeiro escolhe onde sentar. Por favor, coloquem casacos e luvas debaixo do banco, para abrirmos espaço para as pessoas que ainda estão esperando no frio.

Se a galeria lotasse como esperado, conteria 250 pessoas. Baseada no tamanho da fila que serpenteava pela escadaria do tribunal e continuava pela calçada, Tracy desconfiou que algumas pessoas ficariam de fora, ou seriam colocadas na sala ao lado para assistir ao julgamento numa TV.

Vanpelt entrou com a credencial de imprensa pendurada no pescoço e se sentou na frente, atrás de Parker House. Tracy contou uma dúzia de homens e mulheres usando credenciais de imprensa. Ela reconheceu muitos deles, os mesmos rostos que compareceram ao enterro de Sarah, mas dessa vez nenhum deles se aproximou de Tracy, embora alguns a tenham cumprimentado de longe com um gesto de cabeça ou um sorriso triste que logo sumiu.

Com a galeria cheia e as portas ainda abertas, Edmund House entrou escoltado por dois agentes prisionais. A galeria ficou em silêncio. Aqueles que tinham comparecido ao primeiro julgamento observavam, incrédulos, a mudança dramática na aparência de House ou comunicavam sua incredulidade por meio de sussurros às pessoas ao redor. Ao contrário do que aconteceu no julgamento, desta vez ninguém tentou melhorar a aparência de House para causar uma impressão favorável no júri. Mesmo porque não haveria júri. Ele se arrastou até a frente no uniforme da prisão – calça cáqui e uma camisa de manga curta que revelava seus braços tatuados. Seu rabo de cavalo trançado chegava ao meio da costas largas, e as correntes que ligavam as algemas em seus tornozelos e subiam até a faixa na cintura chocalhavam e tilintavam enquanto os guardas o conduziam até a mesa do advogado de defesa.

Durante o julgamento, House parecia indiferente aos olhares dos espectadores, mas agora parecia perplexo com toda a atenção. Isso fez Tracy pensar no comentário que ele tinha feito quando ela e Dan o visitaram na prisão pela primeira vez, sobre como seria ver a cara dos cidadãos de Cedar Grove quando ele andasse novamente, livre, pelas ruas da cidade. Isso ainda iria demorar. Ela passou os olhos pela sala, notando dois agentes adicionais que tinham entrado e se posicionado junto à saída, e um quinto, que se colocou ao lado da bancada do juiz.

House se virou para a galeria enquanto os agentes prisionais tiravam as algemas de seus pulsos e tornozelos. Dan colocou a mão no ombro dele e sussurrou algo em seu ouvido, mas House manteve o olhar no tio, embora Parker não levantasse o rosto. O tio mantinha a cabeça baixa, parecendo um fiel penitente rezando na igreja.

O meirinho do Juiz Meyers, que tinha saído quando House entrou, voltou pela porta à esquerda da bancada e pediu que todos se levantassem. Meyers veio logo depois do meirinho, subiu os degraus até a bancada e rapidamente deu as orientações preliminares, incluindo o comportamento esperado na sala do tribunal. Então, sem mais delongas, voltou-se para Dan.

— Sr. O'Leary, como o ônus nesta audiência é da defesa, pode prosseguir.

Vinte depois, eles estavam começando.

CAPÍTULO 41

A espinha de Edmund House ficou rígida quando Dan se levantou e disse:

— A defesa chama o Xerife Roy Calloway.

House observou Calloway intensamente desde o momento em que o xerife de Cedar Grove entrou na sala do tribunal. Calloway passou pela porta vaivém e parou para devolver o olhar de House por tempo o suficiente para fazer um dos guardas se aproximar da mesa, mas Calloway deu um sorriso convencido para House e continuou até a cadeira das testemunhas.

O xerife de Cedar Grove pareceu ainda mais imponente quando subiu na plataforma elevada para fazer seu juramento de dizer a verdade, toda a verdade, nada mais que a verdade.

Calloway parecia estar se sentando numa cadeira de brinquedo. Dan começou com as preliminares, mas Meyers o interrompeu.

— Conheço as informações sobre a testemunha e isso está registrado nos autos. Vamos para a substância do assunto. — O passeio a cavalo da mulher dele aguardava.

O'Leary fez o que o juiz pedia.

— Em 22 de agosto de 1993, o senhor recebeu um telefonema de um de seus delegados sobre uma caminhonete Ford azul aparentemente abandonada no acostamento da estrada vicinal?

— Não *aparentemente* abandonada. Abandonada.

— Quer contar ao tribunal o que o senhor fez em função desse telefonema?

— Meu delegado na época já tinha conferido a placa e disse que estava registrada em nome de James Crosswhite. Eu sabia que Tracy Crosswhite, filha dele, dirigia esse veículo.

— O senhor era amigo de James Crosswhite.

— Todo mundo era amigo de James Crosswhite.

Um murmúrio baixo no ambiente e gestos fizeram Meyers levantar a cabeça, mas não o martelo.

— O que aconteceu em seguida?

— Eu fui até o veículo.

— O carro parecia estar com algum tipo de problema?

— Não.

— O senhor tentou entrar?

— As portas estavam trancadas. Não havia ninguém dentro da cabine. As janelas da cobertura da caçamba tinham filme escuro, mas eu bati na lateral e ninguém respondeu. — O tom de Calloway oscilava entre o desdém e o tédio.

— O que o senhor fez a seguir?

— Fui até a residência dos Crosswhite e bati na porta, mas, de novo, não tive resposta. Então pensei em telefonar para o James.

— O Dr. Crosswhite estava em casa?

— Não. Ele e Abby tinham ido a Maui para celebrar o aniversário de 25 anos de casamento.

— O senhor sabia como entrar em contato com ele?

— James tinha me deixado o número do hotel em que iria ficar, para o caso de eu precisar falar com ele. Era algo que sempre fazia quando saía da cidade.

— Qual foi a reação de James Crosswhite à notícia de que o senhor tinha encontrado a caminhonete da filha dele?

— James me disse que as garotas tinham participado do torneio de tiro do Estado de Washington naquele fim de semana, e que Tracy tinha se mudado para um lugar que tinha alugado. Ele me disse que, se as garotas tiveram algum problema com a caminhonete, podiam ter passado a noite lá. Disse também que ligaria para Tracy e sugeriu que eu esperasse até ele me ligar de volta.

— Ele ligou de volta?

— Ele me disse que tinha falado com Tracy, mas ela respondeu que Sarah tinha voltado sozinha para casa com a caminhonete. E que Tracy estava voltando para a casa da família, onde me encontraria com uma chave.

— Sarah estava em casa?

— Nós não estaríamos aqui caso ela estivesse.

— Apenas responda à pergunta — disse o Juiz Meyers.

Dan consultou as anotações em seu iPad antes de questionar Calloway sobre a inspeção que ele e Tracy fizeram no veículo e na casa.

— O que o senhor fez a seguir?

— Eu pedi para Tracy ligar para as amigas de Sarah, para ver se ela tinha passado a noite com alguma delas.

— O senhor achava isso provável?

Calloway deu de ombros.

— Tinha chovido pesado na noite anterior. Eu pensei que, se Sarah tinha tido algum problema com a caminhonete e tivesse que ter voltado andando, era mais provável que simplesmente tivesse ido para casa.

— Então o senhor já estava desconfiando de um crime?

— Eu estava fazendo meu trabalho, Dan.

— Responda às perguntas que lhe são feitas e refira-se aos advogados nesta sala como "Senhor" ou "Advogado" — Meyers disse.

— Quem foi a última pessoa a ver Sarah? — Dan perguntou, e Tracy viu que ele lamentou o erro.

Calloway aproveitou a oportunidade:

— Edmund House.

Dessa vez Meyers silenciou o murmúrio com uma única batida do martelo.

— Apesar da sua crença com relação ao réu...

— Não é uma crença, *senhor*. House me disse que foi a última pessoa a ver Sarah, antes de a estuprar e estrangular.

— Excelência — Dan dirigiu-se ao juiz —, solicito que instrua a testemunha a me deixar terminar a pergunta antes de a responder.

Meyers inclinou-se na direção da cadeira da testemunha e olhou para Calloway.

— Xerife Calloway, não vou lhe dizer outra vez para tratar com respeito este procedimento e todos que participam dele.

Calloway fez cara de que tinha comido algo azedo.

Dan deu alguns passos para a esquerda. O cobertor de neve caindo lá fora virou seu pano de fundo.

— Xerife Calloway, quem o senhor, pessoalmente, acredita ter sido a última pessoa a ver Sarah Crosswhite viva?

Calloway demorou um instante.

— Tracy e o namorado falaram com Sarah num estacionamento em Olympia.

— O senhor se reuniu com Tracy e o pai dela, James Crosswhite, na casa da família na manhã seguinte, correto?

— James e Abby pegaram um voo de madrugada para casa.

— Por que o senhor se reuniu com James Crosswhite?

Calloway olhou para Meyers como se perguntasse *Quanto tempo vou ter que responder essas perguntas idiotas?*

— Por que eu me reuni com o pai de uma jovem desaparecida? Para fazer um plano e tentar encontrar Sarah.

— O senhor acreditava que Sarah tinha sido vítima de um crime?

— Eu considerava essa uma forte possibilidade.

— James Crosswhite e o senhor discutiram suspeitos em potencial?

— Sim. Um. Edmund House.

— Por que o senhor suspeitou do Sr. House?

— House estava em liberdade condicional por estupro. Os fatos dos casos eram similares. Ele tinha sequestrado uma jovem.

— O senhor falou com o Sr. House?

— Eu fui até a propriedade onde ele morava. Eu e o tio dele, Parker House, o acordamos.

— Ele estava dormindo na cama?

— Foi por isso que nós o acordamos.

— E o senhor notou algo na aparência do Sr. House?

— Notei arranhões no rosto e nos antebraços.

— O senhor perguntou ao Sr. House como ele tinha conseguido aqueles ferimentos?

— Ele disse que estava trabalhando na oficina e um pedaço de madeira se fragmentou. Ele disse que parou depois disso, foi assistir televisão e, depois, dormir.

— O senhor acreditou em Edmund House?

— Nem por um segundo.

— Então já havia decidido que ele tinha algo a ver com o desaparecimento de Sarah, não é?

— Eu tinha decidido que nunca tinha ouvido falar de lascas de madeira causarem o tipo de ferimento que vi no rosto e nos braços dele. Essa é a pergunta que você quer me fazer.

— O que o senhor achou que pudesse ter provocado os ferimentos dele?

De novo, Calloway hesitou, talvez pensando aonde Dan estava indo com aquelas perguntas.

— Eu pensei que parecia que alguém tinha arranhado o rosto e os braços dele com as unhas.

— Com as unhas?

— Foi o que eu disse.

— O senhor fez algo como resultado dessa suspeita?

— Eu tirei umas fotos polaroides. E perguntei ao Parker se podia dar uma olhada na propriedade, o que ele consentiu.

— O que o senhor encontrou?

Calloway se remexeu, como se estivesse desconfortável.

— Foi só uma inspeção visual.

— O senhor não encontrou nenhuma evidência de que Sarah tinha estado lá, encontrou?

— Repito que foi só visual.

— Então a resposta à minha pergunta seria "não"?

— A resposta seria que não encontrei Sarah.

O'Leary deixou passar.

— Foi conduzida uma busca nas colinas ao redor de Cedar Grove?

— Sim.

— Uma busca minuciosa?

— É uma área grande.

— O senhor considerou a busca minuciosa?

Calloway deu de ombros.

— Fizemos o melhor possível, dado o terreno.

— E o corpo de Sarah foi encontrado?

— Jesus — Calloway sussurrou, mas o microfone do tribunal pegou seu resmungo. Ele se inclinou para a frente. — Nós nunca encontramos Sarah nem encontramos seu corpo. Quantas vezes vou ter que responder a essa pergunta?

— Isso sou eu quem decide, Xerife Calloway, não o senhor — Meyers disse. Ele olhou para Dan. — Advogado, acho que já estabelecemos que a vítima nunca foi encontrada.

— Vou continuar. — Dan questionou Calloway a respeito das sete semanas de informações que culminaram com o telefonema de Ryan P. Hagen. Então ele entregou um documento de várias páginas ao xerife.

— Chefe Calloway, este é o registro das informações recebidas do público na investigação do desaparecimento de Sarah Crosswhite. O senhor poderia identificar para mim a informação recebida do Sr. Hagen?

Calloway folheou rapidamente o documento.

— Não estou vendo — ele disse. Dan pegou o maço de papéis de volta e o colocou sobre a mesa de evidências, e Calloway disse: — Esse telefonema pode ter sido feito diretamente para o departamento de polícia. O número de informações já não estava sendo anunciado.

Dan franziu a testa, mas manteve a compostura.

— O senhor tem um registro desses telefonemas?

— Não mais. Nosso departamento de polícia é pequeno, senhor.

Dan questionou Calloway sobre sua conversa com Ryan Hagen.

— O senhor perguntou a que noticiário ele estava assistindo?

— Talvez.

— O senhor perguntou para ele o nome do cliente que estava visitando?

— Posso ter perguntado.

— Mas o senhor não anotou essas informações no seu relatório, anotou?

— Eu nem sempre anoto tudo.

— O senhor conversou com o cliente que o Sr. Hagen disse ter visitado naquele dia?

— Não vi motivo para não acreditar na palavra daquele homem.

— Chefe Calloway, não é verdade que seu departamento tinha recebido várias informações falsas de pessoas que afirmaram ter visto Sarah?

— Lembro de ter recebido algumas.

— Não houve um homem que afirmou ter sido visitado por Sarah em um sonho, e que ela estava morando no Canadá?

— Não me lembro desse — Calloway disse.

— E James Crosswhite não estava oferecendo uma recompensa de 10 mil dólares por informações que levassem a uma prisão e condenação?

— Estava.

— A recompensa era anunciada num outdoor na entrada da cidade, não?

— Era.

— Mas o senhor não considerou aconselhável confirmar que essa testemunha estava lhe dizendo a verdade?

Calloway se inclinou para a frente.

— Nós nunca soltamos nenhuma informação a respeito de Edmund House ser um suspeito na investigação, ou que acreditávamos que ele dirigia uma caminhonete Chevrolet vermelha. Na verdade, o veículo não estava registrado em nome de Edmund, mas de Parker. Então, Hagen não tinha como saber a importância de ter visto uma caminhonete vermelha.

— Mas o senhor sabia que Edmund House dirigia uma Chevrolet vermelha com caçamba antiga, não sabia, Xerife Calloway?

Calloway o fuzilou com os olhos.

— A testemunha deve responder à pergunta — Meyers afirmou.

— Eu sabia — Calloway disse.

— O Sr. Hagen disse por que se lembrava desse veículo em particular?

— O senhor teria que perguntar para ele.

— Mas estou perguntando para o senhor, como agente da lei encarregado da investigação do desaparecimento da filha do seu bom amigo. O senhor pensou em perguntar para ele por que se lembrava daquela caminhonete em particular, que passou por ele durante uma fração de segundo, durante uma tempestade, em uma estrada escura?

— Não me lembro — Calloway disse.

— Também não vejo isso em seu relatório. Posso deduzir que também não lhe fez essa pergunta?

— Eu não disse que não perguntei. Eu disse que nem tudo ia para o relatório.

— O senhor confirmou que ele teve uma reunião de negócios?

— Ele tinha anotado na agenda.

— Mas o senhor não confirmou.

Calloway deu um tapa na mesa ao lado da cadeira das testemunhas e se levantou de seu lugar.

— Eu pensei que fosse importante encontrar Sarah. Era isso que eu achava importante. E fiz tudo que pude para isso. — Meyers bateu o martelo várias vezes, o estalo agudo da madeira competindo com a voz cada vez mais alta de Calloway. O guarda à frente da sala de audiências aproximou-se rapidamente do tablado. Impávido, Calloway apontou para Dan. — Você não estava lá. Estava na sua faculdade na Costa Leste. Agora vem aqui, 20 anos depois, para questionar como eu fiz *meu* trabalho? Você está questionando, especulando e insinuando sobre algo de que não sabe nada?

— Sente-se! — Meyers também tinha se levantado, o rosto vermelho de raiva.

Um segundo agente tinha se posicionado à base da plataforma das testemunhas, e os dois que escoltaram House até a sala foram rapidamente para o lado dele.

O olhar de Calloway permaneceu em Dan, que continuava plantado com firmeza no meio da sala. Na mesa da defesa, Edmund House assistia ao espetáculo com um sorriso perplexo.

— Xerife, se eu tiver que tirá-lo desta sala algemado, não vai ser com alegria nem prazer, mas não vou hesitar em fazê-lo se você erguer sua voz de novo — Meyers afirmou, num tom inflexível. — No momento, este é o meu tribunal, e, quando você o desrespeita, está desrespeitando a mim. E eu não admito ser desrespeitado. Estou sendo perfeitamente claro?

Calloway desviou seu olhar furioso de Dan para Meyers, e por um momento Tracy pensou que o xerife fosse desafiar Meyers e algemá-lo.

Mas Calloway olhou para a galeria, onde estavam muitos cidadãos de Cedar Grove e a imprensa. Então ele se sentou.

Meyers também se sentou e demorou um instante para arrumar seus papéis, como se para dar à sala de audiências a chance de recuperar o fôlego coletivo. Calloway tomou um gole da água que lhe foi providenciada e colocou o copo na mesa. Meyers olhou para Dan.

— Pode continuar, advogado.

— Xerife Calloway — Dan começou —, o senhor considerou que o Sr. Hagen pudesse ter escrito o compromisso na agenda depois do fato?

Calloway pigarreou, seu olhar agora fixo num canto do teto.

— Eu já lhe disse, não vi motivo para não acreditar naquele homem.

O'Leary questionou Calloway sobre os interrogatórios posteriores de Edmund House.

— Eu disse a ele que havia uma testemunha que tinha visto uma Chevrolet vermelha com caçamba antiga na estrada vicinal naquela noite — Calloway disse.

— E qual foi a resposta dele?

— Ele deu um sorriso irônico e disse que eu teria que me esforçar mais.

— O senhor se esforçou mais?

Calloway apertou os lábios. Dessa vez ele olhou além de Dan, fixando-se em Tracy.

— Precisa que eu repita a pergunta? — Dan insistiu. Calloway olhou para ele.

— Não. Eu disse para House que a testemunha havia afirmado ter visto um homem dirigindo a caminhonete com uma loira ao lado.

DeAngelo Finn nunca mencionara isso durante o julgamento de House, e essa informação não estava em nenhum dos relatórios que Tracy reuniu. Ela sabia que Calloway tinha usado essa artimanha porque o xerife divulgou a informação para o pai dela durante uma das muitas conversas entre os dois no escritório do Dr. Crosswhite.

— O Sr. Hagen lhe disse isso?

— Não.

— Então por que afirmou isso, xerife?

— Foi uma artimanha, advogado, para ver se House morderia a isca. Não é uma técnica incomum de interrogatório.

— O senhor não nega que era uma informação falsa?

— Como o senhor disse com tanta propriedade, eu estava tentando encontrar o assassino da filha de um bom amigo.

— E o senhor diria qualquer coisa para conseguir isso, não diria?

— Protesto. Argumentativo — Clark disse, e Meyers aceitou a objeção.

— O que o Sr. House disse em resposta a essa artimanha?

— Ele mudou a história. Disse que tinha saído naquela noite, que tinha bebido e, quando estava voltando para casa, viu a caminhonete no acostamento da estrada vicinal. Um pouco mais adiante, viu Sarah. Ele disse que parou e ofereceu uma carona para ela, levando-a até sua casa.

— O senhor anotou em seu relatório o nome do bar em que o Sr. House disse ter bebido?

— Acredito que não.

— O senhor perguntou ao Sr. House o nome do bar?

— Não me lembro.

— O senhor conversou com alguém para tentar confirmar se o Sr. House tinha, de fato, bebido em algum estabelecimento?

— Ele me disse que tinha bebido.

— Mas o senhor não anotou o nome do bar nem tentou confirmar que o Sr. House tinha estado em um bar naquela noite, não é mesmo?

— Não.

— Da mesma forma com o Sr. Hagen, o senhor decidiu aceitar a palavra do Sr. House?

— Eu não entendo por que House inventaria uma mentira... — Calloway se interrompeu.

— Quer terminar sua resposta?

— Não. Já terminei.

Dan se aproximou.

— O senhor não entende por que House se comprometeria dizendo que estava com a vítima. Era isso que pretendia dizer?

— Às vezes as pessoas se esquecem das mentiras que contaram.

— Tenho certeza que sim — ele disse, o que fez o promotor se levantar, mas Dan rapidamente continuou. — O senhor gravou essa conversa?

— Não tive condições.

— Não considerou essa informação importante, Xerife Calloway?

— Achei importante que House tivesse mudado seu álibi. Achei importante apresentar essa informação ao Juiz Sullivan para que conseguíssemos mandados de busca para a propriedade e a caminhonete de House. Minha prioridade continuou sendo encontrar Sarah.

— E o senhor não conseguiria esses mandados sem a declaração do Sr. Hagen de que tinha visto a Chevrolet vermelha na estrada vicinal, não é?

— Eu não sabia qual era o processo de tomada de decisão do Juiz Sullivan.

Dan questionou Calloway sobre a execução do mandado de busca.

— E o que James Crosswhite lhe disse quando o senhor mostrou para ele os brincos?

— Ele os identificou positivamente como pertencendo a Sarah.

— Ele lhe disse como podia ter certeza?

— James disse que tinha dado os brincos a Sarah de presente, depois que ela ganhou o Campeonato de Tiro do Estado de Washington no ano anterior.

— O senhor questionou Edmund House a respeito dessa nova evidência?

— Ele disse que aquilo era "merda". — Calloway olhou para além de Dan, para onde House estava sentado. — House se debruçou sobre a mesa e sorriu para mim. Então me disse que não tinha levado Sarah para casa, mas que a tinha levado para o mato, estuprado, estrangulado e depois tinha enterrado o corpo. Ele riu. Disse que sem um corpo nós nunca o condenaríamos. Ele riu daquilo como se fosse uma brincadeira.

O público se inquietou.

— E o senhor tem essa confissão gravada?

— Não — Calloway mordeu o lábio inferior.

— Após a primeira confissão, o senhor não se preparou melhor?

— Acho que não.

— Só mais uma coisa, xerife. — Dan usou um controle remoto para mostrar na TV de tela plana uma ampliação do mapa topográfico da região ao redor de Cedar Grove. — Será que o senhor poderia mostrar neste mapa onde os restos mortais de Sarah foram encontrados?

CAPÍTULO 42

Mais tarde, depois que o promotor Vance Clark tentou requalificar Calloway, e com a atenção do público no X preto feito no mapa topográfico para marcar o lugar em que o cachorro dos caçadores tinha encontrado os restos de Sarah, Calloway desceu do banco das testemunhas. Dan tinha contado para Tracy que sua intenção era dar sequência ao interrogatório de Calloway com uma série de testemunhas cujos depoimentos ele esperava que fossem breves. Dan queria evitar que as inconsistências entre o depoimento atual de Calloway e o que tinha dado no julgamento original se perdessem em detalhes demais. Dan queria que Meyers ficasse pensando nessas inconsistências durante a noite.

Dan chamou Parker House. Este parecia tão constrangido agora quanto no primeiro julgamento, pelo que Tracy se lembrava. Ele deixou a jaqueta no banco da galeria e fez o juramento de dizer a verdade apenas vestindo a camisa branca, de mangas curtas, amarrotada. Quando se sentou, ficou mexendo no cabelo, distraído, enquanto sacudia o pé direito num ritmo silencioso.

— O senhor estava trabalhando no turno da noite? — Dan perguntou.

— Isso mesmo.

— A que horas voltou para casa?

— Tarde. Eu diria 10 horas daquela manhã.

— Foi o que o senhor testemunhou no julgamento.

— Então deve ser isso mesmo.

— A que horas o seu turno terminou?

— Em torno de 8 horas.

— O que o senhor fez no tempo entre o fim do seu turno e a hora em que chegou à sua casa?

Parker se remexeu na cadeira e olhou para os rostos na galeria, mas não para o sobrinho.

— Saí para tomar umas bebidas.

— Quantas?

— Não me lembro. — Parker deu de ombros.

— O senhor testemunhou no julgamento que tomou três cervejas e uma dose de uísque.

— Então deve ter sido isso.

— O senhor lembra o nome do bar?

Parker estava começando a parecer um homem com dor nas costas tentando se acomodar na cadeira. Clark aproveitou a oportunidade para se levantar e fazer uma objeção.

— Excelência, nada disso é relevante, e está claramente deixando a testemunha constrangida. Se o objetivo do advogado é apenas constranger...

— Não mesmo, Excelência — Dan disse. — Só estou tentando estabelecer se a testemunha tinha condições de avaliar o que afirma ter visto quando voltou para casa naquela manhã.

— Vou permitir — Meyers disse. — Mas seja rápido.

— Não me lembro do bar — Parker disse, o que era plausível após 20 anos. Mas ele também tinha afirmado não se lembrar do nome do bar durante o julgamento, o que, dado que não havia tantos bares nas cidades da região, parecia menos plausível. Mas Vance Clark não tinha insistido no assunto. Nem DeAngelo Finn.

— E quando o senhor voltou para casa, onde estava Edmund?

— Dormindo no quarto.

— O senhor o acordou?

— Naquele momento, não.

— Quando o senhor o acordou?

— Quando o xerife chegou. Eu diria umas 11 horas.

— E o senhor notou alguma coisa diferente na aparência de Edmund desde a última vez que o tinha visto?

— Está falando nos arranhões no rosto e nos braços?

— O senhor notou arranhões no rosto e nos braços?

— Tive que notar. Estavam bem à vista.

— Ele não tentou escondê-los com maquiagem ou qualquer coisa?

— Acho que ele não tinha nada disso. Éramos só nós dois. Nenhuma mulher. — Quando a galeria sorriu, Parker deu um sorriso tímido e, pela primeira vez, olhou para o sobrinho. Seu sorriso rapidamente sumiu.

— Ele contou para o senhor e o Xerife Calloway como tinha se arranhado?

— Ele disse que estava na oficina de móveis e um pedaço de madeira em que estava trabalhando ficou preso na serra circular, estilhaçou e o cortou.

— O que o Xerife Calloway disse ou fez?

— Ele tirou umas fotos polaroides do rosto e dos braços do Edmund, depois perguntou se podia dar uma olhada na propriedade.

— E o senhor lhe deu permissão?

— Eu disse que tudo bem.

— O senhor o acompanhou?

— Não.

— O senhor viu o xerife entrar na oficina de móveis?

— Vi, sim.

— E o senhor o viu entrar na cabine da Chevrolet vermelha?

— Vi. Ele fez isso, também.

— Parker, você estava restaurando aquela caminhonete?

— Estava.

— Mas deixava Edmund andar com ela.

Parker aquiesceu.

— Deixava. Ele não tinha carro e pegou gosto pela caminhonete.

— O veículo tinha carpete na época?

— Não. Estava só no metal.

— Bancos de couro ou tecido?

— Couro.

— Só mais uma pergunta, Parker. Você mantinha algum saco preto de plástico na caminhonete, do tipo de saco de lixo, ou para cobrir um jardim no inverno?

— Eu não tinha jardim, então não precisava disso.

— Então não havia sacos na caminhonete?

— Não que eu saiba.

— Tinha algum em casa?

— Está falando de sacos de lixo?

— Sim.

— Não. Eu transformava em adubo a maior parte do lixo. O resto eu guardava, e, quando a pilha ficava grande, eu mesmo levava para o lixão em Cascadia. Não temos serviço de coleta na montanha.

Clark não quis fazer perguntas a Parker, e Dan encerrou o dia chamando Margaret Giesa. Ela era a perita que tinha executado os mandados de busca na propriedade e na caminhonete de Parker House, descobrindo os brincos em forma de pistola na lata de café. Giesa tinha se aposentado e mudado com o marido, Erik, para uma cidadezinha no Oregon, mas sua aparência não tinha mudado muito do que Tracy se lembrava do primeiro julgamento. Ela continuava se vestindo com elegância e usando saltos de 11 centímetros.

Dan questionou Giesa a respeito da busca na propriedade para reestabelecer o que a equipe dela tinha encontrado naquele dia, e passou a maior parte do tempo discutindo os brincos encontrados na lata de café na oficina de móveis, e nos fios de cabelo loiro recuperados na cabine da Chevrolet. Ele a fez descrever metodicamente a cadeia de custódia das evidências. Foi demorado e entediante, mas necessário para evitar qualquer argumento de que alguém tinha adulterado as provas ou as trocado nos 20 anos que se passaram desde que Giesa e sua equipe encontraram os brincos e os passaram para o Laboratório Criminológico da Patrulha Estadual de Washington, onde foram armazenados.

Após Giesa descer do banco das testemunhas, o Juiz Meyers encerrou os trabalhos do dia. Preocupado com a previsão do tempo, Meyers forneceu para os presentes o telefone do meirinho e disse que, caso tivesse que adiar o julgamento, o tribunal gravaria uma mensagem para a imprensa e para o público. Depois que ele bateu o martelo, Maria Vanpelt e os outros jornalistas correram para cima de Tracy, que foi com a mesma rapidez para a porta da sala. Ali, inesperadamente encontrou

Finlay Armstrong, que a conduziu pelo saguão, passando pelas luzes ofuscantes acima das câmeras, e pela escadaria interior enquanto os jornalistas a bombardeavam com perguntas.

— Quer comentar a audiência, detetive? — Vanpelt perguntou.

Tracy ignorou as perguntas. Finlay a levou pelo estacionamento até o carro dela, embora a neve tivesse quase um palmo de altura em alguns lugares.

— Eu te encontro aqui amanhã de manhã — Finlay disse.

— O xerife pediu para você fazer isso? — Tracy perguntou.

Finlay confirmou com a cabeça e lhe entregou um cartão de visitas.

— Se precisar de qualquer coisa, é só ligar.

Tracy mal tinha saído do estacionamento quando seu celular tocou. Embora Dan a tivesse alertado de que julgamentos eram como maratonas, e que esse dia tinha sido apenas o primeiro quilômetro, ela percebeu, pelo tom de voz dele, que Dan estava satisfeito com o modo como o dia tinha se desenrolado.

— Estou indo a Pine Flat visitar o Rex. Me encontre lá. Vamos conversar sobre amanhã.

<hr/>

Dan estava com o veterinário quando Tracy chegou à clínica, então ela levantou o capuz do casaco e voltou a sair para a varanda, onde ficou andando de um lado para outro enquanto conferia seus e-mails e retornava as ligações que tinha recebido. O crepúsculo escurecia o dia, o céu escondido atrás de uma neblina baixa que continuava a trazer neve e não parecia disposta a parar tão cedo. O termômetro ao lado do sino de vento congelado indicava que a temperatura tinha caído para cinco graus negativos.

Tracy ligou para Kins. Enquanto ela contava o que tinha acontecido para o colega, notou um carro estacionado no limite de um campo imaculado, coberto de neve. O capô e o teto do carro estavam cobertos por cinco centímetros de neve, mas os limpadores de para-brisa tinham sido acionados havia pouco. O carro estava longe demais para Tracy ver com clareza, ainda mais com a luz do dia diminuindo e a nevasca persistente, mas ela teve a sensação de que alguém estava sentado atrás do volante, talvez um jornalista. Ela pensou em pegar o carro para ir até lá verificar quando Dan abriu a porta e colocou a cabeça para fora. Ele estava sorrindo, o que era um bom sinal.

— Está tentando pegar uma pneumonia? — Dan perguntou.

— Como ele está?

— Venha ver você mesma.

Do lado de dentro, Tracy ficou surpresa ao ver Rex de pé e se movendo, ainda que com cautela, pela recepção. Ele parecia ter saído de um circo com o cone de plástico ao redor da cabeça para evitar que lambesse seus curativos. Tracy esticou a mão e Rex não hesitou em se aproximar, colocando o focinho frio e úmido na palma da mão dela.

Ao lado do veterinário e da esposa dele, Dan explicou para Tracy:

— Estamos tentando decidir o que fazer. Não gosto de deixá-lo aqui, mas acho que é melhor, ainda mais porque vou passar uns dias fora.

— Não precisa se preocupar — o veterinário disse. — Vamos tomar conta dele pelo tempo que precisar.

Dan se apoiou num joelho e pegou a cabeçorra de Rex em suas mãos.

— Me desculpe, amigo. Mais uma noite e depois você vai para casa, eu prometo.

Tracy ficou emocionada com a expressão de preocupação de Rex e o carinho de Dan. Foi difícil para ela controlar a emoção quando viu o veterinário levar aquele cachorrão para dentro. Quando os dois se aproximaram da porta, Rex olhou para trás, preocupado e desolado, antes de continuar, relutante. Foi de partir o coração.

Dan saiu rapidamente para a varanda e Tracy o seguiu. O carro que esteve parado no campo coberto de neve tinha sumido. Ela olhou ao redor, mas as ruas estavam vazias. O Tahoe de Dan e o Subaru dela eram os únicos veículos no estacionamento. Em frente à clínica veterinária, fumaça saía das chaminés das casas de madeira, e crianças encapotadas, com toucas, cachecóis e luvas, brincavam na neve. Fora elas, ninguém mais enfrentava o frio nem parecia disposto a se afastar de casa com a previsão de nevasca pesada.

— Detesto ter que deixar o Rex aqui — Dan disse, evidentemente emocionado.

— Eu sei, mas você tomou a decisão certa.

— Isso não a torna mais fácil.

— É assim que você sabe que foi a decisão correta. — Ela pegou a mão dele, o que pareceu surpreendê-lo. — Acho que Rex e Sherlock têm sorte por você os ter adotado, Dan. E acho que Roy Calloway agora sabe que você não é mais o garotinho rechonchudo de óculos que ele gostava de intimidar.

— Rechonchudo? Era assim que você me via? Pois fique sabendo que eram músculos subdesenvolvidos.

Ela sorriu, vendo no rosto dele não apenas o garoto que tinha sido seu amigo, mas também o homem em que tinha se transformado - competente e forte o bastante para derrotar Roy Calloway, mas sensível o suficiente para que um de seus cachorros o levasse às lágrimas. Um homem bom, que estava triste e usava o humor para disfarçar sua dor, o tipo de homem que ela esperava ter um dia em sua vida. Ela vinha usando a audiência como desculpa para não ter que enfrentar seus sentimentos por Dan, porque fazia muito tempo que não permitia se aproximar emocionalmente de outro ser humano, receosa de perder outra pessoa querida e reviver aquela dor.

A neve grudou no cabelo de Dan.

— Você foi bem hoje. Melhor do que bem.

— Ainda temos um longo caminho a percorrer. O objetivo hoje foi só enquadrar o testemunho do Calloway. Amanhã é que os golpes verdadeiros virão.

— Ainda assim, fiquei impressionada.

Ele lhe deu um olhar de dúvida.

— Você parece surpresa.

— Nem um pouco. — Ela ergueu a mão livre com o polegar e o indicador afastados alguns milímetros. — Tudo bem, talvez só um pouquinho.

Ele riu e apertou a mão dela.

— Vou te contar um segredo. Eu mesmo fiquei surpreso.

— É? Como assim?

— Fazia um tempo que eu não interrogava uma testemunha num caso importante. Acho que é como andar de bicicleta.

— Só que andar de bicicleta nem sempre foi fácil para você.

Ele arregalou os olhos, fingindo se ofender.

— Ei, o pneu tinha furado!

Ela riu enquanto pensava como seus dedos entrelaçados pareciam ser algo natural, e imaginando qual seria a sensação dos dedos dele acariciando sua pele.

— Você vai ficar bem naquele hotel? — Dan perguntou.

— Não vou comer os famosos cheeseburguers com bacon de certa pessoa, mas provavelmente vou viver mais por isso.

— Sabe, você não ficar em casa não teve nada a ver com o que aconteceu com o Rex — ele disse. — Me desculpe. Eu fiquei nervoso e...

— Eu sei. — Ela diminuiu o espaço entre eles, esperando uma deixa. Quando ele se abaixou, ela ficou na ponta dos pés e o encontrou no meio do caminho. Apesar do frio, os lábios dele estavam quentes e úmidos, e não pareceu nem um pouco estranho beijá-lo. Na verdade, pareceu tão natural quanto os dedos entrelaçados. Quando separaram os lábios, um floco de neve pousou no nariz dela. Dan sorriu e tirou o floco.

— Nós dois vamos pegar pneumonia aqui fora — ele disse.

— O hotel me deu duas chaves do quarto — ela disse.

Ela estava deitada ao lado dele sob a luz pálida da luminária montada sobre a cabeceira da cama do hotel. A neve abafava todos os sons fora do quarto, deixando um silêncio sinistro, exceto pelos chiados e estalidos eventuais do radiador debaixo da janela.

— Você está bem? — ele perguntou. — Está meio quieta.

— Estou ótima. E você?

Ele a puxou para si e a beijou no alto da cabeça.

— Algum arrependimento? — ele perguntou.

— Só de você não poder ficar.

— Bem que eu gostaria — ele disse. — Mas Sherlock está um bebezão sem o irmão, e tenho que me preparar para uma audiência bem importante que vou ter amanhã.

Ela sorriu.

— Acho que você teria sido um bom pai, Dan.

— É, bem, algumas coisas não são para acontecer.

Ela se apoiou num cotovelo.

— Por que você não teve filhos?

— Ela não queria filhos. Me disse antes do casamento, mas pensei que ela mudaria de ideia. Eu estava enganado.

— Bem, agora você tem seus garotos.

— E tenho certeza que um deles está ficando ansioso.

Ele a beijou e rolou de lado para sair da cama, mas Tracy o segurou pelo ombro, puxando-o de volta.

— Diga para o Sherlock que peço desculpas por fazer você se atrasar — ela disse, rolando para cima dele e sentindo-o endurecer.

Depois, ela ficou embaixo das cobertas observando-o se vestir.

— Você vai me acompanhar até a porta ou vai só me chutar para fora? — Dan perguntou. Ela saiu da cama para pegar a camisa do pijama e ficou surpresa por não sentir vergonha de ficar nua diante dele. — Eu estava brincando — ele disse —, mas estou gostando da vista.

Tracy vestiu a camisa pela cabeça e o acompanhou até a porta. Antes de abri-la, Dan afastou a cortina da janela ao lado e espiou para fora.

— Uma multidão de jornalistas com câmeras? — ela perguntou.

— Com este tempo? Duvido. — Ele abriu a porta e Tracy sentiu o ar gelado na pele ainda quente da cama. — Parou de nevar. É um bom sinal.

Ela olhou para fora. A nevasca tinha parado, mas fazia pouco tempo, a julgar pelo meio palmo de neve no parapeito da escada, e não de modo permanente, dado o céu carregado.

— Lembra dos dias de neve? — ela perguntou.

— Como posso esquecer? Eram os melhores dias de aula.

— Nós não tínhamos aula.

— Exatamente.

Ele se curvou e a beijou de novo, arrepiando a pele dela e fazendo Tracy abraçar o próprio corpo.

— Fui eu ou o ar frio? — Dan perguntou, sorrindo.

Ela piscou.

— Sou uma cientista. Ainda não tenho dados empíricos suficientes.

— Bem, nós vamos ter que mudar isso.

Ela se escondeu atrás da porta entreaberta.

— Vejo você de manhã.

Ele saiu amassando a neve recente com as botas. Quando chegou à escada, Dan se voltou antes de descer.

— Feche a porta antes que morra congelada. E tranque-a.

Mas ela esperou até Dan chegar ao Tahoe e entrar. Prestes a fechar a porta do quarto, ela notou um carro estacionado na rua – nem tanto o carro, mas o para-brisa. Tinha sido limpo. Uma vez era estranho. Duas era proposital. Se fosse um jornalista ou um fotógrafo, ele estava para aprender uma lição sobre os perigos de espreitar um policial. Ela fechou a porta, vestiu rapidamente a calça, um casaco e botas, pegou a Glock e abriu a porta. O carro tinha sumido.

Os pelos de sua nuca se eriçaram. Ela fechou a porta, trancou-a e telefonou para Dan.

— Já está com saudade?

Ela afastou a cortina e olhou para o lugar em que o carro estivera estacionado. Os pneus tinham deixado marcas pouco profundas na neve, o que significava que o carro tinha estacionado depois de a neve cair, mais não ficou muito tempo ali.

— Tracy?

— Eu só queria ouvir sua voz — ela disse, decidindo que Dan já tinha muito com que se preocupar.

— Algo errado?

— Não. Eu só gosto de me preocupar. Benefícios da profissão.

— Eu estou bem. E ainda tenho metade do meu sistema de segurança em casa.

— Alguém está te seguindo? — ela perguntou.

— Se estivesse, eu precisaria ser um tonto para não perceber. As ruas estão desertas. Você está bem?

— Estou sim — ela disse. — Boa noite, Dan.

— Da próxima vez eu quero acordar do seu lado.

— Bem que eu gostaria.

Ela desligou e voltou a trocar de roupa, vestindo o pijama. Antes de retornar para a cama, voltou a afastar a cortina e a refletir sobre o espaço onde o carro esteve. Então ela passou a corrente na porta, pôs a Glock na mesa de cabeceira e apagou a luz.

O cheiro de Dan continuava no travesseiro. Ele tinha sido um amante carinhoso e paciente, com mãos firmes, mas um toque suave, como ela havia imaginado. Ele lhe deu tempo para relaxar, para esvaziar a mente, até Tracy não estar mais pensando, apenas reagindo ao movimento do corpo dele e ao toque de suas mãos. Quando chegou ao clímax, Tracy ficou agarrada nele, sem querer que a sensação e Dan a deixassem.

CAPÍTULO 43

Ela dormiu a noite toda pela primeira vez em meses, e na manhã seguinte acordou se sentindo renovada, embora ansiosa com relação ao dia que viria. Tracy não se lembrava de se sentir nervosa como policial. Os dias tensos eram os dias bons para ela, dias empolgantes em que seu turno passava voando, como se as horas fossem minutos. Mas o simples fato de ficar sentada durante mais um dia de audiência provocava nela a mesma ansiedade do julgamento de anos atrás.

Ela pegou uma cópia do *Correio de Cascade* na recepção do hotel. A primeira página trazia uma matéria a respeito da audiência, acompanhado de uma fotografia de Tracy entrando no tribunal, mas, por sorte, nenhuma fotografia dela beijando Dan do lado de fora da clínica veterinária ou entrando com ele no quarto do hotel.

Finlay foi encontrá-la no estacionamento do tribunal, como planejado, e facilitou seu acesso à sala da audiência, através da imprensa. Tracy não pôde evitar sentir que Finlay se orgulhava de seu papel de guardião dela.

Conforme as nove horas se aproximavam, Tracy esperava menos espectadores, imaginando que a sensação de novidade do primeiro dia teria diminuído para algumas pessoas e o tempo pior deteria todos, exceto pelos mais empolgados. Mas, quando as portas da sala foram abertas, outra vez os bancos ficaram rapidamente ocupados. Se tinha mudado algo, havia mais espectadores, talvez intrigados pelas reportagens sobre o primeiro dia da audiência. Tracy contou quatro crachás adicionais de imprensa.

De novo, House entrou na sala de audiências escoltado por vários agentes prisionais, mas dessa vez, quando chegou à mesa da defesa e encarou a galeria enquanto os agentes removiam suas algemas, não olhou para o tio. Ele encarou Tracy. O olhar arrepiou a pele dela, como acontecia 20 anos antes, mas, ao contrário daquela época, Tracy não pretendia desviar o olhar, nem mesmo quando a boca de House se curvou naquele sorriso conhecido. Ela sabia, agora, que o olhar e o sorriso eram a fachada dele, feitos para constrangê-la. Mas aquele House, ainda que tivesse crescido fisicamente na prisão, continuava emocionalmente atrofiado, o mesmo garoto inseguro que tinha raptado Annabelle Bovine porque não suportava a ideia de ser abandonado por ela.

House desviou o olhar quando o meirinho entrou e mandou que todos se levantassem. O Juiz Meyers ocupou seu assento e o segundo dia começou.

— Sr. O'Leary, pode continuar — Meyers disse.

Dan chamou Bob Fitzsimmons para testemunhar. Vinte anos antes, Fitzsimmons era o sócio-gerente da empresa que assinara contrato com o Estado de Washington para construir três usinas hidroelétricas ao longo do Rio Cascade, incluindo as Quedas do Cascade. Embora aposentado, com cerca de 70 anos, Fitzsimmons parecia ter acabado de sair da reunião do conselho de uma empresa da Fortune 500. Ele tinha uma cabeleira grisalha saudável e vestia terno risca de giz com gravata lavanda.

O'Leary pediu para Fitzsimmons resumir o processo de obtenção das licenças federais e estaduais necessárias para construir as usinas, um processo público que foi coberto pelos jornais locais.

— Naturalmente, a represa segura o rio — Fitzsimmons disse, com as pernas cruzadas. — É necessário criar uma fonte de água para o caso de haver uma seca.

— E qual era a fonte de água para as Quedas do Cascade? — O'Leary perguntou.

— O Lago Cascade — Fitzsimmons disse.

O'Leary usou duas representações gráficas para comparar o tamanho do Lago Cascade antes de a represa ficar pronta e depois que a área foi inundada. Esta incluía o local onde Calloway tinha posto um X para indicar onde os restos de Sarah acabaram sendo encontrados.

— E quando essa área foi inundada? — O'Leary perguntou.

— Doze de outubro de 1993 — Fitzsimmons disse.

— Essa data era de conhecimento público? — O'Leary perguntou. Fitzsimmons aquiesceu.

— Nós tivemos o cuidado de anunciar em todos os jornais e todas as estações locais. Era exigência do estado, e fizemos mais do que era obrigatório.

— Por quê?

— Porque muitas pessoas caçavam e faziam trilha nessa área. Não queríamos ninguém preso lá quando a água viesse.

O'Leary se sentou. O promotor Vance Clark se aproximou.

— Sr. Fitzsimmons, sua empresa fez mais alguma coisa para garantir que ninguém ficasse "preso lá quando a água viesse", como o senhor disse?

— Não entendi a pergunta.

— Vocês não contrataram seguranças e colocaram bloqueios na estrada para manter as pessoas fora dessa área?

— Fizemos isso vários dias antes de a represa fechar o rio.

— Então teria sido extremamente difícil para qualquer pessoa entrar nessa área?

— Essa era a intenção.

— Algum dos seguranças relatou ter visto alguém entrando na área?

— Não que eu me lembre.

— Nenhum relato de alguém carregando um corpo por alguma trilha? Dan se levantou.

— Protesto. O promotor está testemunhando, Excelência.

— Excelência — Clark retrucou —, é exatamente essa a insinuação feita aqui.

Meyers levantou a mão.

— Eu cuido das objeções, Sr. Clark. Protesto negado.

— O senhor recebeu algum relato de qualquer pessoa carregando um corpo pelas trilhas? — Clark perguntou.

— Não — Fitzsimmons respondeu.

Clark se sentou e O'Leary se levantou.

— Qual o tamanho dessa área? — Ele usou a representação gráfica para indicar a região inundada.

Fitzsimmons franziu o cenho.

— Pelo que me lembro, o lago tinha cerca de mil hectares e ficou com dois mil depois que alagamos a região.

— E quantas trilhas passavam por essa área?

Fitzsimmons sorriu e meneou a cabeça.

— Trilhas demais para eu saber.

— Vocês colocaram bloqueios e seguranças nas vias principais, mas não poderiam ter monitorado todos os pontos de entrada e saída, poderiam?

— Não tinha como fazer isso — Fitzsimmons disse.

Depois de Fitzsimmons, O'Leary chamou Vern Downie, o homem que James Crosswhite tinha convocado especificamente para liderar as buscas por Sarah nas montanhas ao redor de Cedar Grove porque Vern conhecia a região melhor do que qualquer um. Tracy e as amigas costumavam brincar que Vern, com o cabelo ralo e a barba por fazer no rosto cheio de sulcos, teria sido um sucesso em filmes de terror, ainda mais com a voz que raramente se erguia acima de um sussurro.

Nos 20 anos que se passaram, Vern parecia ter deixado de se barbear definitivamente. Sua barba grisalha começava alguns centímetros abaixo dos olhos e escondia seu pescoço, chegando-lhe quase ao peito. Ele vestia calça jeans azul, cinto com fivela oval prateada, botas e uma camisa de flanela. Para Vern, aquela era roupa de ir à igreja. Sua esposa estava sentada na primeira fileira, para lhe dar apoio moral, como tinha feito no julgamento. Tracy lembrou que Vern não gostava de se expor, especialmente de falar em público.

— Sr. Downie, vai ter que falar mais alto para ser ouvido — Meyers o advertiu depois que Vern sussurrou seu nome e endereço. Talvez por sentir a ansiedade de Vern, Dan facilitou o início do testemunho com algumas perguntas introdutórias antes de entrar no cerne de seu interrogatório.

— Quantos dias durou sua busca? — O'Leary perguntou.

Vern esticou os lábios, apertando-os. Seu rosto ficou amarrotado enquanto pensava.

— Nós saímos todos os dias da semana — ele disse. — Depois, passamos a sair algumas vezes por semana, em geral depois do trabalho. Isso durou mais algumas semanas. Até a região ser inundada.

— No início, quantas pessoas estavam envolvidas na busca?

Vern olhou para a galeria.

— Quantas pessoas tem nesta sala?

Dan aceitou aquela resposta. Era o primeiro momento leve em dois dias.

Clark se levantou e se aproximou da testemunha. Mais uma vez, ele foi breve.

— Vern, quantos hectares tem a base dessas montanhas?

— Diacho, Vance, não tem como eu saber isso.

— A área é grande, não é?

— É, bem grande.

— Terreno difícil?

— Depende da perspectiva, eu acho. Tem uns trechos íngremes, e muitos arbustos e árvores. É denso em alguns lugares, com certeza.

— Muitos lugares para alguém enterrar um corpo e ele não ser encontrado?

— Acho que sim — ele disse e olhou para Edmund House.

— Vocês usaram cães?

— Eu me lembro que tinha uns cachorros no Sul da Califórnia, mas não conseguimos trazê-los pra cá. Não quiseram colocar os bichos num avião.

— Por mais sistemática que sua busca tenha sido, Vern, acredita que conseguiu cobrir cada palmo das montanhas?

— Nós fizemos o possível.

— Vocês cobriram cada palmo?

— Cada palmo? Não tem como a gente saber isso. Ali é muito grande. Acho que a gente não conseguiu.

Depois de Vern, Dan chamou Ryan Hagen, o vendedor de peças automotivas. Quando foi para o banco das testemunhas, Hagen parecia ter ganhado 15 quilos depois daquela manhã de sábado em que Tracy o surpreendeu em casa. As papadas de Hagen caíam por cima do colarinho da camisa. Seu cabelo tinha ficado ralo, e ele tinha o rosto vermelho com nariz inchado de quem gosta de tomar sua bebida todos os dias.

Hagen riu quando Dan perguntou se ele tinha um pedido de compra ou outro documento que confirmasse sua viagem em 21 de agosto de 1993.

— Qualquer que fosse a empresa, tenho certeza de que já deve ter fechado as portas. A maior parte dos negócios agora é feita pela internet. O representante comercial viajante se transformou num dinossauro. — Enquanto o observava, Tracy pensou que Hagen podia ter deixado de ser vendedor, mas continuava com seu sorriso e charme afetados.

Hagen também não soube dizer em que canal ele tinha assistido às notícias do desaparecimento de Sarah.

— Você testemunhou, 20 anos atrás, que estava assistindo a um jogo dos Mariners.

— Continuo sendo torcedor deles — Hagen disse.

— Então você sabe que os Mariners ainda não tinham chegado à final do campeonato.

— Eu sempre fui um otimista. — Outros, na galeria, sorriram com Hagen.

— Isso só foi acontecer em 1993, não é?

— Isso — Hagen respondeu depois de um instante.

— Na verdade, naquele ano eles terminaram em quarto lugar e não chegaram às finais.

— Vou ter que aceitar sua palavra a esse respeito. Minha memória não é *tão* boa.

— Isso quer dizer que o último jogo deles na temporada foi em 3 de outubro, domingo, uma derrota por sete a dois para os Minnesota Twins.

O sorriso de Hagen murchou.

— Quanto a isso também vou aceitar sua palavra.

— Os Mariners não estavam jogando no fim de outubro de 1993, quando você afirma ter assistido ao noticiário, estavam?

Hagen continuou sorrindo, mas agora parecia forçado.

— Pode ter sido um time diferente — ele disse.

Dan deixou essa resposta no ar antes de seguir em frente.

— Sr. Hagen, você visitou a trabalho alguma empresa em Cedar Grove?

— Não me lembro — Hagen respondeu. — Meu território de vendas era extenso.

— Um vendedor nato — Dan disse.

— Acho que sim — ele disse, embora já não parecesse um.

— Deixe-me ver se consigo ajudá-lo. — Dan pegou uma caixa de arquivo e a colocou sobre a mesa, fazendo um espetáculo do ato de tirar dali fichas e documentos. Hagen parecia perplexo com o rumo dos acontecimentos, e Tracy notou o olhar dele ir para onde Roy Calloway estava sentado na galeria. Dan tirou uma ficha que Tracy tinha recuperado dos arquivos da garagem de Harley Holt e colocou-se ao lado da testemunha, numa posição que impedia Hagen de fazer contato visual com o Xerife Calloway. Os registros documentavam pedidos de peças feitos por Harley Holt à empresa de Hagen.

— Você não visitou Harley Holt, proprietário da Oficina Mecânica Cedar Grove?

— Isso foi há muito tempo.

Dan fez questão de folhear o documento.

— Na verdade, você visitava o Sr. Holt com frequência, uma vez a cada dois meses, em média.

Hagen sorriu de novo, mas agora estava vermelho e sua testa brilhava com o suor.

— Se é o que os registros mostram, não vou duvidar de você.

— Então você passou algum tempo em Cedar Grove, inclusive durante o verão e o outono de 1993, não passou?

— Eu teria que verificar minha agenda — Hagen disse.

— Eu fiz isso para você — Dan afirmou. — E tenho cópias aqui de pedidos de compra que contêm tanto a sua assinatura como a de

Harley. Elas datam do mesmo dia em que sua agenda indica que você visitou a Oficina Mecânica Cedar Grove.

— Bem, então acho que estive em Cedar Grove — Hagen disse, parecendo cada vez menos seguro.

— Então eu pergunto, Sr. Hagen, se durante essas visitas a Harley Holt o assunto do desaparecimento de Sarah Crosswhite não veio à baila.

Hagen pegou o copo de água ao lado da cadeira, tomou um gole e recolocou-o no lugar.

— Pode repetir a pergunta?

— Durante suas visitas a Harley Holt, a questão do desaparecimento de Sarah Crosswhite não foi discutida?

— Sabe, eu não tenho certeza.

— Era o grande assunto de Cedar Grove, não era?

— Eu, eu não sei. Imagino que sim.

— Tinham colocado um outdoor na estrada, oferecendo uma recompensa de 10 mil dólares, não é mesmo?

— Eu não recebi nenhuma recompensa.

— Eu não disse que recebeu. — Dan pegou outro documento e agiu como se o estivesse lendo enquanto fazia a pergunta: — O que eu perguntei foi: embora o desaparecimento de Sarah Crosswhite fosse um assunto importante em todo o Condado de Cascade, uma de suas regiões de venda, está dizendo que não se lembra de conversar *nada* a respeito com o Sr. Holt?

Hagen pigarreou.

— Acredito que tenhamos conversado, sabe, de modo geral. Não em detalhes. Isso é o melhor que consigo me lembrar.

— Então você sabia do desaparecimento de Sarah antes mesmo de ver o noticiário na TV, não é mesmo?

— O noticiário pode ter ativado minha memória. Ou eu posso ter falado com Harley sobre o caso depois de ter visto na TV. É provável que tenha sido isso. Já não tenho certeza.

Dan pegou mais folhas de papel enquanto falava.

— Não foi em agosto, nem setembro, nem outubro.

— Não me lembro com precisão, é o que estou dizendo. Imagino que possa ter sido isso. Como eu disse, 20 anos é muito tempo.

— Durante suas visitas a Cedar Grove, alguma vez falou o nome de Edmund House com alguém?

— Edmund House? Não, tenho quase certeza de que o nome dele não foi mencionado.

— Quase certeza?

— Não me lembro do nome dele ser mencionado.

Dan pegou outro documento na pasta e o levantou.

— Alguma vez Harley Holt lhe disse que tinha encomendado peças para os veículos de Parker House e que estava fazendo a manutenção de uma Chevrolet vermelha com caçamba antiga?

Vance Clark se levantou.

— Excelência, se o Sr. O'Leary vai ficar fazendo perguntas a partir desses documentos, peço que sejam registrados como evidências em vez de ele continuar com esse exercício para testar a memória do Sr. Hagen com encontros particulares que podem ou não ter acontecido há 20 anos.

— Protesto negado — Meyers disse.

Tracy sabia que Dan estava blefando. Ela tinha tentado, sem sucesso, encontrar algum registro que confirmasse que Harley tinha encomendado uma peça de Hagen para a picape Chevrolet que Parker House estava restaurando. Hagen, contudo, não teve coragem de acusar o blefe de Dan. O vendedor ficou vermelho como uma beterraba, fazendo parecer que alguém tinha ligado um fogareiro debaixo da sua cadeira.

— Acredito que tenhamos falado disso — Hagen disse, mexendo-se para cruzar as pernas e em seguida descruzá-las. — Está me voltando, agora. Lembro de dizer para o Harley que eu tinha visto uma Chevrolet vermelha na estrada, naquela noite, ou algo assim. Deve ter sido assim que eu me lembrei.

— Pensei que você tivesse se lembrado porque soube do assunto num noticiário de TV enquanto assistia a um jogo dos Mariners e que a Chevrolet com caçamba antiga era sua picape favorita.

— Bem, provavelmente foi um pouco de cada coisa. Ela era minha picape favorita, então, quando Harley mencionou que, você sabe, Edmund House dirigia uma, isso me ativou a memória.

Dan fez uma pausa. O Juiz Meyers olhou para Hagen com a testa enrugada.

Dan colocou-se bem ao lado da cadeira da testemunha.

— Então você e Harley Holt conversaram a respeito de Edmund House pelo nome — ele disse.

Hagen arregalou os olhos. Dessa vez ele não conseguiu armar um sorriso, nem mesmo forçado.

— Eu disse Edmund? Quis dizer Parker. Certo. Parker House. Era a picape dele, não era?

Dan voltou-se para Clark sem responder.

— A testemunha é sua.

CAPÍTULO 44

Quando o Juiz Meyers voltou para a sessão daquela tarde, ele parecia preocupado, e avaliou a cortina de neve que continuava a cair além das janelas do tribunal.

— Embora eu acredite ser importante continuarmos com agilidade, não quero ser imprudente — ele disse. — Os meteorologistas estão dizendo que a neve deve parar esta tarde. Mas, tendo morado grande parte da minha vida na costa noroeste do Pacífico, prefiro meu próprio método de meteorologia; eu ponho a cabeça para fora de casa. — O público riu. — Foi exatamente isso que fiz durante o recesso, e não vi nada de azul no horizonte. A próxima vai ser a última testemunha do dia, para evitar que muitos de vocês tenham que dirigir de volta para casa no escuro.

Dan mostrou uma série de representações gráficas e fotografias na TV de tela plana enquanto conduzia o interrogatório de Kelly Rosa, a antropóloga forense do Condado de King. Ele começou com o telefonema de Finlay Armstrong e a fotografia do osso.

— Quanto tempo demora para a gordura do corpo se deteriorar e se transformar em adipocera?

— Depende de diversos fatores: a localização do corpo, a profundidade em que está, o solo e as condições climáticas. Em geral acontece ao longo de anos, não dias ou meses.

— Então você concluiu que os restos mortais estavam enterrados havia anos. Por que, então, ficou confusa?

Rosa se inclinou para a frente.

— Normalmente, um corpo enterrado em cova rasa no mato não fica assim por muito tempo. Coiotes e outros animais vão descobri-lo.

— Você conseguiu resolver esse mistério?

— Fui informada de que o local da cova, até recentemente, estava coberto por água, tornando-o inacessível aos animais.

— Você concluiu, a partir do fato de que animais não profanaram o local, ou seja, não espalharam os ossos, que o corpo deve ter sido enterrado pouco antes de a área ser inundada?

Clark se levantou.

— Protesto! A defesa está pedindo que a testemunha especule, Excelência.

Meyers ponderou a objeção.

— Como a Dra. Rosa é uma especialista, ela pode nos dizer suas opiniões e conclusões.

— Só posso afirmar — Rosa começou — que, normalmente, não teria demorado para animais chegarem a um corpo enterrado em uma cova tão rasa.

O'Leary andava de um lado para outro.

— Também notei no seu relatório outra razão por trás da sua opinião de que os restos não foram enterrados logo após a morte. Pode nos explicar por quê?

— Tem a ver com a posição do corpo na cova. — Dan exibiu uma fotografia dos restos de Sarah na TV. A terra tinha sido removida, revelando um esqueleto curvado no que parecia bastante uma posição fetal. O público na galeria se remexeu e emitiu sons desconfortáveis. Tracy baixou os olhos e cobriu a boca, nauseada e tonta. Sua boca se encheu de saliva. Ela fechou os olhos e inspirou várias vezes em sucessão rápida.

— Está claro que a pessoa tentou, sem sucesso, dobrar o corpo para caber no buraco — Rosa continuou.

— Quanto tempo antes do enterro o *rigor mortis* tinha se instalado? — Dan perguntou.

— Não sei dizer com um mínimo de certeza.

— Você conseguiu determinar a causa da morte?

— Não.

— Notou algum ferimento, ossos quebrados?

— Notei fraturas na base do crânio. — Ela usou uma representação gráfica para apontar a localização das fraturas.

— Você pode determinar o que causou as fraturas no crânio?

— Trauma por pancada, mas de que tipo... — Ela deu de ombros. — Não é possível dizer.

Rosa explicou então como sua equipe recolheu e registrou tudo, de fragmentos de ossos aos rebites da calça Levi's de Sarah e aos botões de pressão da camisa de cowgirl que ela usava. Rosa também disse que tinha encontrado pedaços de plástico preto, do mesmo material usado em sacos de lixo, e fibras de carpete.

— Você tirou alguma conclusão disso?

— Eu pude concluir que, ou o plástico foi colocado debaixo do corpo antes de ser colocado na cova...

— Por que alguém faria isso?

Rosa meneou a cabeça.

— Não faço ideia.

— Qual a outra possibilidade?

— O corpo foi enterrado num saco plástico.

Tracy lutou para controlar a respiração. Ela se sentiu quente. Suor escorreu pelo seu corpo.

— Você encontrou algo mais?

— Joias.

— O quê, especificamente?

— Um par de brincos e um colar.

O público se remexeu. Meyers pegou o martelo, mas não o bateu.

— Pode descrever os brincos?

— Eram de jade, em forma de gota.

Dan apresentou para Rosa as joias em questão.

— Você pode nos mostrar, no seu gráfico, onde encontrou cada brinco?

Rosa usou uma caneta laser para indicar as duas localizações.

— Perto do crânio. O colar foi encontrado perto do alto da coluna vertebral.

— Você chegou a alguma conclusão quanto à localização das joias?

— Concluí que a falecida estava usando as joias quando foi colocada na cova.

Vance Clark deixou os óculos com armação de tartaruga sobre a mesa e se aproximou, decidido, da cadeira das testemunhas. Ele não levava anotações e tinha os braços cruzados sobre o peito.

— Vamos falar um pouco, Dra. Rosa, do que você não sabe. — Ele fez uma pausa. — Você não sabe como a falecida morreu.

— Não.

— Você não sabe como a falecida recebeu o trauma por pancada na parte de trás do crânio.

— Não.

— O assassino pode ter batido a cabeça dela no chão enquanto a estrangulava.

Rosa deu de ombros.

— Pode ter acontecido assim.

— Você não tem evidências que determinem se a falecida foi estuprada.

— Não tenho.

— Você não tem DNA que possa identificar o assassino.

— Não.

— Você acredita que a vítima foi morta algum tempo antes de ser enterrada, mas não sabe quanto tempo.

— Com certeza, não.

— Então você não sabe se o assassino enterrou o corpo imediatamente após a morte, foi para casa e algum tempo depois moveu o corpo para onde acabou sendo encontrado.

— Também não sei isso — Rosa concordou.

— Esse pode ser um motivo para que o *rigor mortis* tenha se instalado antes de o corpo ser colocado nesse local em particular, correto? Edmund House pode tê-la matado, depois foi mudar o corpo de lugar e descobriu que o *rigor mortis* tinha se instalado, correto?

Dan levantou.

— Excelência, agora a promotoria está claramente pedindo à Dra. Rosa para especular.

Meyers pareceu estar ponderando.

— Vou permitir.

— Dra. Rosa, precisa que eu repita minha pergunta? — Clark perguntou.

— Não — Rosa disse. — Esse cenário é possível com uma observação. O *rigor mortis* se dissipa após, aproximadamente, 36 horas. Então, nesse cenário que está propondo, o Sr. House teria que ter movido o corpo com relativa rapidez.

— Mas é uma possibilidade — Clark disse.

— É uma possibilidade — ela concordou.

— Então, além da ciência, há um pouco de especulação da sua parte.

Rosa sorriu.

— Só estou respondendo às perguntas.

— Compreendo. Mas a única coisa que você pode afirmar com certeza é que a falecida é, de fato, Sarah Lynne Crosswhite.

— Sim.

— Você sabe que roupas a vítima estava usando quando foi raptada?

— Não.

— Você sabe que joias a vítima estava usando quando foi raptada?

— De novo, só posso dar uma opinião baseada no que encontramos na cova.

— Vejo que está usando brincos hoje — ele disse.

— Estou.

— Já aconteceu de colocar um par de brincos e então, talvez indecisa, levar um par adicional?

Rosa deu de ombros.

— Não lembro de ter feito isso.

— Conhece mulheres que fazem esse tipo de coisa?

— Conheço — ela disse.

— É prerrogativa da mulher mudar de ideia, não? — Clark sorriu.

— Deus sabe que minha mulher muda bastante.

A pergunta provocou alguns risinhos. Foi um momento leve do testemunho mais sombrio até então, e o público na galeria respondeu com risos nervosos. Até o Juiz Meyers sorriu.

— É o que eu digo para o meu marido — Rosa disse.

— E você não tem ideia se a falecida tinha mais de um par de brincos consigo, ou mais de um colar, quando foi raptada.

— Não.

Clark sorriu pela primeira vez em dois dias quando retornou ao seu lugar.

— Sem mais perguntas — Dan afirmou, levantando-se.

Meyers consultou o relógio na parede.

— Nós vamos encerrar por hoje. Sr. O'Leary, quem pretende chamar amanhã pela manhã?

— Se a neve permitir — ele disse, levantando —, Tracy Crosswhite.

CAPÍTULO 45

A imprensa, em sua maioria, deixou Tracy em paz, talvez atendendo ao alerta do Juiz Meyers de que todos deveriam voltar para onde estavam hospedados antes do anoitecer. O interior do carro dela estava uma geladeira. Tracy deu a partida no motor e saiu para limpar o para-brisa enquanto o aquecedor soprava ar quente de dentro.

Dan ligou para o celular dela.

— Eu vou buscar o Rex — ele disse. — A previsão é que o tempo piore. Ninguém vai sair esta noite. Fique lá em casa.

Ela movimentou os dedos para afastar o frio e olhou para os carros que saíam do estacionamento para as ruas adjacentes.

— Tem certeza? — ela perguntou, mas já começou a se imaginar fazendo amor com Dan e dormindo tranquilamente ao lado dele.

— Eu não vou conseguir dormir, e Sherlock sente sua falta.

— Só o Sherlock?

— Ele fica ganindo. É assustador.

Rex a cumprimentou na porta abanando o rabo.

— Bem, estou vendo que logo vou me tornar secundário por aqui — Dan disse. — Mas pelo menos eles têm bom gosto para mulher.

Tracy pôs a mala no chão e se ajoelhou para acariciar com cuidado a cabeça do cachorro, por baixo do cone de plástico.

— Como você está, garotão?

— E você, está bem? — Dan perguntou quando Tracy se levantou.

Ela se aproximou de Dan e deixou que ele a abraçasse. Tracy tinha sentido o impacto do testemunho de Kelly Rosa mais do que estava esperando. Treinada para se dissociar da vítima, ao longo de seus anos como detetive de homicídios, Tracy tinha investigado crimes horríveis praticando o distanciamento. Ela tinha se dessensibilizado para poder lidar com as representações muito visuais da maldade que se manifestava na desumanidade do ser humano para com outros seres humanos. Durante anos, tinha investigado o desaparecimento de Sarah com o mesmo distanciamento profissional, sem se permitir pensar nas coisas abomináveis que o assassino teria feito com sua irmã. Esse distanciamento tinha sido abalado quando ela subiu as montanhas e viu os restos de Sarah na cova rasa. E desmoronou quando viu o esqueleto de sua irmã mais nova na televisão da sala de audiências e precisou enfrentar as evidências cruas dos horrores que Sarah tinha sofrido, e a indecência de ela ser enfiada num saco preto e jogada numa cova rasa como um monte de lixo. Agora, longe do escrutínio público, longe da invasão das câmeras na sua vida pessoal, Tracy chorou, e a sensação foi boa sendo abraçada por alguém que também tinha conhecido e amado Sarah.

Após vários minutos, Tracy recuou e limpou as lágrimas do rosto.

— Eu devo estar um horror.

— Não — Dan disse. — Você nunca conseguiria ficar um horror.

— Obrigada, Dan.

— O que mais eu posso fazer por você?

— Me leve daqui.

— Para onde?

Ela inclinou a cabeça para trás e foi ao encontro dos lábios dele, beijando-o.

— Faça amor comigo, Dan — ela sussurrou.

As roupas deles se espalharam pelo carpete do quarto, assim como as almofadas decorativas. Dan estava deitado debaixo do lençol, recuperando o fôlego. Eles tinham jogado para o lado o edredom e a colcha.

— Acho que foi bom você deixar de ser professora. Teria partido muitos corações de colegiais.

Ela rolou até ele e o beijou.

— E, se eu fosse sua professora, com certeza teria lhe dado um 10 pelo esforço.

— Só pelo esforço?

— E pelos resultados.

Ele pôs um braço atrás da cabeça e olhou para o teto, o peito ainda subindo e descendo rapidamente.

— Meu primeiro 10, quem diria. Se eu soubesse na época que tudo o que precisava fazer era dormir com a professora...

Tracy o socou de leve e apoiou o queixo no ombro dele.

— A vida tem sempre um jeito de nos surpreender, não é? — ela disse após um instante gostoso de silêncio. — Quando você morava aqui, algum dia pensou que se casaria com alguém da Costa Leste e moraria em Boston?

— Não — ele respondeu. — E, quando eu morava em Boston, nunca pensei que voltaria para Cedar Grove e faria amor com Tracy Crosswhite no quarto dos meus pais.

— É meio esquisito quando você fala assim, Dan. — Ela passou os dedos pelo peito dele. — Sarah costumava dizer que ia morar comigo. Quando perguntei o que ela faria quando eu me casasse, Sarah disse que seríamos vizinhas, ensinaríamos nossos filhos a atirar e os levaríamos às competições assim como nosso pai fez.

— Você pensaria em voltar? — Os dedos dela pararam. Ele gemeu e estremeceu visivelmente. — Desculpe. Eu não deveria ter perguntado isso.

Ela respondeu depois de um instante.

— É difícil separar as boas lembranças das ruins.

— Onde eu me encaixo?

Ela inclinou a cabeça para olhar para ele.

— Com certeza você é uma das boas lembranças, Dan, e está ficando cada vez melhor.

— Está com fome?

— O famoso cheeseburger com bacon?

— Carbonara. Outra das minhas especialidades.

— Todas as suas especialidades engordam?

— Essas são as melhores.

— Então eu vou para o chuveiro.

Ele a beijou e saiu da cama.

— A comida vai estar esperando por você.

— Assim você vai me deixar mimada, Dan.

— É o que eu pretendo.

Ele se abaixou e a beijou de novo, e ela se sentiu tentada a puxá-lo de volta para a cama, mas ele se afastou e foi para a escada. Tracy caiu de costas, abraçando um travesseiro junto ao peito, ouvindo Dan se movimentar na cozinha, abrindo e fechando gavetas, pegando potes e panelas. Ela já tinha sido feliz em Cedar Grove. Será que conseguiria ser feliz de novo ali? Talvez tudo de que precisasse era alguém como Dan, alguém que fizesse Cedar Grove ter jeito de lar outra vez. Mas, mesmo enquanto pensava a respeito, ela já sabia a resposta. Havia um motivo para as pessoas dizerem que não se pode voltar para onde se foi feliz, assim como há um motivo para os estereótipos – porque geralmente são verdadeiros. Ela gemeu e jogou o travesseiro de lado, levantando-se. Não era hora de pensar no futuro. Ela já tinha muito com que se preocupar no presente.

Estaria no banco das testemunhas logo pela manhã.

CAPÍTULO 46

A nevasca não caiu em Cedar Grove. Para variar, os meteorologistas tinham acertado. Isso não quer dizer que o tempo melhorou. Pela manhã, a temperatura tinha caído a 13 graus negativos, um dos dias mais frios registrados no Condado de Cascade. Mas isso não impediu que os espectadores enchessem a sala de audiências no terceiro dia dos procedimentos. Tracy vestiu seu conjunto de saia e jaqueta preta, que chamava de "terninho de julgamento". Ela levou sapatos formais na maleta e, uma vez dentro do tribunal, tirou as botas de neve e os calçou.

Com previsões informando que a tempestade continuaria castigando a região, o Juiz Meyers parecia mais determinado do que nunca a seguir com a audiência. Ele mal tinha se acomodado na cadeira quando disse:

— Sr. O'Leary, chame sua próxima testemunha.

— A defesa chama Tracy Crosswhite — Dan disse.

Tracy sentiu o olhar de Edmund House nela ao passar pela portinhola e se dirigir ao banco das testemunhas para fazer o juramento. Ela ficava nauseada de saber que era a melhor chance de liberdade para House. Pensou no que Dan tinha dito a ela sobre sua conversa com George Bovine, pouco depois de o pai de Annabelle ter aparecido no escritório de Dan para falar de Edmund House. Bovine tinha dito que a prisão era o único lugar para alguém como Edmund House. Tracy não questionava isso, mas essa não era a questão ali.

Dan começou o interrogatório devagar, e o Juiz Meyers, talvez sensível ao componente emocional, não o apressou.

— Ela era chamada de sua sombra, não é mesmo? — Dan perguntou após as questões preliminares sobre o histórico de Tracy.

— Parecia que ela estava sempre do meu lado.

O'Leary foi até perto das janelas. Nuvens escuras longas como dedos desciam de um céu ameaçador, das quais uma neve ligeira tinha recomeçado a cair.

— Você pode descrever a localização física dos seus quartos durante a infância?

Clark se levantou. Ele estava fazendo mais objeções às perguntas de Dan para Tracy do que tinha feito durante qualquer outro testemunho, evidentemente tentando atrapalhar o fluxo do depoimento dela e parecendo mais preocupado que Dan fosse tentar inserir algo inadmissível.

— Protesto, Excelência. É irrelevante.

— Vou permitir, mas vamos logo com isso, Advogado.

— O quarto de Sarah ficava ao lado do meu, mas isso não importava. Ela dormia a maioria das noites na minha cama. Sarah tinha medo do escuro.

— Vocês compartilhavam um banheiro?

— Sim, entre os nossos quartos.

— E, como irmãs, vocês pegavam coisas emprestadas uma da outra?

— Às vezes mais do que eu gostaria — Tracy disse, tentando forçar um sorriso. — Sarah e eu éramos do mesmo tamanho. Tínhamos gostos semelhantes.

— Isso incluía o mesmo gosto por joias?

— Sim.

— Detetive Crosswhite, pode descrever para o tribunal os eventos que aconteceram em 21 de agosto de 1993?

Tracy sentiu suas emoções aflorando e fez uma pausa para se recompor.

— Sarah e eu estávamos competindo no Campeonato de Tiro de Ação do Estado de Washington — ela disse. — Nós duas estávamos empatadas na liderança quando chegamos ao último estágio, que era acertar dez alvos usando mãos alternadas. Eu errei um alvo, o que acarretava uma penalidade automática de 5 segundos. Resumindo, eu tinha perdido.

— Então Sarah ganhou?

— Não. Sarah errou dois alvos. — Tracy sorriu com a lembrança. — Fazia dois anos que Sarah não errava dois alvos, muito menos num estágio.

— Ela errou de propósito.

— Sarah sabia que meu namorado, Ben, iria me buscar naquela noite, e que ele tinha planejado me pedir em casamento no nosso restaurante favorito. — Tracy fez uma pausa e deu um gole na água, devolvendo o copo à mesa ao lado da cadeira. — Eu fiquei aborrecida porque sabia que Sarah tinha me deixado ganhar. Isso atrapalhou meu raciocínio.

— De que modo?

— A previsão era de tempo ruim. Chuvas intensas e trovoadas. Ben me pegou no local do torneio para irmos até o restaurante. — Tracy sentia como se as palavras grudassem em sua garganta.

— Então — Dan tentou ajudá-la —, Sarah teve que ir dirigindo sozinha a sua picape de volta para casa.

— Eu deveria ter insistido que ela viesse conosco. Eu nunca mais a vi.

Dan fez uma pausa, como se por respeito.

— Havia um prêmio para o vencedor? — ele perguntou em voz baixa.

Tracy aquiesceu.

— Uma fivela de prata para cinto.

O'Leary pegou a fivela oxidada na mesa de evidências e a entregou para Tracy, identificando-a pelo número no rol de provas.

— A legista testemunhou que tirou esta fivela da cova em que estavam os restos mortais de Sarah. Você pode explicar por que estava lá, já que foi você quem ganhou a fivela naquele dia?

— Eu a dei para Sarah.

— Por que você fez isso?

— Como disse, eu sabia que Sarah tinha me deixado ganhar. Então, antes de ir embora, dei a fivela para ela.

— E essa foi a última vez que você a viu?

Ela aquiesceu. Naquele breve momento em que olhou pela janela traseira da picape de Ben, e viu Sarah em pé na chuva, usando seu chapéu Stetson preto, Tracy não poderia imaginar que aquela seria a última vez que veria sua irmã. Tracy tinha pensado naquele momento com frequência ao longo dos anos, na natureza fugaz da vida e na imprevisibilidade do futuro, mesmo de um momento para outro. Ela lamentou que tivesse se irritado com Sarah, naquela tarde, por deixá-la vencer. Ela tinha permitido que seu orgulho falasse mais alto, sem saber que as intenções de Sarah eram as melhores, pois a irmã não queria que Tracy fosse para uma das noites mais importantes de sua vida sentindo-se mal por ter ficado em segundo lugar.

Tracy resistiu o quanto pôde, mas uma lágrima escapou pelo canto de seu olho. Ela pegou um lenço de papel na caixa que havia sobre a mesa lateral e a enxugou. Algumas pessoas na galeria também tinham começado a enxugar os olhos e assoar o nariz.

Dan deu a Tracy um momento para se recompor, agindo como se procurasse algo em suas anotações.

— Detetive Crosswhite — ele começou, reaproximando-se —, pode contar para o tribunal o que sua irmã estava vestindo na última vez que a viu, em 21 de agosto de 1993?

Inesperadamente, Vance Clark se levantou e saiu de trás da sua mesa.

— Excelência, a promotoria faz objeção a essa pergunta por sua própria natureza, pois pede que a testemunha especule, sendo assim não confiável.

Dan se juntou a Clark diante do juiz.

— O protesto é prematuro, Excelência. A promotoria pode fazer objeção a qualquer pergunta em particular e depois interrogar a Detetive Crosswhite a respeito de suas lembranças. Esse não é um motivo válido para impedir o testemunho dela.

Quando Clark retrucou, parecia quase exasperado:

— Com todo o respeito à capacidade de Vossa Excelência interpretar o testemunho, a promotoria está preocupada com o registro de apelações, que inclui especulações e suposições.

— E a promotoria tem liberdade para manifestar suas objeções para preservar o registro das apelações — Dan disse.

— Concordo, Sr. O'Leary — disse o Juiz Meyers. — Mas todos nós sabemos que este caso já foi explorado pela imprensa mais do que eu gostaria, e entendo a preocupação da promotoria.

Clark aproveitou a chance.

— Excelência, a promotoria solicita a oportunidade de interrogar a testemunha para verificar se existe alguma base, independentemente do que for dito nesta audiência, para acreditarmos que a testemunha possa se lembrar do que a irmã estava vestindo num dia específico de agosto de 1993.

Meyers se recostou na cadeira, estreitando os olhos enquanto refletia.

— Vou permitir que a promotoria interrogue a testemunha.

Tracy não se surpreendeu com a decisão.

Por experiência, ela sabia que, quando o juiz ponderava ser provável que o resultado de uma audiência fosse parar no Tribunal de Recursos, ele preferia ser conservador em suas decisões, limitando os motivos para um recurso. Ao permitir que Clark interrogasse as lembranças de Tracy, ele eliminava a objeção do promotor como base para a promotoria argumentar no Tribunal de Recursos que a decisão de Meyers estava errada. Assim, o juiz diminuía a possibilidade de que o problema voltasse para ele.

Dan voltou para seu lugar ao lado de House, que se inclinou e sussurrou. O que quer que ele tenha dito, Dan não respondeu.

Clark passou a mão pela gravata, que tinha o desenho de uma truta, ao se aproximar da testemunha.

— Srta. Crosswhite, lembra-se do que estava vestindo em 21 de agosto de 1993?

— Posso arriscar um palpite bem próximo da verdade.

— Arriscar um palpite? — Clark olhou para Meyers.

— Eu era supersticiosa. Sempre usava bandana vermelha, gravata country com fecho turquesa e chapéu Stetson preto nos torneios. Eu também usava um casaco longo de camurça.

— Entendo. Sua irmã também era supersticiosa?

— Sarah era boa demais para ser supersticiosa.

— Então não podemos arriscar esse tipo de palpite quanto ao que ela pode ter usado naquele dia, podemos?

— Só que ela sempre queria ter um visual melhor que todo mundo.

Sorrisos se abriram em vários rostos na galeria.

— Mas ela não tinha uma camisa em especial que vestia em todas as competições.

— Ela usava Scully. É uma marca. Ela gostava do bordado.

— Quantas camisas Scully ela possuía?

— Acho que umas dez.

— Dez — Clark disse. — E alguma bota, ou algum chapéu em especial?

— Ela tinha várias botas, e lembro de meia dúzia de chapéus.

Clark se virou para os assentos do júri, mas, ao perceber que não tinha um júri para impressionar, colocou-se próximo à grade que separava a galeria.

— Então você não tem base para testemunhar, com alguma certeza, o que sua irmã estava vestindo em 21 de agosto de 1993. Somente pode *arriscar um palpite* após 20 anos, ou repetir o que pode ter ouvido durante esta audiência, correto?

— Não, isso não é correto.

Clark pareceu surpreso. A cadeira de Meyers rangeu quando ele se recostou, observando Tracy intensamente. O público ficou quieto. Clark aproximou-se do banco das testemunhas, sem dúvida ponderando aquele que era o dilema de todo advogado durante um interrogatório – fazer ou não a próxima pergunta, e com isso talvez abrir uma caixa de Pandora sem saber o que havia dentro, ou mudar para outro assunto. O problema de Clark, Tracy sabia por sua experiência como testemunha em casos de homicídio, era que ele tinha provocado o assunto, e isso significava que, se *ele* não fizesse a pergunta, Dan faria.

— Você não pode se lembrar, com certeza, o que ela vestia? — ele perguntou, cauteloso.

— Não, com certeza eu não me lembro.

— E nós já estabelecemos que ela não tinha nenhum tipo de superstição com relação às roupas que usava.

— Ela não tinha.

— Então, de que outra forma... — Clark parou de repente.

Tracy não esperou que o promotor decidisse se iria terminar a pergunta.

— Uma fotografia — ela disse.

Clark estremeceu.

— Mas não daquele dia.

— Sim, daquele dia — Tracy disse, calma. — Eles tiraram uma foto polaroide das três primeiras colocadas. Sarah terminou em segundo lugar.

Clark pigarreou.

— E você por acaso guardou essa foto durante 20 anos?

— É claro que guardei. É a última fotografia de Sarah.

Como Tracy tinha retirado a fotografia do carrinho de armas na manhã em que encontrou o Xerife Calloway para examinarem a picape Ford azul abandonada, a polaroide nunca tinha entrado para os arquivos da polícia.

Clark olhou para Meyers.

— Excelência, a promotoria solicita uma reunião dos advogados no seu gabinete.

— Negado. Terminou de interrogar a testemunha?

— Excelência, a promotoria tem um protesto. Nenhuma fotografia jamais foi arrolada neste caso. Esta é a primeira vez que ouvimos falar disso.

— Sr. O'Leary? — Meyers perguntou.

Dan se levantou.

— Pelo que sei, Excelência, a promotoria está correta. A fotografia com certeza não pertence à defesa, e a defesa não poderia tê-la apresentado mesmo que isso nos fosse solicitado. Contudo, a promotoria tinha acesso a ela através da Detetive Crosswhite.

— Protesto negado — Meyers disse. — Sr. O'Leary, pode continuar com o interrogatório.

Dan reaproximou-se do banco das testemunhas.

— Detetive Crosswhite, você está com a fotografia agora?

Tracy levou a mão à sua pasta e pegou a fotografia emoldurada. A comoção na galeria foi suficiente para o Juiz Meyers bater o martelo. Após marcar a fotografia e registrá-la como prova, Dan pediu a Tracy que descrevesse o que Sarah estava vestindo na foto, e foi o que ela fez.

— Você pode descrever os brincos e o colar que sua irmã está usando nessa foto? — Dan pediu em seguida.

— Os brincos são de jade, em forma de uma gota de lágrima. O colar é uma corrente de prata.

— Você reconhece estes objetos? — O'Leary entregou a ela os brincos de jade que Rosa tinha recuperado na cova de Sarah.

— Sim. São os mesmos brincos que Sarah está usando na fotografia.

Dan pegou os brincos em forma de revólver Colt apresentados no julgamento original. A galeria se alvoroçou.

— E estes? — ele indagou, identificando-os pelo número de registro. — Você reconhece estes brincos?

— Sim, eles também eram de Sarah.

— Ela estava usando estes brincos no dia em que foi raptada? Clark se levantou num pulo.

— Protesto, Excelência. A testemunha disse que não se lembra com certeza o que a irmã usava naquele dia. A única coisa que a testemunha pode afirmar é se os brincos correspondem aos da fotografia.

— Vou retirar a pergunta — Dan disse. — Detetive Crosswhite, estes brincos são os que sua irmã está usando na fotografia?

— Não — Tracy respondeu. — Não são.

Dan recolocou os brincos na mesa de provas e se sentou. Os murmúrios alcançaram um nível suficiente para que Meyers batesse o martelo.

— Vou lembrar ao público na galeria para manter o decoro que mencionei na abertura destes trabalhos.

Clark se levantou e se aproximou da testemunha com um aparente senso de urgência, a voz desafiadora.

— Você testemunhou que sua irmã se preocupava com a moda, correto?

— É verdade.

— Você disse que ela vestia diversas roupas nessas competições, várias camisas, calças e chapéus, correto?

— Correto.

— Ela levava mudas de roupa adicionais para essas competições e mudava de ideia quanto ao que ia vestir?

— Às vezes mais do que uma vez — Tracy disse. — Era um hábito irritante.

— E ela também mudava de ideia quanto às joias que ia usar — Clark disse.

— Eu me lembro de ocasiões em que ela fez isso, principalmente quando o torneio durava mais de um dia.

— Obrigado. — Parecendo um pouco aliviado, Clark rapidamente se sentou.

Dan se levantou.

— Um instante, Excelência. — Ele foi até a testemunha. — Detetive Crosswhite, nas vezes em que sua irmã trocou as joias que usava, você se lembra de alguma vez em que ela usou os brincos apresentados no primeiro julgamento de Edmund House? Os brincos em forma de revólver identificados pela promotoria como provas 34A e 34B?

— Eu nunca a vi fazer isso.

Dan gesticulou na direção de Clark.

— A pergunta da promotoria sugere que isso poderia ser uma possibilidade; poderia mesmo?

Clark fez sua objeção.

— De novo, a defesa pede para a testemunha especular. Ela pode testemunhar com relação ao que está na fotografia.

— A pergunta é especulativa mesmo, Sr. O'Leary — Meyers concordou.

— Se a corte me permitir, Excelência, acredito que a Detetive Crosswhite pode explicar por que não é uma especulação.

— Vou lhe permitir prosseguir, mas seja rápido.

— Seria possível que sua irmã tenha usado estes brincos em forma de revólver? — Dan perguntou.

— Não.

— Como você pode ser tão enfática, quando em seu depoimento afirma que sua irmã era propensa a mudar de ideia?

— Meu pai deu esses brincos e o colar para Sarah quando ela ganhou o Campeonato de Tiro de Ação do Estado de Washington aos 17 anos. O ano, 1992, está gravado no verso de cada brinco. Sarah usou esses brincos uma vez. Eles provocaram uma infecção horrível nas orelhas dela. Sarah não podia usar nenhuma joia que não fosse ouro 24 quilates ou prata esterlina. Meu pai pensou que fossem de prata esterlina, mas obviamente não eram. Sarah não quis chateá-lo, então nunca contou para ele. Pelo que eu saiba, ela nunca mais usou esses brincos.

— Onde ela os guardava?

— Numa caixa de joias na cômoda do quarto.

Meyers tinha parado de se balançar. A galeria também estava imóvel. Lá fora, os dedos escuros etéreos tinham descido mais e a nevasca tinha ficado mais forte.

— Obrigado — Dan disse, e voltou devagar para seu assento.

Clark permaneceu sentado com o indicador apertando os lábios enquanto Tracy saía do banco das testemunhas. Os saltos do sapato dela estalaram no chão de mármore enquanto ela atravessava a área do julgamento em direção à galeria. Nesse momento, uma rajada repentina de vento sacudiu as janelas, assustando as pessoas sentadas perto delas. Uma mulher soltou uma exclamação e se encolheu. Fora isso, ninguém se moveu. Até mesmo Maria Vanpelt, resplandecente em um terninho St. John azul royal, permaneceu imóvel, parecendo pensativa.

Só uma pessoa parecia ter ficado satisfeita com os eventos dessa manhã. Edmund House se balançava nas pernas de trás da cadeira, sorrindo como alguém que tinha se fartado num restaurante refinado, apreciando cada bocado.

CAPÍTULO 47

No começo da tarde, o Juiz Meyers retomou seu assento parecendo resignado.

— Parece que os meteorologistas acertaram em parte — ele disse.

— A terceira tempestade está se aproximando, e eles acreditam que vai chegar mais cedo do que previram, no fim desta tarde. Vou pedir aos advogados que terminem a audiência hoje, se for possível.

Imediatamente, Dan se levantou e anunciou que Harrison Scott seria a última testemunha da defesa.

— Vamos logo com isso, então — Meyers disse.

Alto e magro, Scott se apresentou em um terno cinza chumbo. Rapidamente, Dan pediu a Scott que falasse de sua formação e suas credenciais. Scott tinha sido o chefe dos laboratórios criminais em Seattle e Vancouver no Estado de Washington, antes de partir para a iniciativa privada e fundar o Laboratório Forense Independente.

Scott afastou seu cabelo claro da testa. A não ser pelo grisalho nas têmporas, ele parecia jovem demais para seu currículo impressionante. Sua aparência era de quem deveria estar destruindo as ondas nas praias do Sul da Califórnia.

— Nós fazemos todo tipo de perícia forense, de análise de DNA ao processamento de impressões digitais latentes, análise de armas de fogo e ferramentas, de cenas de crime, e microanálise de artigos como pelos e fibras, vidros, vernizes.

— Você pode explicar à corte o que eu pedi que seu laboratório fizesse neste caso em particular?

— O senhor pediu uma análise de DNA em três amostras de sangue e treze amostras de cabelo.

— Eu lhe disse como essas amostras tinham sido obtidas?

— As amostras de DNA que me forneceu foram guardadas pelo Laboratório Criminológico da Patrulha Estadual de Washington como parte da investigação do desaparecimento de uma jovem chamada Sarah Crosswhite.

— Você pode explicar brevemente à corte como é o teste de DNA?

— A corte sabe como funciona a análise e o teste de DNA — Meyers disse enquanto fazia anotações, sem levantar a cabeça. — Vamos em frente.

— Vocês realizaram testes de DNA nas amostras de sangue e cabelo que lhe fornecemos?

— Realizamos — Scott disse, e explicou em linhas gerais os testes realizados.

— Esses testes existiam em 1993?

— Não.

— Começando com o sangue, vocês conseguiram obter um perfil de DNA da amostra fornecida?

— Devido à idade das amostras e ao modo como foram armazenadas, bem como a uma possível contaminação, não foi possível obter um perfil completo.

— Vocês conseguiram obter um perfil parcial de DNA das amostras de sangue?

— Apenas de uma.

— E você chegou a alguma conclusão definitiva sobre essa amostra, com base nesse perfil parcial?

— Só que a amostra pertencia a um homem.

— Você não conseguiu identificar um indivíduo específico?

— Não.

Dan aquiesceu e consultou suas anotações. A análise de Scott confirmava a afirmação de House de que o sangue era dele, e dava alguma credibilidade à noção de que ele tinha se cortado trabalhando na oficina de móveis, e depois tinha ido até a caminhonete pegar cigarros antes de entrar na casa para limpar seus arranhões e ferimentos.

— Você pode descrever os teste realizados nas amostras de cabelo? – Dan continuou.

— Nós examinamos cada amostra microscopicamente. Dos treze fios que recebemos, sete tinham raízes, o que nos permitiu obter perfis de DNA.

— E vocês conseguiram obter perfis de algum desses sete fios?

— Nós obtivemos perfis de DNA em cinco fios.

— Vocês consultaram as bases de dados estadual e nacional que contêm perfis de DNA?

— Sim, consultamos.

— E esses perfis de DNA dos cabelos combinaram com algum DNA armazenado nessas bases de dados?

— Sim, nós obtivemos o que chamamos de "identificação positiva" em três das cinco amostras.

— O que uma identificação positiva significa?

— Significa que o perfil de DNA que obtivemos em três das amostras de cabelo é igual a um perfil de DNA que está nas bases de dados nacional e estadual.

— Obrigado, Dr. Scott. Agora, vamos recuar um pouco. Eu lhe forneci algum outro item para ter o DNA testado?

— Sim, você me forneceu um fio de cabelo loiro e pediu que fosse analisado de modo independente.

— Eu lhe disse como obtive esse fio de cabelo loiro?

— Não, não disse.

— Você obteve um perfil de DNA desse fio de cabelo loiro?

— Sim, e nós passamos esse perfil pelas bases de dado estadual e nacional e obtivemos uma identificação positiva.

— Dr. Scott, vocês conseguiram identificar a pessoa, na base de dados estadual, cujo DNA combina com o desse fio de cabelo independente que eu lhe dei?

— O perfil de DNA combina com o de uma agente da lei, a Detetive Tracy Crosswhite.

Tracy sentiu o olhar da galeria em cima dela.

— Muito bem. Você testemunhou que o perfil de DNA nos três fios de cabelo que estavam no arquivo da polícia combinava com um perfil na base de dados estadual. Pode identificar *esse* indivíduo?

— O DNA obtido nesses três fios de cabelo também combinava com o DNA de Tracy Crosswhite.

A galeria ficou alvoroçada.

— Meu Deus — alguém murmurou.

Meyers bateu o martelo uma vez, restabelecendo o silêncio.

— Só para ficar claro, o DNA obtido dos três fios de cabelo no arquivo da polícia, que foram obtidos no interior da picape Chevrolet vermelha com caçamba antiga, pertence a Tracy Crosswhite?

— Correto.

— Qual a probabilidade de que você esteja enganado? — Dan perguntou.

Scott sorriu.

— Uma em bilhões.

— Dr. Scott, você disse que também conseguiu um perfil de DNA para dois outros fios de cabelo. — Dan se virou e apontou para Tracy. — Esses dois fios não pertenciam à Detetive Crosswhite?

— Não.

— Vocês conseguiram determinar algo de definitivo sobre essas amostras?

— Na verdade, sim. Os dois fios pertenciam a uma pessoa geneticamente relacionada à Detetive Crosswhite.

— Relacionada, como? — Dan perguntou.

— Uma irmã — Scott disse.

— Uma irmã? — Dan perguntou.

— Com certeza uma irmã.

CAPÍTULO 48

Enquanto Harrison Scott deixava o banco das testemunhas, após o breve interrogatório feito por Vance Clark, o Juiz Meyers voltou-se para Vance Clark.

— Sr. Clark, a promotoria deseja chamar alguma testemunha?

O tom de Meyers sugeria que ele não julgava aconselhável chamar, e, objetivamente, quem a promotoria chamaria? As testemunhas de 1993 já tinham todas deposto, e dessa vez o desempenho delas tinha sido menos do que brilhante. Clark se levantou.

— A promotoria não vai chamar ninguém, Excelência.

Meyers aquiesceu.

— Então nós entraremos em recesso. — Sem explicar por que tinha pedido um recesso em vez de encerrar os trabalhos do dia, Meyers rapidamente saiu de seu lugar. No momento em que a porta do gabinete dele se fechou, a sala de audiências ganhou vida e a imprensa se aproximou de Tracy. Com a mesma rapidez, ela foi para a saída antes que ficasse completamente bloqueada e viu Finlay Armstrong abrindo caminho para facilitar sua fuga.

— Preciso tomar um ar — ela disse.

— Eu sei onde.

Juntos, eles desceram uma escada nos fundos e saíram por uma porta lateral para um pátio de concreto na face sul do edifício. Tracy se lembrava vagamente de ter estado nesse pátio durante o julgamento de Edmund House.

— Só preciso de um minuto sozinha — Tracy disse.

— Você vai ficar bem? — Finlay perguntou. — Quer que eu vigie a porta?

— Seria bom.

— Eu aviso quando o juiz voltar.

Estava frio de doer, mas Tracy estava suando, com a respiração difícil. A magnitude e o caráter definitivo daquele dia chocaram até mesmo ela. Tracy precisava de um momento para assimilar tudo.

O depoimento de Scott, de que as amostras de cabelo encontradas na Chevrolet vermelha pertenciam a ela e Sarah levantava sérias dúvidas quanto à integridade daquela prova. Havia ainda o fato de que os brincos apresentados no julgamento de House não tinham sido usados por Sarah no dia em que foi raptada. Além disso, a presença de plástico e fibras de carpete questionava seriamente o testemunho de Calloway, de que House tinha confessado matar e enterrar Sarah rapidamente. Sem mencionar o trabalho de Dan em desacreditar Hagen. Parecia óbvia a conclusão de que Meyers concederia um novo julgamento a Edmund House. Agora Tracy precisava pensar adiante. Ela precisava conseguir que reabrissem a investigação da morte de sua irmã, e precisava fazer as pessoas falarem. Em sua experiência, nada era mais provável de fazer conspiradores começarem a atacar uns aos outros do que a ameaça real de serem processados criminalmente e irem para a prisão.

O frio gelado, a princípio revigorante, começou a lhe arder nas faces. Os dedos estavam ficando dormentes. Ela foi até a porta e encontrou Maria Vanpelt observando-a.

— Gostaria de dar uma declaração, Detetive Crosswhite?

Tracy não respondeu.

— Eu entendo agora por que você disse que isto era pessoal. Sinto muito por sua irmã. Eu passei dos limites.

Tracy conseguiu fazer um aceno com a cabeça.

— Você tem alguma ideia de quem seja o responsável?

— Não com um mínimo de certeza.

Vanpelt se aproximou dela.

— É televisão, detetive. É questão de audiência. Nunca foi pessoal.

Mas Tracy sabia que era pessoal, para ela e para Vanpelt. Uma detetive de homicídios conseguindo um novo julgamento para um assassino dava ótimos programas de televisão. E isso significava não apenas melhor audiência para a rede de TV, mas fama para Vanpelt, e fama era tudo para alguém como ela.

— Para você é questão de audiência — Tracy disse. — Mas não para mim nem para minha família. Nem para esta comunidade. O impacto de um assassinato é muito real. É a minha vida. Foi a vida da minha irmã e dos meus pais. A vida de Cedar Grove. O que aconteceu aqui, 20 anos atrás, impactou a vida de todos nós. E continua impactando.

— Talvez uma entrevista exclusiva para contar o seu lado da história.

— Meu lado da história?

— Uma investigação de 20 anos que parece estar chegando ao fim.

Tracy observou os primeiros flocos de neve que caíam de um céu parecendo cada vez mais furioso, um céu que dava todos os sinais de que, dessa vez, os meteorologistas tinham acertado. Ela pensou nas perguntas de Kins e Dan sobre o que faria quando a audiência terminasse.

— É isso que você não entende e nunca vai entender. Quando a audiência terminar, você vai para sua próxima matéria. Mas eu não posso me dar esse luxo. Isto nunca vai acabar, nem para mim nem para esta comunidade. Nós todos tivemos que aprender a viver com a dor — ela disse.

Tracy passou por Vanpelt e abriu a porta, entrando, ansiosa para ouvir o que Meyers tinha para dizer.

Tracy sentiu uma mudança na atitude do Juiz Meyers quando ele retomou seu assento, mexeu numas folhas e mudou de lugar uma pilha de documentos. Ele pegou um bloco de notas, segurando em ângulo e observando a galeria meio vazia por cima dos óculos de leitura equilibrados na ponta de seu nariz. Boa parte do público tinha decidido sair para voltar para casa antes da tempestade chegar.

— Eu aproveitei o recesso para verificar a previsão do tempo e também para analisar a lei e confirmar a extensão da minha autoridade neste procedimento — Meyers disse. — Em primeiro lugar, confirmei que uma tempestade severa está prevista para nos atingir esta noite.

Sabendo disso, não posso, de consciência tranquila, prorrogar esse procedimento por nem mais um dia. Estou preparado, portanto, para declarar meu entendimento preliminar e minha interpretação da lei.

Tracy olhou para Dan. Edmund House também. Tanto Dan como Vance Clark tinham esvaziado suas mesas durante o recesso. Assim como as pessoas do público que foram embora, eles imaginaram que os trabalhos do dia estivessem encerrados, exceto, talvez, por Meyers apresentar-lhes um prazo para dar sua decisão. No momento, então, eles se apressaram para pegar seus blocos de notas e canetas. Meyers esperou um instante para lhes dar tempo.

— Nos meus mais de 30 anos de magistratura, nunca testemunhei tamanho erro na administração da justiça. Não posso saber, com certeza, o que aconteceu 20 anos atrás. Essa será uma questão, imagino, para o Departamento de Justiça decidir, junto com o destino dos responsáveis. O que eu sei é que a defesa provou, *neste procedimento*, que existem questões substanciais quanto às evidências apresentadas para condenar o réu, Edmund House, em 1993. Enquanto minha conclusão escrita vai detalhar essas aparentes improbidades, aproveito esta oportunidade porque não posso ficar com a consciência tranquila se mandar este réu para a prisão por nem mais um dia.

House voltou-se de novo para Dan, confuso e incrédulo. Um murmúrio baixo se elevou no que restava do público. Meyers silenciou-o com uma única batida do martelo.

— Nosso sistema judicial tem como premissa a verdade. Espera-se que os participantes do sistema respeitem e forneçam a verdade, toda a verdade e nada além da verdade... que Deus os ajude. Esse é o único modo pelo qual nosso sistema de justiça pode funcionar adequadamente. É o único modo pelo qual podemos garantir um julgamento justo para o acusado. Não é um sistema perfeito. Nós não podemos controlar as testemunhas que não prezam a verdade, mas podemos controlar aqueles que participam do processo judicial; os agentes da lei e os homens e mulheres que juraram praticar o Direito neste local. — Em uma sentença, Meyers tinha condenado Calloway, Clark e DeAngelo Finn. — Não é um sistema infalível, mas, como declarou meu colega jurista William Blackstone, "É melhor que dez culpados saiam livres do que condenar injustamente um homem inocente".

— Sr. House, ele continuou —, não sei se você é culpado ou inocente do crime pelo qual foi acusado, julgado e condenado. Não cabe a mim determinar isso. Contudo, é minha opinião e conclusão, com base nas evidências apresentadas diante de mim, que existem sérias dúvidas quanto a você ter recebido um julgamento justo, como é exigido pela Constituição e por nossos pais fundadores que a redigiram. Portanto, será minha recomendação ao Tribunal de Recursos que reenvie seu caso para a primeira instância e você receba um novo julgamento.

House estava com as mãos apoiadas na mesa. Ele deixou o queixo cair na direção do peito e seus ombros enormes subiram e desceram com um suspiro enorme.

— Eu não sou ingênuo — Meyers continuou. — Reconheço que, ao longo dos últimos 20 anos, evidências se deterioraram e a memória das testemunhas pode ter se desgastado. O ônus da acusação será ainda maior do que foi há 20 anos, mas, se isso prejudica a promotoria, é um prejuízo autoimposto. Não é problema meu.

— Vai demorar algum tempo para que eu redija minha conclusão e minha interpretação da lei, e imagino que vai demorar para o Tribunal de Recursos analisá-la. Também suponho ser inevitável que a promotoria recorra da minha decisão. Haverá também o atraso inevitável para que este material possa ser encaminhado para este Tribunal Superior com o objetivo de se realizar um novo julgamento, se é que este irá acontecer. Sr. House, não precisa se preocupar com esses atrasos.

Tracy percebeu para onde ia a conclusão de Meyers. O público que restava também, e continuou a sussurrar e se remexer.

— Portanto, ordeno sua libertação, sujeita ao processamento na Prisão do Condado de Cascade e à imposição de certas condições para sua liberdade. Não vou impor fiança. Vinte anos é um pagamento mais do que suficiente. Ordeno, contudo, que continue dentro do estado, que se apresente diariamente ao seu oficial da condicional, que se abstenha de álcool e drogas e que obedeça às leis do estado e desta nação. O senhor compreende esses termos?

Edmund House, mudo havia três dias, se levantou e falou.

— Eu compreendo, *seu* Juiz.

CAPÍTULO 49

Depois que o Juiz Meyers bateu o martelo pela última vez, os jornalistas correram para o gradil gritando perguntas para Dan e Edmund House. O'Leary procurou acalmá-los enquanto os agentes prisionais recolocavam as algemas e correntes em House e o retiravam pela porta dos fundos para levá-lo à Prisão do Condado de Cascade para os procedimentos.

— Nós vamos dar uma coletiva de imprensa na prisão assim que meu cliente for libertado — Dan disse.

Finlay Armstrong apareceu ao lado de Tracy para escoltá-la para fora da sala de audiências. No meio da comoção, ela olhou por sobre o ombro, e por um breve instante voltou no tempo até o momento em que olhou pelo vidro traseiro da picape de Ben e viu Sarah pela última vez, parada sozinha na chuva.

Dan ergueu o rosto e encontrou o olhar dela, dando-lhe um pequeno sorriso de contentamento.

Finlay tirou Tracy pela porta da sala e a levou pela escada de mármore que chegava a uma área circular. Alguns jornalistas, talvez percebendo que não conseguiriam nada com Dan ou House, correram atrás dela, com os operadores de câmera e fotógrafos correndo na frente para filmar e fotografar Tracy descendo os degraus do interior do tribunal.

— Você se sente justiçada?

— Isto não era para eu conseguir justiça para mim.

— Para que era, então?

— Sempre foi por Sarah, para descobrir o que aconteceu com a minha irmã.

— Você vai continuar a investigar?

— Vou pedir que a investigação do assassinato dela seja reaberta.

— Você tem alguma ideia de quem matou sua irmã?

— Se eu tivesse, levaria a informação para quem vai investigar.

— Você sabe como seu cabelo foi parar na caminhonete de Edmund House?

— Alguém pôs meu cabelo lá — ela disse.

— Você sabe quem?

Ela sacudiu a cabeça.

— Não.

— Você acredita que tenha sido o Xerife Calloway?

— Não tenho como saber.

— E quanto às joias? — outra jornalista perguntou. — Você sabe quem as colocou lá?

— Não vou especular — ela afirmou.

— Se Edmund House não matou sua irmã, quem a matou?

— Eu disse que não vou especular.

Na área circular de mármore, mais câmeras e microfones a assediaram. Percebendo que era inútil tentar evitar os jornalistas, ela parou.

— Você acha que o assassino da sua irmã um dia será levado à justiça? — um repórter perguntou.

— Hoje foi dado o primeiro passo para reabrir o caso de Sarah. Pretendo ir até o fim com isso, um passo de cada vez.

— O que pretende fazer agora?

— A próxima coisa que vou fazer é voltar a Seattle — ela disse. — Mas isso vai ter que esperar até a tempestade passar. Sugiro que todos nós sigamos para onde precisamos estar.

Ela abriu caminho pela multidão com a ajuda de Finlay. Do lado de fora, vários dos jornalistas mais persistentes continuaram a segui-la, mas logo desistiram, talvez percebendo que o tempo estava piorando. Os flocos de neve caíam, grossos, formando uma cortina de renda, trazidos por um vento persistente que às vezes vinha em rajadas. Tracy vestiu uma touca e calçou as luvas.

— Daqui eu vou sozinha — ela disse para Finlay.

— Tem certeza?

— Você é casado, Finlay?

— Muito. Eu tenho três filhos, o mais velho com 9 anos.

— Então vá para casa ficar com eles.

— Bem que eu gostaria. Noites assim são ruins para nós.

— Eu me lembro de quando eu trabalhava fazendo patrulha.

— Não sei se adianta eu dizer...

— Compreendo — ela disse. — Obrigada.

Tracy desceu os degraus do tribunal. Ela não tinha conseguido trocar o sapato de salto pela bota de neve; os degraus estavam escorregadios e seus sapatos eram traiçoeiros. Ela teve que tomar cuidado com cada passo. A umidade invadia o couro dos escarpins, e ela sentiu o frio invadir seus dedos. Ela ia estragar um par de sapatos muito bons.

Ela levantou os olhos para analisar o tráfego saindo do estacionamento e começando a se acumular na rua em frente ao tribunal – carros e picapes, alguns com correntes nas rodas produzindo um som que a lembrou de Edmund House entrando acorrentado no começo de cada manhã e saindo no fim da tarde. Um caminhão com grandes pneus de neve diminuiu a velocidade ao se aproximar do cruzamento. A luz de freio direita acendeu. A esquerda, não.

Tracy sentiu um surto de adrenalina. Após um momento de hesitação, ela apertou o passo, correndo o mais rápido que seus calçados permitiam. Ao descer do último degrau, seu pé escorregou e Tracy caiu, mas conseguiu se segurar no corrimão, evitando se esparramar no chão coberto de neve. Quando conseguiu se equilibrar em pé, o caminhão já tinha chegado ao cruzamento. Ela correu o mais rápido que conseguia até o estacionamento ao lado, tentando ver, mas o veículo estava longe demais, e a neve muito espessa, para ela distinguir os números e letras na placa. Uma gaiola de metal na parte de trás também a impediu de enxergar dentro da cabine. O caminhão virou à direita no cruzamento e continuou na rua ao norte do tribunal.

Tracy deslizava por entre as fileiras de carros ainda estacionados. Os escapamentos sopravam fumaça enquanto os motoristas, do lado de fora, raspavam furiosamente neve e gelo dos vidros da frente e de trás. Alguns saíam de ré de suas vagas sem limpar os vidros. Outros tentavam sair dali, aumentando o congestionamento. Tracy manteve os olhos no caminhão e não viu o carro saindo de ré até o para-choque tocar sua perna. Ela bateu no porta-malas para chamar a atenção do motorista e girou o corpo para não ser atropelada, mas sentiu o sapato escorregar e dessa vez caiu de joelho no asfalto onde o carro tinha estado, evitando que a neve se acumulasse ali. O motorista saiu, desculpando-se, mas Tracy já estava levantando, à procura do caminhão. Ele estava parado a três carros do próximo cruzamento da avenida principal. Ela passou por trás de outra fileira de carros estacionados, seus pulmões ardendo, as panturrilhas doendo do esforço de se manter equilibrada. O caminhão chegou ao cruzamento e virou à esquerda na neve ofuscante, afastando--se dela na direção de Cedar Grove.

Tracy interrompeu a perseguição e se dobrou, com as mãos nos joelhos, mantendo a cabeça erguida e observando até não poder mais ver o veículo. Sua respiração ofegante marcava o ar com jatos brancos, e o frio invadiu sua respiração e seus pulmões, e ardeu nas suas faces e orelhas expostas. Ela percebeu que, na queda, tinha rasgado a meia e machucado o joelho, que doía. Os dedos dos pés estavam dormentes.

Ela procurou uma caneta na maleta, tirou a tampa com a boca e anotou na mão úmida as letras e os números da placa que acreditava ter enxergado.

De volta ao carro, ligou o motor e acionou o aquecedor no máximo. As palhetas do limpador fizeram um barulho horrível ao passarem pela camada de gelo no vidro. Com os dedos ainda dormentes, Tracy teve dificuldade para teclar os números no telefone. Ela fechou o punho e soprou nele, flexionando os dedos antes de tentar de novo.

Kins atendeu no primeiro toque.

— Oi.

— Acabou.

— O quê?

— O Meyers deu a sentença ainda na sala de audiências. House vai ter outro julgamento.

— O que aconteceu?

— Depois te conto os detalhes. No momento preciso de um favor. Preciso que você busque uma placa de carro para mim. Só tenho uma parte, então vou precisar que você tente diferentes combinações. O que você conseguir.

— Espere, vou pegar alguma coisa para escrever.

— É uma placa de Washington. — Ela lhe disse os números e as letras que acreditava ter visto. — Pode ser um W em vez de um V, e o três pode ser um oito.

— Você sabe que isso vai gerar muitas possibilidades.

Tracy trocou o celular de mão e soprou no outro punho.

— Eu sei. É um caminhão plataforma, daqueles de carga com a traseira plana, então deve ser uma placa comercial. Não consegui ver direito. — Ela trocou o celular de mão outra vez, flexionou os dedos e soprou na outra mão.

— Quando você vai voltar?

— Não sei. Deve chegar uma nevasca forte aqui. Espero voltar na segunda-feira, no máximo.

— Aqui a nevasca já chegou. Dá para ouvir os caminhões espalhando areia nas ruas. Detesto quando fazem isso. Depois de um tempo parece que a gente está dirigindo numa caixinha de areia de gatos. Vou pesquisar a placa logo para poder ir para casa. Eu te aviso quando souber de alguma coisa.

Ela nem bem tinha desligado quando o celular tocou.

— Estou indo para a prisão — Dan disse. — Nós vamos dar uma coletiva de imprensa quando o House for solto.

— Para onde ele vai?

— Eu não tinha conversado com ele sobre isso. É meio irônico.

— O que é irônico?

— O primeiro dia de liberdade dele e o clima nos tornou a todos prisioneiros.

CAPÍTULO 50

Roy Calloway não foi para casa depois da audiência. Ele foi para onde sempre ia, para onde tinha ido quase todos os dias de sua vida nos últimos 35 anos — quer chovesse ou fizesse sol, em dias úteis ou fins de semana. Ele foi para onde se sentia mais confortável, mais à vontade do que em sua própria sala de estar. E por que não? Passava mais tempo no escritório do que em casa. Ele se sentou atrás da sua mesa, que tinha arranhões e cortes no canto em que costumava apoiar as botas. A mesa na qual o encontrariam morto, ele dizia às pessoas, por que só assim sairia dali, ou então quando arrumassem um guindaste para tirá-lo contra sua vontade.

— Não me passe nenhuma chamada — ele disse para o sargento de plantão. Depois sentou-se à mesa, apoiou os pés no canto e se balançou na cadeira enquanto observava sua truta empalhada. Talvez estivesse na hora de ceder ao desejo de sua mulher e se aposentar. Talvez estivesse na hora de pescar mais e diminuir seu *handicap* no golfe. Talvez estivesse na hora de sair de cena e deixar Finlay assumir, dar a vez para um jovem. Talvez estivesse na hora de Calloway ir mimar seus netos.

Parecia bom. Parecia certo.

Parecia um jeito de fugir.

E Roy Calloway nunca tinha fugido de nada na vida. E não ia começar a fugir agora. E também não ia facilitar a vida deles. Que o chamassem de teimoso, obstinado, soberbo. Podiam escolher. Ele não dava a mínima. Podiam chamar os federais, o Departamento de Justiça, os Marines, quem diabos quisessem chamar. Ele não cederia sua mesa nem seu escritório para ninguém, não sem lutar. Podiam especular.

Podiam opinar sobre as evidências serem questionáveis. Podiam acusá-lo de crime. O que não podiam fazer era provar.

Porcaria nenhuma.

Então, que viessem com suas acusações e seus dedos apontados. Que viessem com suas atitudes altivas. Que viessem com seus discursos de integridade do sistema judicial. Eles não sabiam. Não faziam ideia. Calloway tivera 20 anos para pensar em tudo. Vinte anos para se perguntar se tinha feito a coisa certa. Vinte anos para confirmar o que sabia desde o momento em que tinham tomado a decisão. E não mudaria nada, nem uma droga de atitude.

Ele pegou a garrafa de Johnnie Walker na gaveta mais baixa da mesa, serviu dois dedos e tomou um gole, sentindo a bebida queimar.

Calloway não fazia ideia de quanto tempo tinha passado quando seu celular tocou, trazendo-o de suas reminiscências para o presente. Poucas pessoas tinham seu número de celular. A identificação dizia "CASA".

— Você está vindo? — sua mulher perguntou.

— Logo, logo — ele disse. — Estou terminando aqui.

— Eu vi o noticiário. Sinto muito.

— É — ele disse.

— A neve está realmente pesada. É melhor você vir para casa antes que não consiga mais. Eu fiz um cozido de sobras.

— Parece bom para uma noite como esta. Não vou demorar.

Calloway desligou e colocou o celular no bolso da camisa. Guardou o copo vazio e a garrafa de volta na gaveta de baixo e estava para fechá-la quando a conhecida sombra passou pelo vidro jateado. Vance Clark não bateu quando chegou à porta. Ele entrou com cara de quem tinha passado três rounds bloqueando golpes de um peso-pesado – colarinho desabotoado, o nó da gravata puxado para baixo e torto. Ele jogou a pasta e o casaco numa das cadeiras como se seus braços estivessem cansados demais para continuar a segurá-los e desabou na outra cadeira. Rugas de preocupação marcavam sua testa. Como promotor do condado, Clark era obrigado a aparecer diante das câmeras e falar com a imprensa após um caso relevante. O condado exigia, embora isso tivesse acontecido apenas algumas vezes, pelo que Calloway conseguia se lembrar. Vinte anos antes, após a condenação de Edmund House, Calloway tinha ficado ao lado de Clark diante dos microfones. Tracy também estava lá. Assim como James e Abby Crosswhite.

— Foi tão ruim assim? — Calloway perguntou.

Clark deu de ombros, e parecia que ele só tinha energia para isso. Seus braços estavam pendurados como pedaços de corda.

— Foi o que se esperava.

Calloway voltou a se sentar e pegar a garrafa. Dessa vez colocou dois copos sobre a mesa, serviu dois dedos num dos copos e o deslizou para o canto em que Clark estava sentado. Depois se serviu de mais uma dose.

— Você se lembra? — Calloway perguntou. Eles tinham feito um brinde nesse mesmo escritório 20 anos antes, após a condenação de Edmund House. James Crosswhite também estava presente.

— Eu me lembro. — Clark levantou seu copo e o inclinou na direção de Calloway antes de virar a bebida em sua garganta e fazer uma careta. O xerife pegou a garrafa, mas Clark rejeitou outra dose.

Calloway girou um clipe de papel dobrado com o polegar e o indicador, como se fosse uma hélice de helicóptero. Ele ficou ouvindo o tique-taque do relógio da parede e o zunido baixo das luzes fluorescentes, uma delas tremeluzindo.

— Você vai entrar com recurso?

— É uma formalidade — Clark disse.

— Quanto tempo antes de o Tribunal de Recursos negar e conceder um novo julgamento?

— Não sei se vou ser eu a decidir. O novo promotor pode querer conter o prejuízo — Clark disse, aparentemente já resignado a perder o emprego. — Ele vai ter uma desculpa pronta. Vai pôr a culpa no cara anterior, dizer que eu fiz tanta besteira que ele não tem como ganhar o novo julgamento. Por que desperdiçar dinheiro dos contribuintes? Por que manchar a ficha dele com a merda dos outros?

— São só especulações e insinuações, Vance.

— A imprensa já está rodando histórias de corrupção e conspiração em Cedar Grove. Só Deus sabe o que mais vão inventar.

— As pessoas deste condado sabem quem você é e em que acredita.

Clark sorriu, mas foi um sorriso triste que se apagou rapidamente.

— Eu gostaria de saber quem sou. — Ele colocou o copo na mesa.

— Você acha que vão vir atrás de nós, com acusações criminais?

Foi a vez de Calloway dar de ombros.

— Pode ser.

— Acho que vou ser expulso da Ordem.

— Acho que vou ser afastado.

— Você não parece preocupado.

— O que tiver que ser será, Vance. Não vou começar a duvidar de mim mesmo agora.

— Você nunca teve dúvidas?

— Se foi a coisa certa a fazer? Nunca. — Calloway terminou seu drinque e pensou na advertência da esposa sobre a tempestade. — Sugiro que você vá para casa enquanto ainda pode. Vá beijar sua mulher.

— É — Clark disse. — Sempre tem isso, não é?

Calloway olhou de novo para a truta.

— É só isso.

— E quanto ao House? Alguma ideia do que ele vai fazer?

— Não sei, mas ele não vai longe, nem vai chegar rapidamente a nenhum lugar neste clima. Você ainda tem seu 38?

Clark aquiesceu.

— É melhor ficar com ele por perto.

— Já pensei nisso. E o DeAngelo?

Calloway meneou a cabeça.

— Vou ficar de olho nele, mas não acho que o House seja tão esperto. Se fosse, teria entrado com recurso baseado em negligência do advogado. Nunca entrou.

CAPÍTULO 51

Tracy deu ré no Subaru, colocou-o em "drive" e acelerou o motor uma terceira vez. Nessa tentativa os pneus passaram pela saliência de neve e gelo na entrada da casa de Dan, acompanhados de um som assustador de algo raspando embaixo do carro. Ela conseguiu abrir caminho à frente para deixar espaço para Dan estacionar seu Tahoe atrás dela. O barulho ativou o sistema de alarme, um coro de ganidos e latidos que irrompeu dentro da casa, embora ela não pudesse ver os cachorros por causa da placa de compensando que ainda cobria a janela cujo vidro tinha sido quebrado.

Quando Tracy saiu do carro, suas botas afundaram até a panturrilha na neve que escondia a calçada de pedra. As luzes do gramado, parcialmente enterradas, criavam poças de ouro líquido. Ela encontrou a chave reserva que Dan deixava em cima da porta da garagem e chamou Sherlock e Rex enquanto destrancava a porta da frente. Os latidos alcançaram um nível alucinante. Quando abriu a porta, ela saiu para o lado para evitar um possível impacto, imaginando que eles sairiam com tudo, mas nenhum dos cachorros foi até ela. Rex não mostrou nenhum interesse, e Sherlock pôs apenas a cabeça para fora, aparentemente para ver se Dan vinha atrás dela. Quando percebeu que não estava, Sherlock entrou.

— Não culpo você — ela disse, entrando e fechando a porta. — Um banho quente parece muito melhor. — A adrenalina que a tinha alimentado durante a semana estava se dissipando, deixando estresse e fadiga emocional, embora sua mente continuasse revirando as letras e os números da placa do caminhão plataforma.

Tracy trancou a porta e deixou botas, luvas e casaco no tapete junto à porta. Encontrou o controle remoto no sofá e ligou a televisão, passando os canais à procura de notícias sobre a audiência e a decisão inesperada do Juiz Meyers enquanto ia para a cozinha. Ela deixou no Canal 8, que passava as matérias da Vanpelt todas as noites, e pegou uma garrafa de cerveja na geladeira, destampando-a. Voltando à sala de estar, Tracy sentou-se no sofá e sentiu os músculos relaxarem imediatamente. A cerveja estava mais gostosa do que esperava, fria e revigorante. Ela pôs os pés com meias na mesa de centro e examinou o arranhão no joelho, que era apenas superficial. Talvez fosse melhor limpar a ferida, mas Tracy não estava com vontade de se levantar e se dar o trabalho. Talvez Dan a carregasse escada acima até a cama.

De novo sua cabeça voltou à placa do caminhão. O *V* que podia ser um *W* e o três que podia ser um oito. Era uma placa comercial? Ela não tinha certeza.

Tracy deu um gole na cerveja e tentou acalmar os pensamentos. Tudo tinha chegado a uma conclusão tão repentina e dramática que ela ainda não havia conseguido absorver as implicações do que tinha acontecido. Como todo mundo, ela também pensara que o Juiz Meyers encerraria a audiência e escreveria sua decisão em outro dia. Nunca imaginou que Edmund House pudesse sair da audiência um homem livre. Ela achava que ele seria enviado de volta à prisão afim de esperar a decisão do Tribunal de Recursos para lhe conceder um novo julgamento. Sua mente voltou para aquele dia na prisão de Walla Walla, quando viu o sorriso nojento de House. *Até já estou vendo*, ele tinha dito. *A cara de todo aquele povo quando me vir de novo nas ruas de Cedar Grove.*

Agora ele teria essa oportunidade, embora não imediatamente. Ninguém andaria pelas ruas de Cedar Grove naquele momento – não nessa noite, e talvez não por alguns dias. Como Dan bem disse, a tempestade tinha transformado todos em prisioneiros.

Mas House não era mais sua prioridade. Ela não ligava para o que podia acontecer no novo julgamento de House, ou mesmo se haveria um. Tracy voltaria seus esforços para reabrir o caso de Sarah, o que sempre tinha sido seu objetivo. Ela duvidava que essa decisão fosse de Vance Clark. Após a censura de Meyers, Clark provavelmente renunciaria ao seu posto de promotor do condado. A queda de Clark não dava nenhum prazer a Tracy. Ela conhecia Clark e sua esposa. As filhas deles estudaram no Colégio de Cedar Grove. A aposentadoria também parecia a melhor opção para Roy Calloway, mas Tracy conhecia o xerife e sabia que ele era teimoso demais para isso. O que não influenciaria os esforços de Tracy em trabalhar para que o Departamento de Justiça dedicasse seus recursos a investigar se Clark e Calloway tinham participado de uma conspiração para condenar Edmund House. Ela não sabia se tal investigação incluiria DeAngelo Finn, que estava velho e frágil demais, mas ele poderia ser uma testemunha valiosa.

Tracy deu um gole na cerveja e se pegou, de novo, pensando em sua conversa com Finn quando estava nos degraus dos fundos da casa dele.

Cuidado. Às vezes é melhor que nossas perguntas não tenham respostas.

Não sobrou ninguém para se machucar, DeAngelo.

Sobrou, sim.

Roy Calloway estava igualmente melancólico na noite em que apareceu na clínica veterinária. *Seu pai...* ele começou a falar, antes de algo o fazer parar.

Ela chegou a imaginar se, talvez, ver George Bovine contando o horrível sofrimento de sua filha podia ter, de algum modo, convencido seu pai e os outros de que, se não podiam encontrar o assassino de Sarah, a melhor alternativa seria pôr um animal como Edmund House atrás das grades pelo resto de sua vida. Durante anos ela considerou essa a teoria mais plausível. Seu pai sempre fora um homem de tal integridade e moral que era difícil concebê-lo fazendo algo assim, mas esse homem desaparecera nas semanas que se seguiram ao rapto de Sarah. O homem com quem ela tinha trabalhado naquele escritório durante a busca frenética pela irmã parecia tomado por um espírito diferente. Aquele homem era raivoso, amargo, consumido pela morte de Sarah. E, Tracy supunha, ele havia sido consumido por sua própria culpa por não ter estado em Cedar Grove, por não ter ido com elas ao torneio de tiro, por não ter estado lá para protegê-las como sempre estivera – e como era o dever de um pai.

O noticiário local começou. Sem surpresas, a decisão do Juiz Meyers de libertar Edmund House era a notícia principal, da mesma forma que a audiência tinha sido nas três noites anteriores.

— Um desdobramento chocante hoje na audiência pós-condenação de Edmund House, no Condado de Cascade — disse o âncora.

— Após 20 anos, o estuprador e assassino condenado Edmund House é um homem livre. Para saber mais dessa história, vamos conversar ao vivo com Maria Vanpelt, que está enfrentando uma nevasca na frente da Prisão do Condado de Cascade, onde Edmund House e seu advogado deram uma entrevista coletiva agora pouco.

Vanpelt estava debaixo de um guarda-chuva no brilho de uma lâmpada de gravação. Ao seu redor, a neve caía, quase bloqueando a visão da Prisão do Condado de Cascade, o pano de fundo que ela tinha escolhido. Rajadas de vento puxavam o guarda-chuva, ameaçando virá-lo do avesso, e o forro de pele do capuz de seu casaco esvoaçava como a juba de um leão correndo.

— Chocante é mesmo a palavra que descreve o que aconteceu hoje — Vanpelt disse. Ela narrou o testemunho de Tracy, bem como o de Harrison Scott, que levaram à decisão do Juiz Meyers de libertar Edmund House. — Chamando o julgamento original de farsa, o Juiz Meyers implicou todos os envolvidos, incluindo o xerife de Cedar Grove, Roy Calloway, e o promotor do condado, Vance Clark — Vanpelt continuou. — Um pouco mais cedo eu compareci a uma entrevista coletiva dentro do prédio que está atrás de mim. Isso foi pouco antes de Edmund House sair por aquela porta como um homem livre, pelo menos por enquanto.

Entraram as imagens da coletiva de imprensa ocorrida antes. Dan estava sentado ao lado de House com um buquê de microfones na mesa diante deles. A diferença de tamanho entre eles era evidente na mesa da defesa, mas parecia ainda mais pronunciada agora, com House vestindo camisa jeans e casaco de inverno.

O celular de Tracy tocou. Ela o pegou no sofá e apertou o botão de "Pausa" no controle da TV.

— Estou te vendo na televisão — ela disse. — Onde você está?

— Eu dei mais algumas entrevistas para a imprensa nacional — Dan disse. — Estou voltando, mas achei melhor avisar que a avenida está um horror. Tem carro derrapando para todo lado. Vou demorar um pouco para chegar aí. Tem relatos de falta de luz e árvores caídas.

— Por aqui está tudo bem — ela disse.

— Eu tenho um gerador na garagem, se você precisar. Tudo que precisa fazer é ligar o plugue no soquete ao lado da caixa de disjuntores.

— Não sei se tenho energia para tanto.

— Os meninos estão bem?

— Deitados no tapete. Pode ser que você precise carregar os dois para fora, para usarem o banheiro.

— E você?

— Eu consigo ir ao banheiro sozinha, muito obrigada — ela disse.

— Estou vendo que alguém recuperou o senso de humor.

— Acho que estou meio perplexa. Mas o que *eu* estou vendo é um banho quente no meu futuro.

— Gostei dessa ideia.

— Depois eu ligo para você. Quero ver a entrevista.

— Como eu estou?

— Ainda querendo elogios?

— Você sabe que sim. Tudo bem, me ligue depois.

Ela desligou e apertou "Play".

— Nós vamos lidar com isso quando for a hora — Dan disse na TV. — Acredito que o Tribunal de Recursos vai agir rapidamente, considerando a injustiça cometida. Depois disso, vamos ter que esperar para ver o que a promotoria vai decidir.

— Qual é a sensação de estar livre? — Vanpelt perguntou a House.

Ele tirou o rabo de cavalo do ombro.

— Bem, é como meu advogado disse: não estou livre ainda, mas... — Ele sorriu. — A sensação é boa.

— Qual a primeira coisa que você vai fazer agora que está livre?

— O mesmo que todos vocês; vou sair daqui e deixar a neve e o vento acertarem meu rosto.

— Você está revoltado com o que aconteceu?

O sorriso de House sumiu.

— Eu não usaria a palavra "revoltado".

— Então você perdoa os responsáveis por colocá-lo na prisão? — Vanpelt disse.

— Também não vou dizer isso. O que eu posso fazer é corrigir meus erros do passado e tentar não repeti-los. É o que pretendo fazer.

— Você tem alguma ideia do que motivou os responsáveis por forjarem provas para condenar você? — perguntou um jornalista fora de quadro.

Dan se aproximou dos microfones.

— Nós não vamos comentar as provas...

— Ignorância — House disse, falando por cima de Dan. — Ignorância e arrogância. Pensaram que podiam se safar com isso.

Vanpelt dirigiu outra pergunta a Dan:

— Sr. O'Leary, vai procurar envolver o Departamento de Justiça na investigação, como o Juiz Meyers indicou?

— Vou conversar com meu cliente antes de tomar essa decisão.

Mas House novamente se inclinou na direção dos microfones.

— Não vou querer que o Departamento de Justiça puna ninguém.

— Existe algo que você gostaria de dizer para a Detetive Crosswhite? — Vanpelt perguntou.

House deu aquele sorriso de lábios apertados.

— Acho que palavras não conseguem dizer o que eu sinto neste momento — ele disse. — Mas espero agradecer a ela pessoalmente, um dia.

Tracy sentiu outro arrepio, como se uma aranha rastejasse ao longo de sua coluna.

— O que você gostaria de fazer agora? — uma repórter perguntou.

— Eu gostaria de comer um cheeseburger. — Ele abriu um sorriso.

A televisão cortou para Vanpelt do lado de fora da prisão. Ela lutava para segurar o guarda-chuva, e o vento também causava um assobio no microfone.

— Como eu disse, essa entrevista coletiva foi gravada mais cedo, esta tarde, e em seguida Edmund House saiu livre desta prisão.

— Maria — começou o âncora —, parece incrível que um homem que passou 20 anos atrás das grades por um crime que não cometeu, pelo que parece neste momento, já esteja disposto a perdoar. O que vai acontecer com quem estiver envolvido nisso?

Vanpelt apertava o ponto eletrônico com o dedo. Ela gritou para ser ouvida por cima do vento.

— Mark, esta tarde eu conversei com um professor de direito da Universidade de Washington. Ele me disse que, mesmo se Edmund House não buscar uma indenização pela violação de seus direitos civis, o Departamento de Justiça pode decidir intervir e indiciar criminalmente os envolvidos. E pode, também, assumir a investigação sobre o que aconteceu com Sarah Crosswhite. Então, parece que esta história está longe de terminar. Essa audiência pode ter levantado mais questões do que respondido. Mas esta noite Edmund House é um homem livre que, como você o ouviu dizer, está à procura de um bom cheeseburger.

— Maria — o âncora disse —, nós vamos deixar que você procure abrigo antes que o vento a leve, mas a Detetive Crosswhite fez algum comentário?

Vanpelt se segurou enquanto outra rajada a açoitava. Depois que passou, ela disse:

— Eu conversei com a Detetive Crosswhite durante um recesso na audiência de hoje e perguntei se ela se sentia justiçada. A detetive respondeu que não buscava justiça para si. Ela quer saber o que aconteceu com a irmã. No momento, contudo, parece que essa pergunta talvez nunca seja respondida, infelizmente.

O celular de Tracy tocou. Ela viu que era Kins.

— Acabei de enviar a lista para você — Kins disse. — É comprida, mas dá para trabalhar com ela. É esse o caminhão com a luz traseira queimada?

— É *um* caminhão com a luz traseira queimada. Pode muito bem existir mais de um assim por aqui.

— Nós recebemos a notícia de que libertaram o House.

— É, isso deixou todo mundo chocado, Kins. Nós achávamos que o Juiz Meyers iria refletir sobre o caso e depois soltar um parecer por escrito. Mas, se ele não se manifestasse hoje, a decisão só sairia depois do fim de semana. E ele não queria deixar Edmund House na prisão.

— Parece que as provas foram avassaladoras.

— Dan fez um ótimo trabalho.

— Então por que você parece desanimada?

— Só estou cansada e pensando em tudo. Minha irmã, meu pai e minha mãe. É muita coisa para digerir tão depressa.

— Pense em como House deve estar se sentindo.

— Como assim?

— Vinte anos em Walla Walla é muito tempo para ele de repente se ver andando livre pelas ruas. Uma vez eu li um artigo sobre veteranos do Vietnã que eram mandados para casa sem tempo para se ajustar. Um dia eles estão na selva vendo gente morrer, no outro estão em casa, andando pelas ruas de Qualquer Lugar, nos Estados Unidos. Muitos não souberam lidar com isso.

— Acho que ninguém vai andar pelas ruas esta noite. Estão prevendo uma nevasca daquelas.

— Aqui também, e você sabe que as pessoas daqui não sabem dirigir nas colinas quando tem neve. Proteja-se. Eu vou para casa antes que os malucos entupam as ruas.

— Obrigada por isso, Kins. Eu fico te devendo.

— E vai me pagar.

Tracy desligou e abriu o aplicativo de e-mail para ver a mensagem de Kins. A primeira olhada no material enviado por ele indicava que a lista de placas em potencial não era pequena. Ela passou os olhos pela lista uma segunda vez, rapidamente conferindo os nomes e cidades dos proprietários registrados, procurando algo familiar. Não viu nenhum nome que reconhecesse, mas parou de descer a lista quando viu a palavra "Cascadia". O veículo estava registrado em nome de "Móveis Cascadia". Ela levou o celular para onde ficava o computador pessoal de Dan, mexeu no mouse e digitou esse nome no mecanismo de busca.

— Uau — ela exclamou, surpresa quando a busca resultou em algo perto de 250 mil resultados.

Ela acrescentou as palavras "Cedar Grove", o que reduziu bastante os resultados, mas ainda eram muitos para analisar eficientemente.

— O que mais? — Tracy se perguntou em voz alta. Após três dias, seu cérebro estava queimado. Ela não conseguia pensar em outras palavras-chave que reduzissem o número de resultados.

Tracy afastou a cadeira, prestes a ir pegar outra cerveja, quando lembrou onde tinha visto aquele nome antes. Ela olhou para a cozinha. As caixas contendo os arquivos que ela tinha acumulado durante sua investigação do desaparecimento de Sarah estavam empilhadas num canto. Não houve necessidade de Dan levá-las para o tribunal todos os dias. Ela pôs a caixa de cima sobre a mesa da cozinha e vasculhou-a até encontrar o que estava procurando. Sentada, folheou a transcrição do testemunho da Detetive Margaret Giesa durante o primeiro julgamento. Ela conhecia bem o testemunho, pois o tinha estudado, e rapidamente encontrou a parte que procurava.

PELO SR. CLARK:

Pergunta: Sua equipe localizou algo importante na cabine da picape?

Resposta: Traços de sangue.

P: Detetive Giesa, estou colocando no cavalete o que foi marcado como Prova 112 da acusação. É uma fotografia aérea ampliada da propriedade de Parker House. Pode dizer para o júri, usando esta fotografia, para onde sua busca foi a seguir?

R: Sim, nós descemos por esta trilha até este primeiro edifício.

P: Vamos marcar o edifício que você está apontando com o número um. Você encontrou alguma coisa interessante nesse edifício?

R: Encontramos ferramentas de marcenaria e diversos móveis em vários estágios de acabamento.

Tracy voltou-se para o e-mail de Kins.

— "Móveis Cascadia" — ela disse.

Uma explosão sacudiu as janelas e fez a casa tremer, fazendo Rex e Sherlock se levantarem num pulo e correrem para a janela coberta de compensando. Então a casa mergulhou na escuridão.

CAPÍTULO 52

Vance Clark estava pegando sua pasta e seu casaco das costas da cadeira, levantando-se para ir embora do escritório de Roy Calloway, quando o rádio na mesa do xerife chiou. Finlay Armstrong falou, embora quase não fosse possível entender o que dizia em meio à estática.

Calloway ajustou a sintonia.

— Roy, você está aí? — Parecia que Finlay estava falando dentro do carro com a janela aberta.

— Estou aqui — ele disse, então ouviu o que lhe soou como um trovão ao longe, mas logo percebeu que se tratava de uma explosão. As lâmpadas fluorescentes tremeluziram, perderam força e se apagaram por completo. Um transformador tinha estourado. Calloway praguejou e ouviu o gerador de emergência ser acionado, como um motor de avião ganhando força para decolar. As luzes voltaram.

— Chefe?

— Nós perdemos a energia por um segundo. Espere um pouco, o gerador ainda está entrando. Sua voz está falhando. Está difícil te entender.

— O que foi?

— Sua voz está falhando. — As luzes diminuíram, depois firmaram.

— A tempestade está chegando. — Armstrong gritava. — Rajadas de vento... Você precisa vir aqui, Roy. Uma coisa... Você precisa... aqui.

— Espere um pouco, Finlay. Repita. Diga outra vez. Repita.

— Você precisa vir até aqui — Armstrong disse.

— Onde? — O rádio chiou. A estática aumentou. — Onde? — Calloway perguntou de novo.

— Na casa de DeAngelo Finn.

Os ventos fortes tinham derrubado árvores e cortado a energia elétrica. O centro de Cedar Grove parecia uma cidade-fantasma, com o vento criando altas pilhas de neve nas calçadas desertas, a iluminação pública apagada e as vitrines escuras. Longe do centro, as janelas das casas também estavam escuras, indicando que o corte de energia atingia a cidade toda.

Flocos de neve caíam pelo para-brisa e rodopiavam nos cones de luz emitidos pelos faróis do Tahoe. Estes se esforçavam para iluminar os galhos que o vento tinha arrancado das árvores e deixado no meio da rua, obrigando Dan a dirigir devagar e a desviar com frequência. Ao se aproximar da curva para Elmwood, ele notou o fogo queimando no alto de um poste como uma tocha distante – um transformador. Isso explicava a escuridão. Toda a rede elétrica de Cedar Grove tinha caído. A cidade não possuía eletricidade de emergência, um investimento alto que a câmara dos vereadores desistira de fazer vários anos antes, argumentando que a maioria dos moradores tinha seus próprios geradores. É claro que geradores particulares não resolviam o problema da difícil recepção dos celulares numa cidade montanhosa, especialmente durante uma grande nevasca.

Dan parou na entrada de carro de sua casa e viu marcas de pneu na neve, mas não avistou o Subaru de Tracy. Isso o deixou preocupado. Ele verificou o celular. Sem sinal. Quando mesmo assim tentou ligar para ela, ouviu um som agudo persistente.

Aonde ela pode ter ido?, ele se perguntou.

Dan abriu o porta-luvas e pegou uma lanterna. Rex e Sherlock, que tinham começado a latir quando ele parou o carro, ficaram mais animados quando ele se aproximou da casa.

— Um instante — ele gritou, abrindo a porta, e fez força para resistir a 120 quilos de alegria querendo atenção. — Tudo bem, tudo bem — ele disse, acariciando-os enquanto passava a lanterna pela sala. Dan viu a maleta de Tracy pendurada nas costas de uma das banquetas altas da cozinha. — Tracy?

Sem resposta.

— Garotos, onde ela está?

Ele tinha falado com ela fazia menos de meia hora. Ela tinha dito que estava tudo bem.

— Tracy? — Ele andou pela casa chamando por ela. — Tracy.

O celular ainda não tinha sinal. Ele digitou de novo mesmo assim. A ligação não foi completada.

— Quietos — ele disse para Sherlock e Rex antes de abrir a porta da frente, embora nenhum dos dois parecesse interessado em segui-lo até a garagem, onde Dan ligou o gerador portátil que tinha conectado à caixa de luz.

Voltando para dentro de casa, ele encontrou a TV ligada, embora o som estivesse mudo. Pegou uma garrafa de cerveja pela metade na mesa de centro. A garrafa continuava fria ao toque. Ele apertou o botão de "Mudo" no controle remoto. O meteorologista da TV local usava desenhos para explicar o tamanho da nevasca e seu caminho, falando de sistemas de alta e baixa pressão e prevendo mais 40 centímetros de neve até de manhã.

— O problema agora não é a neve, mas os ventos cada vez mais violentos — disse o meteorologista.

— Não brinca, Sherlock — Dan disse. O cachorro ganiu ao ouvir seu nome.

— Em razão dos recentes padrões de aquecimento e congelamento, gelo está se formando nos fios elétricos e nos galhos de árvores. Alguns de vocês podem ter ouvido os galhos se partindo ou visto pedaços deles no meio da rua. Recebemos pelo menos um relato de explosão de transformador, o que deixou quase toda Cedar Grove sem energia elétrica.

— Me conte alguma novidade — Dan disse.

— Depois voltaremos com Tim, que está trazendo para vocês a cobertura atualizada desta que está se revelando uma das maiores nevascas recentes. — Dan deixou o controle remoto sobre a mesa de centro e foi até a cozinha. — Neste momento estamos recebendo a notícia de um incêndio na Estrada de Pine Crest, em Cedar Grove.

Isso chamou a atenção de Dan. Ele conhecia a estrada, claro, pois tinha crescido em Cedar Grove, mas havia algo mais familiar nesse nome do que uma lembrança de infância, algo mais recente que mexia na sua memória.

— Soubemos que os departamentos do xerife e dos bombeiros reagiram rapidamente e conseguiram conter as chamas, mas não antes que a casa sofresse danos importantes. Um porta-voz do Departamento do Xerife informou que pelo menos um cidadão idoso vive nesse endereço.

A memória reagiu. Dan tinha usado esse endereço na intimação que nunca foi usada, a que obrigaria DeAngelo Finn a comparecer à audiência de pós-condenação. Ele sentiu um calafrio. Seu estômago se agitou. Ele olhou de novo para a maleta de Tracy. Então pegou a chave do carro e foi para a porta.

Foi quando viu o bilhete dela grudado logo acima da fechadura.

As luzes do carro-patrulha de Finlay Armstrong e dos dois caminhões dos bombeiros giravam e cintilavam em relâmpagos vermelhos, azuis e brancos enquanto Roy Calloway se aproximava da casa térrea de DeAngelo Finn. Os faróis da Suburban iluminavam vigas queimadas que se projetavam do que restava do telhado, como costelas de um animal morto e descarnado.

Calloway estacionou atrás do maior caminhão dos bombeiros e saiu do carro. Ele passou por bombeiros que achatavam e enrolavam mangueiras. Finlay Armstrong, parado no degrau da frente, viu Calloway se aproximar, baixou a cabeça, protegendo-a do vento e da neve, e foi até o chefe. Eles se encontraram junto à cerca, que teve uma parte derrubada para permitir a passagem das mangueiras do hidrante até a casa. Armstrong estava com o colarinho do casaco de patrulheiro levantado e os protetores de orelha do boné baixados e presos sob o queixo.

— Eles sabem como o fogo começou? — Calloway gritou por cima de uma rajada de vento.

— O capitão disse que sentiu o cheiro de catalisador. Provavelmente gasolina.

— Onde?

Armstrong apertou os olhos. Neve e gelo se agarravam ao forro do boné que emoldurava seu rosto.

— O quê?

— Eles sabem onde o fogo começou?

— Na garagem. Acham que pode ter sido o gerador.

— Encontraram DeAngelo? — Armstrong virou a cabeça e levantou um dos protetores de orelha. Calloway se aproximou. — Encontraram DeAngelo?

Armstrong negou com a cabeça.

— Eles acabaram de apagar o fogo. Estão vendo se é seguro entrar na casa.

Calloway passou pelo portão. Armstrong o seguiu até a varanda, onde dois bombeiros estavam discutindo a situação. Calloway cumprimentou Phil Ronkowski pelo primeiro nome.

— Ei, Roy — Ronkowski disse, apertando a mão enluvada do xerife. — Um incêndio numa nevasca. Agora eu já vi de tudo nessa vida.

Calloway ergueu a voz.

— Você encontrou DeAngelo?

Ronkowski meneou a cabeça. Então recuou um passo e apontou para o telhado queimado.

— O fogo se espalhou rapidamente pelo telhado e atingiu todos os quartos. Deve ter sido algum tipo de catalisador. Provavelmente gasolina. Os vizinhos disseram que a fumaça era espessa e preta.

— Será que ele conseguiu sair?

Ronkowski fez uma careta.

— Espero que sim, mas não vimos ninguém quando chegamos. Pode ser que ele tenha ido para a casa de algum vizinho por causa da nevasca, mas ninguém veio falar conosco.

Eles ouviram um estalo e se encolheram, por instinto. Um galho de árvore caiu no jardim, o que fez os bombeiros se espalharem, derrubou uma parte da cerca e por pouco não atingiu a parte de trás de um dos caminhões.

— Eu preciso entrar lá, Phil — Calloway disse.

Ronkowski meneou a cabeça.

— Ainda não determinamos se a estrutura está segura, Roy. Não com este vento.

— Vou arriscar.

— Droga, Roy. Sou eu o responsável aqui.

— Então registre que a decisão foi minha. — Calloway pegou a lanterna de Finlay. — Espere aqui.

O batente da porta tinha sido danificado pela entrada forçada. Marcas pretas de queimado e bolhas na pintura revelavam onde o fogo tinha lambido o vão da porta em busca de oxigênio. Calloway entrou e ouviu o vento uivando pela casa e o gotejar de água. O feixe da lanterna passeava pelas paredes marcadas e pelos restos de mobília chamuscados. Fotografias emolduradas e bugigangas acumuladas ao longo de uma vida jaziam espalhadas pelo carpete. Ele apontou a luz para um pedaço de parede de gesso encharcada que pendia do teto como um lençol molhado no varal. A neve caía por um buraco no teto. Calloway cobriu o nariz e a boca com um lenço porque o ar dentro da casa continuava grosso de fumaça e cheirava a madeira e isolante térmico queimados. Suas botas formavam poças no carpete enquanto ele andava pela sala.

Calloway inclinou o corpo na passagem à esquerda e passou o feixe de luz pela cozinha. DeAngelo não estava lá. Ele atravessou os escombros da sala de estar e um corredor estreito que levava aos fundos da casa, chamando o nome de DeAngelo, mas sem resposta. Usou o ombro para forçar a abertura da primeira de duas portas, revelando um quarto de hóspedes. O estrago provocado pelo fogo tinha sido mínimo, provavelmente porque o aposento era o mais distante de onde Ronkowski acreditava que o fogo tinha começado. O fato de a porta estar fechada também teria reduzido a entrada de oxigênio para alimentar as chamas. Calloway apontou a lanterna para uma cama *queen-size*, abriu a porta do armário e iluminou uma barra e um punhado de cabides de arame.

Saindo desse quarto, Calloway também precisou forçar a segunda porta, que estava presa no batente. Era o quarto principal. As paredes e o teto estavam manchados de fumaça preta, mas, de novo, o estrago era pequeno se comparado ao resto da casa. Calloway passou a lanterna por uma cômoda parcialmente enterrada por um pedaço de gesso caído, ajoelhou-se para levantar a saia da cama e iluminou debaixo. Nada.

Ajoelhado, ele chamou:

— DeAngelo?

Onde diabos ele está?, Calloway pensou. Ficou mais forte a sensação ruim que ele começou a sentir quando soube que a casa de Finn tinha pegado fogo.

— Eles estão entrando agora — disse Finlay ao chegar ao quarto.

— Você o encontrou?

— Ele não está aqui. — Calloway se levantou.

— Ele saiu?

— Então aonde foi parar? — Calloway perguntou, sem conseguir se livrar da sensação sinistra que o assombrava desde que ouvira Armstrong mencionar o nome de Finn no rádio. Era como um calafrio ruim, um frio nos ossos. Calloway foi até o armário e puxou a maçaneta, mas a porta estava presa no batente.

— Veja com os vizinhos — ele disse para Armstrong. — Pode ser que DeAngelo esteja confuso.

Armstrong aquiesceu.

— Pode deixar.

Calloway apoiou a mão no batente, pronto para fazer mais força, quando reparou em duas pontas escuras atravessando a porta, com cerca de um metro de distância entre elas. Sob a luz da lanterna, pareciam dois pregos disparados com uma pistola pneumática que tinham errado o alvo e atravessado a parede. Só que esses pregos eram bem maiores, parecendo espetos.

— Que porra é essa? — Calloway exclamou. Ele puxou a porta, que não se moveu, então apoiou um pé na parede e puxou de novo. Dessa vez a porta se abriu com mais rapidez do que Calloway esperava, com o peso e a força, quase arrancando a maçaneta de sua mão.

— Jesus! — Armstrong gritou, cambaleando para trás até encontrar a cômoda.

CAPÍTULO 53

Tracy sentia o motor do Subaru fazer força para manter os pneus lutando contra a neve cada vez mais funda. Ela não conseguia ver a faixa central nem a lateral da estrada. Era tudo um grande cobertor branco. Com a tração nas quatro rodas e o câmbio reduzido, o veículo seguia em frente, embora devagar. Os limpadores mantinham um ritmo constante, mas não conseguiam conservar o vidro livre da neve que o atingia, e a visibilidade estava reduzida a poucos metros à frente do para-choque. Tracy precisava resistir ao impulso de frear quando rajadas de vento faziam a neve cair aos montes das árvores carregadas, o que criava breves momentos sem visão alguma.

Quando ela dobrou outra curva, um clarão momentâneo a ofuscou, fazendo-a se aproximar da parede de pedra. O deslocamento de ar de uma carreta vindo em direção contrária balançou o Subaru e atirou neve de seus pneus com correntes. Ela talvez fosse uma tola por ter saído com um tempo desses, mas Tracy não ia ficar sentada na casa de Dan esperando a tempestade passar. De repente aquilo fez sentido, tanto que ela ficou desanimada e furiosa por não ter considerado a possibilidade antes. Quem mais tinha acesso à picape Chevrolet vermelha? Quem teria a oportunidade de plantar as joias e os fios de cabelo? Precisava ser alguém cuja presença na propriedade não chamasse atenção. Precisava ser alguém que morasse ali, em quem Edmund House confiava.

Parker.

Na pressa de condenar Edmund, ninguém se preocupou em verificar o álibi de Parker. Este dissera que tinha trabalhado no turno da madrugada na serraria, mas ninguém se dera ao trabalho de confirmar a informação. Não havia motivo para isso, não com um estuprador condenado para culpar. Era possível que Parker, um notório beberrão, após afogar as mágoas em um dos bares locais, tivesse decidido voltar para casa pela estrada vicinal para evitar a polícia rodoviária. Então ele encontrou Sarah a pé e encharcada. Parker era um rosto conhecido. Sarah não teria hesitado em entrar na picape com ele. O que aconteceu a partir dali? Será que Parker tentou se engraçar com ela e ficou bravo quando Sarah o rejeitou? Houve uma luta em que a irmã bateu a cabeça? Parker entrou em pânico e escondeu o corpo num saco de lixo até poder enterrá-la em segurança? Parker tinha que saber da represa. Ele não morava longe da área que seria inundada. E conhecia as trilhas nas montanhas, fez parte das equipes de busca, então saberia quando e onde enterrar o corpo de Sarah. E, talvez o mais importante, Parker tinha um bode expiatório para entregar quando Calloway aparecesse: seu sobrinho condenado por estupro.

A serraria em Pine Flat onde Parker trabalhava na época do desaparecimento de Sarah tinha fechado. Como Parker continuou ganhando a vida? Como ele pagava suas contas? Ele fazia móveis como hobby quando Tracy morava em Cedar Grove, vendendo algumas peças em consignação no Armazém do Kaufman. Aparentemente, tinha aberto seu próprio negócio – chamado Móveis Cascadia – e comprado um caminhão plataforma para entregar suas vendas.

Tracy pensou em sua pergunta para Dan. Aonde Edmund House iria agora que estava livre? Mas o próprio Edmund tinha respondido essa pergunta quando ela e Dan o encontraram pela primeira vez em Walla Walla.

Até já estou vendo. A cara de todo aquele povo quando me vir de novo andando pelas ruas de Cedar Grove.

Aonde mais ele poderia ir? Aonde mais senão para a casa do tio nas montanhas? Edmund House tinha insistido que Calloway e Clark conspiraram para condená-lo, e esse parecia mesmo o caso, mas isso não explicava quem tinha escondido as joias na lata de café na oficina de marcenaria nem quem tinha plantado os fios de cabelo loiro. Nem Calloway nem Clark teriam conseguido fazer isso, não com Edmund House em casa, alerta, e toda uma equipe de peritos vasculhando a propriedade. Teria Edmund também deduzido que seu tio fazia parte da conspiração, tendo se unido a Calloway e Clark para encobrir seu próprio crime?

Por um breve instante, Tracy tirou os olhos da estrada para consultar o celular. Sem serviço. Ela se perguntou se Dan tinha chegado a casa e encontrado seu bilhete. Ela se perguntou se ele tinha ido procurar Roy Calloway. Tracy viu uma pilha de neve que parecia ter sido removida de uma rua e deixada na lateral da estrada, e diminuiu a velocidade para olhar com mais atenção, tentando se lembrar se era essa curva que levava à propriedade de Parker na montanha. Se estivesse errada, era provável que ficasse presa, sem ter como voltar.

Ela fez a curva e pisou no acelerador para manter a velocidade na subida. Os pneus do Subaru caíram em sulcos recentes, feitos por um veículo com pneus maiores e maior distância entre eixos – um caminhão plataforma. O carro dela tremia como se estivesse num brinquedo de um parque de diversões, com os faróis pulando e iluminando os troncos e galhos das árvores que balançavam violentamente com o vento. Tracy se inclinou para a frente, forçando os olhos através do para-brisa com visibilidade cada vez menor devido à neve e ao gelo, que pareciam imunes aos limpadores e ao ar quente, acumulando-se no vidro.

Tracy diminuiu para fazer uma curva, e estava para acelerar quando viu um galho saindo da neve. Ela freou forte e parou de repente. Os faróis iluminavam longe o suficiente para clarear duas outras árvores que tinham caído no caminho. Ela não conseguiria seguir adiante de carro. Tracy olhou ao redor, sem saber quanto faltava para a propriedade de Parker House, ou mesmo se estava na trilha certa. Ela consultou o celular de novo. Sem serviço.

Dan e Calloway estariam a caminho? Ela não tinha como saber. O instinto lhe dizia que ela não tinha tempo a perder.

Ela verificou o clipe da Glock, recolocou-o na pistola e pôs uma bala na câmara. Após guardar dois adicionais no bolso da jaqueta, vestiu a touca e as luvas de esqui e pegou a lanterna que tinha encontrado na gaveta da cozinha de Dan. Tracy abriu a porta, empurrando-a com o antebraço para vencer a força do vento e evitar que se fechasse. Ela se preparou mentalmente para enfrentar o clima e o que mais aparecesse.

CAPÍTULO 54

DeAngelo Finn estava crucificado pelo lado de dentro da porta do armário. Os braços estavam à altura dos ombros, com pontas de metal atravessando suas palmas, sangue escorrendo das feridas. O peso de seu corpo era sustentando por uma corda amarrada à sua cintura e presa num gancho. A cabeça de Finn pendia para o lado, os olhos fechados e o rosto pálido sob o feixe de luz intensa da lanterna de Calloway.

Roy Calloway encostou a orelha no peito de Finn e ouviu uma batida fraca. Finn gemeu.

— Ele está vivo — Armstrong disse, descrente.

— Alguém me dê um martelo, alguma coisa!

Armstrong saiu cambaleante do quarto, derrubando tudo o que ainda havia sobre a cômoda.

O instinto de Calloway era retirar a corda, mas se, o fizesse, o peso de Finn seria transferido para as pontas de metal em suas mãos.

— Aguente firme, DeAngelo. A ajuda está a caminho. Está me ouvindo? DeAngelo? Aguente firme. Vamos tirar você daí.

Ronkowski e dois outros bombeiros acompanharam Armstrong até o quarto. Um deles trazia uma lanterna poderosa.

— Jesus — Ronkowski exclamou.

— Preciso de algo para tirar esses cravos de metal.

— Se tirar essas coisas, a dor vai matá-lo — Ronkowski disse.

— E se tirarmos os espetos por trás? — um dos bombeiros sugeriu.

— O problema é o mesmo.

— Vamos cortar os cravos — Calloway disse.

Ronkowski passou a mão pelo rosto.

— Tudo bem. Vamos fazer isso. Vamos erguê-lo para tirar o peso das mãos. Dirk, vá pegar a serra.

— Nada disso — Armstrong disse, detendo o bombeiro. — Tirem os pinos das dobradiças e baixem a droga da porta. Vamos usá-la como maca.

— Tem razão — Ronkowski disse. — É melhor assim. Dirk, pegue o martelo e uma chave de fenda. — Ronkowski se aproximou de DeAngelo. — Ele está com dificuldade para respirar. Vamos levantá-lo para aliviar o peso no tórax.

Calloway levantou Finn pela cintura. O velho gemeu. Armstrong voltou com uma cadeira da cozinha e a colocou debaixo das pernas de Finn, mas o velho advogado estava fraco demais para se sustentar. Calloway continuou a sustentar o peso dele quando Dirk voltou com o martelo e uma ponteira e começou a soltar a dobradiça de cima.

— Não — Armstrong disse. — Tire os de baixo primeiro. — Nós seguramos por cima.

O bombeiro tirou o pino da dobradiça de baixo, depois o do meio. Armstrong e Calloway seguraram a porta.

— Posso tirar? — o bombeiro perguntou.

— Vá em frente — Armstrong disse.

O bombeiro tirou o pino de cima. Calloway e Armstrong sustentaram o peso de Finn e da porta enquanto o viravam e o deitavam.

— Peguem as amarras — Ronkowski disse. — Nós precisamos prender o corpo à porta para tirá-lo daqui.

Ronkowski pôs uma máscara de oxigênio sobre o rosto de Finn e examinou seus sinais vitais. Quando um bombeiro voltou com as amarras, eles tiraram a corda da cintura de Finn e passaram as amarras por baixo da porta, prendendo-o pelos tornozelos, pela cintura e peito.

— Muito bem. Vamos ver se conseguimos tirá-lo daqui — disse Ronkowski.

Calloway pegou a extremidade da porta junto à cabeça de Finn. Armstrong pegou a ponta junto aos pés.

— No três — Ronkowski orientou-os.

Eles ergueram a porta com Finn ao mesmo tempo, tentando evitar movimentos bruscos. Finn gemeu de novo.

— Quem faria uma coisa dessas, Roy? — Armstrong perguntou enquanto manobravam para passar pelo vão da porta do quarto. — Jesus, quem faria algo assim com um velho?

CAPÍTULO 55

O frio mordeu Tracy, encontrando cada costura de suas roupas e penetrando em sua pele como dezenas de agulhas. Ela baixou a cabeça por causa do vento, passou por cima de uma árvore caída e seguiu as marcas de pneu colina acima. Tentou se manter sobre os sulcos deixado pelos pneus, mas ainda assim suas botas afundavam até as panturrilhas, tornando cada passo uma luta. Ela logo ficou ofegante, mas persistiu, com medo de parar, afastando qualquer ideia de voltar, dizendo a si mesma que era inútil, porque não conseguiria descer a montanha de ré, e fazer meia-volta não era possível. Além do mais, Tracy tinha causado aquilo. E precisava fazer algo.

Duzentos metros ladeira acima, ela chegou à borda de uma clareira. Não muito longe, através da neve que caía, conseguiu enxergar o brilho fraco de uma luz, sombras de edificações e montes de neve. Ela se lembrou das fotografias aéreas no julgamento de Edmund House, que mostravam várias construções com telhado de metal, bem como carros e equipamentos agrícolas em vários estágios de restauração na propriedade de Parker. Imaginava que aquilo não devia ter mudado muito. Esse era o lugar certo. Ela desligou a lanterna e seguiu na direção da luz nos fundos da propriedade, parando atrás do para-choque de um veículo não enterrado na neve – o caminhão plataforma que tinha visto do lado de fora do tribunal. Ela raspou a neve e o gelo da placa e confirmou ser a mesma que Kins lhe tinha fornecido. Satisfeita por ser o mesmo caminhão, ela estudou a decrépita casa de madeira. Meio metro de neve tinha se acumulado sobre o telhado. Pontas de um palmo de gelo pendiam do beiral como dentes afiados. Não saía fumaça da chaminé.

O vento encontrou um espaço entre o colarinho do casaco e a touca, gelando sua coluna vertebral. Seus dedos estavam dormentes dentro das luvas. Ela receava perder mais agilidade se demorasse muito. Tracy foi do caminhão até os degraus de madeira, que tinham sido limpos havia pouco. A madeira cedeu sob seu peso. Na varanda minúscula, encostou na parede e esperou um instante antes de se inclinar para espiar pelos vidros da porta, que estavam cobertos de gelo por fora e embaçados por dentro.

Usando os dentes, Tracy tirou as luvas e abriu o zíper do casaco. Ela pegou a Glock e sentiu o frio amortecer seus dedos. Soprou cada uma das mãos e segurou a maçaneta, virando-a e empurrando com cuidado. A porta não se abriu, e, por um breve instante, Tracy pensou que estivesse trancada. Então a porta cedeu e os vidros tilintaram. Ela esperou mais um instante com o vento soprando forte às suas costas, quase arrancando a maçaneta de sua mão. Então entrou e, rápida e silenciosamente, fechou a porta. Tracy estava a salvo do vento, que assobiava pela casa, mas não do frio. O ambiente estava gelado e tinha o cheiro pungente de lixo fermentando.

Tracy flexionou os dedos, tentando melhorar a circulação enquanto se orientava rapidamente. Havia uma mesa e uma cadeira debaixo de uma janela pequena. Um balcão em L, com pia de metal, levava a uma abertura para outra sala, onde estava a fonte de luz que ela tinha visto pela janela da casa. Embora pisasse com cuidado, as tábuas rangiam debaixo de seus pés, som que era encoberto apenas em parte pelo zunido abafado de um gerador – a provável fonte de eletricidade da luz. Tracy deslizou ao longo do balcão até a abertura entre os aposentos. De arma na mão, ela se inclinou até a passagem.

A luz estava brilhante porque vinha de uma lâmpada sem quebra-luz. Este tinha sido removido e jazia no chão ao lado de uma poltrona cor de ferrugem que estava de costas para ela. Um fio de extensão laranja serpenteava pelo chão e seguia por um corredor escuro. Tracy entrou no aposento. Ela parou quando viu um tufo de cabelo grisalho projetando-se pouco acima das costas da poltrona – alguém estava sentado ali. Ela não percebeu reação à sua presença. Tracy seguiu em frente, dando a volta na poltrona, o chão continuamente indicando sua presença. Passou pela mesa lateral e o rosto da pessoa sentada apareceu.

— Jesus — ela exclamou quando ele levantou o queixo, abriu os olhos e virou a cabeça para ela.

Era Parker House.

CAPÍTULO 56

Parker House fitou Tracy com um olhar assustado, arregalado. Não era uma expressão de surpresa. Era o inconfundível e persistente olhar de medo que Tracy tinha visto com frequência demais em seu trabalho, comum em vítimas de crimes violentos. Sangue encharcava os braços da cadeira onde cravos de metal atravessavam as costas das mãos de Parker. Mais dois cravos penetravam suas botas, prendendo os pés dele às tábuas do piso. Uma poça de sangue crescia debaixo de cada sola.

Tracy tirou os olhos do rosto macilento de Parker e passou-os rapidamente pelo aposento. Ela notou o corredor escuro à direita de um fogão a lenha e acendeu a lanterna. Com o coração disparado e a cabeça girando, ela acionou por instinto seu treinamento profissional enquanto percorria o corredor, a arma estendida, passando o feixe da lanterna da esquerda para a direita. Apoiou as costas na parede por um instante e então girou o corpo pela abertura de uma porta, projetando a luz sobre uma cama desfeita e uma cômoda barata. Tracy voltou para trás e repetiu a manobra no segundo quarto, também o encontrando vazio, exceto por uma cama de solteiro, uma cômoda e um criado-mudo. Ela voltou à sala de estar, tentando entender a situação.

Parker fechou os olhos. Ela se ajoelhou, tocando-o com delicadeza no ombro.

— Parker. Parker.

Dessa vez, quando os olhos se abriram, permaneceram semicerrados, e ele fez uma careta, como se aquele pequeno gesto lhe trouxesse dor. Seus lábios se moveram, mas não pronunciaram palavras. Ele inspirava em arranques curtos e engoliu em seco, o que aparentava um grande esforço. As palavras saíram, finalmente, em suspiros sinistros.

— Eu tentei...

Tracy se aproximou.

— Eu tentei... avisar.

Os olhos dele se desviaram do rosto dela para algo acima de sua cabeça, mas Tracy percebeu tarde demais seu erro. A luz tinha sido uma armadilha para atraí-la, uma mariposa até a chama. O zunido do gerador era para abafar o som.

Tracy se levantou de um pulo, mas foi incapaz de virar antes de sentir o impacto contundente na parte de trás da cabeça. Suas pernas cederam e a arma escapou de sua mão. Ela sentiu braços ao redor de sua cintura, segurando-a, mantendo-a ereta. Um hálito quente roçou sua orelha.

— Seu cheiro é igual ao dela.

Roy Calloway e Finlay Armstrong carregaram Finn e a porta do armário através da casa e saíram pela porta da frente. Eles precisaram ter cuidado para que as rajadas de vento não arrancassem a porta de suas mãos e a levassem como uma pipa.

— Devagar — Calloway disse. Ele sentiu as botas escorregando na calçada coberta de gelo e encurtou os passos, deslizando os pés até conseguirem colocar a porta dentro da ambulância.

— Vamos — Ronkowski disse.

Antes de se afastar da ambulância, Calloway se abaixou e sussurrou no ouvido de Finn.

— Eu vou terminar isto — ele disse. — Vou terminar o que devia ter terminado 20 anos atrás.

— Nós precisamos ir, Roy — Ronkowski disse. — Os sinais vitais dele estão piorando.

Calloway se afastou. Ronkowski fechou as portas da ambulância e o veículo sacudiu, teve dificuldade para ganhar tração e finalmente começou a andar, abrindo caminho na neve com as luzes girando. Calloway observou-o se afastar com os bombeiros restantes. Eles permaneciam ao lado de Finlay, como se estivessem congelados. Neve cobria seus equipamentos, e cristais de gelo se prendiam aos seus pelos faciais.

— O celular de alguém está funcionando? — Calloway perguntou.

Nenhum funcionava.

Ele se aproximou de Armstrong.

— Quero que você pegue seu carro e vá até a casa de Vance Clark. Diga que eu falei para ele e a mulher acompanharem você. Diga para levar a arma dele e ficar com ela por perto.

— O que está acontecendo, Roy?

Calloway pegou o assistente pelo ombro, mas manteve a voz baixa.

— Você ouviu o que eu disse?

— Ouvi. Sim, ouvi.

— Depois quero que você vá até a minha casa e pegue a minha mulher. Leve os três para o departamento de polícia com você e espere perto do rádio.

— O que eu digo para eles?

— Diga apenas que eu mandei. Minha mulher pode ser teimosa como uma mula. Diga para ela que eu falei que as minhas ordens não devem ser discutidas. Compreendeu?

Armstrong aquiesceu.

— Então vá. Vá e faça como eu disse.

As botas de Armstrong afundavam na neve enquanto ele lutava para chegar à viatura. Depois que o assistente saiu em meio à neve que caía, Calloway entrou em sua Suburban, tirou a Remington 870 do suporte, abriu a arma e carregou cinco cartuchos. Enfiou mais alguns no bolso. Se aqueles eram seus últimos dias como xerife, ele iria embora após cumprir seu dever.

Calloway deu a partida no carro e estava prestes a sair quando faróis se aproximaram, apontados diretamente para seu para-choque frontal. Uma Tahoe parou, deslizando de lado os últimos metros. Dan O'Leary pulou pela porta do motorista vestindo um casaco pesado e touca. Ele deixou a porta aberta, os faróis acesos e o motor ligado.

Calloway baixou o vidro.

— Tire essa droga de carro daí, Dan.

Dan entregou um pedaço de papel para o xerife. Calloway tirou um instante para ler o bilhete, depois o amassou e bateu o punho no volante.

— Estacione o seu carro e entre.

CAPÍTULO 57

Dan segurava na alça acima da porta e apoiava a outra mão no painel, os pés plantados no chão do carro. Mas tudo isso o estabilizava apenas parcialmente com a Suburban balançando na estrada vicinal, os pneus traseiros deslizando para um lado e para outro. Calloway corrigiu o curso e pisou fundo. Os pneus giraram antes de obterem tração, e o grande SUV deu um salto para a frente. Flocos de neve atacavam o para-brisa e reduziam os faróis a cones tênues que a escuridão engolia a poucos metros do para-choque. Dan se ajeitou no banco quando Calloway desviou de um galho caído.

— James estava desesperado — Calloway disse. — Nós sabíamos que House era o culpado. Não acreditávamos de jeito nenhum naquela bobagem de uma tábua se despedaçando e cortando o rosto e os braços dele, mas não podíamos provar. Eu disse para James que nunca condenaríamos House sem algo que o ligasse a Sarah. Eu disse que, sem um corpo, sem qualquer evidência pericial, House sairia livre. Ninguém jamais tinha sido condenado por assassinato doloso com agravantes sem um corpo. A perícia não era tão boa na época.

— E ele concordou em lhe fornecer as joias e o cabelo?

— A princípio não. Ele não queria nem ouvir falar disso.

— O que o fez mudar de ideia?

Calloway olhou rapidamente para ele.

— George Bovine.

— Galho! — Dan exclamou e firmou os pés no assoalho do carro quando Calloway desviou, escapando por pouco de um galho grande. Após um instante para recuperar o fôlego, Dan continuou. — Foi você que trouxe o Bovine, assim como o mandou falar comigo.

— O diabo que fui eu. Bovine veio falar com James quando as notícias do desaparecimento de Sarah se espalharam. Eu não sabia nada disso. James me ligou e pediu para eu ir até a casa dele. Bovine já estava lá. Tracy e Abby não estavam em casa. James fechou as portas do escritório e Bovine nos contou o mesmo que, tenho certeza, contou para você. Uma semana depois, James me chamou de novo e me entregou os brincos e os fios de cabelo dentro de sacos plásticos. Eu nunca pensei na possibilidade de alguns fios serem da Tracy. Como eu disse, esse tipo de coisa não nos preocupava na época. Eu pus brincos e cabelos na gaveta da minha mesa e refleti sobre o que fazer durante dias antes de trazer o Vance Clark para discutirmos a questão. Nós dois decidimos que essas evidências não serviriam de nada a menos que conseguíssemos um mandado de busca para a propriedade do Parker, e o único jeito de fazer isso era conseguir uma testemunha que implicasse Edmund House e colocasse o álibi dele em dúvida.

— Como você convenceu Hagen a testemunhar? A recompensa?

O SUV saiu de traseira quando Calloway fez uma curva. Quando ele corrigiu o traçado, o carro estremeceu e o motor subiu de giro até os pneus recuperarem a tração.

— Eu e o pai de Ryan fizemos academia de polícia juntos. Eu conheço Ryan desde que nasceu. Quando o pai dele morreu, numa blitz de trânsito de rotina, criei um fundo para a família. Ryan sempre vinha conversar comigo quando passava por Cedar Grove.

— Então ele sabia de Sarah.

— Todo mundo no estado sabia de Sarah. Durante uma das nossas conversas, eu disse para ele que precisava de alguém que pudesse dizer que viajava com frequência por aquela estrada a qualquer hora do dia e da noite. Ele olhou na agenda e disse que tinha feito uma viagem de negócios naquele dia. Eu só precisava que ele dissesse ter pegado a estrada vicinal e visto a picape do House. Pensei que, quando a perícia encontrasse as provas, House perceberia que estava ferrado e nos diria onde tinha enterrado o corpo de Sarah. E acabaria aí. Ele aceitaria um acordo, perpétua sem condicional, e teríamos liquidado a questão. Eu nunca pensei que haveria julgamento.

Calloway diminuiu a velocidade e virou de repente para a direita. A Suburban pulou e empinou a frente quando saiu da estrada vicinal e começou a subir a montanha.

— Marcas de pneu recentes — Dan disse.

— Estou vendo.

— Você levou os brincos e os fios de cabelo quando executou o mandado de busca?

Calloway apertou os olhos e esperou que uma rajada de vento passasse.

— Não dava para plantar as evidências com a equipe da perícia ali, e eu não podia fazer mais uma aparição na propriedade sem House ficar desconfiado. Parker plantou.

— Parker? Por que ele iria armar para o próprio sobrinho?

Calloway meneou a cabeça.

— Você ainda não entendeu, não é, Dan?

CAPÍTULO 58

Sarah cantava acompanhando um dos CDs de Tracy, de Bruce Springsteen, tamborilando os dedos no volante ao ritmo da E Street Band. Tracy adorava; Sarah nem sabia direito a letra. Ela só gostava de como o traseiro de Bruce ficava numa calça jeans.

Ela cantava a letra de "Born to Run", tentando esquecer o fato de que Tracy iria embora. Não fisicamente, mas iria se casar, e isso mudaria as coisas.

A viagem de Olympia para casa estava sendo demorada e melancólica. Sarah estava feliz por Tracy, mas também sabia que as coisas seriam diferentes agora que a irmã tinha Ben. Tracy sempre fora a melhor amiga de Sarah e, de certo modo, tinha sido um tipo de segunda mãe para ela. Do que Sarah mais sentiria falta seriam as noites em que ficavam acordadas até tarde falando de tudo e qualquer coisa, desde atirar até escola e garotos. Ela costumava perguntar para a irmã se as duas poderiam continuar morando juntas depois que Tracy se casasse. Sarah sorriu ao se lembrar de quando deitava na cama ao lado de Tracy, o calor reconfortante da irmã ajudando-a a dormir. Ela pensou na oração que faziam. Nunca se esqueceria dessa oração. Em muitas noites, esse era o único modo de que que Sarah conseguir pegar no sono.

Ela ouviu a voz de Tracy em sua cabeça.

Eu não tenho...

— Eu não tenho... — Sarah disse em voz alta.

Eu não tenho medo...

— Eu não tenho medo...

Eu não tenho medo do escuro.

— Eu não tenho medo do escuro.

Mas ela tinha ainda, mesmo com 18 anos.

Sarah teria saudade de dividir as roupas e acordar com Tracy na manhã de Natal. Ela teria saudade de escorregar pelo corrimão e esperar na esquina para assustar Tracy e as amigas. Ela teria saudade de casa e do salgueiro-chorão, de como costumava se balançar na árvore, pendurada sobre o gramado imaginando alguma cena em que abaixo dela estava o Rio Amazonas cheio de jacarés. Ela teria saudade disso tudo.

Sarah limpou uma lágrima do rosto. Ela pensava que tinha se preparado para esse dia, mas, agora que estava chegando, sabia que não. Que não era possível se preparar.

Ano que vem você vai para a universidade, ela disse para si mesma. *Pelo menos Tracy vai ter o Ben.*

Sarah sorriu, lembrando como Tracy ficou furiosa quando lhe entregaram a fivela de prata. Parecia que uma abelha a tinha picado no traseiro. Ela não fazia ideia do motivo de Sarah ter permitido que ela ganhasse. Ficou furiosa demais para notar que Ben estava vestindo calça e camisa novas. Foi Sarah que o ajudou a escolher aquela roupa. Deus sabia que ele não teria conseguido sozinho. Ben tinha ligado para ela duas semanas antes do torneio e dissera para Sarah que queria pedir Tracy em casamento no restaurante favorito dos dois em Seattle, mas que só tinha conseguido uma reserva às sete e meia, o que significava que só conseguiriam chegar a tempo se saíssem assim que terminasse a competição. Isso também significava que Sarah teria que voltar para casa sozinha, e os dois sabiam que Tracy bancaria a "irmã mais velha". Sarah precisava de algo para fazer Tracy não querer voltar para casa com ela, e não necessitou pensar muito. Tracy detestava perder, mas o que ela detestava ainda mais era que Sarah a *deixasse* vencer – em qualquer coisa.

A chuva caía em gotas grandes que se espatifavam no para-brisa, embora não fosse ainda o dilúvio com que Tracy tinha se preocupado. Até parecia que nunca chovia ali. Dá um tempo.

Ela entoou outro verso da música, cantando com Bruce.

A picape deu um solavanco.

Sarah se aprumou. Ela olhou para os espelhos retrovisores, pensando que tivesse acertado algo na estrada, mas estava escuro demais para ver algo atrás.

A picape estremeceu de novo. Dessa vez ela sabia não ter atingido nada, mas o veículo começou a estremecer e dar solavancos, perdendo velocidade. O ponteiro do tacômetro caiu rapidamente para a esquerda, e a luz da gasolina acendeu no painel.

— Você está de brincadeira comigo.

O ponteiro da gasolina indicava "vazio".

Sarah bateu no plástico com o dedo, mas o ponteiro não se moveu. Aquilo não podia ser verdade.

— Diga que isso não está acontecendo — ela exclamou.

Não era possível. Elas tinham enchido o tanque da picape na sexta-feira. Tracy não queria parar no posto na manhã de sábado, preocupada em não se atrasarem. Sarah tinha comprado uma Coca Diet e um pacote de Cheetos na loja de conveniência, para a viagem.

Você vai comer essa porcaria de café da manhã?, Tracy tinha reclamado.

O motor parou. Ficou difícil virar o volante. Sarah teve que fazer força para virar na curva seguinte. Uma leve descida permitiu que ela seguisse um pouco na banguela, mas aquilo não seria o bastante para ela percorrer a distância restante até Cedar Grove, não importava o quanto faltasse. Conforme a picape perdia velocidade, Sarah a conduziu para o acostamento de terra, os pneus rangendo sobre as pedrinhas até parar. Ela tentou dar a partida, e o motor de arranque pareceu rir dela. Então ele só deu um estalo. Ela se recostou e conteve a vontade de gritar. Springsteen continuava a gemer e uivar. Ela desligou o som.

— Tudo bem, preciso me organizar — ela disse após um momento de ansiedade. — O pai delas sempre dizia para as filhas saberem se adaptar às situações e terem um plano. — Tá, qual é o meu plano? — Primeiro o que era mais importante. — Onde é que eu estou?

Sarah olhou pelo retrovisor e não viu nenhum farol atrás dela. Ela não via nada atrás. Depois olhou ao redor. Houve um tempo em que Sarah conhecia bem aquela estrada, mas agora, com a interestadual, já não passava muito por ali, e não estava prestando atenção no caminho. Ela não conseguia se achar. Sarah consultou o relógio e tentou calcular quanto tempo tinha passado desde que saíra de Olympia, esperando avaliar quanto ainda faltava para Cedar Grove, mas não teve certeza da hora em que tinha deixado o estacionamento. Ela sabia que, após pegar a saída para a estrada vicinal, o trevo de Cedar Grove ficava a 20 minutos. Se esse era o caso, então sua melhor estimativa era a de que ainda faltavam de 6 a 10 quilômetros para a cidade. Não era um passeio no parque, ainda mais na chuva, mas também não era uma maratona. Ela podia ter sorte e um carro aparecer, embora não houvesse mais muito tráfego na estrada vicinal. A maioria das pessoas agora pegava a interestadual.

Prometa que você vai ficar na interestadual.

Por que ela não tinha escutado a irmã? Tracy iria matá-la.

Sarah gemeu, permitindo-se um momento para sentir pena de si mesma. Então ela voltou a pensar num plano. Pensou em dormir na carroceria coberta da picape, mas imaginou o pânico que causaria em Tracy quando a irmã ligasse para casa de manhã – e Tracy *iria* ligar para contar a novidade – e Sarah não atendesse. Tracy faria os pais voarem de volta para casa do Havaí, e o FBI e todos em Cedar Grove sairiam à procura dela.

— Bem — Sarah disse, refletindo por mais um momento. — Com certeza você não vai chegar a lugar nenhum sentada aqui. Está na hora de começar a andar.

Ela vestiu a jaqueta e pegou o Stetson preto de Tracy no banco. A fivela de prata estava debaixo dele. Sarah guardou a fivela num bolso da jaqueta, querendo entregá-la para Tracy de manhã, lembrando-a de como tinha sido chata. Ela ririam da situação, e a fivela sempre seria uma lembrança da noite em que Tracy ficou noiva. Sarah pensou em emoldurá-la ou algo assim.

Ela estava enrolando. Mas, na verdade, não estava com muita vontade de fazer uma longa caminhada na chuva.

Sarah pôs o Stetson ao sair da picape e trancou a porta. Como se para provocá-la, a chuva aumentou de intensidade, uma cachoeira que veio rugindo. Ela foi andando pela beira da estrada, com a esperança de encontrar algum abrigo sob a copa das árvores. Em poucos minutos, a água começou a escorrer por suas costas.

— Isto vai ser uma porcaria. Das grandes.

Ela continuou, cantando para passar o tempo, a letra de "Born to Run", que não saía de sua cabeça.

— Todo mundo está na estrada esta noite, mas não há nada... eu não sei a letra completa.

Sarah seguiu marchando. Após alguns minutos, parou e prestou atenção, pensando ter escutado o som de um motor, embora não pudesse ter certeza com o barulho da chuva batendo na copa das árvores e escorrendo pelo asfalto. Sarah saiu para o acostamento e olhou para a estrada atrás dela, apurando os ouvidos. Ali. Faróis marcaram o asfalto um ou dois segundos antes de o carro aparecer na curva da estrada. Sarah se aproximou, pondo um pé no asfalto, inclinando-se e acenando com uma mão acima da cabeça enquanto usava a outra para proteger os olhos do brilho dos faróis. O veículo diminuiu a velocidade e parou no meio da estrada. Não era um carro.

Era uma picape Chevrolet vermelha.

CAPÍTULO 59

Tracy abriu os olhos, mas continuou em completa escuridão. Desorientada, a cabeça um misto de confusão e dor, ela se esforçou para lembrar o que tinha acontecido. Ergueu a cabeça, o que fez uma dor aguda irradiar do alto de seu crânio. Ela fez uma careta. Quando a dor diminuiu, Tracy se sentou, apoiando-se no braço. Sua cabeça latejava. Seus braços e pernas pareciam feitos de chumbo. Ela inspirou fundo várias vezes enquanto organizava os pensamentos e tentava se orientar. As imagens vieram em pulsos.

A casa decrépita da qual se aproximou.

O caminhão plataforma parcialmente coberto de neve.

A porta da cozinha.

Entrando na sala principal.

O tufo de cabelo grisalho aparecendo sobre o encosto da poltrona.

Parker House virando a cabeça e abrindo os olhos.

Seu cheiro é igual ao dela.

Alguém a tinha acertado por trás. Quando Tracy levantou o braço para tocar a parte de trás da cabeça, seu pulso pareceu pesado. Ela balançou os braços e ouviu o tilintar das correntes. Seu coração acelerou. Ela se esforçou para se levantar, mas uma sensação de náusea a dominou e ela caiu de joelhos. Tracy inspirou fundo várias vezes até a náusea passar e tentou de novo, levantando-se devagar, cambaleando, mas mantendo o equilíbrio.

Tracy tateou as argolas presas em seus punhos e passou a mão pelo que estimou ser uma corrente de um palmo entre elas. Pela sensação, uma segunda corrente, mais grossa, saía da corrente entre seus pulsos. Ela seguiu os elos com as mãos até o que parecia ser uma placa retangular. Seus dedos traçaram o contorno da cabeça de dois parafusos hexagonais. Ela apoiou um pé na parede, enrolou a corrente na mão e puxou a placa, sentindo-a ceder um pouco, mas outra onda de náusea e dor latejante a dominou.

Ela ouviu um barulho atrás de si. Um risco de luz fraca invadiu a escuridão, alargando-se lentamente – uma porta estava sendo aberta. Alguém entrou na luz, uma sombra, e a porta foi fechada, mergulhando-a de novo na escuridão. Tracy apoiou as costas na parede e levantou os braços, preparando-se para golpear ou chutar.

Ela tentou seguir o som dos passos naquele lugar, mas, no escuro, pareciam vir de todas as partes. Tracy ouviu um zumbido estranho. De repente, uma luz forte foi acesa, ofuscando-a por um momento. Tracy baixou os olhos, esperando que os pontos pretos e brancos sumissem. Então ergueu uma mão para reduzir o brilho e viu que a fonte de luz era uma lâmpada pendurada em um soquete preso a fios que pendiam de uma viga de madeira; uma de duas vigas que atravessavam horizontalmente um teto de terra com marcas de pá.

Debaixo da lâmpada, uma figura estava ajoelhada de costas para ela e virava a manivela que saía da lateral de uma caixa de madeira. Cada rotação da manivela produzia um som parecido com o bater de asas de um enxame de insetos invisíveis e fazia o filamento da lâmpada pulsar, mudando sua cor de laranja para vermelho e, enfim, para um branco brilhante que expulsou a escuridão, revelando o ambiente e a circunstância em que Tracy se encontrava.

Ela estimou que o lugar tivesse, aproximadamente, seis metros de comprimento por três e meio de largura, com dois metros e meio de altura. Quatro pilares velhos de madeira sustentavam as duas vigas do teto. Como imaginava, algemas de metal enferrujado pendiam de cada um de seus pulsos, com uma corrente de um palmo entre elas. A segunda corrente, com cerca de um metro e meio, estava soldada na placa de metal que ela tinha sentido com as mãos. A placa estava presa por parafusos a uma parede de concreto. Retalhos de tapetes diferentes cobriam partes do chão. Em um canto havia uma cama de ferro forjado com um colchão puído e, ao lado, uma cadeira também decrépita. Prateleiras toscas cobriam uma parede, com latas de comida em uma, livros na outra. Ao lado dos livros havia um Stetson preto que Tracy não via fazia 20 anos.

Edmund House se levantou e se virou para ela.

— Bem vinda ao lar, Tracy.

CAPÍTULO 60

Um galho carregado de neve bateu no para-brisa, provocando uma explosão de pó branco. Calloway não diminuiu. Ele seguiu as marcas de pneu até outra curva e, quando estava para acelerar, teve que frear de repente, fazendo a Suburban parar a poucos centímetros do Subaru de Tracy.

Neve cobria o vidro de trás e o teto do carro, mas era menos de cinco centímetros. Dan olhou para a frente e viu galhos saindo da neve, que cobria o restante de uma árvore atravessada na estrada.

Calloway soltou um palavrão e tirou o microfone do rádio de seu suporte. Ele mexeu nos controles, usou seu código de identificação e perguntou se alguém podia ouvi-lo. Não teve resposta. Tentou de novo, mas, outra vez, a resposta foi silêncio.

— Finlay, está aí? Finlay?

Ele recolocou o microfone no suporte e desligou o motor.

— Não entende o quê? — Dan perguntou.

Calloway olhou para ele.

— Que foi?

— Você disse que eu não entendi. O quê?

Calloway destravou a escopeta, tirou-a do suporte e a entregou para Dan.

— Nós não incriminamos um homem inocente, Dan. Nós incriminamos um culpado.

Ele saiu do carro para a tempestade.

Dan ficou perplexo. O que ele tinha feito?

Ele pegou o bilhete de onde o xerife o tinha jogado, após amassá-lo, e o abriu.

*O caminhão de onde saiu o tiro na
janela está registrado em nome de
Parker House. Ninguém verificou
o álibi dele. Vou atrás de respostas.
Traga Calloway.*

Ela pensou que Parker era o assassino. Ela pensou que Parker tinha matado Sarah.

Dan vestiu a touca e as luvas e saiu para a neve, que lhe chegava até os joelhos. No mesmo instante, sentiu o vento gelado. Ele foi até a traseira da Suburban, onde Calloway estava com um rifle de caça pendurado no ombro e guardava munição no bolso do casaco.

— Como você sabe? — Dan teve que gritar por cima de uma rajada uivante de vento.

Calloway pegou duas lanternas de um nicho na roda traseira, testou uma e a entregou para Dan. Ele também lhe entregou duas baterias extras.

— Roy, como diabos você sabe que foi Edmund e não Parker?

— Como? Eu já te falei. Eu falei para todo mundo. House me contou que foi ele.

Calloway bateu a porta traseira e seguiu a trilha de pegadas, que começavam a ser encobertas pela neve. Dan foi atrás dele.

— Por que Edmund admitiria que foi ele?

Calloway parou para gritar por sobre o vento uivante.

— Por quê? Porque ele é um maldito psicopata. Por isso.

O xerife foi até a árvore que fechava a estrada e a seguiu até seu toco, enterrado na neve. Ele se ajoelhou e limpou a neve. Dan pôde ver, pelo corte reto, que alguém tinha derrubado a árvore com uma motosserra.

Calloway se levantou, apertando os olhos para a neve ofuscante ao olhar para o alto da colina.

— Ele sabe que estamos vindo.

O xerife começou a seguir a trilha de pegadas de bota, com Dan logo atrás carregando a escopeta. Após alguns metros, ele estava ofegante. Depois de 100 metros, os dois tiveram que parar, respirando com dificuldade.

— Se ele enterrou o corpo dela, como você não o encontrou? — Dan perguntou, esforçando-se para falar.

Um mapa de veias vermelhas e roxas marcou a parte exposta do rosto de Calloway.

— Porque era mentira. House não a matou de imediato. Ele estava nos manipulando. Me manipulando. E agora manipulou você.

— Mas você disse que vasculhou a propriedade. Se Sarah não estava lá e House não a tinha enterrado, onde ela estava?

Calloway acenou na direção das montanhas.

— Lá em cima. Ela estava lá em cima o tempo todo.

CAPÍTULO 61

Sarah usou a mão para bloquear o brilho dos faróis, mas não conseguiu ver o rosto do motorista, que abriu a porta e se inclinou para fora.

— É a sua picape lá atrás, parada no acostamento? — falou o homem por cima do ruído da chuva.

— É — Sarah respondeu.

— Você precisa de uma carona?

— Estou bem — ela disse. — Na verdade, não vou muito longe.

O homem desceu da picape e foi até a frente do veículo, onde Sarah poderia vê-lo. Ela o avaliou com uma palavra. Lindo. Na verdade, ele parecia até o Bruce, com a camiseta branca, a calça jeans e as botas gastas. Os bíceps esticavam o tecido da camiseta, que estava ficando molhada e começava a grudar em seu peito.

— O que aconteceu?

— Acho que fiquei sem gasolina — ela disse.

— Aposto que isso acabou com a sua noite, hein? — ele tirou o cabelo do rosto e o prendeu atrás das orelhas. Ele sorriu e isso fez seus olhos se acenderem. — Não precisa ficar mal por causa disso. Já fiz a mesma coisa. Queria ver o quanto eu fazia um tanque render, você sabe. — Ele apontou o polegar para a picape. — Tenho uma lata de gasolina na caçamba. Mas está vazia. Acho que tem um posto em Cedar Grove.

— Não sei se o Harley ainda está aberto — Sarah disse. — Sábado ele geralmente fecha às nove horas.

— Você mora lá? — ele perguntou.

Esse foi o motivo de ela usar o nome de Harley. Ela era da região. Conhecia as pessoas. E estas a conheciam.

— Um pouco fora da cidade.

— Vamos — ele foi na direção da cabine. — Eu te dou uma carona.

Mas ela não se moveu.

— De onde você está vindo?

Ele se virou e falou por cima do capô.

— Eu estava em Seattle, visitando os meus pais. Noite boa para viajar, né? Eu devia ter ficado lá, mas precisava voltar. Moro em Silver Spurs. Se o posto de gasolina não estiver aberto, não me incomodo em te deixar em casa.

— Não é longe — ela disse, tentando parecer despreocupada. — Dá para ir andando.

— Ora essa, deve ser o quê, mais 8 quilômetros?

— Não é tão longe.

— É, mas esta noite você pode se afogar. — Ele sorriu. — Eu vou fazer o seguinte: vou na frente para ver se o posto está aberto. Se estiver, pego a gasolina e volto para encher seu tanque. Se não estiver, vou até sua casa e aviso alguém que você está aqui.

Sarah sabia que Harley estava fechado e que não havia ninguém em sua casa. Tracy estava com Ben, e seus pais, no Havaí. Ela estaria mandando o homem numa missão impossível.

— Não precisa fazer tudo isso.

— Não tem problema. — Ele se aproximou e estendeu a mão. — Meu nome é Edmund.

— Sarah — ela disse. — Sarah Crosswhite.

— Crosswhite? Nós temos uma Srta. Crosswhite no colégio de Cedar Grove. Ensina ciências, eu acho.

— Você trabalha no colégio?

— Sou um dos faxineiros da noite.

— Nunca vi você.

— É porque eu trabalho à noite. Só os vampiros me veem. Brincadeira. Acabei de ser contratado.

Ela sorriu. Lindo e engraçado.

— Ela é loira, né? Muito parecida com você.

— Nós ouvimos bastante isso.

Ele meneou a cabeça.

— Sua irmã, né? Dá pra ver pelo rosto.

— Ela é quatro anos mais velha. É professora de química.

— Deve ser fácil para você tirar um 10, né?

— Ah, não. Eu já me formei. Vou para a Universidade de Washington no outono.

— Então você é uma daquelas nerds?

— Nem um pouco. — Ela se sentiu corar. — Tracy é a nerd da família.

— Eu tenho um irmão assim. Um verdadeiro Einstein.

A chuva ficou mais forte. Veio outra ducha de água. O cabelo dele chegava quase aos ombros. A camiseta, agora encharcada, mostrava cada músculo do peito e do abdômen. Ele esfregou os braços.

— Bem — ele disse —, por que você não espera debaixo das árvores, perto daquela marca de quilometragem, para eu saber onde te encontrar, e eu vou tentar arrumar gasolina para você? — Ele se dirigiu à cabine da picape.

— Está tudo bem.

— O quê? — Ele se voltou.

— É melhor eu ir com você.

— Tem certeza?

— Tenho. Está tudo bem. Não quero fazer você dirigir até lá e depois ter que voltar.

— Está certo. — Ele deu a volta na frente do carro e subiu na cabine, inclinando-se para abrir a porta do passageiro, sorrindo para ela. — Deixa eu te ajudar com isso.

Sarah entregou a mochila para ele e usou a porta para se apoiar até a cabine. Ela tirou o Stetson e soltou o cabelo, adorando o ar quente que saía da ventilação do carro.

— Acho que tive sorte de você aparecer.

— Em vez de algum maluco — ele disse, colocando o carro em movimento. — Um cara desses pode fazer você desaparecer para sempre.

CAPÍTULO 62

Dan sabia que Calloway estava apontando na direção dos picos das montanhas ao redor de Cedar Grove, mas ele não conseguia enxergar além de 5 metros à frente, com a escuridão e a neve caindo.

— Ele a manteve viva numa cela na mina de Cedar Grove. Ele esperou até a região estar a ponto de ser inundada para enterrá-la onde sabia que ficaria submersa.

— Como você sabe disso?

— É a conclusão lógica, considerando o lugar onde nós encontramos os restos de Sarah.

— Não, como você sabe que ele a manteve na mina?

— Nós precisamos continuar andando. — Calloway seguiu em frente, com Dan ao seu lado esforçando-se para ouvi-lo. — Parker descobriu — Calloway disse. — Edmund costumava sair de casa num quadriciclo e desaparecer nas montanhas. Depois que ele foi condenado, Parker pensou na mina e pensou se era lá que Edmund ia com o quadriciclo. Ele me contou isso, e nós fomos até lá com um cortador de correntes e cortamos o cadeado no portão de entrada. A princípio não encontramos nada, mas então notei que a parede do escritório parecia muito malfeita para uma grande empresa mineradora. Quando a examinei com atenção, encontrei a emenda de uma porta. House tinha construído uma parede falsa e manteve Sarah acorrentada num quarto atrás dela. Nós encontramos um vestido cinza no chão, algemas e correntes presas à parede. — Calloway meneou a cabeça. — Quase vomitei ao pensar em Sarah presa num lugar daqueles, no que ele deve ter feito com ela. Nós deixamos tudo como estava, trancamos a entrada e nunca mais voltamos.

Dan segurou Calloway pelo ombro, detendo-o abruptamente.

— E por que você não contou isso para alguém, Roy?

Calloway tirou a mão de Dan do seu ombro.

— Contar o quê? Que todos nós mentimos, que plantamos evidências, mas que sentíamos muito e queríamos corrigir tudo? House teria saído livre e matado outra filha de alguém. O que estava feito estava feito. Não tinha volta. House ia cumprir prisão perpétua, e Sarah estava morta.

— Então por que não contou para Tracy?

— Eu não podia.

— Por que diabos não, Roy? Jesus, por que diabos não podia contar?

— Porque eu jurei que não contaria.

— Você a deixou sofrer por 20 anos sem saber?

O revestimento de pele do chapéu de Calloway estava completamente congelado, e cristais de gelo prendiam-se às sobrancelhas dele.

— A decisão não foi minha, Dan. Foi do James.

Dan apertou os olhos, descrente.

— Bom Deus, por que ele faria isso com a própria filha?

— Porque ele a amava. Por isso.

— Como você pode dizer isso?

— James não queria que Tracy passasse o resto da vida sentindo culpa. Ele sabia que descobrir isso a teria matado.

— Ela viveu se sentindo culpada os últimos 20 anos.

— Não — Calloway disse. — Não esse tipo de culpa.

Edmund House estava sentado na caixa do gerador. A luz sobre a cabeça dele estalava e emitia um zunido baixo.

— É meio irônico, não acha?

— O quê? — Tracy perguntou.

— Todo esse tempo se passou e nós estamos aqui, finalmente.

— Do que você está falando?

— Estou falando de você e eu, aqui. — Ele abriu os braços, sorrindo. — Eu construí isto aqui para você.

Ela hesitou, passando os olhos pelo quarto.

— O quê?

— Bem, a Companhia Mineradora Cedar Grove fez a maior parte do trabalho, mas eu dei uns toques de lar, como o tapete, a cama e as prateleiras. Eu sabia que você gostava de ler. Eu sei que agora isto não parece muito, mas as coisas estragam rapidinho quando você não faz a faxina de primavera durante 20 anos. — Ele sorriu. — Honestamente, estou surpreso que continue aqui, do jeito que deixei. Nunca encontraram.

— Eu nem conhecia você, House.

— Mas eu conhecia você. Comecei a estudar tudo a seu respeito no momento em que cheguei a Cedar Grove e te vi no colégio. Eu costumava ir para ver a garotada sair da escola, e um dia você apareceu rodeada de alunos. Primeiro pensei que você fosse uma deles, mas dava para dizer, pelo jeito que você se comportava, que era mais madura.

"Eu soube, naquele momento, que era você. Eu nunca tinha tido uma professora antes, então fantasiei um pouco. E nunca tinha tido uma loira. Depois que te vi, comecei a fazer questão de passar pela escola à tarde, no horário da saída. Eu precisava descobrir qual carro você dirigia. Mas não dá para ficar estacionado perto de uma escola todo dia sem um vizinho intrometido ficar desconfiado. Depois que descobri que você dirigia a picape Ford, eu procurava por ela no estacionamento dos professores. Quando não estava lá, eu ia até a cidade. Você gostava de ir até aquele café para corrigir as provas. Eu estava lá um dia, tomando uma xícara de café. Se você não estivesse lá, eu passava de carro pela sua casa, para ver se a picape estava estacionada na entrada.

"Encontrei um lugar na rua que dava uma boa visão da janela do seu quarto. Algumas noites eu ficava observando você durante horas. Eu gostava do jeito que você saía do banho e espiava pela janela do quarto com uma toalha enrolada no cabelo, como se fosse um turbante.

"Eu sabia que o que nós tínhamos era especial, mesmo quando você começou a namorar aquele cara. Eu nunca entendi o que você viu nele, ou por que se mudou daquela mansão linda para a casinha de merda. Ele complicou as coisas, sempre por perto. Eu não podia simplesmente aparecer na porta da frente ou esperar por você dentro da casa. Eu vi que teria que criar minha própria oportunidade. Foi quando tive a ideia de mexer na sua picape para ela quebrar."

A ideia de que House a observava arrepiou a pele de Tracy, mas a menção que ele fez à picape levantou outra questão, ainda mais perturbadora. Sarah estava dirigindo a picape de Tracy naquela noite. Ela olhou para o chapéu Stetson na prateleira.

— Eu fiquei meio abalado na primeira vez que vi sua irmã — House disse. — Ela entrou no café uma vez, quando você estava trabalhando, se aproximou devagarinho de você e cobriu seus olhos. Eu pensei que estava vendo em dobro.

— Você achou que ela fosse eu naquela noite.

House se levantou e começou a andar de um lado para outro.

— Como eu não ia achar? Porra, era como aquele comercial do Doublemint com as gêmeas. Vocês até se vestiam igual.

Embora o lugar estivesse frio, Tracy tinha começado a suar.

— Quando vi a picape parada na lateral da estrada, e depois avistei Sarah andando na chuva, sozinha, com aquele chapéu preto, tive certeza que era você. Imagine a minha surpresa quando saí do caminhão e percebi que não era. Primeiro fiquei decepcionado. Até pensei em simplesmente levar ela para casa. Mas então pensei, merda, já tive esse trabalho todo. E quem disse que eu não posso ter as duas?

Tracy cambaleou para trás, apoiando-se na parede, as pernas fracas.

— E agora eu tenho.

— Você não a enterrou. Foi por isso que não conseguimos encontrar Sarah.

— Não enterrei logo, não. Teria sido um desperdício. Mas eu não podia deixá-la escapar como Annabelle Bovine. — House crispou o maxilar e seu rosto ficou sombrio. — Aquela vagabunda me custou seis anos da minha vida. — Ele apontou para a própria têmpora. — Um homem esperto aprende com seus erros, e eu tive seis anos para pensar em como fazer um trabalho melhor da próxima vez. Nós nos divertimos aqui, sua irmã e eu.

Sarah desapareceu em 21 de agosto de 1993. O lago da represa de Cedar Falls foi inundado em meados de outubro. Uma queimação ácida subiu pela garganta de Tracy. Seu estômago teve um espasmo e ela se dobrou, quase vomitando.

— Mas aquele cuzão do Calloway ficou me pressionando. Quando ele me falou da testemunha, o tal do Hagen, eu sabia que era questão de tempo. Um homem como esse não tem integridade. É decepcionante, não? Imagino que você tenha tido a mesma decepção com seu pai.

Ela cuspiu bile que estava em sua boca e o encarou.

— Vá se foder, House.

O sorriso dele ficou maior.

— Aposto que seu pai nunca imaginou que um dia eu usaria as joias e os fios de cabelo que ele usou para me incriminar para sair daquele inferno. Ou que você me ajudaria a sair.

— Eu não fiz tudo isso por você.

— Não seja assim, Tracy. Pelo menos eu nunca menti para você.

— Do que você está falando? Esta coisa toda é uma mentira.

— Eu te disse que me incriminaram. Eu disse que plantaram as provas. Mas nunca disse que era inocente.

— Você é um louco. Você a matou.

— Não. — Ele negou com a cabeça. — Não. Eu a amava. *Eles* a mataram... Calloway e seu pai, com todas as mentiras. Eles não me deixaram escolha. Com a represa ficando pronta, eles me obrigaram a fazer aquilo. Eu não queria, mas o gostosão do Calloway não me deixava em paz.

CAPÍTULO 63

Sarah levantou a cabeça quando ouviu o rangido do portão ecoar pela mina. Ele tinha voltado antes do que ela esperava. Normalmente a luz se apagava por completo antes de ele voltar, mas a lâmpada ainda emitia um brilho amarelo tênue.

Ela correu para terminar o que estava fazendo e recolheu os pedacinhos de concreto, jogando a poeira no buraco que tinha feito. A luz da única lâmpada continuava a ficar mais fraca, e Sarah não conseguia enxergar bem o bastante para ter certeza de que tinha encontrado cada pedaço, mas ela também não tinha tempo para continuar procurando. Ela pôs o espeto no buraco e o encheu de terra, alisando a superfície.

A porta foi aberta bem quando ela recolocava o tapete no lugar e sentava com as costas na parede, pegando o livro que ele tinha trazido para ela. Edmund House entrou, colocou um saco plástico sobre a mesa dobrável e girou a manivela do gerador. O filamento ficou brilhante, fazendo-a semicerrar os olhos.

House se virou. Ele pareceu demorar mais que de costume para observá-la. Os olhos dele pararam no pedaço de tapete no chão, e na luz ela viu que não o tinha recolocado no mesmo lugar onde estava antes.

— O que você andou fazendo? — ele perguntou.

Ela deu de ombros e mostrou o livro.

— O que eu posso fazer? Já li cada livro duas vezes. Meio que estraga a história quando você já sabe o fim.

— Está reclamando?

— Não, só estou dizendo, sabe? Talvez fosse legal conseguir uns novos.

Pelos cálculos dela, fazia sete semanas que ele a tinha levado para aquele lugar. Era difícil contar os dias sem uma janela, mas Sarah usava

House como seu relógio. Ela fazia uma marca na parede cada vez que ele voltava, que ela imaginava ser um novo dia. Ele a tinha raptado num sábado, 21 de agosto. Se tivesse calculado corretamente, estava agora em 11 de outubro, segunda-feira.

Com um mês de cativeiro, ela encontrou uma barra de metal meio enterrada na base de um dos pilares. Sarah deduziu que antigamente a peça era usada para colocar os trilhos para os vagões de minério que tiravam a prata da mina. Com 25 centímetros, tinha uma das extremidades chata, como um espeto, que devia ser usada para bater no chão. Sarah estava usando o espeto para desgastar o concreto em volta da placa de metal que ele tinha prendido na parede. Os parafusos da placa tinham certa folga, o que permitia que ela cavasse atrás da placa sem ele perceber. Se conseguisse soltar a placa o suficiente, talvez ela pudesse arrancá-la da parede.

— Você trouxe comida? — ela perguntou.

Ele negou com a cabeça. House parecia preocupado, triste. Como um garotinho.

— Por que não?

Ele se apoiou na mesa, os músculos dos braços saltando.

— O Chefe Calloway veio outra vez.

Ela sentiu uma ponta de esperança, mas controlou-a.

— O que aquele babaca queria dessa vez?

— Ele disse que tem uma testemunha.

— Mesmo?

— É o que ele diz. Falou que essa testemunha vai dizer que me viu com você na estrada vicinal. Eu não lembro de ninguém, e você?

Ela negou com a cabeça.

— Não.

Ele se afastou da mesa e se aproximou, a voz ficando raivosa.

— Ele está mentindo. Eu sei que está mentindo, mas ele disse que tem uma testemunha, e que vai ser suficiente para conseguir um mandado de busca. O que você acha que ele vai encontrar?

— Nada. — Ela deu de ombros. — Você disse que tomou cuidado.

Ele estendeu a mão e tocou o lado do rosto dela com a ponta

dos dedos. Sarah resistiu ao impulso de estremecer e se afastar. Isso só o deixaria bravo.

— Você sabe o que eu acho?

Ela negou com a cabeça.

— Acho que estão armando pra mim. — Ele deixou a mão cair e se afastou. — Se inventaram a testemunha, acho que vão inventar alguma prova para me pegar. Sabe o que isso quer dizer?

— Não.

— Quer dizer que esta pode ser a última vez que nós vamos nos ver.

Ela sentiu uma onda de ansiedade.

— Eles não vão conseguir te pegar. Você é esperto demais. Mais do que eles.

— Mas não se eles mentirem. — House suspirou e meneou a cabeça. — Eu mandei Calloway se foder. Disse para ele que já tinha estuprado e matado você, e te enterrado nas montanhas.

— Por que você disse isso para ele?

— Quero que ele se foda — House disse, andando de um lado para outro, levantando a voz. — Ele não pode provar nada, então vai ter que viver com isso na consciência pelo resto da vida. Eu disse para ele que nunca vou dizer onde enterrei seu corpo. — Ele começou a rir. — Quer saber a melhor parte?

— Qual é? — ela perguntou, sentindo-se cada vez mais ansiosa.

— Ele não gravou a conversa. Éramos só nós dois. Ele não tem provas do que eu disse.

— Nós podíamos fugir — Sarah disse, tentando parecer entusiasmada. — Podíamos ir para algum lugar juntos, desaparecer.

— É, eu pensei nisso — House sussurrou. — Ele tirou roupas do saco plástico. Sarah reconheceu sua camisa e a calça. Ela pensava que ele as tivesse queimado.

— Lavei para você — ele disse.

— Por quê?

— Não ganho um "obrigado"?

— Obrigada — ela disse, sem saber a intenção dele.

House jogou as roupas aos pés dela.

— Vamos — ele exclamou ao ver que ela não se mexia. — Você não pode sair vestida assim.

— Você vai me soltar?

— Não posso continuar com você aqui. Não com Calloway no meu cangote.

Ela soltou os ombros do vestido que ele tinha lhe dado e o deixou deslizar, ficando nua diante dele. House a observou pegar a calça jeans e a vestir. A calça ficou larga nos quadris.

— Acho que perdi um pouco de peso — ela disse, as costelas e a clavícula salientes.

— Você tinha o que perder — ele disse. — Gosto de você magrela.

— Meus pulsos. — Ela levantou os braços.

Ele pegou a chave no bolso e soltou a algema esquerda. Ela passou o braço pela manga da camisa Scully e esperou que ele recolocasse a algema. Em vez disso, ele soltou o pulso direito dela e deixou que as algemas e correntes caíssem no chão. Era a primeira vez, em sete semanas, que os dois braços dela estavam soltos. Ela terminou de vestir a camisa, apertando os botões de pressão, e se esforçou para continuar calma.

— Aonde nós vamos? — ela perguntou. — Nós podíamos ir para a Califórnia. É grande lá. Seria impossível que nos encontrassem.

House foi até as prateleiras e tirou os brincos de jade e o colar de uma lata. Ele pegou o chapéu preto de Tracy, pareceu refletir por um instante e então o recolocou na prateleira. Em seguida, entregou as joias para Sarah.

— É melhor você recolocar isto. Não faz sentido eu ficar com elas.

Ela tentou segurar as lágrimas.

— Você vai me deixar ir embora?

— Eu sabia que acabaria assim.

Lágrimas rolaram pelas faces dela.

— Não comece a chorar.

Mas Sarah não conseguiu parar. Ela iria para casa.

— Quando nós vamos? — ela perguntou.

— Agora mesmo — ele disse. — Nós podemos ir agora.

— Não vou dizer nada — ela afirmou. — Eu prometo.

— Eu sei que não vai. — Ele apontou a porta com o queixo. Como ela hesitou, ele insistiu. — Ora, vá em frente.

Ela fez o que pôde para não sair correndo, ansiosa para escapar, para respirar o ar fresco outra vez, para ver o céu, ouvir os pássaros e sentir o aroma das sempre-vivas. Ela deu um passo hesitante na direção da porta e se voltou para ele. O rosto de House era uma máscara sem expressão.

Sarah deu mais um passo e pensou em rever Tracy, sua mãe e seu pai, em acordar em sua própria cama, em sua casa. Ela diria para si mesma que tudo aquilo tinha sido apenas um pesadelo. Um pesadelo horrível. Mas não se fixaria no que Edmund House tinha feito com ela. Sarah seguiria em frente com a vida. Ela iria para a faculdade e se formaria, então voltaria para morar em Cedar Grove, do jeito que ela e Tracy sempre planejaram. Em sua empolgação, ela não o ouviu pegar a corrente no chão.

Ela tinha chegado à porta quando a corrente apertou sua garganta, estrangulando-a. Tentou passar os dedos por baixo dos elos, depois arranhou os braços dele, mas House a puxou para trás com a corrente, usando tanta força que tirou os pés dela do chão. A luz da porta foi ficando distante, como se ela caísse num poço escuro. Sarah estendeu os braços para a porta e pensou ter visto Tracy pouco antes de sua cabeça bater com força na parede de concreto.

CAPÍTULO 64

— Eu detestei matá-la. — Edmund House tinha voltado a se sentar sobre a caixa do gerador, os antebraços apoiados nas coxas como se ele estivesse diante de uma fogueira, num acampamento, contando histórias de fantasmas. — Mas eu sabia que não teria outra oportunidade como aquela para me livrar do corpo dela. E eu não ia voltar para a prisão.

Ele se endireitou. A raiva foi se infiltrando em sua voz.

— Era para tudo ter dado certo. Meu planejamento foi perfeito, trazendo ela para cá. Mas Calloway foi inventar todas aquelas provas de merda e conseguiu convencer todo mundo; Finn, Vance Clark, o seu pai. Até o meu tio ficou contra mim. Então eu decidi que, se ia para o inferno pelo resto da vida, iria levar Calloway comigo, e contei para ele exatamente o que eu tinha feito com ela:

House sorriu.

— Só teve um problema — ele continuou. — O xerife não estava gravando. Cara, eu sabia que ele ia ficar puto, mas nunca, nem nos meus melhores sonhos, eu podia imaginar que o feitiço ia virar contra o feiticeiro. Que tal isso como ironia? Quando fecharam a porta da minha cela em Walla Walla, no primeiro dia, pensei que ia passar o resto da vida ali.

Ele fez uma pausa, admirando-a de um jeito que a deixou enojada.

— E então você veio falar comigo. — Ele começou a rir. — E quanto mais a gente falava, mais eu percebia que eles nunca te contaram o que tinham feito. Você me falou das joias, que sabia que sua irmã não estava usando aqueles brincos naquele dia, que ela não podia usar, mas que ninguém escutava você. Eu tenho que admitir, você me deu esperança, mas então percebi que, com o corpo dela no fundo de um lago, eu tinha mesmo me ferrado. Então me conformei em cumprir minha pena. Achei que era o destino.

Tracy deslizou pela parede de concreto, as pernas subitamente fracas. Ela sabia quem tinha tomado a decisão de não lhe contar a verdade. Foi o que DeAngelo Finn não quis lhe dizer, naquele dia em que tinha ido visitá-lo. Foi o que Roy Calloway quase lhe disse do lado de fora da clínica veterinária. Tinha sido decisão do pai dela, e ele fez todos jurarem nunca contar para ela. Era a Tracy que Finn estava se referindo, a que tinha sobrado, a que o pai tinha amado tanto.

O pai dela e Calloway tinham descoberto que era Tracy que House queria, que devia ter sido Tracy a acorrentada naquele buraco e abusada pelo psicopata parado diante dela. James Crosswhite tinha proibido que lhe contassem, sabendo que a culpa teria sido grande demais para Tracy aguentar, que a culpa a teria matado.

— Receio que eu tenha que sair, agora. — House se levantou. — Tenho uns assuntos para terminar.

— Você nunca vai escapar desta, House. Calloway sabe. Ele vai vir atrás de você.

House sorriu.

— É com isso que estou contando.

CAPÍTULO 65

Calloway parou no limite do que Dan deduziu ser a propriedade de Parker House. Os dois homens respiravam com dificuldade. O vento uivava.

— Harley encontrou o corte no cano de gasolina. House deve ter cortado quando elas estavam em Olympia, no torneio de tiro. Pode ser que fosse apenas um teste para ver o que acontecia, até onde o carro conseguia chegar.

— Isso não apareceu no julgamento — Dan disse, abraçando-se devido a uma rajada de vento. As mãos e os pés dele estavam dormentes.

— Era a picape da Tracy, e ela tinha dado o chapéu preto dela para a irmã. E Sarah usou o chapéu naquela noite para se proteger da chuva. Elas eram tão parecidas. No escuro, House não deve ter notado a diferença. Quando ele me disse o que tinha feito com Sarah, que a estuprou várias vezes antes de matar a garota, ele riu e disse, "e nem era ela a que eu queria". Isso também não apareceu no julgamento. James não queria que Tracy vivesse com essa culpa.

— Isso a teria matado — Dan concordou. — Mas, Roy, por que não impedir Tracy de chegar a este ponto? Por que não contar para ela antes disto?

— Porque nunca pensei que chegaríamos a este ponto — Calloway disse. — Me esqueci da polaroide e do fato de Sarah não poder usar os brincos em forma de revólver. Tracy guardou tudo isso, convencida de que era uma conspiração. Eu também não sabia que os fios de cabelo tinham vindo de uma escova que as duas usavam. Não pensei nisso, na época. Além do mais, qualquer coisa que eu dissesse para tentar convencê-la, Tracy teria pensado que era mentira, e o pai dela estava morto e a mãe nunca soube. Não havia como convencer Tracy a esquecer aquilo.

Calloway viu um brilho tênue vindo de uma edificação nos fundos da propriedade.

— Eu nunca pensei que voltaria a este lugar. — Ele olhou para Dan. — Não sei o que vamos encontrar lá. Se acontecer alguma coisa, apenas atire. Nem faça mira. Só puxe o gatilho.

Eles foram se aproximando, indo de um monte de neve a outro, até alcançarem a casa decrépita. Quando Calloway tirou as luvas, Dan fez o mesmo, guardando-as no bolso. A culatra da escopeta estava gelada. Doeu quando ele flexionou os dedos, tentando fechar as mãos em punhos. Dan tentou soprar neles, mas sua boca estava seca e ele sentiu que não tinha fôlego.

Calloway segurou a .357 com o cano para cima e foi até a porta. Quando girou a maçaneta, deu o mesmo olhar de entendimento para Dan de quando encontrou o toco da árvore. *Ele sabe que estamos vindo.*

O xerife entrou. Dan segurou a porta para evitar que o vento a escancarasse, entrou atrás de Calloway e fechou a porta silenciosamente atrás de si. Dentro da casa, ele ouviu o zunido de um gerador e foi atrás do xerife até a sala ao lado. Calloway movia-se com segurança, seu olhar vasculhando o ambiente. De repente ele parou, para em seguida aproximar-se rapidamente de uma poltrona.

Parker House estava sentado ali, com espetos prendendo cada mão aos braços da poltrona, que estavam cobertos de sangue. Outros dois espetos prendiam suas botas ao chão, onde havia poças de sangue.

— Oh, Deus — Dan exclamou.

Calloway pôs um dedo sobre os lábios. Ele seguiu por um corredor e acendeu a lanterna, dirigindo-a a dois quartos, acompanhada do cano de sua arma. Então ele voltou e pôs dois dedos na garganta de Parker. O homem estava pálido, os lábios azuis.

— Ele está vivo — Calloway sussurrou, embora isso não parecesse possível. Parker abriu os olhos e o movimento minúsculo foi assombroso, como um morto voltando à vida. Os olhos dele estavam sem vida. Ele parecia meio adormecido. Calloway se ajoelhou. — Parker. Parker.

As pálpebras dele estremeceram.

— Ele está com ela?

House pareceu a ponto de dizer alguma coisa, então fez uma careta, com dificuldade para falar.

— Arrume alguma coisa para ele beber.

Dan correu para a cozinha, abrindo e fechando armários até encontrar um copo, que encheu na torneira. Quando voltou, Calloway estava trazendo cobertores e lençóis do corredor. O xerife enrolou as cobertas em Parker, pegou o copo e o levou aos lábios dele.

Parker deu um gole pequeno.

— Ele está com Tracy? — Calloway perguntou.

— A mina — Parker sussurrou.

Calloway colocou o copo no chão e se endireitou.

— Preciso que você volte e fale no rádio — ele disse para Dan.

— O rádio não está funcionando, Roy.

— O rádio *está* funcionando. Nós só não conseguimos falar com ninguém. Finlay já deve estar no departamento, agora, e eu falei para ele ficar perto do rádio. Você não precisa fazer nada além de apertar o botão de força. Diga para ele que precisa de uma ambulância e de todos os policiais disponíveis no Condado de Cascade. Diga-lhe para trazerem motosserras.

— Isso vai demorar uma eternidade.

— Não se você for logo. Vá até lá, faça o que eu disse, depois volte aqui e acenda a lareira. Se não encontrar madeira, queime a droga dos móveis. Tente manter Parker aquecido até eles chegarem. É tudo o que nós podemos fazer no momento. Quando Finlay chegar, diga para ele seguir minhas pegadas. Diga que Edmund House está com Tracy na velha mina de Cedar Grove.

— Se você vai até lá, eu vou com você.

— Nós precisamos de mais gente, Dan. Um de nós tem que voltar e pedir ajuda.

— Você nem sabe se eu vou conseguir falar com alguém, não é?

— Você está desperdiçando tempo — Calloway disse. — Neste momento, preciso que faça o que estou lhe dizendo. Tracy está viva, mas pode ser por pouco tempo.

— Como você sabe?

— Porque desta vez House não está tentando se esconder. Ele poderia ter matado DeAngelo e Parker. Ele está deixando uma trilha de migalhas.

— Para quem?

— Para mim. Sou eu quem ele quer. Sou eu quem ele odeia.

— Mais um motivo para esperar.

— Se eu esperar, Tracy pode morrer. Eu já perdi Sarah e um dos meus melhores amigos. Eu também vivi com isso, por 20 anos. Não vou deixar aquele filho da puta levar Tracy também.

— Roy...

— Nós não temos tempo para discutir isto, Dan. Um de nós precisa voltar e pedir reforço no rádio. Você não sabe onde fica a mina. Agora vá pedir ajuda ou os dois vão morrer.

Dan praguejou baixo e entregou a escopeta para Calloway.

— Aqui. Fique com isto. — Calloway tentou entregar o rifle para Dan, mas este negou com a cabeça. — Eu ando mais rápido sem isso.

Calloway foi até a porta de trás e a abriu. O vento entrou na cozinha, trazendo flocos de neve.

— Roy.

O xerife se virou. Aquele homenzarrão sempre tivera uma presença imponente. Ele era a lei em Cedar Grove, e todo mundo que morava ali se sentia melhor sabendo disso. Mas nesse momento Dan viu um senhor de idade saindo numa nevasca para encontrar um psicopata.

Calloway acenou com a cabeça, saiu e foi engolido pela tempestade.

CAPÍTULO 66

O gerador continuava a zunir, mas a luz diminuía rapidamente. Tracy não tinha folga suficiente na corrente para alcançar o equipamento e acionar ela mesma a manivela. O filamento tinha passado de branco a vermelho, e agora estava um laranja pálido. A assustadora chegada da escuridão a fez pensar em Sarah acorrentada à parede – sua irmãzinha que tinha tanto medo do escuro. O que ela tinha feito durante as longas horas em que ficara sozinha? Tinha pensado em Tracy? Será que ela a culpava? Tracy olhou para o retalho de tapete perto da parede de concreto, nos fundos da sala, e pensou se aquele era o lugar em que Sarah tinha sentado. Ela tocou no tapete, precisando sentir uma conexão, e notou marcas no concreto. Afastou o tapete e se aproximou, vendo ranhuras na parede. Tracy deslizou os dedos sobre elas e percebeu que eram letras.

Tracy se aproximou mais, soprando a poeira fina, deslizando os dedos pelas ranhuras. As letras ficaram mais evidentes.

EU NÃO

Ela sentiu um aperto no estômago. Soprou com mais força e passou a mão pelas letras com uma sensação de urgência, identificando as marcas.

EU NÃO TENHO

Ela encontrou uma segunda linha de letras logo abaixo da primeira.

EU NÃO TENHO MEDO

Uma terceira linha estava entalhada abaixo da segunda, mas os sulcos não eram tão pronunciados.

EU NÃO TENHO MEDO

Ela passou a mão mais embaixo na parede, mas não sentiu outros sulcos. Tracy se afastou para que o corpo não fizesse sombra na parede, mas não viu o resto da oração que as duas faziam. Aparentemente, Sarah não a tinha terminado.

À direita da oração, Tracy sentiu mais marcas, mas eram sulcos verticais. De novo, posicionou o corpo para não bloquear a luz remanescente.

/// /// /// /// ///
/// /// /// /// ///
/

Tracy se sentou, cobrindo a boca com a mão. Lágrimas escorreram por sua face.

— Me perdoe, Sarah — ela disse. — Me perdoe por não ter conseguido salvar você.

Mas então ela pensou em algo. O motivo do calendário era óbvio, Sarah estava contando os dias de seu cativeiro, mas por que a oração delas? De tudo que Sarah podia ter escrito, por que escreveria algo que só as duas sabiam? Ela poderia ter escrito seu nome. Poderia ter escrito qualquer coisa.

Tracy se virou e olhou para a porta na parede. Seu olhar foi até o Stetson preto na prateleira e isso a fez entender.

— Ele te contou, né? Ele te contou que era a mim que ele queria — Tracy sussurrou.

Sarah deve ter receado que um dia Tracy pudesse estar acorrentada à mesma parede, e assim deixou uma mensagem para a irmã. Mas não eram só as palavras que ela quis deixar para Tracy. Havia mais ali do que apenas a oração.

— O que você usou? — Ela tateou as ranhuras de novo. Era óbvio que Sarah não as tinha feito com as unhas.

Ela devia ter usado algo afiado e rígido. Vinte anos antes, o concreto não estaria amolecido por anos de solo e ar úmidos.

— O que você usou? — Ela passou os olhos pelo chão. — O que você usou? E onde escondeu dele?

A entrada da mina devia estar a mais de dois quilômetros colina acima, se é que Calloway conseguiria encontrá-la. Quando Parker House levou Calloway até lá, 20 anos antes, a natureza já tinha tomado boa parte da estrada da mineradora. Nas duas décadas que se passaram, a vegetação abundante devia ter completado o serviço – sem mencionar o fato de que a estrada, nessa noite, estava debaixo de vários palmos de neve.

Calloway apontava a luz de sua lanterna para a neve, procurando pegadas. Ele encontrou marcas de trenó, do tipo feito por uma moto de neve. A trilha saía de um galpão atrás da casa e se abria montanha acima. Ele entrou no galpão e passou a luz por um quadriciclo e equipamentos velhos e dilapidados, mas não encontrou outra moto de neve. Sua respiração marcava o ar. Calloway direcionou a lanterna para a parede, detendo-se quando ela iluminou um par de antigas raquetes para andar na neve, feitas de madeira e corda trançada, pendurado num gancho.

Ele pegou as raquetes, tirou as luvas e as calçou. Seus dedos da mão logo ficaram dormentes. Os suportes das raquetes não eram grandes o bastante para suas botas, mas ele as forçou e ajustou as tiras o melhor que pôde. Ele voltou a calçar as luvas e saiu do galpão. O vento soprou como se para cumprimentá-lo – ou alertá-lo. Ele baixou a cabeça para entrar na ventania e seguiu as marcas de trenó colina acima. Os primeiros passos nas raquetes foram estranhos, com as molduras de madeira penetrando na neve. Calloway procurou colocar seu peso mais na ponta do pé e logo pegou o jeito.

Em poucos minutos suas coxas e panturrilhas ardiam, e a sensação nos pulmões era a de que um peso comprimia seu peito e o impedia de conseguir oxigênio suficiente. Ele se concentrou em colocar um pé à frente do outro, usando um ponto de descanso na montanha para recuperar o fôlego e a energia. Mas logo se pôs em movimento, receoso de que, se ficasse parado, seu corpo poderia não se mexer mais. Deu mais um passo, estendeu a perna, descansou um instante e continuou, um passo após o outro, enfrentando a exaustão e uma voz obstinada que lhe dizia para parar e voltar. Ele não podia voltar. Calloway sabia do que aquilo se tratava. House queria pegá-lo. Ele não estava escondendo Tracy do mesmo modo que tinha escondido Sarah, e não esperaria muito pelo xerife. Ele a mataria. O vento que o açoitava também estava apagando as marcas da moto de neve, fazendo com que ficasse mais difícil segui-las. Mas Calloway continuou a subir a montanha.

Desta vez ele pretendia acabar com aquilo. E não tinha dúvida de que essa era também a intenção de Edmund House.

CAPÍTULO 67

Dan desabou sobre o capô coberto de neve da Suburban, ofegando e chiando. Ele não conseguia recuperar o fôlego. Seu peito doía e parecia que os pulmões estavam para explodir, como se estivesse sufocando. Seu rosto, mãos e pés ardiam de frio. Ele não sentia os dedos das mãos nem os dos pés. Seus braços e pernas pareciam de chumbo.

Ele tinha aberto caminho pela neve o mais rápido que conseguira, usando a trilha que ele e Calloway tinham seguido para chegar à propriedade de Parker House. Dan não tinha se permitido parar. Ele pensava apenas em chegar à Suburban e pedir ajuda pelo rádio – se é que o rádio funcionaria naquela tempestade –, para depois voltar e ajudar a encontrar Tracy. Parte dele acreditava que Calloway o tinha mandado voltar ao carro só para se livrar dele, para não colocá-lo em perigo.

Cambaleando pela lateral do carro, ele quase caiu, mas agarrou-se na maçaneta para se manter em pé. Quando abriu a porta, neve caiu do teto no banco e no chão do carro. Ele agarrou o volante, usando-o para se puxar para o interior, onde colocou a lanterna no banco. Uma vez lá dentro, tirou um momento para respirar, o que marcou o ar do interior com nuvens de vapor. Dan tirou as luvas, soprou nas mãos e tentou dar vida aos dedos, que pareciam inchados, esfregando-os. Ele apertou o botão de "ligar" do rádio, que se acendeu – o primeiro bom sinal. Pegou o microfone e inspirou fundo.

— Alô? Alô? Alô? — ele disse, arfando.

Estática.

— Aqui é Dan O'Leary. Tem alguém aí? Finlay? — Ele fez uma pausa para recuperar o fôlego. — Estamos na propriedade de Parker House e precisamos de qualquer reforço disponível. Tragam motosserras. Tem árvores caídas na estrada.

Ele jogou a cabeça para trás, encostando-a no apoio de cabeça, escutando apenas estática. Praguejando por causa da falta de resposta, ele virou o botão de sintonia como já tinha visto Calloway fazer e tentou de novo.

— Repito: precisamos imediatamente de qualquer reforço disponível. Enviem ambulância. Motosserras. Propriedade de Parker House. Finlay, você está aí? Finlay? Droga!

De novo, a resposta foi estática. Dan repetiu a mensagem uma terceira vez, não obteve resposta e recolocou o microfone no lugar. Ele desejava que alguém o tivesse ouvido, mas não podia esperar mais. Dan podia sentir o corpo querendo se desligar, os membros ficando mais pesados. Sua mente e seu instinto de autopreservação lutavam contra a necessidade de voltar para o vento congelante e a neve ofuscante.

Ele abriu e fechou as mãos, soprou nelas uma última vez e recolocou as luvas. Então pegou a lanterna no banco e abriu a porta.

O rádio estalou.

— Chefe?

Tracy estudou a poeira branca de concreto e algo que escapava das rachaduras. Ela levou os dedos à ponta da língua. A pasta tinha gosto amargo e ácido. Ela a cheirou e sentiu um leve odor de enxofre.

Ela se recostou e olhou para o teto irregular de terra. Acima dele havia uma floresta de samambaias, arbustos e musgo – todo um ecossistema que tinha florescido e morrido ao longo das quatro estações durante milhões de anos. As plantas e os animais em decomposição tinham voltado para o solo, com a chuva persistente e a neve derretida forçando as substâncias orgânicas geradas pela decomposição a penetrar na terra e na rocha. Concreto não era feito para essas condições úmidas. Os sulfatos provocavam mudanças químicas no cimento, enfraquecendo seu poder aglomerante.

Ela se ajoelhou e cutucou o concreto, que estava estufado e saía em farelos. Tracy puxou a corrente e sentiu a placa de metal presa à parede ceder um pouco. Os parafusos dentro do concreto deviam ter enferrujado e se expandido, fazendo o concreto atrás da placa rachar ainda mais, permitindo que água penetrasse nele. Ela puxou de novo. A placa se afastou um centímetro da parede. Tracy tateou atrás dela e seus dedos encontraram marcas onde alguém tinha desgastado a parede – Sarah. Ela tinha tentado soltar a placa da parede, mas, 20 anos antes, a tarefa teria sido bem mais difícil.

— Como? Como foi que você fez?

Tracy se levantou e se afastou da parede o máximo que a corrente permitia, definindo a área que Sarah também teria conseguido alcançar. Ela andou abaixada. A luz continuava a perder intensidade. Sombras projetadas na parede de concreto obscureciam a mensagem de Sarah.

EU NÃO TENHO
EU NÃO TENHO MEDO
EU NÃO TENHO MEDO

Tracy observou os retalhos de tapete e se ajoelhou, levantando-os, sentindo imperfeições no chão. Começou a cavar com as mãos.

— Onde está? O que você usou?

O filamento dentro da lâmpada ficou mais fraco, agora um tom de laranja pálido. Conforme a circunferência de luz encolhia, as sombras desciam pela parede.

EU NÃO TENHO MEDO

Tracy começou a cavar com mais rapidez. Seus dedos encontraram algo sólido. Ela aumentou o ritmo e encontrou uma pedra, pequena e arredondada. Praguejou e olhou por baixo da porta. Tracy não tinha ideia de quando House voltaria, mas ela nunca conseguiria cavar toda a área que podia alcançar. Era grande demais, e Tracy tinha a sensação de que House não pretendia ficar muito tempo naquela caverna, não como tinha feito com Sarah. Ela sentia que House estava num tipo de missão, acertando contas. Ela continuou a tatear, agora quase em completa escuridão, e teve a estranha sensação de que alguém pegou sua mão e a guiou para alguns centímetros ao lado do buraco em que tinha encontrado a pedra. Tracy sentiu uma imperfeição no chão, um monte de terra. Ela passou a mão por cima e sentiu uma leve depressão ao lado. Tracy cavou. A dois centímetros da superfície, ela tocou em algo sólido. Tracy cavou com os dedos ao redor do objeto, afastando a terra, sem conseguir enxergar mais nada. Qualquer que fosse o objeto, não era arredondado. Era reto, retangular. Ela foi cavando ao redor, tentando encontrar uma borda definida. Quando encontrou, foi mais fundo com os dedos e achou a parte de baixo. Tracy conseguiu passar o dedo ao redor e o puxou, sentindo a terra ceder aos poucos. Conseguiu passar mais um dedo, depois outro. Ela o segurou e, com um esforço final, soltou-o.

Era um espeto de metal.

CAPÍTULO 68

Roy Calloway obrigou seu corpo a ir além do que ele pensava ser capaz. Por misericórdia, a neve tinha dado uma trégua, embora o vento continuasse a açoitar seu rosto desprotegido enquanto ele subia a montanha. Os músculos de suas pernas começaram a ter cãibras. A sensação era a de que os pulmões fossem saltar para fora do peito. Ele não sentia as mãos nem os pés. A necessidade de parar, recuperar o fôlego e descansar ficava cada vez maior. Após alguns passos mais, a trilha ficou plana, evocando a lembrança de seu percurso com Parker House 20 anos antes, quando chegaram a um platô na colina. Se a memória não lhe falhava, a entrada da mina ficava à sua esquerda. Mas ele conseguiria encontrá-la?

Roy lembrou que a entrada era retangular, não muito maior que uma porta de garagem. As vigas de madeira que a sustentavam já tinham começado a pender para a esquerda, como se prestes a desabar. E, assim como a velha trilha, a entrada da mina já estava parcialmente oculta pela vegetação 20 anos antes. Agora devia estar escondida por completo, mas Calloway tinha esperança de que Edmund House tivesse limpado a entrada para entrar com Tracy.

Calloway passou a luz da lanterna pela neve. Ele não via mais os rastros da moto de neve, e também não encontrava o veículo. House deve tê-lo escondido e carregado Tracy pelos últimos metros. Calloway observou com mais atenção e encontrou pegadas de uma só pessoa.

A mina não podia estar longe.

Ele acompanhou as pegadas com o feixe de luz. Elas levavam ao que primeiro lhe pareceu uma rocha, mas que, na verdade, era um buraco escuro na lateral da montanha. A neve tinha sido removida recentemente para expandir a abertura.

Calloway se ajoelhou e usou a luz para observar ao redor. Ele tirou a escopeta do ombro e as luvas, flexionando os dedos na tentativa de recuperar a sensibilidade. Soltou as raquetes dos pés e as enfiou na neve enquanto prestava atenção aos sons, mas só ouviu o vento. Seus olhos vasculharam a escuridão. Ele soprou de novo nas mãos, empunhou a escopeta, pegou a lanterna e se levantou.

Ele apontou a luz para o chão e deu um passo. Sua perna afundou até o joelho. Calloway tirou a perna da neve e deu mais um passo, afundando até o joelho de novo. Ele se deslocou para a esquerda, onde a trilha de pegadas tinha compactado a neve, e seu progresso foi maior, embora continuasse afundando. Perto do buraco, colocou o pé direito na pegada seguinte, mas dessa vez sua perna não afundou. Ele pisou em algo sólido.

A neve debaixo de seu pé pulou para cima como um gêiser, um jato de água que sai do solo, atingindo o rosto de Calloway. Ele ouviu um estalo alto um microssegundo antes de dentes de metal se fecharem na carne de sua perna, seguido por outro estalo, aterrorizante.

Calloway gritou de agonia e caiu com o rosto na neve.

Alguma coisa pesada caiu em suas costas, expelindo o ar de seus pulmões, enterrando-o mais fundo, sufocando-o. Ele fez força para levantar a cabeça em busca de ar. Alguém agarrou seus braços, puxando-os acima da cabeça. Algemas prenderam seus punhos.

Ele levantou a cabeça, ainda parcialmente cego pela neve e pela dor. Uma figura encapuzada andava de costas, arrastando Calloway pelos braços na direção do buraco escuro, como uma presa sendo levada para um covil subterrâneo.

CAPÍTULO 69

Gritos aterrorizantes reverberaram no poço da mina. Os sons pareciam uivos de um animal ferido, mas Tracy sabia que eram humanos. House tinha voltado e não estava sozinho.

O filamento da lâmpada havia quase apagado, e o ambiente tinha voltado à escuridão quase completa. Tracy se apressou para fazer uma última marca na parede, determinada a completar o que Sarah havia começado.

EU NÃO TENHO
EU NÃO TENHO MEDO
EU NÃO TENHO MEDO
DO ESCURO

Os gritos ficaram mais altos, ecoando lamentos de agonia e dor. E, de modo tão repentino e horrível como começaram, eles pararam.

A porta foi aberta com um estrondo.

House entrou de costas para Tracy, gemendo ao fazer força para arrastar algo pesado para dentro. Ele deixou sua presa perto de um dos pilares de madeira sob a luz tênue da abertura da porta. As sombras não permitiam que Tracy identificasse aquele rosto com clareza. Ela deduziu que fosse Parker.

Em seguida, House jogou um pedaço da corrente por cima da viga mais próxima, agarrou a ponta e recuou. Ele começou a puxar os elos da corrente, uma mão após a outra, como se estivesse içando a vela de um barco. O corpo foi levantando, os braços estendidos acima da cabeça. House continuou a puxar até deixá-lo pendurado como uma peça de carne na vitrine do açougue. Ele soltou um grunhido final e prendeu um elo da corrente num gancho da viga vertical, mantendo o corpo em pé. Ao terminar, apoiou as costas num dos outros pilares, pôs as mãos nos joelhos, inclinando-se e respirando com dificuldade. Após um minuto recuperando o fôlego, ele deu um soco no ar, cambaleou à frente e caiu de joelhos. Tracy podia ouvir sua respiração difícil enquanto ele girava a manivela do gerador. O filamento pulsou e brilhou, o zunido ficando mais alto. A circunferência de luz afastou as sombras, revelando lentamente o corpo.

Roy Calloway estava pendurado pelos punhos, largado contra o poste de madeira. A viga não era alta o suficiente para estendê-lo por completo. Quando a luz chegou ao rosto de Calloway, Tracy pensou que o xerife estivesse morto. Havia gelo e neve presos ao seu rosto e às roupas. A luz foi revelando o corpo dele, e o revólver .357 ainda dentro do coldre. Mais abaixo, a luz revelou a perna direita projetada num ângulo estranho, retorcido, pouco abaixo do joelho, onde os dentes de metal da armadilha para ursos tinham agarrado sua perna. A calça estava rasgada e encharcada de sangue.

Tracy se ajoelhou e foi na direção de Calloway, mas sua corrente não lhe permitiu alcançá-lo.

House parou de girar a manivela do gerador e caiu para trás, encostando-se à mesa, o peito ainda arfando. Suor e neve derretida emplastavam seu cabelo e escorriam por seu rosto. Ele tirou as luvas, abriu o casaco e o despiu, jogando tudo sobre a cama. Sua camisa de manga comprida estava grudada no peito. Ele ficou olhando para Roy Calloway como se admirasse um alce que tivesse caçado. Um alce pronto para ser estripado.

Calloway gemeu.

House estendeu a mão e agarrou o rosto do xerife.

— Isso mesmo. Nem pense em morrer, seu filho da puta! Isso seria bom demais para você. A morte é boa demais para qualquer um de vocês. Todos vão sofrer de um jeito que vai fazer 20 anos parecer nada. — House virou a cabeça de Calloway para Tracy. — Olha só, xerife. Mesmo com tanto esforço e tanta mentira, você perdeu.

— Você é um idiota — disse Tracy.

House soltou o xerife.

— Do que foi que você me chamou?

Tracy meneou a cabeça com uma expressão de escárnio.

— Eu disse que você é um idiota.

Ele se aproximou dela, mas continuou fora de alcance.

— Você pensou direito nisso? — ela perguntou.

Calloway mexeu as pernas, tentou ficar em pé e gritou de dor, chamando a atenção de House. Este apoiou um braço na viga, quase encostando o nariz no do xerife.

— Você sabe como é ficar na solitária, Roy? É como se alguém enfiasse você num buraco e tirasse todos os seus sentidos. É como não existir, como se o mundo não existisse. É o que eu vou fazer com você. Vou manter você neste buraco e te fazer sentir que não existe. Vou fazer você querer estar morto.

— Você só faz merda, mesmo — Tracy disse.

House se afastou da viga.

— E você não sabe de nada. Se soubesse, não estaria aqui.

— Eu sei que você fez cagada duas vezes. Sei que foi pego duas vezes. E sei que acabou preso duas vezes. Já parou para pensar que pode ser porque não é tão esperto quanto acha?

— Cala essa boca. Você não sabe de nada.

— Um homem inteligente aprende com seus erros — ela continuou debochando. — Não foi o que você disse? Para mim, parece que não aprendeu porra nenhuma.

— Eu mandei calar a boca.

— Você trouxe o Xerife de Cedar Grove para cá. Dá para ser mais idiota? Parker ainda está vivo, Edmund. Você achou que Calloway viria sozinho? Eles sabem onde você está. Vai voltar para a cadeia. Pela terceira vez. Três vezes e você já era, Edmund.

— Não vou a lugar nenhum até eu e ele terminarmos. Depois disso, vou cuidar de você. — House pôs o gerador sobre a mesa e o virou. A parte de trás da caixa estava aberta, revelando as grandes células de bateria, como Tracy desconfiava.

Ele soltou as porcas borboletas e prendeu fios de cobre nos parafusos que se projetavam do alto da bateria. Quando se voltou para falar com Tracy, as pontas dos fios se tocaram, provocando uma fagulha. House fez uma careta e se encolheu com o choque.

— Merda! — ele exclamou.

— Cristo, como você é burro.

Ele deu um passo na direção dela, ainda segurando os fios.

— Não me chame de burro.

— Como você acha que ele chegou aqui? Parou para pensar nisso? Estão vindo pegar você, Edmund. Você vai perder de novo.

— Cale a boca.

— Você não aprendeu nada. Estava livre. Eles nem iam fazer outro julgamento. Você ia sair livre, mas deixou o ego te atrapalhar.

— Eu não quero ficar livre. Quero minha vingança. E vou conseguir. Eu tive 20 anos para pensar nisso e vou me vingar deles e de você.

— E é por isso que já foi pego duas vezes. Porque é um idiota.

— Pare de me chamar de idiota!

— Você teve a chance que é o desejo de todo condenado, um sonho, e estragou tudo porque é idiota demais.

— Pare de me chamar...

— Você não ganhou nada. Perdeu de novo. Mas é idiota demais para perceber. Você é um idiota mesmo.

Ele largou os fios e correu para ela, os olhos arregalados, furioso. Tracy esperou, deixando que se aproximasse, a mão segurando a ponta do espeto em sua bota. Quando House estava quase sobre ela, Tracy se levantou com toda a força de suas pernas, seu braço descrevendo um arco a partir do chão. Ela enfiou a ponta afiada do espeto de metal abaixo da última costela de House, combinando o ímpeto dele e toda a força dela para enterrá-lo fundo.

House rugiu de dor e caiu para trás.

Tracy girou, apoiou um pé na parede, enrolou a corrente ao redor das mãos e puxou com força a placa de metal. Pedaços de cimento e reboco se espalharam pela sala quando os parafusos enferrujados foram arrancados da parede. Com os punhos ainda algemados e um palmo de corrente entre deles, ela correu para pegar o grande revólver ainda na cintura de Roy Calloway. Estava soltando a presilha do coldre quando foi puxada com violência para trás. Edmund House tinha agarrado a corrente e a içava para trás como se fosse uma guia de cachorro. Ela caiu sentada, ficou de joelhos e se levantou, tentando pegar a arma mais uma vez. House passou a corrente pelo pescoço dela. Tracy apoiou um pé na viga e se empurrou para trás, caindo sobre ele.

Os dois desabaram sobre a mesa, virando-a, jogando o gerador no chão. Tracy caiu de costas sobre House. Ele continuou a esganá-la. Ela jogou a cabeça para trás, tentando acertá-lo, e também chutou e deu cotoveladas para trás. A corrente ficou mais apertada. Tracy tentou colocar os dedos por baixo dos elos, mas House era forte demais e seus dedos não passaram. Ela baixou uma mão, tateando, e achou a ponta do espeto, onde aplicou pressão. House gritou e xingou, mas a corrente continuou apertada.

Ela empurrou o espeto para cima, com força. House gritou. A corrente afrouxou. Dessa vez, quando ela jogou a cabeça para trás, acertou algo sólido e ouviu a ponte do nariz dele estalar. A corrente ficou ainda mais frouxa, o bastante para tirá-la por cima da cabeça. Tracy rolou para o lado, tentando recuperar o fôlego, sua garganta pegando fogo. Ela engatinhou pelo chão, na esperança de ter uma folga razoável na corrente, que continuava enrolada na mão de House. Ela alcançou Calloway e soltou a presilha do coldre. Dessa vez conseguiu segurar a coronha do revólver antes de a corrente ser puxada, forçando as algemas ao redor dos punhos de Tracy e sacudindo com violência seus braços. A arma voou de suas mãos, aterrissando em algum lugar nas sombras.

Cambaleante, House ficou em pé, a corrente enrolada em seu antebraço musculoso. Sangue manchava sua camisa onde a ponta do espeto aparecia e escorria de seu nariz até o queixo.

Tracy tentou se levantar, mas ele puxou a corrente de novo, fazendo-a cair no chão. Ele se aproximou dela. O gerador também estava no chão, ao lado de Tracy. Ela pegou os dois fios de cobre e começou a se levantar. House a puxou de novo. Tracy não resistiu.

Ela caiu sobre ele, derrubando-o de costas. Com os dois caídos, ela encostou a ponta dos fios na ponta do espeto, soltando uma faísca. Isso produziu um estalo alto e cheiro de carne queimada. House estremeceu e se contorceu enquanto a eletricidade passava pelo seu corpo. Tracy se lembrou do aluno Enrique no colégio de Cedar Grove gritando *condutor*. Ela perdeu a ligação, mas logo a reencontrou. O corpo de House sofreu um espasmo. Então ficou mole.

Tracy rolou para o lado. Dessa vez ela tirou a corrente do braço dele antes de sair rastejando pela sala em busca da arma. House gemeu atrás dela. Tracy olhou por sobre o ombro e o observou ficar de quatro, como um urso lutando para se levantar. Ela tateou às cegas o local em que o chão encontrava a parede.

House se levantou.

Tracy tateava desesperadamente.

House cambaleou para a frente.

Ela foi acompanhando a parede com a mão e sentiu a arma.

House atravessou com rapidez o lugar, quase rápido demais para que qualquer um conseguisse atirar. *Quase*.

Tracy rolou no chão já puxando o gatilho do revólver. Ela atirou, engatilhou, atirou, engatilhou e atirou uma terceira vez.

CAPÍTULO 70

Tracy usou o peso de seu corpo para contrabalançar o peso inerte de Roy Calloway na outra ponta da corrente. Quando conseguiu folga suficiente para soltar a corrente do gancho que o mantinha pendurado, ela o baixou lentamente até o chão. O xerife murmurava palavras incoerentes. Sua respiração estava curta, superficial. Ele parecia perder e ganhar a consciência. Calloway estava vivo, mas Tracy não sabia por quanto tempo.

Do outro lado da sala, House estava caído de rosto no chão. A primeira bala o atingiu no esterno, detendo seu avanço. Antes de ele cair no chão, o segundo tiro de Tracy o atingiu cinco centímetros à esquerda do primeiro, explodindo seu coração. A terceira bala deixou um buraco em sua testa e arrancou a parte de trás de seu crânio.

Ela encontrou a chave das algemas no bolso da calça de House. Após se libertar, cortou em faixas o casaco que House tinha tirado e fez um torniquete na perna de Calloway. Não tentou tirar a armadilha de urso, receosa de que isso pudesse abrir ainda mais a ferida e deixar o xerife em choque, se não o matasse de hemorragia. Ela aninhou a cabeça dele em seu colo.

— Roy? Roy?

Calloway abriu os olhos. Embora o ambiente continuasse terrivelmente frio, suor se formava no rosto dele, como se estivesse com uma febre mortal.

— House? — ele sussurrou, a voz fraca.

— Morto.

Calloway lhe deu um sorriso frágil. Então os olhos tremeram e se fecharam.

— Roy? — Ela bateu no rosto dele. — Roy? Alguém sabe que nós estamos aqui?

Calloway sussurrou:

— Dan.

CAPÍTULO 71

Finlay Armstrong, outro policial e dois moradores de Cedar Grove com motosserras encontraram Dan junto à Suburban de Roy Calloway. Eles deixaram os moradores cortando as árvores caídas para abrir caminho até a propriedade de Parker House. Dan e os dois policiais subiram a montanha a pé até a casa.

Tinha parado de nevar. O vento, diminuído, tornara a trilha menos difícil que antes e trazia uma sinistra sensação de tranquilidade, como se estivessem no olho de um furação. Quando chegaram à casa, encontraram Parker vivo, mas ele parecia estar em piores condições do que Dan o tinha deixado.

— Você fica aqui — Armstrong disse para Dan. — E espere a ambulância chegar.

— Sem chance — Dan retrucou. — Eu vou com vocês buscar Tracy.

Armstrong parecia disposto a discutir, mas Dan usou o mesmo argumento que Calloway havia usado com ele.

— Nós não temos tempo para discutir, Finlay. Cada segundo que ficamos aqui é mais um segundo para House matar os dois. — Ele foi na direção da porta. — Vamos.

Armstrong e Dan foram subindo a montanha. Tendo crescido na cidade e subido aquelas colinas a vida toda, eles sabiam o caminho até onde tinha sido a mina de Cedar Grove. A neve deixava tudo diferente, mas o caminho estava marcado por pegadas que deviam ter sido deixadas por Calloway.

Após 20 minutos de caminhada, eles encontraram raquetes de neve enfiadas no solo a cerca de cinco metros do que parecia ser a entrada de uma caverna. Alguém tinha recentemente aumentado a abertura. Pegadas profundas criavam uma trilha indo até a abertura e voltando.

Havia também um sinal de que alguém tinha sido arrastado pela neve. Só isso já era perturbador. Mais perturbador ainda era o rastro de sangue que manchava a neve e levava à entrada da mina.

Eles se ajoelharam à frente da entrada, e Finlay iluminou o túnel com a lanterna antes de entrar na mina à frente, sua escopeta preparada. Dan empunhou o rifle. As lanternas dos dois projetavam dois feixes de luz no túnel da mina.

— Desligue — Dan sussurrou, desligando a dele.

Os dois ficaram na escuridão absoluta. Após alguns segundos, contudo, Dan viu um brilho laranja fraco emanando de cerca de seis metros adiante. Eles foram na direção da luz e chegaram a uma porta que dava para uma sala. Finlay parou do lado de fora, acendeu a lanterna e entrou, escopeta apontada. Dan o seguiu com sua lanterna e seu rifle. Os cones de luz passaram pelo que, aparentemente, tinha sido um escritório, com cadeiras e mesas de metal e arquivos verdes.

O brilho laranja vinha de uma abertura na parede dos fundos da sala.

— Aqui — Tracy disse. — Estou aqui dentro.

Dan foi na direção da porta, mas Finlay o segurou pelo braço.

— Tracy? — Finlay chamou. — Você está bem?

— Estou — ela disse. — House está morto.

Finlay entrou na sala anexa com Dan logo atrás.

Uma lâmpada pendia de um fio. Debaixo dela, encostada num pilar de madeira, Tracy estava sentada com a cabeça de Roy Calloway em seu colo. No canto jazia Edmund House, com sangue cobrindo a parte de trás de sua cabeça e da camisa.

Dan se ajoelhou e a abraçou.

— Você está bem?

Ela anuiu, depois olhou para Calloway.

— Ele não vai aguentar muito.

A manhã chegou e, com ela, o fim da tempestade. Tracy estava diante da entrada da mina, que tinha sido ampliada por Finlay e pelos outros que responderam ao pedido de ajuda. Ela segurava o cobertor térmico ao redor dos ombros enquanto observava os retalhos de céu azul e os raios de luz que passavam pela camada de nuvem em tons de magenta, rosa e laranja, um céu pós-tempestade. No vale distante, os telhados das casas de Cedar Grove pareciam pequenas pirâmides. Fumaça se elevava em espirais das chaminés e se dissipava no ar. Tracy tinha uma vista semelhante na janela do quarto em que cresceu, e saber que conhecia tanta gente naquelas casas sempre lhe trouxera uma sensação de paz e conforto.

Um ruído vindo da mina chamou sua atenção, e ela olhou para dentro, avistando os socorristas trazerem Roy Calloway, envolto em cobertores, num trenó. Calloway virou a cabeça e olhou para ela quando passaram com ele. Tracy os seguiu até onde eles baixaram o trenó na neve e o prenderam a duas motos de neve.

— Ele continua um osso duro de roer, não? — Dan disse, vindo atrás dela.

— Como um fêmur de dinossauro — Tracy respondeu.

Dan passou o braço pelos ombros dela e a puxou para si.

— E você também, Tracy Crosswhite. E ainda sabe atirar. Não há como negar.

— E Parker? — ela perguntou.

— Está em condições críticas. DeAngelo Finn também.

— DeAngelo?

— É. Parece que House queria acertar as contas com todo mundo. Espero que nós os tenhamos achado a tempo. Espero que todos fiquem bem.

— Não sei se algum de nós vai ficar bem — ela disse.

Ele ajeitou o cobertor nos ombros dela.

— Como você conseguiu? Como se libertou?

Tracy observou uma coluna de fumaça que se erguia de uma das chaminés, parecendo pendurada, imóvel, como o rastro de vapor deixado por um avião a jato.

— Sarah — ela disse.

Dan lhe deu um olhar confuso.

— Era a mim que House queria — ela continuou.

— Eu sei. Calloway me contou. Sinto muito, Tracy.

— Ele deve ter dito para Sarah que pretendia me levar lá depois. Ela entalhou uma mensagem na parede. Mesmo se tivesse visto, House não entenderia o que significava. Só eu sabia. Era uma oração que nós fazíamos juntas à noite. Ela deixou uma mensagem para mim. Sarah queria que eu soubesse que ela tinha encontrado algo para entalhar a parede, para soltar os parafusos. Ela deve ter ficado sem tempo, e o concreto devia estar mais resistente 20 anos atrás do que agora.

— Como assim?

— É química. — Ela suspirou. — Aquela parede foi feita há cerca de 80 anos, talvez mais. Ao longo do tempo, as substâncias químicas das plantas em putrefação se infiltraram pelo solo e interagiram com o concreto. Quando o concreto se deteriora, ele racha, e nós sabemos que a água sempre encontra seu caminho em meio às rachaduras. Quando a água encontrou os parafusos, eles enferrujaram. Quando os parafusos enferrujam, eles se expandem, rachando ainda mais o concreto. Sarah entalhou a mensagem na parede, mas o que estava mesmo fazendo era usando um espeto de ferro para desgastar o concreto atrás da placa de metal e ao redor dos parafusos.

— A Professora Allen teria orgulho de você — ele disse.

Tracy deitou a cabeça no ombro dele.

— Nós costumávamos fazer juntas aquela oração quando Sarah era criança. Ela tinha medo do escuro, e então vinha para o meu quarto e subia na minha cama. Eu dizia para ela fechar os olhos e nós repetíamos juntas. Então eu apagava a luz e ela adormecia. — Tracy começou a chorar, sem se preocupar em enxugar as lágrimas. — Era a nossa oração. Ela não queria que ninguém soubesse que tinha medo. Eu sinto falta dela, Dan. Eu sinto tanta falta dela.

Ele a abraçou apertado.

— Parece que ela não se foi. Que ainda está com você.

Ela levantou a cabeça de repente e se afastou para observá-lo.

— Que foi? — ele perguntou.

— Isso é o mais estranho. Eu a senti, Dan. Eu senti a presença dela ali, comigo. Eu a senti me levando para encontrar o espeto. Não tem outro modo de explicar como eu cavei no lugar certo.

— Eu acho que você acabou de explicar.

CAPÍTULO 72

A tempestade de neve tinha isolado a imprensa, vinda de todo o país para cobrir a audiência pós-condenação, em Cedar Grove e nas cidades vizinhas. Quando apareceu a notícia do que tinha acontecido com DeAngelo Finn e Parker House, e na mina de Cedar Grove, jornalistas com suas equipes de filmagem correram de seus hotéis para os caminhões de reportagem. Maria Vanpelt sentia-se nas nuvens, transmitindo de todos os pontos da cidade e contando para quem quisesse ouvir que tinha sido a primeira a dar a história no *KRIX Confidencial*.

Tracy assistiu ao frenesi da imprensa se desenrolar na televisão, no conforto do sofá de Dan, com Rex e Sherlock no chão perto dela, como se para protegê-la da horda de repórteres que acampavam em frente à casa. Sabendo que os jornalistas não os deixariam em paz até que falasse com eles, Tracy avisou-os de que daria uma entrevista coletiva na Primeira Igreja Presbiteriana, o único edifício em Cedar Grove grande o suficiente para acomodar a multidão esperada. A igreja em que tinham feito o velório do pai dela.

— Vou dar a entrevista para acalmar os comandantes — ela disse para Kins pelo telefone.

— Duvido — ele disse. — Não acredito nisso nem por um segundo. Se você vai dar uma entrevista, deve ter outro motivo.

Tracy e Dan estavam num nicho perto do altar, escondidos da multidão que lotava os bancos e ocupava os corredores.

— Você conseguiu de novo — Dan disse. — Conseguiu tornar Cedar Grove relevante. Eu soube que o prefeito está dizendo para todo mundo que aqui é uma cidadezinha pitoresca, cheia de oportunidades e pronta para o crescimento. Ele está falando até de retomar os planos há muito abandonados de construir Cascadia.

Tracy sorriu. A velha cidade merecia uma segunda chance.

Todos eles mereciam.

Ela espiou o mar de rostos, seu olhar passando pela multidão em pé. Os jornalistas ocupavam os lugares da frente com seus blocos de notas e gravadores. As câmeras tinham sido colocadas nos corredores. Os moradores e curiosos também compareceram; muitos dos rostos estavam presentes no funeral de Sarah e acompanharam toda a audiência. George Bovine estava numa fileira mais à frente, com a filha Annabelle sentada entre ele e uma mulher que devia ser a mãe. Ele tinha dito a Dan, pelo telefone, acreditar que a conclusão definitiva do caso – saber que Edmund House estava morto – podia ajudar sua filha a, finalmente, dar por encerrado esse episódio de sua vida e, aos poucos, seguir em frente.

Sunnie Witherspoon e Darren Thorenson também tinham comparecido, e, na parte de trás da igreja, Tracy viu a carranca inconfundível de Vic Fazzio um palmo acima da multidão, ao lado de Billy Williams e Kins.

— Me deseje sorte. — Ela saiu do nicho para a frente de dezenas de câmeras disparando seus flashes. O buquê de microfones preso ao púlpito era ainda maior do que o feito para Edmund House em sua entrevista na prisão após a libertação.

— Eu gostaria de não me alongar muito — Tracy disse. Ela desdobrou uma folha de papel contendo as observações que tinha preparado. — Muitos de vocês estão se perguntando o que aconteceu após a audiência que culminou com a libertação de Edmund House. Eu estava certa ao acreditar que ele, Edmund House, tinha sido erroneamente condenado. Mas eu estava errada ao pensar que ele era inocente. Edmund House estuprou e matou minha irmã, Sarah, como confessou ao Xerife Roy Calloway 20 anos atrás. Mas ele não a matou e enterrou imediatamente. Ele a manteve prisioneira por sete semanas em uma mina abandonada nas montanhas. Pouco antes de o lago da Represa Quedas do Cascade ser inundado, ele a matou e enterrou seu corpo. A área foi então submersa, aparentemente encobrindo seu crime para sempre.

Ela tomou fôlego e se recompôs.

— Muitos de vocês devem estar se perguntando quem foi responsável por condenar Edmund House. Eu me perguntei a mesma coisa durante 20 anos. Agora sei que a pessoa responsável foi meu pai, James Crosswhite. Para aqueles que conheceram meu pai, compreendo que isso deve ser difícil de aceitar, mas peço que não o condenem. Meu pai amava Sarah e a mim de todo o coração. O desaparecimento dela acabou com ele. Meu pai nunca mais foi o mesmo homem. — Tracy olhou para George Bovine. — O que ele fez foi por amor à filha, e, como ele a amava, estava decidido a não permitir que outro pai sofresse a dor que ele e George Bovine tinham sofrido por causa de Edmund House.

Ela precisou de mais um momento para controlar suas emoções.

— A única conclusão lógica e razoável é que, depois de Edmund House ter confessado ao Chefe Calloway, provocando-o ao dizer que nunca conseguiriam condená-lo sem o corpo da minha irmã, meu pai pegou fios de cabelo no banheiro que Sarah e eu dividíamos na casa em que crescemos, e colocou-os como provas na picape Chevrolet vermelha. E foi o meu pai que escondeu os brincos de Sarah em uma meia, dentro de uma lata, na oficina da propriedade de Parker House. Como médico da cidade, meu pai fazia visitas frequentes, inclusive a Parker. Foi meu pai que analisou cada pista recebida a respeito de Sarah e que ligou para Paul Hagen, convencendo-o de que tinha visto a picape vermelha na noite em que passou pela cidade. Meu pai agiu sozinho ao fazer tudo isso. Quero enfatizar que, pelo que sei, nem Roy Calloway nem Vance Clarke, ou qualquer outra pessoa, atuou na manipulação do julgamento. As ações do meu pai nasceram da tristeza e do desespero. Todos nós podemos questionar os atos dele, mas espero que ninguém questione seus motivos. Para aqueles que conheceram meu pai, peço que se lembrem desse homem: marido fiel, pai amoroso, amigo leal. — Ela dobrou o papel e olhou para a multidão. — Agora vou responder às perguntas.

E as perguntas vieram aos montes. Tracy fez o que pôde, respondendo a algumas, desviando de outras e afirmando não saber a resposta, quando necessário. Após 10 minutos, Finlay Armstrong, o xerife em exercício de Cedar Grove, veio à frente e encerrou a entrevista. Ele então providenciou uma escolta policial para Tracy e Dan saírem da igreja e voltarem para a casa de Dan, onde se isolaram outra vez, protegidos pelo melhor sistema de segurança da cidade.

No dia seguinte, Tracy entrou no quarto de Roy Calloway no Hospital do Condado de Cascade. Ela encontrou o xerife sentado, recostado a 45 graus, com a perna suspensa num apoio acima da cama.

— Oi, Chefe.
— Não mais. — Ele meneou a cabeça. — Eu me aposentei.
— O inferno congelou? — ela perguntou.
— Há três dias — ele respondeu.

Tracy sorriu.

— Nisso você acertou. Como está a perna?
— O médico disse que eu vou conseguir ficar com ela depois de mais algumas cirurgias. Vou mancar e precisar de uma bengala, mas ele disse que isso não vai me impedir de pescar.

Tracy pegou a mão dele.

— Me desculpe por fazer você passar por isso, Roy. Eu sei que o meu pai pediu para você não contar nada, e, quando insisti nas respostas, coloquei você numa situação que lhe fez sentir a necessidade de proteger Vance e DeAngelo, e tentou me convencer a esquecer do caso e ir embora.

— Não precisa querer me transformar em herói — ele disse. — Eu também estava me protegendo. Sabe, eu pensei em te contar.

— Eu não teria acreditado em você — Tracy disse.

— Foi o que eu imaginei. Por isso nem tentei. Você estava decidida, e eu sabia que era tão teimosa quanto seu pai.

— Mais. — Ela sorriu.

— Ele não queria que você sofresse mais do que já tinha sofrido, Tracy. Ele tinha perdido Sarah e não queria perder você. Seu pai tinha medo de que a culpa fosse grande demais para você conseguir viver com esse peso. Ele não queria isso, Tracy. Seu pai não queria que você pensasse que Sarah morreu por sua causa. E ela não morreu, você sabe. House era um psicopata. Ele a matou porque teve oportunidade. Mas acho que não preciso te dizer isso. Imagino que você encontre esse tipo de assassino muito mais do que nós aqui em Cedar Grove.

— O que você acha que aconteceu com ele, Roy?

— Quem, o seu pai?

— Você o conhecia muito bem. O que acha que aconteceu?

Calloway pareceu refletir antes de responder.

— Eu acho que ele não conseguiu superar a perda. Não conseguiu superar a tristeza. Ele amava tanto vocês duas. Ele se sentiu culpado por não estar aqui. Você sabe como ele era. James pensou que, se estivesse aqui, poderia ter impedido tudo isso, de algum modo. Isso fez mal para o casamento deles, sabe?

— Imaginei que sim.

— Ele culpava sua mãe por não estar aqui, pelos dois estarem no Havaí. Não culpava, mas... culpava. E então, quando ele pensou que não conseguiríamos justiça para Sarah, acho que isso o levou ao limite e a pressão foi crescendo dentro dele. Seu pai era um homem de muito caráter. Tenho certeza de que plantar as evidências foi um peso ainda maior. Não o julgue, Tracy. Seu pai foi um grande homem. Ele não se matou. A tristeza o matou.

— Eu sei.

Calloway inspirou fundo e soltou um suspiro.

— Obrigado pelo que você fez na entrevista coletiva.

— Eu só contei a verdade — ela disse, sem conseguir conter um sorriso.

Calloway riu.

— Não sei se vai ser o suficiente para o Departamento de Justiça.

— Eles têm coisas mais importantes com que se preocupar — ela disse. Além do mais, Tracy pensou que havia mérito no que DeAngelo Finn tinha dito, a respeito de as pessoas nem sempre terem direito a respostas, não quando essas respostas podem prejudicar mais do que ajudar. Ela não sentiu remorso por culpar o pai. — Meu pai ia querer que fosse assim — ela afirmou.

— Ele carregava o mundo nos ombros. — Calloway pegou um copo na mesa ao lado da cama, tomou um gole de suco com o canudo e devolveu o copo à mesa. — Então, você vai embora?

— Continua ansioso para se livrar de mim?

— Na verdade, não. Faz tempo demais.

— Vou voltar para te visitar.

— Não vai ser fácil.

— Não dá para enterrar os fantasmas sem enfrentá-los — ela disse.

— E agora eu sei que não tenho que enterrar Sarah ou meu pai. Nem Cedar Grove. Eles sempre vão ser uma parte de mim.

— Dan é um bom homem — Calloway disse.

Ela sorriu.

— Como eu disse, gosto de ir devagar.

— Então você vai ficar bem, agora que sabe de tudo? — ele perguntou. — Se precisar conversar, pode me ligar.

— Vai demorar algum tempo — ela disse.

— Para todos nós — Calloway concluiu.

DeAngelo Finn estava tão filosófico quanto o xerife quando ela passou pelo quarto dele.

— Eu teria encontrado a minha Millie — ele disse. — E isso não seria uma coisa ruim, sabe?

— Para onde você vai agora? — ela perguntou.

— Eu tenho um sobrinho, perto de Portland. Ele disse que tem uma horta que precisa de cuidado.

O último foi Parker House. Ao entrar no quarto dele, Tracy se lembrou de seu pai lhe dizer, no julgamento, que Parker também estava sofrendo. Agora ela podia imaginar o que ele sentiu na época.

House tinha curativos nas duas mãos e, provavelmente, também nos pés, que estavam debaixo de um lençol fino do hospital. Ele parecia pálido e descarnado, mais do que o normal, e Tracy se perguntou se, além do choque pelos ferimentos, Parker também sentia o choque de não beber havia vários dias.

— Sinto muito, Tracy — Parker disse. — Eu estava bêbado e com medo. Tinha algo errado com ele. Percebi que havia algo errado com Edmund no momento em que ele veio morar comigo, mas era o filho do meu irmão e me senti responsável por ele.

— Eu sei.

— Eu não queria machucar nem você nem o Dan. Nem os cachorros. Eu só queria assustar você, para que não fosse em frente com o caso. Acho que eu nunca acreditei que chegaria o dia em que ele poderia ser solto, e fiquei com medo ao pensar no que ele seria capaz de fazer. Acho que entrei em pânico. Foi uma idiotice atirar naquela janela.

— Quero que você saiba que meu pai nunca o considerou responsável pelo que aconteceu, Parker. Eu também não. Nem na época, nem agora.

Parker aquiesceu, os lábios apertados.

— Vocês eram uma bela família, Tracy. Sinto muito por tudo o que aconteceu por causa dele. Às vezes penso no que teria acontecido se ele nunca tivesse vindo para cá, como Cedar Grove seria. Você pensa nisso?

Tracy sorriu.

— Às vezes — ela disse. — Mas tento não pensar.

CAPÍTULO 73

Ela ficou em Cedar Grove o máximo que podia, mas, na tarde de domingo, Tracy não conseguiu mais adiar o inevitável. Precisava voltar para Seattle. Para seu emprego. Ela e Dan estavam na varanda da casa, os braços dele ao seu redor. O beijo foi longo.

— Não sei quem vai sentir mais falta de você — ele disse quando seus lábios se separaram. — Eu ou eles. — Rex e Sherlock estavam sentados ao lado de Tracy e Dan, parecendo desolados.

— É melhor que seja você. — Ela deu um soco de leve no peito dele.

Dan a soltou e acariciou o alto da cabeça ossuda de Rex, agora livre do cone de plástico. O veterinário disse que o cachorro estava bom como novo. Para não ser esquecido, Sherlock passou o focinho na mão dela.

— Não se preocupem, não vou esquecer de nenhum de vocês — ela disse. — E vou voltar para visitar. E também podem ir me ver em Seattle, mas vão ter que esperar até eu ter uma casa com quintal. E o Roger não vai ficar feliz com vocês dois. — Ela já podia imaginar a reação do seu gato quando mais de 120 quilos de cachorro invadissem o território dele.

Durante os dias em que ela passou se recuperando na casa de Dan, ele nunca lhe perguntou como seria o futuro dos dois, se ela pensava em ficar. Mas, como Tracy tinha dito a Parker House no hospital, às vezes ela não conseguia deixar de pensar na Cedar Grove que tinha conhecido, mesmo quando tentava não pensar. Era parte dela. De qualquer modo, tanto ela quanto Dan sabiam que cada um tinha sua vida, que nenhuma delas podia ser mudada de repente. Tracy tinha um trabalho a fazer, e Dan havia construído sua vida em Cedar Grove. Ele tinha que cuidar de Sherlock e Rex. Sua firma de advocacia criminal parecia prestes a arrebentar, graças à notoriedade trazida pela defesa de Edmund House, bem como pelas consequências.

Dan e os dois cachorros acompanharam Tracy até o carro.

— Me ligue quando chegar — ele disse, e foi boa a sensação de ter alguém que gostasse dela a ponto de se preocupar.

Ela pôs as mãos no peito dele.

— Obrigada por compreender, Dan.

— Demore o quanto precisar. Nós vamos estar aqui quando você estiver pronta, eu e os garotos. Continue batendo firme.

Ela acenou quando deu ré, saindo da casa para a rua, e acenou de novo ao se afastar, limpando uma lágrima do rosto. Quando chegou à via expressa, Tracy passou pela saída, não mais ansiosa para ir embora. Ela virou à direita e entrou em Cedar Grove. O centro ficava melhor à luz do sol. Tudo ficava. A região parecia mais vibrante, os prédios não tão dilapidados. As pessoas caminhavam pelas ruas e havia carros estacionados em frente às lojas. Talvez o prefeito conseguisse. Talvez tivesse sucesso em revitalizar a velha cidadezinha. Quem sabe ele não conseguia que um investidor terminasse Cascadia e fizesse de Cedar Grove um destino turístico. Aquele já tinha sido um lugar reconfortante, de muita alegria, para uma garotinha e sua irmã. Talvez pudesse voltar a ser.

Tracy passou pelas casas térreas com crianças em roupas de neve brincando nos quintais, os restos de seus bonecos de neve quase derretidos por completo. Nos arredores da cidade, ela passou pelas casas maiores, situadas em terrenos mais amplos, cujos telhados se elevavam acima das cercas-vivas bem cuidadas. Ela diminuiu a velocidade ao se aproximar da maior cerca-viva, hesitando só por um instante antes de passar com o carro pela abertura emoldurada por dois pilares de pedra e seguir pelo acesso de veículos.

Estacionou em frente à garagem e caminhou até o salgueiro-chorão que, no passado, se elevava ali como um guardião majestoso da propriedade. Sarah costumava escalar os galhos e fingir que a grama era um pântano infestado de jacarés. Ela ficava pendurada sobre o gramado, gritando para Tracy ir salvá-la das mandíbulas poderosas com seus dentes afiados.

Socorro! Socorro, Tracy. Os jacarés vão me comer.

Tracy se aproximava com cuidado pelo caminho até a pedra mais próxima da árvore, inclinando-se sobre o gramado e estendia a mão.

Não consigo alcançar, Sarah exclamava, completamente imersa em sua fantasia.

Balance, Tracy respondia. *Balance até mim.*

E Sarah começava a mover as pernas e o corpo para fazer os galhos balançarem. Os dedos delas se roçavam. Na passada seguinte, elas se tocavam. Na terceira vez, enfim, elas se aproximavam o bastante para Tracy pegar a mão dela e seus dedos se entrelaçavam.

Agora solte, Tracy dizia.

Estou com medo.

Não tenha medo, Tracy dizia. *Não vou deixar nada acontecer com você.*

E Sarah se soltava, deixando Tracy colocar sua irmãzinha em segurança.

A porta da frente da casa foi aberta atrás dela. Tracy se virou. Uma mulher e duas garotinhas estavam na varanda. Tracy estimou a idade das garotas: 12 e 8 anos.

— Pensei mesmo que fosse você — a mulher disse. — Eu te reconheci das fotos no jornal e no noticiário.

— Me desculpe por invadir assim.

— Está tudo bem. Eu soube que você morava aqui.

Tracy olhou para as meninas.

— Morava. Com a minha irmã.

— É tão terrível — a mulher disse. — Tudo o que aconteceu. Eu sinto muito.

Tracy olhou para a menina mais velha.

— Você escorrega pelo corrimão da escada?

A garota sorriu e levantou os olhos para a mãe. A irmã riu.

— Você gostaria de entrar? — a mulher perguntou. — Dar uma olhada? Esta casa deve guardar muitas lembranças suas.

Tracy observou aquela que tinha sido sua casa. Essa era a razão pela qual tinha ido até ali, para começar o processo de lembrança dos bons tempos que sua família passara ali, em vez de se fixar nos maus momentos. Ela sorriu de novo para as duas irmãs. Elas cochichavam alguma travessura.

— Eu estou bem — ela disse. — Acho que vou ficar bem.

EPÍLOGO

Tracy ajustou o nó de sua bandana vermelha um pouco fora do centro, separou as pernas, firmou os pés no chão e endireitou os ombros. Então ela passou mentalmente a ordem dos tiros.

— Está pronta, garota? — perguntou o chefe do campo de tiro. — Posso repassar a sequência, se você precisar. Sei que pode ser confuso guardar tudo de cabeça. Nós gostamos de dar a todos uma chance justa, especialmente para os novatos.

Naquele início de manhã de domingo, um mês após Tracy ter voltado a Seattle, o sol era filtrado pela copa das árvores. A luz solar acrescentava mistério às fachadas das lojas, construídas para reproduzir uma cidade do Velho Oeste, e se projetava sobras na dúzia de competidores. Vestidos com roupas típicas de caubóis antigos, eles conversavam amistosamente, prontos para sua vez de atirar.

Tracy olhou de novo para os alvos através de seus óculos de atiradora com lentes amarelas.

— Claro — ela disse, sentindo que ele queria repetir a sequência. Além do mais, seu pai tinha lhe ensinado a aceitar qualquer oportunidade que lhe oferecessem numa competição.

— Dois tiros cada — ele disse. — Depois você vai para a segunda mesa e usa a escopeta para derrubar as placas. Quando terminar, corre para a frente da loja e atira pela vitrine nos cinco alvos cor-de-laranja. Um tiro em cada.

— Obrigada — ela disse. — Acho que peguei.
— Muito bem, então. — Ele recuou e gritou: — Atirador pronto?
— Pronto — ela disse.
— Observadores prontos?

Três homens ergueram a cabeça e deram um passo à frente.

— Prontos.

— No bipe — disse o chefe do campo. — Tem uma frase que gosta de usar?

— Uma frase? — ela perguntou.

— Algo para me fazer saber que está pronta. As pessoas dizem coisas como "Eu odeio cobras". Eu digo "Nós negociamos em chumbo, amigo". É de *Sete homens e um destino*.

Ela pensou no que sempre dizia nos torneios, no que Rooster Cogburn disse em *Bravura indômita* pouco antes de cavalgar em campo aberto disparando suas armas. *Ocupe suas mãos, seu filho da puta.*

— Eu tenho uma.

— Muito bem, pode soltar quando estiver pronta.

Ela inspirou fundo e exalou. Então gritou:

— Eu não tenho medo do escuro!

O cronômetro emitiu um bipe. Ela pegou o rifle na mesa, atirou e engatilhou a segunda bala quando o primeiro tiro acertou o metal. Acertou o alvo pela segunda vez, engatilhou, atirou de novo e continuou até acertar dois dos quatro alvos remanescentes, em rápida sucessão. Já se movendo, ela pegou a escopeta na segunda mesa e acertou a lápide. Antes que a peça caísse no chão, ela já tinha engatilhado e disparado no segundo alvo, indo da esquerda para a direita, a arma barulhenta rugindo. Ela largou a escopeta e correu até a frente da loja, entrou, alinhou os ombros com a vitrine e sacou o revólver do lado oposto do corpo. Atirou pela vitrine e acertou cada alvo em sequência, fazendo ecoar vários estalos metálicos.

Ao terminar, Tracy girou o revólver no dedo e o guardou no coldre.

— Tempo! — gritou o chefe do campo.

Ninguém falou, nem uma única palavra, embora todos os competidores estivessem assistindo.

Nuvenzinhas de fumaça se elevavam no ar da manhã trazendo aquele familiar cheiro agridoce de pólvora. Os três observadores ergueram um punho cada um, entreolhando-se como se não tivessem certeza.

Mas Tracy não tinha dúvida. Ela sabia não ter errado nenhum alvo.

O chefe do campo olhava para o cronômetro, desviou os olhos para outro competidor, como se não acreditasse, depois se voltou para o cronômetro outra vez.

— O que foi, Rattler? — A pergunta veio de um competidor mais velho, sentado em uma barrica. Ele estava com as pernas afastadas, as mãos apoiadas nas coxas. Seu apelido de caubói era "O Banqueiro", porque usava chapéu-coco e um colete vermelho com relógio e corrente de ouro. — Não está funcionando bem? — ele perguntou, seu bigodão se retorcendo e sua boca se abrindo num sorriso.

— Vinte e oito ponto seis — Rattler disse.

Os olhou competidores olharam para Tracy, depois uns para os outros.

— Tem certeza? — perguntou um deles.

— Isso não pode estar certo — disse outro. — Pode?

O tempo de Tracy tinha sido seis segundos mais curto que o do outro competidor mais rápido, três segundos mais lento do que o melhor tempo dela quando costumava competir com frequência.

— Qual você disse que era seu nome? — perguntou o chefe do campo.

Tracy saiu da loja girando o Colt no dedo.

— A Garota — ela disse. — Só "A Garota".

Com a luz do dia caindo, Tracy puxava seu carrinho rústico pelo caminho de terra e pedras na direção do estacionamento. Era o mesmo carrinho que seu pai tinha feito para ela. Tracy o tinha pegado no depósito, assim como as armas, quando foi buscar alguns móveis dos pais. Ela tinha se mudado para uma casa de dois quartos em West Seattle e precisava mobiliar os ambientes. A casa tinha um quintal grande para quando Rex e Sherlock viessem visitá-la.

O Banqueiro, que tinha observado Tracy atentamente durante toda a competição, aproximou-se dela.

— Já está indo?

— Estou — ela respondeu.

— Mas ainda não anunciaram o vencedor.

Ela sorriu.

— O que nós vamos fazer com a fivela?

— Foi a sua neta que eu vi atirando hoje? — Tracy perguntou.

— Foi, minha netinha.

— Quantos anos ela tem?

— Acabou de fazer 13, mas ela atira praticamente desde que começou a andar.

— Dê a fivela para ela — Tracy disse. — Diga para ela nunca parar.

— Obrigado por isso — ele falou. — Há vinte anos eu vi uma atiradora, usava o nome Garota Crossdraw, eu acho, mas todo mundo só a chamava de "A Garota".

Tracy parou.

O Banqueiro sorriu e continuou.

— Eu a vi em Olympia. A melhor atiradora que eu vi na época. Nunca mais a vi depois disso. O pai e a irmã dela também eram muito bons. Você por acaso sabe alguma coisa dela?

— Eu sei — Tracy disse. — Mas você está enganado.

— Em quê?

— Ela continua sendo a melhor atiradora.

O Banqueiro retorceu a ponta do bigode.

— Eu gostaria muito de vê-la atirar. Você sabe onde ela Compete?

— Eu sei — Tracy disse. — Mas você vai ter que esperar um pouco. Ela está competindo em circuitos mais selecionados agora.

AGRADECIMENTOS

Como sempre, há muita gente para agradecer. Em primeiro lugar, antes que comecem a me enviar e-mails dizendo que minha geografia está errada, Cedar Grove é uma cidade fictícia que criei nas Cascades do norte. Sim, existe uma Cedar Grove em Washington, mas nunca estive lá. Criei esse nome porque gostei do som. Quando, mais tarde, eu soube que existia uma cidade com o mesmo nome, não quis mudá-lo. Pronto!

Recebi muita ajuda de tantas fontes que é até difícil saber por onde começar. Este livro demorou muito tempo para ficar pronto, então algumas entrevistas e parte da pesquisa ocorreram vários anos atrás. Como sempre, as pessoas são especialistas em suas áreas. Eu não sou. Quaisquer erros são meus e apenas meus.

Obrigado, Kathy Taylor, antropóloga forense do Instituto Médico-Legal do Condado de King, por toda a sua contribuição no que seria a escavação de uma cova feita há décadas em terreno montanhoso em meio a um bosque. Obrigado também a Kristopher Kern, cientista forense e membro da Equipe de Perícia da Patrulha Estadual de Washington, por seu conhecimento semelhante, mas distinto.

Obrigado, Jennifer Gregory, PhD, Assistente Social, Supervisora do Programa de Apoio e Cuidado do Comando Médico do Oeste da Base Conjunta Lewis-McChord, e David Embry, PhD, Coordenador do Programa de Pesquisa em Fisioterapia da Unidade de Terapia Pediátrica do Laboratório Bom Samaritano. David me procurou na Conferência de Escritores do Pacífico-Noroeste quando compartilhei com o público a ideia geral do meu próximo romance e me pôs em contato com Jennifer Gregory. Eles me forneceram conhecimentos fascinantes sobre a mente de sociopatas e psicopatas que são realmente assustadores. A assistência desses colaboradores me ajudou a escrever este romance e o próximo.

Também tive a sorte de encontrar muitas pessoas maravilhosas na comunidade policial que foram sempre generosas, cedendo-me seu tempo e conhecimento. Eu não teria conseguido escrever este livro sem o auxílio de Jennifer Southworth, detetive da Seção de Crimes Violentos, Unidade de Homicídios, Departamento de Polícia de Seattle. Jennifer começou a me ajudar quando ainda trabalhava para a Unidade de Perícia. Desde então ela foi promovida para a Homicídios e tornou-se uma inspiração para este romance. Meu obrigado também ao Detetive Scott Thompson, do Departamento do Xerife do Condado de King, Unidade de Crimes Graves/Homicídios Arquivados. A disposição de Scott para sempre me ajudar com seu conhecimento, ou em me colocar em contato com outros especialistas que pudessem me ajudar, foi valiosa. Um desses especialistas foi Tom Jensen, do Departamento do Xerife do Condado de King, Unidade de Crimes Graves. Alguns dizem que ele foi o último homem a desistir na Força-Tarefa do Assassino de Green River, que, após 20 anos de dedicação, finalmente conseguiu evidências para condenar Gary Ridgway.

Obrigado também a Kelly Rosa, Secretária Jurídica no Escritório do Promotor do Condado de King e eterna amiga. Kelly me ajudou em todos os livros que escrevi e ainda os promove como louca. Pensei que estava na hora de ela se tornar um personagem e decidi que uma antropóloga forense seria perfeita. Obrigado, Kelly – você continua sendo a melhor!

Um agradecimento também a Brad Porter, Sargento do Departamento de Polícia de Kirkland. Conheci Brad durante um julgamento horrível no Condado de King em que ele era o detetive responsável. Brad se tornou meu amigo e ouvinte das minhas ideias. Ele foi a inspiração física para Kinsington Rowe, o Kins, embora a vida pessoal do personagem seja fictícia.

Obrigado também a Sue Rahr, ex-Xerife do Condado de King e agora Diretora-Executiva da Comissão de Treinamento em Justiça Criminal do Estado de Washington. Eu não sabia quando escrevi o livro, mas Tracy também tem características de Sue: firmeza, determinação e senso de humor. Obrigado por doar seu tempo para me esclarecer pontos em sua carreira, que permanece sendo uma profissão dominada pelos homens. Quero agradecer à Detetive Dana Duffy, Seção de Crimes Violentos, Departamento de Polícia de Seattle, pelo mesmo motivo. Dana Duffy foi a primeira mulher a se tornar detetive de homicídios em Seattle; ela também reservou um tempo para falar comigo com franqueza, não apenas descrevendo o trabalho e sua carreira, mas também me dando a perspectiva necessária.

Agradeço à Promotora Kim Hunter, de Covington, Washington, por seus conhecimentos em processo pós-condenação e direito criminal. Eu estava empacado quando conheci Kim, e ela me ajudou a desempacar!

A melhor parte do meu trabalho são as coisas legais que faço, como assistir a um torneio de Tiro de Ação para Caubóis numa manhã nebulosa de inverno no Clube de Caça e Pesca Renton. Foi muito divertido; me senti voltando para o Velho Oeste. Os competidores usavam figurino completo e levavam muito a sério suas responsabilidades, incluindo a segurança com as armas. A habilidade deles era impressionante. Essas mulheres e homens sabem atirar. Eles me receberam muito bem e me forneceram conhecimento e informações que eu nunca teria encontrado num livro. Então, obrigado, Diamond Slinger, Jess Ducky, Driften Rattler, Dakota e Kid Thunder, entre outros, que se deram ao trabalho de responder às minhas perguntas.

Outra parte divertida do meu trabalho é doar personagens dos livros para a caridade – neste caso, para arrecadar dinheiro para a escola do meu filho, a Seattle Prep. Obrigado, Erik e Margaret Giesa, por sua contribuição generosa em troca de me permitirem usar seus nomes como personagens neste livro. Eu queria ter espaço para imprimir o e-mail de Erik em que ele descreve a esposa. Toda mulher deveria ter a sorte de ter um marido que a descreva como "incrivelmente linda, com ótimas curvas, panturrilhas incríveis e um sorriso que reflete seu coração". Feliz aniversário de 25 anos de casamento.

Eu leio muito enquanto para os meus livros e normalmente não menciono essas fontes, mas gostaria de identificar apenas alguns dos livros, manuais e artigos que me ajudaram:

Godwin, Maurice e Fred Rosen, *Tracker: Hunting Down Serial Killers*

Reichert, David, *Chasing the Devil: My Twenty-Year Quest to Capture the Green River Killer*

Yancey, Diane, *Tracking Serial Killers*

Keppel, Robert D. e William J. Birnes, *The Psychology of Serial Killer Investigations: The Grisly Business Unit*

Morton, Robert J., *Serial Murder: Multi-Disciplinary Perspectives for Investigators*, Behavioral Analysis Unit, National Center for the Analysis of Violent Crime

Brooks, Pierce, *Multi-Agency Investigative Team Manual*, United States Department of Justice, National Institute of Justice.

Obrigado à superagente Meg Ruley e sua equipe na agência Jane Rotrosen. Meg faz maravilhas por mim. Sou grato por ser um de seus escritores há quase uma década. Ela tem uma personalidade contagiante e sempre enxerga o copo meio cheio. Devo muito a ela e sua equipe, que leem meus rascunhos e me oferecem sugestões. Agradeço por todo o apoio. Eu não teria conseguido sem vocês.

Obrigado a Thomas & Mercer por acreditarem em *A Cova da Minha Irmã* e em mim. Um agradecimento especial a Alan Turkus, editor sênior; Charlotte Herscher, editora; Kjersti Egerdahl; Jacque Ben-Zekry; Tiffany Pokorny e Paul Morrissey. Se me esqueci de alguém, você sabe que lhe sou muito grato.

Obrigado a Tami Taylor, responsável pelo meu site, que faz um trabalho fantástico. Obrigado aos leitores que enfrentam meus primeiros rascunhos e ajudam a tornar meus originais melhores. Obrigado a Pam Binder e à Associação dos Escritores do Pacífico-Noroeste pelo tremendo apoio ao meu trabalho.

Obrigado também aos leitores leais que me enviam e-mails dizendo que gostaram dos meus livros e esperam o próximo. Vocês são o motivo de eu continuar procurando a próxima grande história.

Dediquei este livro ao meu cunhado, Robert A. Kapela. Robert foi um homem bom, com um grande coração e um sorriso maior ainda. Ao longo dos últimos anos, ele perdeu a alegria de viver ao sofrer os efeitos de um grave problema de saúde em meio a um divórcio litigioso. A vida de Robert chegou ao fim em 20 de março de 2014. Minha família foi abençoada por Robert ter vindo morar conosco na sua última semana de vida. Meus filhos amavam o "Tio Bert", e minha mulher amava o irmão. Ele era o tio "divertido", que tornava os verões especialmente inesquecíveis com seu barco.

Eu conheço o tremendo vazio que é deixado quando um ente querido morre. Senti isso quando meu pai morreu, seis anos atrás, e penso nele todos os dias. O vazio nunca vai sumir por completo. A morte de Robert tocou todos nós profundamente. Na manhã após sua morte eu me sentei na varanda para ver o sol nascendo. Minha mulher veio ficar comigo. O céu estava um magenta vivo, e, enquanto estávamos ali, sentados e observando, de repente me lembrei de que, na véspera do meu casamento, o padre me perguntou o que eu queria. "Quero assistir ao nascer do sol com Cristina pelo resto da minha vida." Tenho certeza de que a alvorada daquela manhã foi um presente de Robert para nós, um lembrete para vermos a beleza de Deus todos os dias, para sentirmos seu amor e sempre permanecermos na luz. Minhas orações e meus pensamentos continuam com Robert e seus três filhos.

Para Cristina, o amor da minha vida e minha alma gêmea, que tem estado ao meu lado a cada passo da jornada de nossa existência: você fica mais linda a cada dia. Lembre-se das alvoradas que prometemos um ao outro, e sempre veja a beleza, o amor e a luz a cada dia. Para o meu filho, Joe, agora um homem, desejo tudo de que precisa na vida para ser feliz: amor. Para minha filha, Catherine, que ilumina todos os ambientes em que entra: nunca perca esse brilho nem sua alegria de viver.